魅丽文化
心晴坊
女性新阅读

可可爱爱 一世不散

乌云冉冉 著

江苏凤凰文艺出版社
JIANGSU PHOENIX LITERATURE AND ART PUBLISHING

图书在版编目（CIP）数据

可可爱爱一世不散 / 乌云冉冉著. -- 南京 : 江苏凤凰文艺出版社，2022.12
ISBN 978-7-5594-6962-5

Ⅰ. ①可… Ⅱ. ①乌… Ⅲ. ①长篇小说－中国－当代 Ⅳ. ①I247.5

中国版本图书馆CIP数据核字(2022)第113694号

可可爱爱一世不散

乌云冉冉 著

责任编辑　张　倩
出版统筹　曾英姿
选题策划　石　颖　萧　萧
特约编辑　张文超
封面设计　白砚川
插画绘制　一三菌落　豆奶阿卤蛋
出版发行　江苏凤凰文艺出版社
　　　　　南京市中央路 165 号，邮编：210009
网　　址　http://www.jswenyi.com
印　　刷　长沙金鹰印务有限公司
开　　本　880mm×1230mm　1/32
印　　张　10.5
字　　数　323 千字
版　　次　2022 年 12 月第 1 版
印　　次　2022 年 12 月第 1 次印刷
书　　号　ISBN 978-7-5594-6962-5
定　　价　46.80 元

目录

C O N T E N T S

目录

C O N T E N T S

第一章

南石中学的后街上，各种小摊小店临街而立。正赶上晚饭时间，小街上人来人往，分外热闹，然而几个不速之客打破了这一刻的和谐平静。

“别跑！”

“站住！”

跑在最前面的女孩儿叫魏南音，她身着黑色短裙，搭配一件破破烂烂的牛仔上衣，头发高高绑起扎成一个马尾，白净的脸上化着与她年龄不符的妆容，耳骨处还有三只精巧的耳环，一看就不是什么乖乖女。

她身后有几个正在追赶她的男生，为首的那个黑黑瘦瘦、一脸痘痘，还戴着副黑框眼镜，一路追得气喘吁吁。他们所到之处人人避让，谁也不知道究竟发生了什么事，但无疑，谁也不想给自己惹麻烦。

女孩儿个子不高，虽然穿着裙子，但跑得很快，把后面几人远远甩出半条街。不过似乎是跑了太久，速度渐渐慢了下来。

她一边儿跑一边儿朝四周张望，像是在找可以藏身的地方。可是周遭几乎没什么遮蔽，路边小店又不太安全，万一被发现了，连个退路都没有。

就在这时，她注意到前面的一家奶茶店。奶茶店的窗口临街，此时正有七八个人贴着墙排队等候，而且巧的是，今天买奶茶的人竟然多数是男生，他们人高马大，正好可以形成一道不错的人墙。

想到这里，女孩儿不再犹豫，迅速闪身钻到那排人和墙之间。排队的人不知道发生了什么事，纷纷看向她。她手指贴唇，朝众人眨了眨眼，做了个噤声的动作。

她这小动作分外可爱，再配上一张五官明艳的脸，即便一身奇异造型，也让看到她的男生移不开眼。

很快，之前追她的人追了上来，魏南音躲在人堆里，成功避开了那几个人的视线。可是那几个人没有走远，就停在离奶茶店不远的岔路口，似乎是在犹豫该往哪个方向追。

为首的那个“痘痘男”叫王强，是南石附近一所职高的学生，每天不好好上课，和一帮“志同道合”的人纠结成伙，招猫逗狗，游手好闲。这人特别爱记仇，最爱干的事就是蹲点儿堵人，以多欺少。

魏南音听到他气急败坏地说了一句“分头找”，其他几个人便一哄而散，朝着不同的小岔路跑去。但不知道为什么，他没有立刻离开，而是站在原地四处张望。

此时，奶茶店外排队的人越来越少，不一会儿，魏南音面前只剩下一个男生了。还好这人长得够高大，勉强能替她遮挡一下。

“啧，别动来动去的啊！”她弓腰缩脖，随着面前这具“遮蔽物”的动作微微调整着自己的站位。

“你偷他东西了？”

头顶上传来一个冷清的声音，魏南音微微一愣，才明白是面前这具“遮蔽物”在跟她说话。

她长得很像小偷吗？魏南音没好气儿地翻了个白眼，但对于一个“临时道具”，她也没打算跟他解释什么。

这时候，魏南音总算看到王强离开了，她松了口气，又听到面前的人问：“还是你骗他钱了？”

魏南音顿时有点儿恼火，明明是她一个女孩子被几个男生围追堵截，怎么看在这人眼里，她反而成小偷和骗子了？

“关你什么事？”魏南音语气不善。

“刚才你躲在我身后的时候怎么没想到不关我的事？”

王强他们走了，魏南音也就不用再躲躲藏藏了。她抱着手臂抬头打量面前的人，这一看不由得愣住了——这人长得有点儿帅啊。

因为两个人的身高差，他展现给她的可以说是一个人最丑的角度了，但就是这个“最丑”的角度，依旧有点儿帅得过分。

他的皮肤白皙，下颌弧线棱角分明，鼻侧轮廓高挺立体，眼眸黑亮有神，还有他低垂眼帘看她时那两簇浓密的“小扇子”，让她一个女孩子都羡慕不已。

魏南音看得有点儿出神，面前这人对她这种反应似乎早就习以为常，无所谓地笑了一下。魏南音被这个笑容刺痛了，空有一张脸有什么用？笑起来这么讨人厌，还有他刚才那么武断，一看就是个坏人。

两个人视线相触，魏南音狠狠地瞪他一眼：“看什么看！信不信我下一秒就让你趴下？！”

男生笑了，上下扫了她一眼：“就凭你？”

“对啊，就凭我。”

就在这时，魏南音看到巷子尽头有人影晃动，还传来隐隐约约的说话声，看来王强他们没找到她又返回来了。

魏南音看了看面前的男生，丢下一句“下次再跟你算账”就打算跑，可她刚跑出两步就觉得衣服像是被什么东西钩住了，回头一看，男生正揪着她的后衣领，那玩味的表情，十足像只刚抓到老鼠的猫。

“你……你干什么？”魏南音问。

男生瞥了一眼身后，冷笑着说：“见义勇为。”

还没等魏南音琢磨出这四个字的意思，她就听到一阵凌乱的脚步声由远及近，王强他们已经看到她了。

有人对着身后的巷子大吼了一声：“在这儿呢！”

没一会儿，那几个人就围了过来。魏南音生无可恋地看了身边的男生一眼，他却好像没事儿人一样，继续等他的奶茶。

王强从那几个人身后走出来：“哟，南音妹妹还有心思在这儿买奶茶啊？”

魏南音心知这一回应该是跑不掉了，就挤出一个笑容对王强说：“这么巧，你也喝奶茶啊？”

“巧吗？不巧吧！我可是追了你十几条街了，这么耍着我玩儿有意思吗？”王强朝魏南音靠近，走近才注意到她身边还有个男生，于是问魏南音，“这谁啊？”

魏南音正要开口，身边的人率先说了：“路人。”

像是为了印证他的话不假，做奶茶的小妹此时从窗口里怯怯地探出头来说：“你的六杯奶茶好了。”

众人见状也就不再理会他，把目光再度锁定在魏南音身上。

王强上前一步，一手搭在魏南音的肩膀上，凑近她说：“我跟你说过没？现在还是纵着你，哪天我没耐心了，你知不知道是什么后果？”

魏南音嫌恶地动了动肩膀，想甩掉那只恶心的手，但是那只手却渐渐用力。

到了这一刻魏南音是真的有点儿害怕了，虽然她在老师和父母心中一直挺不省心的，学校同学也喜欢叫她一声“南姐”，但是目前为止她还没做过什么出格的事情。

听说在她之前，王强曾经纠缠过一个九中的女孩子。那女孩儿乖巧安静，一心学习，人长得很漂亮，结果某天放学回家时碰见王强，从此就被他纠缠上了。那女孩儿不堪其扰，最后转学去了外地。

她在这里待得好好的，不想转学啊！

她看向街道四周，来来往往的人不少，甚至有人对着他们这边指指点点，但就是没人愿意上前问问是什么情况，问问她是不是需要帮助。

她又看向那个自作聪明“见义勇为”的男生，这人好像一点儿内疚感都没有，只是慢条斯理地拎起奶茶，对她身上发生的一切都无动于衷。魏南音突然有点儿失望，看来关键时候还是只能靠自己。

王强将她这一系列小动作看在眼里，不由得笑了，继刚才的“威逼”之后又给出一剂“利诱”：“这还有什么不好想的？只要你点个头，你身后这群人都得管你叫声姐姐。”

魏南音恶心透了，在心里骂着“去你的姐姐”，脸上绽开一个委屈的笑容：“我也想啊，但是怕有人不高兴。”

王强闻言微微挑眉：“谁？”

“这一带，敢跟强哥你叫板的，不就只有那个陈劭吗？”这话一出，魏南音明显感觉周遭安静了下来，正打算离开的那个男生也停住了脚步。

王强表情一滞，脸上那几颗痘痘显得分外僵硬：“九中的陈劭？”

魏南音见搬出陈劭这么有效果，连忙添油加醋地说：“不瞒你说啊强哥，几天前，他也和我说过类似的话。”

“你答应了？”王强表情不善。

“当然没有！我说，你这样问过强哥吗？他说……”魏南音欲言又止。

“他说什么？”王强问。

“我不敢说。”

王强没什么耐性：“让你说你就说！”

魏南音似乎有点儿为难，但纠结一下还是说了：“他说，四眼强那副尊容怎么有脸？有点儿自知之明就该……”

魏南音学得有模有样，四周憋笑声此起彼伏，不知道是不是她的错觉，有一个声音好像来自刚才那个男生。难道他还没走？等着看她的热闹吗？魏南音没有回头。

王强狠狠攥紧拳头，咬牙切齿地命令她：“接着说！”

魏南音同情地看了他一眼，继续说：“有点儿自知之明就该去重新配副眼镜，再擦干净镜子好好儿照照自己，别不知道天高地厚。”

王强怒吼一声，一脚将旁边一个塑料瓶子踢飞出去老远。

王强的同伴上来劝他：“冷静啊强哥，这话是不是真的还不确定呢。”说完，他意有所指地看向魏南音。

被他这么一提醒，王强也挑眉看着魏南音：“对啊，这究竟是陈劭说的话，还是你的心里话？”

魏南音突然有点儿慌乱：“陈……陈劭说的啊！”

见她这副样子，王强有了数：“你说你认识陈劭，那他长什么样？”

看着王强逼近，魏南音有点儿紧张，随口胡诌道：“长得也不怎么样，还没强哥你帅呢。”

王强冷笑一声：“是吗？这种时候还不忘损老子一通，我看你是活得不耐烦了。”话没说完他就猛然抬起手就要朝魏南音的脸上招呼。

魏南音心知今天这一劫大概是躲不过去了，闭上眼盘算着哪个角度受伤最轻，准备找机会冲出包围。然而，预想中的巴掌并没有落下，她睁开眼，看到一只白皙却又骨节分明的手将王强的黑手轻巧拦下。

“打女生算什么本事？”还是那种冷冷清清的声音，但在此刻的魏南音听来，如同天籁。

“哪儿来的傻子？我劝你别多管闲事！”王强一边儿骂骂咧咧，一边儿想要挣脱对方的手，但是无论他怎么用力都甩不开。

王强的同伴见状想要上前帮忙，可就在这时，握在王强手腕上的那只手突然发力，王强“嗷”地惨叫一声，惊得树上的鸟四散飞逃，众人谁也不敢再上前了。

王强忍着痛问：“你想干什么？”

“不干什么。”男生笑了笑，将他拉到自己面前，用不大的声音说，“劝你安分守己，不然很快这附近就不会再出现王强这个人了。”

王强不可置信地看着面前的人，这才注意到，这小子浓眉大眼，唇红齿白，长得比姑娘还好看。

再看身材，看着高高瘦瘦，像个普通学生，可露在袖子外那小半截手臂的肌肉又分明强健有力。

这些特征都和传闻中的某个人一一重合，王强不得不重新打量面前的人。陈劭却在这时松开了手，还把手里的奶茶塞进他完好的那只手里。

他拍了拍王强的肩膀说：“请兄弟们喝奶茶。”

说完他转身走出人群，自始至终竟没一个人敢上前阻拦。他经过魏南音时看了她一眼，魏南音立刻会意，连忙跟了上去。

“你别指望我会感激你哦。”魏南音追上那个男生说。

对方看都不看她一眼，自顾自地往前走：“随便你。”

魏南音冷哼一声说：“要不是你，我刚才也不会被他们抓到，而且你还诽谤我是小偷和骗子。不过看在你刚才出手相帮的分儿上，你道个歉就算过去了。”

“我道歉？”男生终于回头看了她一眼。

魏南音微微一笑：“不应该吗？明明是他们几个男生追我一个女生，你眼神儿有问题吗？竟然把我这个好人当坏人？”

男生闻言上下扫了她一眼：“抱歉，你这副尊容，我还真没看出像是什么好人。”

“哎，我说你这人怎么说话呢？我这个打扮怎么你了？”

男生笑了一下，似乎并没有继续跟她说话的打算。他人高腿长，看上去走得不疾不徐，速度却不慢，魏南音几乎一路小跑才勉强保持和他一样的速度。

“我和你说话呢，你听没听见？”魏南音“喂”了一声说，“你什么态度啊？哪个学校的？你知不知道我是谁？南石魏南音听过没有？”

“南石魏南音？”男生微微挑眉，“我该听过吗？”

“你可以去打听打听，”魏南音扬扬得意，“吓不死你！”

“那你刚才怎么没用这名号吓退那帮人？别说是想保持低调。”

魏南音正想为自己辩解几句，就见那男生微笑着看了她一眼，淡淡吐出两个字：“矮子。”

“轰”的一声，魏南音听到自己心里有什么东西在坍塌——那是她一直勉力维持住的关于身高的尊严。

她捂着胸口深吸一口气，质问某人：“你叫谁矮子呢？长得高了不起啊？有没有礼貌懂不懂尊重啊？”

某人非但没有理她，反而掏出耳机戴上。她锲而不舍地追着他理论，他越走越快，目不斜视。

“喂，你走慢一点儿啊。我跟你说话呢你听没听见？！”

眼见着俩人走到一个岔路口，魏南音的家在左边，那个男生却是往右走的。

魏南音一把拉住他：“我问你话呢！”

男生低头看了眼被她抓着的袖子，皱起眉头，魏南音见他这个神情，不由自主地松开了手。

“你到底要怎么样？”他不耐烦地问她。

魏南音清了清嗓子说：“算了，你人身攻击我是你没涵养，我不跟你计较。最后一个问题，你刚才和王强说了什么他愿意放我们走？”

“没说什么，就问他个问题。”

魏南音有点儿好奇：“什么问题？”

那个男生突然又笑了，魏南音心里隐隐有不太好的预感，果然就听他说：“我就问他，一个短腿的矮子，追十几条街都追不上，他是怎么做到的。”

说完也不等魏南音反应，转身往与她家相反的方向走去。魏南音看着那个家伙离开的背影怔住了，然后满腔愤怒地狂吼：“别再让我见到你，不然你死定了！”

被恐吓的某人只是背对着她摆了摆手，浑不在意。

魏南音憋着一肚子火气回到家，可家里连个可以听她发牢骚的人都没有。以前妈妈和弟弟在家的时候她是天天盼着放假的，他们走了以后，她最怕的就是周末和寒暑假。

就像现在，别人在寒假都是热热闹闹地举家团聚，她在寒假就是冷冷清清、孤苦伶仃。所以妈妈和弟弟离开之后，她就干脆找了个借口住到学校里去了，至少平时还能和其他住校的同学搭伙吃个饭。

被人追了一下午，这会儿闲下来了魏南音才觉得饿。她走进厨房打开冰箱，发现里面多了很多水果和酸奶。看来她爸今天回来过，只是不巧，父女俩又错过了。

魏南音对这种情况习以为常，她拿出一杯酸奶，撕开封盖喝了一口。这时口袋里的手机振了振，她拿出来看了一眼，是闻瑞的微信，问她打算什么时候返校。她算算日子，原来已经快开学了。

“报到那天吧，早回去了没意思。”她回复。

闻瑞：“哎，听说没有，开学会有新人转到我们年级。”

魏南音：“这有什么好意外的。”

闻瑞：“一般人也就算了，听说这回转来的是个牛人。”

魏南音一笑置之，闻瑞最爱一惊一乍夸大其词，随便转来个什么人他都这个德行。她干脆没回，干起自己的事。

没一会儿，她的手机响了，来电人是闻瑞。她无奈地接通手机，仰着头把最后一点儿酸奶倒入口中。

“我说的是真的。”闻瑞神神秘秘地和她交流八卦消息，“对方的名号说出来吓死你，陈劭你听过吗？”

“咳咳……”听到“陈劭”这两个字，魏南音一时没控制好，差点儿呛出眼泪来。

闻瑞满意地笑了：“你看看！你看看！不过他再怎么厉害也不会动摇你在我心中的位置啊。”

“你说的这个陈劭是哪个陈劭？”魏南音还是有点儿怀疑。

“还有几个陈劭？就是九中那个以一挑八还赢了的陈劭啊！”

魏南音彻底蒙了：“他为什么来我们学校？安安分分待在九中不好吗？”

九中可是省重点高中啊！每年九中考上全国顶尖学府 A 大的人数几

乎等于A大在省里的招生名额，而南石呢，建校不到两年，门槛低到几乎没有，是很容易就能上的私立高中。是个正常人就没理由从九中转到南石来，除非……

“难道他是被开除的？”

“我猜差不多是这么回事。”

“到底因为啥？”

“说来话长。”闻瑞语气暧昧。

不愧是陈劭，转学的理由都和别人不一样，别人转学都是因为环境、同学关系之类的，他转学是因为一位女老师。

听说这位数学老师才二十几岁，年纪轻轻就已经硕士毕业去九中当老师了。她非常漂亮可爱，对每个学生都不错，但可能是听说了陈劭的一些事迹，唯独对他非常严厉。

两个人从一开始认识就针锋相对，直到后来接触多了，对彼此才有了改观。渐渐地，就有关于两个人的流言蜚语传出来了。

魏南音惊呆了：“因为这个被开除的？”

闻瑞说：“我听说学校本来只想处理那个老师的，但陈劭很有担当，把事情全部扛了下来，并且提出转学，这才保住了那位老师的工作。”

魏南音唏嘘地说：“这么说，他对那位数学老师还挺不错的。”

但是很快，她又想到另一个问题——不知道王强听没听说这个八卦，如果他也听说了，恐怕立刻就能反应过来今天她说的话都是假的了。这样一来，她以后的日子恐怕难熬了。

想到王强，魏南音也没心思再替别人操心了，跟闻瑞说句“睡了”就挂断了电话。

魏南音一个人待在空荡荡的房间里，想到今天在巷子里发生的那些事，心里有些害怕。

爸爸在出任务，妈妈要照顾弟弟，已经很久了，一直是这样，好像没人有空管她。还好马上要开学了，躲在学校里，人多的话，也许就没那么害怕了。

几天之后，魏南音拖着行李箱返校。教导主任张思斌早就守在了校门口，对进校的每一个同学进行严格检查。鞋跟高的、裙子短的、头发五颜六色的，通通不许进校。魏南音进去的时候，教导主任身后已经站了十几个穿着打扮不符合要求的学生。

看着教导主任用凌厉的眼神在她的头发上、耳朵上、裙摆上、鞋跟上一一扫过却一无所获，魏南音笑着问："张老师，我可以进去了吗？"

教导主任没什么好气儿："赶紧走，别挡着后面的人。"

魏南音早就习惯了张老师的讲话风格，耸耸肩往宿舍楼方向走。突然肩膀上一沉，她回头看，是舍友徐晶晶。

"哟，很有先见之明嘛。"徐晶晶上下打量着她，"我还以为这是谁家的乖乖女呢。"

魏南音挑了挑眉，这位教导主任的厉害她已经领教够了，所以开学前，她专门用了一天时间把头发染回黑色，摘掉首饰，素面朝天。虽然今天是报到，不用穿校服，但她也规规矩矩地穿了。

"多一事不如少一事嘛。"

正说着话，她们身边两个女生面红耳赤地低呼道："他真的好帅啊！不知道是哪个班的？"

两个人对视一眼，没太放在心上，可没走多远又见到类似的情形。

魏南音好奇地问："今天这些人是怎么了？"

徐晶晶叹气："大概是春天快到了吧。唉，单身时间久了，看一头猪都是眉清目秀的。"

两个人一起回宿舍，徐晶晶放下行李就急匆匆地回教室开班会去了。

南石高二有六个班，一班到四班是理科班，五班、六班是文科班，理科这边，徐晶晶所在的一班学生成绩最好，现如今一年半过去了，能考得上一本的学生几乎都在他们班。

魏南音所在的四班是成绩最差的，很多人可能连大学都考不上，更别说一本了。魏南音是班里唯一一个有希望考上大学的，这还得多亏她底子不差，另外脑子也不算太笨。

南石的学生多数是走读生，住校的不多，所以男生女生统一住在一栋只有五层的宿舍楼里。

其中，四层、五层是女生宿舍，其余三层是男生宿舍。三层楼梯口处有个小卖部，阿姨卖货的同时也负责盯着不让男生上到女生宿舍。

魏南音在宿舍磨蹭了好一会儿才出门，早上没吃饭，她想下楼时顺便去小卖部买个面包垫垫肚子。

小卖部地方不大，她进去的时候里面还有一个高个子男生在买东西。她没太留意，低头在柜台里找到她爱吃的那种面包，凑上前想让阿姨拿给她。

这时，前面的男生正要离开，他转身的一刹那，魏南音只觉得眼前一黑，过了好一会儿她才反应过来，脑门儿上火辣辣地疼。

她捂着额头没好气儿，心说这人怎么这么不小心，抬头竟然发现对方有点儿面熟，仔细一想，他不正是前几天她在后街遇到的那个男生吗？

眼看对方道了个歉就要走，魏南音也顾不上买面包了，连忙追出去："原来你是我们学校的啊？"

男生回头看了她一眼，这一次的目光在她脸上多停留了片刻，似乎是认出了她。

魏南音抬头问他："还说不认识我，骗鬼呢？"

"怎么？是这个学校的人就得认识你吗？"

魏南音冷笑："继续装。"

男生看她一眼，什么也没说，没有和她多聊的打算。

魏南音也不在意，微微一笑："其实你是怕了吧？不用怕，虽然那天是你眼神儿不好使没有第一眼认出我从而导致我陷入困境，但后来也算有惊无险，我这么宽宏大量的人是不会跟你计较的。"

男生勾了勾嘴角，像是在笑。他脚步没停，朝着教学楼走去。

这一次魏南音是真的有点儿生气了："我跟你说话呢，你听到没有！哎，我说你是哪个班的啊？走那么快干什么？"

魏南音一路追着那男生上到二楼，路过的学生都好奇地看向他们，尤其是那些女生，看向他们的眼神非常古怪。魏南音在学校里我行我素惯了，对这种情况毫不在意，但前面那家伙似乎不太喜欢。

他不耐烦地停下来问她："又干什么？"

魏南音犹豫了一下没好气儿地说："算了，我大人有大量。"说着气鼓鼓地从书包里翻出一张百元钞票递给他，"还你的。"

男生微微挑眉，像是不明白她什么意思。

魏南音解释说："那天的奶茶……到底是因为我的事，我这个人一码归一码，分得很清楚。”

他像是有点儿意外，还是说：“不用了。”

魏南音却很坚持：“收下吧，我不习惯欠别人人情，尤其是我讨厌的人。”

被她好心好意放过的某人非但没像她想的那样感激涕零，还再一次露出了那种很欠扁的笑容：“这么巧，我也是，所以这钱就留着给你看病吧。”

魏南音微微一愣：“看病？看什么病？”

男生勾着嘴角指了指自己的头，也不再说什么，转身离开。

这什么意思？是在骂她脑子有病吗？欺人太甚！魏南音的火气顿时蹿了起来，她长这么大还没吃过这种亏。

魏南音气鼓鼓地追上去：“你给我站住！”

说话间她的脚突然不听使唤，左脚绊了右脚一下，导致她整个人失去了平衡。恰巧这时前面的人转过身来，魏南音看到他微微变色的脸，心知不妙。但她已经无法控制自己，毫无形象地一头撞向他，然后两个人又一同撞在了男生身后的走廊墙壁上。

有那么一瞬间，万籁俱寂。一瞬过后，是周遭此起彼伏的抽气声。走廊里是三三两两报到结束无所事事的学生，都看着魏南音追着一个男生，又是出言恐吓，又是威逼利诱，最后在对方还是不从的情况下直接霸王硬上弓。

他们撞上墙的那一刻，魏南音分明听到“咚”的一声闷响，本以为自己会痛的，反应过来后发现浑身上下好像没什么不适。她鼻尖还嗅到某种极淡的柠檬味，挺好闻的。

正当她琢磨着这味道的来源时，头顶上传来一个压抑又冰冷的声音：“起来。”

魏南音抬起头，正对上某人隐忍又不耐烦的脸。这时，他们身边一间办公室的门突然开了。教导主任刚走出办公室，看到的就是这样一幕。

“你在干什么？！”

被教导主任这么一吼，魏南音顿时有点儿慌，连忙从面前的人身上弹了起来，但很快她又淡定了。她注意到，教导主任说的是“你”，而不是“你们”，肯定又以为是她在欺负别的同学。

魏南音无所谓地说：“不小心撞了一下而已。”

听到这个答案，教导主任询问似的看向她身边的男生。还好这人够识趣，朝教导主任点了下头。教导主任的脸色有所缓和，但看向她时还是一副横眉冷对的样子。

“马上要开班会了，还在这儿晃悠什么？”话说一半突然又换了个无比温和的口吻问，“宿舍那边去过了吧？”

魏南音愣了一下，抬头看教导主任正看着她身边的男生，明白刚才他那前半句话是对她说的，而后半句话是对男生说的。

这位教导主任见她就变脸的情形她早就习惯了，只能忍忍。因为他不但是教导主任，还是她的班主任，更要命的是他和她父母都认识。本着多一事不如少一事的想法，多数情况下，魏南音是能忍则忍。

魏南音悻悻地撇了撇嘴转身往教室走，临走前还不忘丢给某人一个满含恐吓的眼神，提醒他注意一点儿什么话该说，什么话不该说。

魏南音气鼓鼓地回到教室，闻瑞已经到了。

闻瑞坐在她后面，见她进教室，从门口收回视线，轻声问：“刚才外面发生什么事了？”

魏南音还在气头上，没理他。

闻瑞没注意到她情绪不好，又想起什么似的兴冲冲地说：“对了，忘了跟你说，我得到了确切的消息，听说陈劭要转到……咦，你额头怎么了？”

被闻瑞这么一提醒，魏南音感觉额头上刚才被某人胳膊肘撑过的地方越来越痛。

她拿出小镜子一照，脑门儿上竟然多了一个圆溜溜红通通的包。难怪刚才那男生说不想欠她人情，让她留着钱看病呢，难道是这个意思？

想到这里，魏南音气不打一处来：“我最近真倒霉，总遇到扫把星，每次遇到他都没什么好事。”

闻瑞好奇地问：“什么人？我们学校的？”

“嗯，不过以前没见过他。”

“以前没见过？男生吗？”

“是啊，今天第一次见，刚才我在走廊里看到他。在这一楼层出现，应该是我们年级的。”

闻瑞惊疑不定：“他长什么样？”

“就是……”魏南音想说长得还挺人模狗样的，但话一出口就变了味道，“一脸猥琐，獐头鼠目，看着就不是什么好人！”

正说着，教室里突然安静下来，她不用回头也知道是教导主任进来了，但是紧接着，周围又热闹起来。

隔壁桌女孩压低声音惊呼道：“这是谁啊？新转来的吗？好帅呀！”

今天已经不是第一次见周围女同学这么花痴了，魏南音心里隐隐有些不太好的预感。她回过头，教导主任已经站在了讲台上，他旁边的人正是那个可恶的男生。

“就是他！”魏南音咬牙切齿地说。

闻瑞愣了愣：“谁？你说那个扫把星？一脸猥琐？獐头鼠目？”

魏南音奇怪地看着闻瑞：“你认识他？”

闻瑞：“他就是陈劭啊！”

她不可置信地看着讲台上的人，原来他就是让王强那帮人闻风丧胆的陈劭？一挑八什么的都无所谓了，两个人之间的那点儿小矛盾也不重要了，最要命的是，她可是当着他的面说自己被他仰慕啊。

真的是他吗？不会搞错了吧？传闻说他长得这么帅了吗？

就在这时，教导主任的话让她最后一点儿希望也破灭了，他说：“来介绍下咱们班的新同学，陈劭。”

有生之年第一次，魏南音觉得自己的脸皮不够厚，不然怎么这么想找个洞把自己藏起来呢？后面教导主任又说了什么她一句也没听进去，她脑子里只循环播放着那天自己和王强的对话。

“只要你点个头，你身后这群人都得管你叫声姐姐。”

“我怕有人会不高兴。”

“几天前，陈劭也和我说过类似的话。”

魏南音低着头，尽量降低自己的存在感。不知道是不是她的错觉，她总感觉讲台上那人在看着她。

身后的闻瑞以为她吓着了，安慰她说：“怕什么？他再厉害那也是在九中的时候，来了南石，就得懂南石的规矩听南姐的话。”

魏南音欲哭无泪，像跟她作对似的，讲台上的教导主任又发话了：“陈劭同学，你就先坐在魏南音同学身边吧。”

“什么？”魏南音倏地抬起头来，“教室那么大非要他坐这儿吗？”

她这一反应立刻招来了教导主任的不满：“有什么问题吗？”

“我是说……”魏南音顿了顿说，“陈同学这么高，坐第一排不合适吧？”

教导主任闻言微微皱眉，像是在考虑她的话，陈劭却突然开口：“第一排靠墙应该不影响其他同学。老师，我视力不太好。”

教导主任点头：“那就先这么坐吧，下次换座位的时候再说。”

到了此刻，魏南音只有最后一招了，那就是对那天的事情假装失忆。她不情不愿地站起身来，还不等她让出位置，他就已经往里走，桌与桌之间空间很小，两个人错身而过的时候几乎是贴着彼此。

又是那种淡淡的柠檬味儿，现在她可以确定，这是他身上的味道。她悄悄抬头打量他，正见他也垂眼看着她。

在这擦身而过的短短片刻，她听到他低声问：“想听谁叫你姐姐？”

脑中“轰”的一声，不用照镜子，她也知道此刻自己的脸一定红了。原来那天的每一句话他都听到了，还记得清清楚楚。

她只好眨了眨眼睛装傻：“什么姐姐？”

陈劭笑了一下，没再说什么。

接下来就是冗长的班会。教导主任还是那一套老生常谈，鼓励大家在新学期要努力奋进，高二第二学期了，再不努力就真的和好大学失之交臂了云云。

可对他们这一群人而言，别说好大学，就是普通大学，能考上的又有几个呢？她瞥了一眼身边的男生，他完全没有初来乍到的局促不安，安静地坐在那里看书。

此时阳光从前面的窗子投射进来，洒在他的侧脸上。斑驳的光影给那张毫无欲望、过分慵懒的脸平添了几分少年气。

魏南音正看得出神，男生突然说话了：“看够了吗？”他抬起头来扫了她一眼。

魏南音愣了一下：“谁看你了？”

和她对视了片刻，他的目光缓缓下移，最后停在了她的嘴唇上。

“怦……怦怦……”

魏南音听到自己有点儿不太寻常的心跳声，半晌，她正想说点什么缓解一下尴尬的气氛，就听对面的人再度开口：“你口水都快流出来了。”

魏南音慌忙擦嘴，片刻后才意识到好像有什么不对。回头再看某人，又开始看他的书了，他嘴角那抹可疑的笑容是怎么回事？

总算熬到了班会尾声，教导主任最后丢下一句话，让死气沉沉的教室再度沸腾起来。

“明天上课前，课代表把各科寒假作业给我收上来。”

教室里哀号声四起，魏南音却微微一笑。

教学楼后的自行车棚旁边有两个小石桌，背靠一棵大梧桐。这地方夏天的时候是个抢手的位置，此时刚出正月，天寒地冻的，一般情况下没什么人来。

魏南音等了不久，闻瑞赶了过来。作为四班的第一把“交椅”，无论是作业还是考试，她的答案在班里都是有一定说服力的。

以前就经常有同学借她的作业作参考，后来借的人多了，魏南音嫌烦，干脆都拒绝了，只给小伙伴闻瑞。作为回报，闻瑞要替魏南音搞两个星期卫生。

看着闻瑞把作业装起来，魏南音正收拾东西打算离开，突然来了一个男生：“南姐，能不能借我看看你作业啊？”

魏南音停下手上的动作，看向对面的人：“我都‘金盆洗手’了，答案不外借。我花了两晚才搞定，你现在赶紧回家赶工，兴许能交上。”

那男生犹豫了一下说：“我可以花钱买。”

魏南音愣了一下，愤慨地说：“我看着像是为五斗米折腰的人吗？去去去，这么冷，赶紧回家。”

闻瑞帮魏南音收拾好东西，回头跟男生道别，临走前附上一句：“南姐也是一片好心。”

男生心里有些不忿，怎么闻瑞能看他不能？说什么一片好心，还不是让闻瑞帮她做值日。他转过头迅速离开。

看着人离开，闻瑞问魏南音：“你又熬夜写作业了？”

魏南音打了个哈欠：“之前玩儿太疯了，前几天才想起作业没写。”

“累不累啊？要不晚上去吃顿好的给你补一补？”闻瑞提议。

魏南音摆摆手：“我只想回去睡觉。”

“丁零零……”自行车车铃乍起，魏南音还来不及反应，就见有个黑影几乎贴着她呼啸而过。她条件反射向后退了一步，差点儿摔倒，还好闻瑞在她身后一把将她扶住。

“谁啊？！”闻瑞对着那个骑着公路赛车的背影吼道。

魏南音皱眉：“好像是陈劭。”她回头问，“他一直在车棚里面吗？刚才怎么没看到他？”虽然她只把作业给了闻瑞，但让教导主任知道了，她一样没什么好日子过。

闻瑞不确定地说：“他应该没看到什么吧？”

两个人对视一眼，谁都没有再说话。

晚上魏南音回到宿舍时徐晶晶已经洗过澡了，看到魏南音出现，她兴奋地说：“总算盼到你回来了。”

她们学校的宿舍都是两人间，魏南音和徐晶晶从小就是邻居，初中时也是同校不同班的同学。原本两个人成绩都不错，中考时却都没考好，双双来了南石，继续做同学。

不同的是，徐晶晶经过中考那次失误后更加发奋努力，从高一开始就排在年级前两名。而魏南音中考前就已经不好好学习了，一直浑浑噩噩混到高二下学期。

不过这并不妨碍两个人关系还像小时候那么好，尤其是徐晶晶从上学期开始住校以后，两个人好像又回到了小时候。

魏南音把书包往桌上一丢，毫无形象地瘫倒在椅子里：“说吧，又有什么八卦？”

“我收回今天上午说过的话。”徐晶晶一本正经地说。

“什么话？”

“就是说那群女生单身时间久了看头猪也眉清目秀的话。”

“哦。”魏南音心不在焉，“然后呢？”

徐晶晶拉着椅子凑近她：“听说你们班转来了一头……哦不，一位大人物？”

魏南音一听这个头就大了：“别跟我提他！”

徐晶晶：“谁？陈劭吗？真是他啊！我说怎么从早上开始周围那群女生就像打了鸡血似的，一个个花痴得要死，原来真的是陈劭转到我们学校来了。”

魏南音没什么心情聊这个人：“不就转来一个长得还不错的吗？瞧瞧你们这没见过世面的样子。”

“你在逗我，那叫长得还不错？他可是九中校草啊！真人怎么样？是不是像她们说的帅炸了？我听说今天还有个女生一路狂追他，最后见他不从干脆直接扑上去了，哈哈……也不知道是谁那么厉害，这狗胆肥得跟你有一拼啊。”

魏南音冷冷地看着闺密，一言不发。其实今天晚上在食堂吃饭的时候她也听到有人这么议论她——说她对新来的男同学死缠烂打，但对方宁死不从，她就在众目睽睽之下强行动手，还好教导主任及时出现，挽救了那位新同学。

要是往常，魏南音一定会好好教育他们一下，让他们明白嚼舌根不是什么美德。但是一想到自己跳出来回应这群人很可能导致舆论再度发酵，她不得已咽下了这口恶气，假装什么也没听到。可是怎么也没想到，回到宿舍还要听自家闺密的冷嘲热讽。

徐晶晶不依不饶：“快说说啊，他有多帅？跟我偶像比呢？”

“你竟然随便拿个男的就和你偶像比，我要上网举报你，开除你的粉丝资格！”

徐晶晶眯眼打量她：“说起我偶像，你竟然不骂我脑残了，你这反应有点儿奇怪啊。”

气氛顿时有点儿紧张，几秒钟之后，徐晶晶惊呼：“她们说的那个公众场合强行动手的不会就是你吧？”

到了这一刻，魏南音才知道什么叫有口难辩，最后不得已把这些天发生的事情一五一十都告诉了徐晶晶。

徐晶晶听完哈哈大笑，笑完之后却说：“我怎么从这段故事里嗅到了特别的味道？”

魏南音生无可恋地翻了个白眼：“你无药可救了，早知道我什么都不和你说了。”

“我说真的。”徐晶晶说，“你就没觉得他很帅吗？当他从王强手下解救你的时候，还有你扑他的时候。”

魏南音面不改色地说：“没有，我看还不如闻瑞。”

徐晶晶撇嘴：“闻瑞拿什么跟人家比？”

魏南音趁机转移话题：“我发现你对闻瑞好像意见很大啊，我看闻瑞比就那个陈劭顺眼。你仔细看看，闻瑞五官长得挺好看的，虽然个子没有那个陈劭高，但也有一米七五吧，人家这不是还在发育中吗？我看再过两年肯定是大帅哥一个。”

徐晶晶不以为然：“既然你觉得他这么帅，那你收了他吧。”

魏南音：“怎么可能啊，我们可是兄弟。”

徐晶晶：“你这么想，人家未必哦。”

魏南音：“不要亵渎我们的兄弟情！”

不提陈劭还好，提起他魏南音就觉得脑仁儿疼，想想今天在车棚外面，他应该没看到什么吧？就算看到了也不会去找教导主任打小报告吧？他要是真敢去拆台，她一定饶不了他。

然而，有些时候就是怕什么来什么。第二天刚下早自习，魏南音就被教导主任叫到了办公室。

没等魏南音开口，教导主任张思斌就丢了本复印出来的寒假作业到她面前。看到这个，魏南音就知道，这事情终究还是没能瞒得住啊。

张思斌痛心疾首地说：“我上学期怎么跟你说的，作业要自己写印象才深刻，不要看别人作业也不要把作业给别人看，你当时答应得好好儿的，怎么过一个假期又管不住自己了呢？竟然还让别人帮你做值日！”

魏南音试图为自己辩解，但教导主任明显是铁了心地认定她是执迷不悟，最后还拿出一张照片给她看。照片上正是她和闻瑞，手上还拿着刚从她书包里掏出来的作业，可以说是人赃并获了。

“你还有什么话说？”张思斌一脸怒气。

魏南音仔细观察着那张照片，从拍照人的角度推测，他拍照时应该就是在车棚里面。她立刻就想到了某人，果然是他，天生克她的扫把星！

见她不说话了，张思斌更生气了：“不狡辩了？我没冤枉你吧？把作业拿回来，卫生自己搞！另外，把你父母叫来一趟。”

魏南音什么都不怕，就怕叫家长。她立刻堆出一脸讨好的笑容：“张老师，我知道错了。您也知道，我爸妈都挺忙的，要不您罚我干点儿别的吧。”

张思斌微微挑眉：“现在知道怕了，早干什么去了？这次说什么也要叫你爸妈来。”

魏南音见说不通也敛起了笑容，一副破罐子破摔的模样："要叫您自己叫吧，我们家什么样儿您又不是不清楚。"

张思斌和魏南音的父母都是大学同学，魏南音的母亲是医学院的，张思斌和她的父亲都是数学系的。

张思斌在被南石校长挖来之前就和魏南音一家非常熟悉了，对她和她家的情况更是了如指掌。然而他越了解她上高中以前的样子，就越会对她现在的样子感到惋惜。

张思斌被她气得够呛："你这是什么态度？"

每个人都有不愿被人冒犯的点，"父母"就是魏南音最害怕听到的两个字。她没什么表情地说："卫生我会自己搞的，至于我父母那边，劳烦您自己通知他们吧。"

说完她也不再等张思斌说话，拿起那张照片，转身走出了办公室。

张思斌在她身后气急败坏地叫喊："你给我回来！我让你走了吗？"

魏南音仿佛没听见，加快脚步往教室走去。一进教室，就看到她那位好同桌正优哉游哉地靠在椅子上看书，她顿时只觉怒火中烧，快走几步到他面前，将手上的照片狠狠拍在他的桌子上。

陈劭本来是靠着椅子，书一半在他腿上一半靠在桌子上，结果他的桌子一抖，书就沿着桌沿向下滑，他眼明手快地捞起即将落地的书，抬头看向对面的女孩。

也不知道是生气还是进来时走得太快的缘故，她的脸色有点儿泛红，额前的刘海儿也有点儿凌乱，胸口随着她不太均匀的呼吸一起一伏。

他蓦然收回视线，看向桌上的照片："麻烦拿走，我有点儿洁癖。"

魏南音"啊"了一声，没搞明白对方究竟拿的哪套剧本，不知道她这是在兴师问罪吗？和洁癖有什么关系。

就听对方又补充了一句："垃圾不要丢我桌上。"

魏南音被这句话彻底激怒了，二话不说就要扑上去，还好被手疾眼快的闻瑞拦住。

魏南音见闻瑞拦在两个人中间，气愤地说："别拦着我，就是这家伙告的密！"

闻瑞好像傻了一样，一边儿朝她挤眉弄眼，一边儿说："我知道你是闹着玩儿的，差不多就行了，免得别人误会。"

魏南音一头雾水：“什么闹着玩儿？我是认真的！”

她也不管闻瑞的反应有多奇怪了，一把拨开他，对他身后的陈劭继续放狠话：“你知不知道得罪我的后果很严重？信不信我让你在南石一天也待不下去，下一秒就倒大霉？”

被恐吓的某人非但没有一点儿要害怕的自觉，反而瞥了眼她身后，淡淡地说：“不知道，但我知道你可能要倒大霉了。”

倒霉？什么倒霉？魏南音突然意识到他朝她身后那一瞥好像别有深意，还有闻瑞刚才那一反常态的样子。

想到这些，魏南音只觉得后背发凉，不确定地回头看了一眼。

比任何恐怖片都恐怖的场景出现了——她刚刚嚣张地放完狠话，一回头就见教导主任站在后门看着她。

两个人四目相对，教导主任面无表情地问：“得罪你是什么后果？我是不是在南石待不下去了，下一秒就要倒大霉了？”

“哎不是……张老师……”

这件事彻底激怒了教导主任，后果是他也不等魏南音叫家长了，直接一个电话打给了魏南音的父亲魏巡。对她来说值得庆幸的是，魏巡恰好在出任务，电话没有接通。

没有找到途径泄愤的教导主任最后把魏南音训斥了一番，并扬言，她再表现不好的话，随时可能找她父母。魏南音在松了口气的同时也暗暗叫苦，这才开学第一天啊，就这么被教导主任给盯上了。

冤有头债有主，她这么倒霉，绝对不能让那个罪魁祸首过得舒坦！

教学楼的天台上，魏南音心烦意乱地迎风站着。

闻瑞问：“你确定告密的人是他吗？”

魏南音没回答，想了想，问闻瑞：“我给你的作业怎么跑张老师那儿去了？”

闻瑞吞吞吐吐地说：“刘伟朝你借作业你不是没给吗？他又找到我，说他作业实在写不完了，我看他可怜，他又说帮我做值日，就……”他不好意思地挠了挠头，“你怀疑是他告的老师吗？”

魏南音摇了摇头说：“应该不是，刘伟之前也借过，没见出事。就是陈劭！他一来老张就知道了，而且他和老张关系还不错。还有那张照片，就是从车棚里拍的。这事不能就这么算了。”

“你的意思是？”闻瑞问。

魏南音嘿嘿一笑，勾了勾手指，等闻瑞凑过去，在他耳边嘀咕了几句。

闻瑞点头：“我看可以，你觉得在哪儿下手更合适？”

说到这里，魏南音犯愁：“我不想在学校里，但他似乎是住校的。”

闻瑞说：“这好办，周末大部分住校的都会回家，我们周一一早……我去打听一下他家的地址。”

魏南音满意地点了点头，想到大仇终于可以得报了，她心情好转。两个人又聊了点儿别的，有说有笑地朝着楼下走去。

两个人刚刚离开不久，陈劭从天台的一个立柱后走出来，一手插在裤兜儿里，另一只手拎着个空掉的咖啡易拉罐。

没想到课间来这儿吹吹风也能听到关于自己的事，他笑了笑，随手将那易拉罐丢进旁边的垃圾桶，离开了。

虽然已经入春，但是昼夜温差大，早上的天气依旧很冷。魏南音被冷风吹得头疼，她不停地搓着手，抻着脖子望向街道尽头。

因为太早，整条马路上空荡荡的，半天才有一辆车经过，路上也没行人，只有几棵光秃秃的小树迎风颤抖。

魏南音问闻瑞：“你确定这是他去学校的必经之路？”

闻瑞语气笃定：“我确定！”

说着他又低头看了看时间：“离上课还有十几分钟，那家伙估计是等着踩点儿来吧？”

魏南音点头，回头看了看自己带出来的这些人，高一和高二加起来大概七八个。这样一群年轻人静静地立在早春的晨风中，各个表情严肃，气氛莫名就肃杀起来。

魏南音见状安慰众人：“大家不用紧张，一会儿见了他，也就是和他聊几句，咱不崇尚用武力解决问题。”

众人这才松了口气，有个活泼一点儿的高一男生立刻调侃说：“那肯定啊，拳脚不长眼，好歹是校草呢，万一打坏了，南姐要跟着心疼了。”

其他几人呵呵笑了起来。

闻瑞怒道：“说什么呢你，脑子进水了是不是？”

那小男生也不怕闻瑞，小声嘀咕了一句：“这不是南姐喜欢吗？再说又不是我一个人这么说，全校学生都知道南姐仰慕他。”

“谁眼瞎了啊？”闻瑞骂。

魏南音意识到事情的严重性，看来就算她不回应，也不能抑制某些八卦的传播。

其实以前也有过不少关于她的不实言论，但是她这人一向不怎么在意陌生人的看法，听听也就过去了。这一次不知道为什么，听到别人说她仰慕陈劭，她心里别扭极了。

但这种事往往越描越黑，她懒得多说，只是烦躁地挥了挥手，争吵的两个人也就噤了声。

又等了一会儿，不知道是谁小声嘀咕了一句：“迟到被抓，可是要当着全校师生的面念检讨的。”

众人被他这么一提醒也都惴惴不安起来。

闻瑞说：“一会儿我们不走大门，绕开值日生。”

魏南音看看时间，马上就要上课了，于是说：“那你带路吧。”

众人如释重负，跟着闻瑞往学校后墙处走。后墙很高，上面还有铁栅栏，一般情况想从墙上翻过去是不现实的。

不知道从什么时候起，后墙铁栅栏破损了一块，那一处墙下还有点儿施工留下的建筑废料，爬过去不算难。

有人笑着对闻瑞说：“可以啊瑞哥，这种地方都能被你发现。”

闻瑞得意扬扬：“那当然了。”然后很“狗腿”地对魏南音说，“你先上，我在下面托着你。”

魏南音点点头，正要上前，一低头注意到被自己改得又短又窄的校服裙子。虽然是秋冬季款，下面还有打底裤，但是魏南音爱美，打底裤选得非常轻薄，等她爬到了上面，保不齐下面是什么风光呢。

众人见她低头看裙子，也意识到让她爬墙好像不妥。闻瑞再度献计：“这样吧，我们先爬进去，然后把值日生引走，你从大门进。”

魏南音想了下，也只能这样了。怕被人看到，她先躲到了校门对面的一家文具店里，这家店正好能观察到校门口的情况，可是等了很久也没等到闻瑞来搞定值日生，魏南音有点儿急了。

这边闻瑞几人顺利地翻墙入内，绕过操场就是教学楼。几人刚走到教学楼下就看到教导主任朝他们这边走来，张思斌见到他们似乎也很意外，但意外之后，眉头就皱了起来："预备铃都响了怎么还不进教室？在外面瞎逛什么？"

几个男生支支吾吾，最后不知道是谁说的："我们刚才去帮体育老师搬器械了。"

教学楼后的操场边确实有一个体育器械存放处，教导主任闻言也不疑有他，对几人说："赶紧回教室！"

众人如蒙大赦，早把解救魏南音的使命忘得干干净净了。

魏南音绝望地等到上课铃响起后值日生离开，也没等到闻瑞他们来解救她。犹豫了一下，她看准校门前没人的时候溜进了校园。

此时的校园里静悄悄的，只有乍起的风声平添了几分紧张感，魏南音一路小跑进了教学楼。

今天的早自习要讲英语作业，英语老师还算好说话，一会儿她随便编个借口搪塞过去就好了。

顺利通过一楼，就看到四班门口站着两个人，其中一个人背对着她，但看身形就知道是教导主任张思斌。

正在跟他说话的那个人，站姿歪歪斜斜，却依旧比他高出一头半。爽利的短发衬得他眉目英挺，一身土得掉渣的南石校服都被他穿出了几分倜傥的味道。

魏南音冒头的一刹那，她看到陈劭也正好看向她这边。两个人四目相对，魏南音脑中有一瞬的空白。但她迅速反应过来，连忙闪身躲回墙后。

魏南音可以确定陈劭刚才看到她了，以她对他的了解，这和被张思斌亲自抓到没什么两样。让她意外的是，陈劭只是淡淡地从她这里收回视线，继续若无其事地和张思斌说话，没有要揭发她的意思。

虽然不知道陈劭为什么这么一反常态，但这对魏南音来说的确是个好机会——只要她悄悄从张思斌身后溜进教室，她就安全了。

想到这里，事不宜迟，她又悄悄从墙后出来，然后尽量放轻脚步，蹑手蹑脚地朝教室门口走去。

到了此刻，魏南音对陈劭算是彻底放心了，她这么大一个活人又这么大的动作，陈劭不可能看不见，但是他连个眼神儿都没往她这边瞟。

眼见着她离他们越来越近，离班门也越来越近，陈劭和张思斌的对话她也隐隐约约能听到一些。张思斌似乎在问陈劭这些天适应得怎么样，和同桌魏南音相处得怎么样。

魏南音没想到两个人说话会提到自己，在心里腹诽着，脚步一刻不停。就在她即将跨进教室时，她听到陈劭的回答："相处挺好的，对吧，魏南音同学？"

陈劭的后半句话让魏南音以一种奇怪的姿势僵在了原地，她不可置信地回过头，正好陈劭和张思斌也都看向她。

"你站住！"张思斌见到她，脸色立刻晴转多云。

魏南音在心里哀号一声，不情不愿地站直了身子。再看某个罪魁祸首，正好整以暇地看她笑话。她就说这人怎么可能突然转性，刚才假装没看到她，让她掉以轻心，分明就是在耍着她玩儿。

张思斌让陈劭先回座位，这才抬手看了眼时间："根据这学期最新颁布的校规，迟到一分钟写检讨六十个字，你迟到了十五分四十一秒就是九百四十一个字。今晚写完，明天早锻炼时念给大家。"

"啊？"

张思斌瞪眼："有问题？"

眼见着他又要去看表，魏南音只好说没问题。回到座位上，魏南音恶狠狠地看向陈劭，如果眼刀可以杀人，此时的陈劭估计已经被凌迟了。

"你是故意的。"她说。

陈劭："这么明显吗？"

她没想到他会大大方方地承认，咬牙切齿地说："今天算你走运！"

陈劭微笑："对了，下次要约我可以直接跟我说，免得在冷风里冻出病来。"

魏南音闻言一愣，他知道他们今天的计划？可能是真的冻感冒了，她正要问他是怎么知道的，一张嘴却连打了两个喷嚏，缓过来时发现陈劭一脸嫌恶地往后靠了靠。

她突然想起他好像说自己有洁癖，于是还想故技重施。陈劭像是看出了她的意图，动作比她更快。下一秒她只觉得鼻子火辣辣地疼，眼前一片漆黑，原来陈劭情急之下把一本书盖在了她的脸上。

魏南音捂着鼻子："你懂不懂怜香惜玉？！"

陈劭："不好意思，你充其量也就算盘蚊香吧。"

两个人这一番动作有点儿大，即便是平时总是睁一只眼闭一只眼的英语老师，此时也频频向他们投来警告的眼神，闻瑞在她身后不停地踢她的凳子提醒她。

魏南音只好压低声音丢下一句："以后再慢慢跟你算账。"

陈劭浑不在意："你现在要考虑的难道不该是检讨怎么写吗？"

说起检讨，她不由得有点儿内疚，虽然不知道怎么走漏的风声，但无疑是要害得兄弟们跟她一起念检讨了。还好人多，也不会觉得孤单。

她回过头问闻瑞："你们什么时候回来的？"

闻瑞别别扭扭地说："我们回来时被老张发现了，编了个谎话蒙混过关，没办法去救你。"

魏南音一愣："你的意思是你们都没事，就抓了我一个？"

闻瑞默默地缩回头，假装看书。

魏南音深呼吸，她这是什么运气啊！

下了早自习就是早锻炼，早锻炼一般就是各班列队，组织晨跑。每天这个时候，几乎全校的人都会集中在操场上，广播里放着振奋人心的革命歌曲，高高的主席台上空空如也。可以想象，如果有人站上去，那必定是万众瞩目的。

魏南音悲哀地想，不出意外的话，明天这个时候站在那里的就是自己，广播里也不用播什么红歌了，大家将听到的是她为什么迟到的检讨。

这个规定是刚刚出炉的，以前没有人被这么罚过，她绝对是南石建校以来的第一个。虽然魏南音脸皮很厚，但是这么想着，还是觉得很羞耻。

闻瑞知道她还在为早上的事生气，赶紧快跑几步凑到她跟前解释说："当时我们真是没别的办法了，就算不撒那个谎，被老张抓到也救不了你呀。"

魏南音不理他。

闻瑞检讨说："是我情报有误，最后害了兄弟，要不你看这样，检讨我来写。你放心，保证淋漓尽致地展现出你超群的文学造诣和优美的文笔，到时候，你就当给老张一个面子，随便上台念一下了事了。"

魏南音看了他一眼，有点儿犹豫："不会又坑我吧？"

"哪儿能啊，就当给我一个将功补过的机会吧！"

魏南音想想说："再信你一次。"

虽然不用写检讨，但是一想到要当众念检讨，魏南音也是焦虑了一整晚。好不容易熬到天光大亮，她也顾不上吃早饭了，出门直奔教室找闻瑞。不巧的是，今天轮到闻瑞值日，他要等到下早自习才能回来，检讨还在他身上。

终于等到下早自习，魏南音出了教室就看到闻瑞逆着人流朝她挤了过来，到她面前时，气喘吁吁地把被他攥得皱巴巴的信纸递给她。

"忘了我今天值日了，要不先看看？"

此时走廊上乱糟糟的，大家都在往操场走。眼见时间也来不及了，魏南音说："算了，到时候直接念吧。"

闻瑞拍着胸脯保证："放心吧，这回绝对没问题！"

魏南音走向讲台，广播里的革命歌曲突然停了。魏南音拍了拍话筒，原本还人声鼎沸的操场瞬间安静下来，所有人的目光都聚焦在她的身上。

她朝着台下看了一眼，忽然看到主席台旁边的花圃旁站着几个人，她想起来，昨天下午学校请人换了一批新的花卉，大概是洒了些土在花圃旁边的水泥地上，早上老张就找了几个学生来打扫，而这些人中就有她的好同桌陈劭。

他个子很高，长得又好，虽然大家都穿着一样的校服，但是他站在人群中，还是有种鹤立鸡群的感觉，魏南音一眼就能看到他。她看向他时，他也正在人群中看着她，神情慵懒，眼神儿却充满了挑衅。

两个人大概是天生八字不合，自从彼此认识以后，他好像每一刻都在等着看她笑话。

魏南音极不情愿地展开闻瑞给她的那封检讨，清了清嗓子，心一横，念了起来。

"花自飘零水自流，一次迟到，几次忧愁，此恨难消在心头，才下眉头，又上心头。就在风和日丽、似水柔情的一个清晨，不幸的我不幸在迟到铃刚响过不久后不幸地迟到了……"

什么鬼？魏南音直觉不太对劲，顿了顿直接跳到下一段，继续念。

"此次迟到违反了校规校纪，我为此深刻检讨。在班级门口见到张老师的那一刻，我的人生都灰暗了，但张老师让我上台检讨的时候，我的人生又瞬间充满光明。感谢张老师给了我改过自新的机会，我一定积极改正，重新做人……”

此时的操场上早已笑声不断，魏南音的脸色也越来越差。她咬牙切齿——这就是闻瑞那小子所谓的超群的文学造诣、优美的文笔？还绝对没有问题？

闻瑞扬扬自得地欣赏着自己从网上七拼八凑搞出来的大作，听到周边此起彼伏的笑声，他有点儿不解：“你们笑什么？”他问身边的同学，“写得不好吗？”

同学咧着嘴从讲台那边儿收回视线：“是挺好的，不过南姐是故意搞笑的吧？我看教导主任脸都黑了，哈哈！”

闻瑞回头看去，张思斌正站在魏南音身后不远处，他的脸本来就黑，基本看不出与平时有什么不同，但是闻瑞能清清楚楚地看到，魏南音的脸是黑的。

这还是头一次，大家不觉得早锻炼是多余难熬的，从操场回教室的路上，几乎人人都在议论魏南音的那份检讨。魏南音低着头，人生第一次，在南石也怕别人认出她来。

魏南音在走廊上被徐晶晶搂住肩膀，她在她耳边喊：“一班人民发来贺电，美女，你的检讨彻底亮了。”

魏南音垂头丧气地推开她走进教室，不用抬头看也知道班里有多少双眼睛正注视着她，指不定在心里怎么笑话她呢。

她没好气儿地把那份检讨揉成团，狠狠地摔在闻瑞面前。闻瑞哭丧着脸，不敢反驳一个字。她又看向她的好同桌，他正没事儿人一样准备好书本，等着上课呢。她深呼吸，拉开椅子坐下。

身边的人说话了：“检讨写得不错，果然很与众不同。”

这么赤裸裸的讽刺当她听不出来吗？魏南音正要发作，上课铃声响了，张思斌踩着上课铃声走进了教室。

她只好压着火气对某人说：“你给我等着！”

“快等不及了。”某人说。

啊啊——魏南音也不想管什么校内校外了，当务之急她只想干一件事，就是揍得陈劭那臭小子满地找牙！

第二章

几天后的活动课，陈劭走进卫生间没多久，听到门外响起一阵踢踢踏踏的脚步声。不用回头，也知道来人不少。只见闻瑞带着几个男生站在卫生间对面的阳台上，前面拥簇着一个漂亮的女生。

她个子不高，又很瘦，齐肩的长发散在脑后，整洁的齐刘海儿遮到眉毛处，露出下面一双水灵灵的大眼睛和半张白净小巧的脸。这么一看，就像只摆在橱窗里的洋娃娃，粉白可爱，不过说出来的话却和这形象完全不符。

“去看看，大家方便不方便？”

厕所里的几个男生听见声音，发现架势不妙，哪儿还顾得上方便，立刻拉起拉链收拾好自己，纷纷溜出了卫生间。不一会儿，空荡荡的卫生间里只剩下陈劭一个人。

他听到了魏南音的声音，但始终不慌不忙，甚至头也没回，没事儿人一样走到洗手池前慢条斯理地洗着手。

魏南音扫视着从卫生间走出来的男生，没发现陈劭，只能继续等着。此时，周遭气氛诡异得出奇，只有哗哗的流水声不断传来，这让她有点儿不知所措了。

仿佛过了一个世纪，流水声终于停止了，陈劭从卫生间慢吞吞地走了出来，手上滴着水。

魏南音是真的很纳闷儿，他一个大男人，怎么上个卫生间要这么久？不会是身体有问题吧？不过，他的那双手是真好看啊，手指白皙修长，骨节分明，是她见过最好看的手了。

魏南音一时看得有点儿出神，身边的闻瑞不自在地咳嗽了一声，她回过神来，清了清嗓子，不客气地叫他："喂！"

陈劭终于抬头看向她。午后的阳光将他的影子投射到墙面上，这样冷的天，他却穿得很单薄，甚至隐约可以看得到他白色校服下结实流畅的肌肉线条。

魏南音突然有点儿犹豫，他这么强壮，看起来自己也不是他的对手啊，他应该不会打女人的吧，上次拦住王强时他不是说打女人没本事？然而陈劭并没有理会她毫不掩饰的打量，擦干了手就要离开。

魏南音急了："我跟你说话呢！"

陈劭微微挑眉："找我？"

"不然呢？"

"什么事？"

魏南音微微扬着下巴看着对面的人——被这么多人堵在这里，他的脸上还是那副慵懒到有点儿厌世的神情。

她有点儿挫败，但面儿上还维持着高深莫测的笑容："你猜呢？"

"我猜？"陈劭双手插在校服裤兜儿里，嘴角缓缓绽开一个玩味的笑容，"没想到南石的女生这么奔放，追人都追到这里来了。"

周围几个小弟纷纷发出窃窃的笑声，魏南音明白过来陈劭的意思，顿时有点儿恼羞成怒。本来她这群小弟就以为她对他有意思，被他这么一说，好像更加坐实这一点了。

魏南音连忙澄清："你想多了！"

"是吗？又是在我家到学校的必经之路上等我，又是跑来这里堵我，你让我怎么想？"

还能怎么想？这明摆着是在找茬儿啊，怎么到他这里全变味儿了？魏南音有点儿慌，虚张声势地说："我管你怎么想，我就是讨厌你！"

陈劭勾着嘴角点点头，一副看穿她口是心非的样子。

魏南音彻底急了："总之，我们今天新账旧账一起算。"

"怎么算？又要把我按在墙上恐吓吗？"

等等！她确实把他按在墙上过，也没少恐吓他，可还从来没把他按在墙上恐吓过啊，哪来的“又”？他今天说话怎么这么奇怪？

正当魏南音摸不着头绪的时候，一阵冲水的声音从卫生间传来，所以此时的男厕所里竟然还有人？

“吱”的一声门开了，“哗”的一声是洗手呢，踢踢踏踏的声音是有人走出来了。众人顺着那双擦得锃亮的黑皮鞋往上瞧——竟然是教导主任张思斌！

闻瑞他们见状立刻假模假样地看天看地看风景，只有魏南音无比尴尬地立在人群中央，独自迎接着来自张思斌的犀利目光。

没等张思斌走到面前，她像是刚回过神来似的，问了句：“张老师您怎么在这儿？”

张思斌冷笑：“你问我，我还要问你呢。”

魏南音四下打量，后知后觉道：“咦？好像走错地方了啊，刚才明明是奔着女厕所去的，怎么一抬头就不对了呢？”

她一边儿自言自语，一边儿皱着眉头往旁边走，把张思斌和陈劭等人都晾在了身后。

张思斌看了眼周遭众人，没好气儿地骂了一句：“上个厕所都不得安宁！”

陈劭对着刚刚离开的娇小背影，饶有兴致地勾了勾嘴角。

魏南音越想越不甘心，今天真是出师不利，在男厕所偶遇教导主任也是人生一项奇特经历了。现在她只能祈祷张思斌没有因为方便时被打扰又要让她叫家长什么的。

结果魏南音刚回到教室椅子还没坐热乎，就看到班长来找她说：“老张叫你去办公室。”

魏南音仰头无声咆哮，她可以不去吗？她磨磨蹭蹭地走到张思斌办公室，门是开着的，可能是听到了声音，张思斌正好抬起头来。

两个人视线相触，张思斌尴尬地咳嗽了一声：“进来吧。”

魏南音不情不愿地走进去，然而预想中的暴风骤雨没有来，迎接她的竟然是张思斌慈爱的微笑。

“南音啊。”张思斌语重心长地说，“我知道每个人都会被美好的事物吸引，但是吸引归吸引，想拥有它还得看是不是时候。这就好比树上的果子啊，太早熟的后果是什么？是没等到农人去采摘，就早早地烂掉了。”

魏南音被张思斌这种难得的温柔语气说得毛骨悚然，不自觉摸了摸胳膊上的鸡皮疙瘩问：“张老师，您到底要说什么？”

张思斌微微一滞：“你真不明白我在说什么？”

魏南音想了想，试探地说：“我今天真不是故意堵男厕所门口的，不过这跟摘果子有什么关系吗？”

张思斌不自在地清了清嗓子：“我没说这件事。”

“那您的意思是？”

无奈之下，张思斌干脆直截了当地说：“你觉得新转来的陈劭同学怎么样？”

让她评价陈劭，魏南音要说的可太多了。她假装回忆了一下说：“虽然他刚转来没几天，但毕竟是同桌，我对他的了解应该比别人更多一点。

“我觉得这位同学啊对其他同学不太友好，不知道是不是瞧不起我们南石，说话经常夹枪带棒，这样很不利于班级团结啊。而且我发现他这人没有丝毫的责任心，来了好几天了，连一次黑板都没擦过……”

听她在这些鸡毛蒜皮的事上滔滔不绝讲个没完，张思斌有点儿不耐烦了，出声打断她：“你说的这些情况我会去找他谈一下。看样子，你好像很不喜欢他？”

魏南音愣了愣：“我为什么要喜欢他？”

张思斌挑眉打量着她的神情，看样子不像装的。难道他在厕所里听错了，不是魏南音看上了陈劭？

张思斌思前想后，觉得也有可能，于是他又语重心长地说：“我的意思是，你得多看到同学的优点，你看陈劭，就没像你似的，成天给我惹事！”

又来了……不过这才是魏南音所熟悉的张思斌，刚才那阴阳怪气的真把她吓了一跳。

张思斌继续说：“马上要期中考试了，你也好好儿收收心。如果这次考不到 500 分，不管你爸妈有多忙，我都会找他们聊聊了。”

南石高二这一届的学生不多，学生水平也参差不齐。虽然南石校长费力挖来了张思斌，但生源水平摆在那里，要想让学生整体成绩得到提升，不是一时半会儿能做到的。至少目前为止，只有考进年级前一百名的学生有望上大学，前四十名的才有望上重点大学。

魏南音初中时是重点中学的尖子生，后来因为家里的事情，中考缺考了两门，成绩出来后，魏巡只好让她去了南石。

虽然她底子不差，又有张思斌监督着，但她自己无心向学，整天混日子，混到现在也就勉强达到个二本的水平。没想到这一次，张思斌竟然给她定了新的目标。哪儿那么容易实现啊！

“张老师，您就是逼死我也考不了500分啊！”

“500分很难吗？”在张思斌看来，魏南音可是上A大、B大的料，500分算什么？

魏南音却说：“当然难了！我上次期末能考到450分已经把吃奶的劲儿都使上了！”

张思斌恨铁不成钢地挥挥手：“就500分，少废话。”

魏南音悻悻地回到教室，闻瑞立刻殷勤地送上一杯奶茶：“是后街那家店的招牌奶茶。”

魏南音心情稍微好了点儿，接过奶茶喝了一口，一坐下发现陈劭的桌上也有一杯，应该是他自己去买的。她在教导主任办公室挨训的时候，他却还有心思溜出校门去买奶茶，想想就生气。

这时候，闻瑞凑上来小声问：“老张刚才叫你去办公室干什么？”

魏南音正要回答他，却谨慎地瞥了眼身边的某人，最后对着闻瑞晃了笔，意思是纸条儿上说。

对她这一系列的小动作，陈劭只是勾了勾嘴角，并不在意。

很快，上课铃声响起。这节课是张思斌的数学课，魏南音把奶茶放到桌角，装模作样地拿出课本打算听课。然后等张思斌回头写板书的时候，掀开数学书飞快地往纸条儿上写字。

魏南音：“老张没说什么，劝我好好学习，不过我看也是因为我堵男厕所的事情他起疑了。”

闻瑞很快回了她：“起疑不至于吧？我们还没来得及干什么呢。我估计就是不太爽，谁不知道老张有那么点儿不足为外人道的小毛病呢？”

魏南音一看就乐了：“你说什么毛病？尿频尿急尿不尽还是肠胃功

能不太好啊？”

这句话下面还画了一个挤眉弄眼的小表情，魏南音对自己的画工十分满意，一得意就忘形，顺手拿起桌上的奶茶吸了一口。

“喂！”一直安静得像空气一样的陈劭突然出声，吓得魏南音手一抖。

她不明所以地回头看他，他却只是盯着她手里的奶茶：“你喝的是我的。”

咕咚一声，魏南音把含在嘴里的奶茶咽下肚，再看自己的桌角，她的那一杯果然好好儿地立在那里。她盯着自己手上那杯的吸管处，脸莫名其妙地有点儿发烫。

闻瑞看见魏南音拿着陈劭的奶茶发愣，气不打一处来，把纸条揉成一团朝魏南音头上扔去。结果纸团好巧不巧地经由她的头进行了一次弹射，飞到了张思斌脚下。

讲台上的张思斌正讲得来劲呢，忽然脚下飞来一个纸团，他捡起来打开一看，瞬间气不顺了：“魏南音！”

静悄悄的教室里突然传来了张思斌的雷霆怒吼，魏南音被吓得一哆嗦，她以为头上的敌方打击来自张思斌的粉笔头儿，没看到她和闻瑞写得满满的一张稿纸已经躺在张思斌手上。

她立刻站起身解释说：“我上课喝奶茶是因为实在有点儿渴，这和上课吃零食的性质完全不同，而且也不是我在课上说话，我可还一句话都没说，都是他在说。”

她边说边指向身边的陈劭，陈劭一脸无辜地看着她。

张思斌说：“谁问你这些了，说过多少次了，上课认真听讲，不许开小差！你怎么这么冥顽不灵！”

魏南音眨了眨眼：“我没有啊张老师，您是不是搞错了？”

“没有？那这是什么？”张思斌晃了晃手里皱皱巴巴的纸。

魏南音定睛一看，愣住了，这歪歪扭扭的字迹怎么这么像自己的呢？这不是刚才和闻瑞传的纸条儿嘛，怎么跑到张思斌手里了？

不应该啊，怎么会呢？突然，她想起头上的敌方打击，难道竟是来自友军？

她回头看了眼闻瑞，结果正瞧见自己的好同桌正事不关己风轻云淡地把她刚才动过的那杯奶茶丢进一个垃圾袋里，她立刻狠狠地朝他瞪去。

“你看别人干什么？”张思斌冷冷地看着她，“坐下好好儿听课！”

魏南音一脸不情愿，但迫于教导主任的威慑力，还是挺直腰杆，瞪大双眼，努力去理解他念的天书，时不时还点头附和一下。

魏南音觉得整个人好丧，丧到火锅都不能让她的心情好一点，尤其是身边总有一个人在跟她唱反调。

徐晶晶：“哈哈……你真的只是想给他点儿教训吗？为什么一定是男厕所啊，你知不知道现在年级里怎么传的？都说你霸王硬上弓，还好老张及时出现让新同学免遭你的毒手，哈哈……”

魏南音和闻瑞面无表情地看着狂笑不止的徐晶晶。他们堵男厕所找陈劭的事不是什么秘密，而且当时男厕所里还有那么多学生，很快，这件事就被编成各个版本流传开来。

各个版本之间的内容都相差不多，无非就是魏南音看上陈劭了，使出各种手段，但人家就是不从。

魏南音对此头痛不已，闻瑞也很愤慨。

徐晶晶说：“其实你就算是真对他有意思也没毛病啊，长成那样儿，想让人不喜欢都难。”

魏南音怒道：“我和那个卑鄙下流自私无耻的小人势不两立！”

闻瑞：“就是，南音怎么可能喜欢他？”

徐晶晶：“你那么激动干什么？不喜欢陈劭难道喜欢你吗？”

闻瑞：“徐晶晶！”

魏南音烦躁地挥挥手示意两个人不要吵：“不给那家伙点儿颜色看看我真咽不下这口气。”

闻瑞叹气：“看来人多办不成事。”

魏南音也叹气：“单打独斗我也打不过他啊。”

闻瑞：“不一定非以这种方式报复他啊。”

魏南音挑眉：“还有什么方式？”

闻瑞说：“他曝光你借别人作业，你就曝光他别的事情呗。”

魏南音想了一下打了个响指：“有道理啊。”但她很快又犯愁起来，“曝光他什么呢？”

闻瑞提示魏南音：“他为什么会转来我们学校？”

魏南音眼前一亮："你是说……"

闻瑞说："对，就是曝光他的八卦。我听说他在校外都是一个人住，是不是一个人谁又清楚呢？"

两个人很快商量好，周末的时候由魏南音去跟踪陈劭，看能不能拍到什么蛛丝马迹。

徐晶晶连忙说："这事儿我支持你们！"

魏南音和闻瑞齐齐看向她，徐晶晶解释道："我支持你们！你们不知道多少人在打听他是不是单身呢。"

见两个人神色不善，徐晶晶尴尬地转移话题问魏南音："南音啊，你是不是不饿啊？那你点的那些菜能不能贡献出来？"

魏南音果断拒绝："不，这是原则问题。"

徐晶晶说："多浪费啊，你这吃独食儿的毛病得改改了。"

魏南音不为所动："闻瑞，给我把这些涮熟了打包带走，绝不能留给叛徒吃。"

魏南音的手机坏了，她暂时不想朝父母要钱买新手机，闻瑞就把他爸退下来的旧手机先借给魏南音用。不过手机比较老了，有些功能不太好用，也就录像、拍照，还有微信可以用。

闻瑞很快又搞到了陈劭原来数学老师的照片发给了魏南音："你记一下这个老师的样子，在陈劭他家楼下看到她的话记得拍下来。"

魏南音和徐晶晶捧着手机一起研究那张照片，徐晶晶感慨："原来校草喜欢这种类型。"

魏南音："我怎么觉得这女老师看着有点儿眼熟呢？"

徐晶晶："大概美女都长这样吧。"

闻瑞问魏南音："你确定不用我们跟你一起去吗？"

魏南音摆摆手："这种事人越少越好办，你们在家等着我的好消息吧！"

B市是个没有春天的城市，昼夜温差很大，夜晚虽然只有十几摄氏度，但白天天气好的时候气温能有二十几摄氏度。

周末这天，是个万里无云的好天气，魏南音戴着口罩和帽子，把自己武装得严严实实的，走在艳阳高照的大街上显得格格不入。再加上她是第一次跟踪别人，不得要领，一路鬼鬼祟祟东躲西藏，生怕被前面的陈劭看到，显得更加诡异了。

魏南音对周遭这些异样的目光并不在意，路人怎么看关她什么事？只要陈劭不发现她就行。

陈劭今天穿着一身休闲的运动套装，背着一个宽宽大大的黑色双肩包。看这身打扮，魏南音本以为他是要约朋友去爬爬山野个餐什么的，没想到他却一路到了市中心。

到了人多的地方，魏南音的造型更加引人注目，但好在人多的地方，她混在人群中相对更安全。可是魏南音渐渐发现，陈劭似乎不喜欢走大路，特别喜欢挑些人少的小路走。比如现在，他七拐八绕竟然走进了一个偏僻的小巷。

巷子里进不来车，人又不多，安静得仿佛跟隔壁的商业街是两个世界。魏南音注意观察着周围，以便陈劭突然回头时好找个就近的遮蔽物。

可是观察了半天，她发现小路两旁的房子建得很整齐，一扇门挨着一扇门，还真没什么能藏身的地方。魏南音只好放轻脚步，降低自己的存在感，尽量不引得前面的人回头。

前面不远处的石凳上坐着个吃棒棒糖的小女孩，大概是见她动作可笑，竟然“咯咯”地笑了起来，魏南音连忙对她比了个噤声的手势，小女孩终于不笑了。

就在这时，一首突兀的凤凰传奇的歌彻底打破了这种诡异又宁静的氛围。魏南音吓了一跳，她一边儿找着这声音的来源，一边儿在脑中飞快琢磨着万一陈劭突然回头她该怎么办。

还好陈劭似乎并没有被这声音吸引，她也就渐渐放下了心，可这音乐声没有停下来的意思，一直如影随形。片刻后，魏南音终于意识到，这声音不是来自别处，正是来自闻瑞借她的那款老年机。

她手忙脚乱地掏出手机，就在这时，走在前面的陈劭突然回头了。电光石火之间，魏南音一个箭步蹲到小女孩身边，妄图小女孩娇小的身躯能把她遮住。

可能是真的有效果，魏南音看到陈劭只是匆匆回头看了一眼，就继续往前走了。她刚松了口气，忽听面前的小女孩“哇”的一声大哭起来。魏南音回过神来，才发现自己手里竟然拿着人家的棒棒糖。

呃……

魏南音手忙脚乱地哄了半天，最后把自己出门时带的零食全部贡献出来才让小女孩不哭了。再一抬头，巷子里早就空空如也，她跟的人不见了。

听到身后的孩子哭声，陈劭勾了勾嘴角，加快脚步，前面出了巷子，拐角处的拳击馆就是他和蒋易约着见面的地方了。

蒋易是他在九中时的哥们儿，以前两个人就经常一起来这里健身，现在他转学到了南石，因为离得有点儿远，只能约着周末一起来了。

见陈劭被跟丢了，魏南音也不怕被发现了，她没好气地摘掉口罩，一路狂奔，结果一出巷子就和一个男生撞了个满怀。魏南音没有理会对方，只是站在人来人往的街边，搜寻那个熟悉的背影。怎么突然就消失了呢？

被撞的蒋易见到撞他的姑娘一副泫然欲泣的模样有点儿慌。

“没事吧？”

“撞伤了？”

“要不……我陪你去医院？”

魏南音不胜其烦，没好气地扫了对方一眼：“你谁啊？”

蒋易一噎，确定对方没事，才继续和电话里的人说话：“劭哥？哦，我没事，刚有个小插曲，再等我两分钟，马上到！”

劭哥？哪个劭哥？这么巧吗？

不小心听到别人讲电话的魏南音一阵欣喜，连忙跟上前面打电话的男生。没跟多久，就发现他进了一家拳击馆。而且很快，她也看到了刚才被她跟丢的陈劭。她重新戴上口罩，一边儿低着头偷偷观察着周围的环境，一边儿跟着两个人往二楼走。

这里面男男女女的都有，打拳嘛，穿得也少。在魏南音的视线再次从一个美女丰满的身体曲线上掠过的时候，她的心里不禁佩服起陈劭的好手段来——爬山野餐什么的跟拳击馆约会比简直弱爆了。

上到二楼，魏南音的视线被一个个肌肉男所吸引，与此同时，这些人在看到她的时候也都露出了意外的神情。魏南音低头扫了自己一眼，不就穿得有点儿多吗？有什么好看的？

反正一路上没人拦她，她就一直跟着陈劭他们，因为要小心避免被发现，她一路低着头，也没注意到面前那道门上方的“男浴室”三字。

一阵潮湿的热浪迎面而来，魏南音顿时出了一身的汗。四周都是水声，伴随着男人说话的声音在四壁间回荡。眼前再没有陈劭的影子，入眼的全是赤条条的男人。

魏南音意识到，她好像走错了地方。怎么办？若无其事地走出去吗？这会儿应该还没有人注意到她吧？

就在这时，她看到了一双惊慌失措的眼睛——离她最近的喷头下站着的男生此时正不可置信地看着她。四目相对了片刻，那人迅速去捂自己的下身。周遭其他人也注意到他们这里的异样，纷纷投来探究的视线。

魏南音内心很崩溃，暗想怎么浴室外面也没有个指示牌什么的。现在被人发现了，也不能若无其事地离开了，最重要的是，她可还什么都没拍到呢！

她内心纠结，面儿上努力维持着淡定。注意到她的人越来越多，她脑子里飞速搜寻着办法，正好余光里瞥见打扫浴室的墩布立在旁边。

她没理会其他人的大惊小怪，拎起旁边的墩布开始拖地，拖到刚才那人脚边时，还很不耐烦地说了句“让让”。

男生看着她浑不在意的模样，表情比刚才更惊恐，连忙捂着裤裆骂骂咧咧地跑走了。其他人的反应也都差不多，她所到之处，男人惊骂，纷纷拎着东西遮挡着要害部位落荒而逃。

魏南音对自己这随机应变的能力非常满意，得意扬扬地绕了个不大的圈回到浴室门口，就想着这么悄无声息地原路返回，眼前却突然出现了一双运动鞋。

她手上的动作顿了顿，很快又壮着胆子，按照刚才的套路毫不客气地把墩布撑上去。那人反应也不慢，直接踩在她的墩布上，看架势，分明就是故意的。

她使劲儿拽了两次，那人依旧纹丝不动，她心里突然有点儿不好的预感，顺着那双鞋往上看，那身运动衣有点儿眼熟，再往上，是某人似笑非笑的脸。

被某人这么看着，魏南音突然心慌低头，转瞬想到自己此时可是戴着帽子口罩的，对方未必认得出来，又放下心来，直到对方清晰地叫出她的名字。

“魏南音。”那语气中没有一丝一毫的犹豫，非常肯定。

魏南音在心中为自己点了支蜡烛，她缓缓抬头，朝陈劭笑了笑：“这么巧啊！”

陈劭说：“是很巧，上一次在男厕所，这一次在男浴室。你还真是不放过任何机会啊！”

魏南音一脸无辜地说：“这次真是凑巧，我在这里做兼职。咦，你是这家会员吗？以前怎么没见过你？”

陈劭挑眉：“你在男浴室做兼职？”

魏南音面不改色：“生活艰辛啊！陈同学你大概不会懂。”

陈劭依旧是那副似笑非笑的神情：“来南石之前我确实不懂，不过来南石之后我懂了。”

魏南音愣了愣：“什么意思？”

陈劭：“认识你之前我不懂，认识你之后我懂了。”

魏南音琢磨了一下，这意思是他在认识她之后生活变得艰辛了？魏南音干笑两声：“大家都不容易。唉，不能跟你聊天了，不然要被扣工资的，回聊啊回聊。”

说完也不管那被陈劭踩着的墩布了，直接丢开跑出了浴室。

蒋易换好衣服走出来，发现陈劭还穿着进来时的衣服，有点儿意外：“这半天干什么了？还没换衣服。”

陈劭朝着门外一抹瘦小的背影扬了扬下巴。

蒋易好奇道：“这层怎么出现女孩子了？不过她那身打扮，好像在哪儿见过……”

陈劭说：“我的新同桌。”

蒋易不可置信：“她是来找你的？”

“差不多吧。”陈劭说。

蒋易啧啧感慨道：“想不到南石的女生这么主动奔放，追你都追到这来了。哦对了，我想起来了，刚才在外面给你打电话的时候我见过她，长得还挺漂亮的，就是个子小了点。”

陈劭没再继续这个话题，拍了下蒋易的肩膀说：“下楼等我吧。”

魏南音跟了一天，毫无收获。但她并没有放弃，晚上在食堂小炒窗口点了个两人份套餐，回宿舍洗了个澡美美地睡了一觉，第二天一早又去陈劭家楼下蹲着了。她就不信这一天还拍不到东西！

除了上厕所，魏南音一刻都没离开过陈劭家楼下，从早上等到中午，也没见他出门。还好她带的零食够多，天气也还不错，她找了个能看到陈劭家楼门的石凳坐着等他。

坐的时间长了就有点儿困，突然听到几个男生吵吵闹闹的说话声，她立刻清醒了过来。她以为是陈劭，连忙看过去，但迎面走过来的几个人她一个也不认识，其中有一个人一直盯着她看。

这种情形魏南音早就习以为常了，也没当回事，百无聊赖地拿出手机翻起朋友圈。她没注意到的是，刚才盯着她看的那个男生走出不远后也拿出了手机打了个电话。

一个多月前在后街那次，魏南音他们走后，王强才渐渐回过味儿来——那个自称路人的男生不就手上有点儿力道吗？他当时也是脑子不好使被他唬住了。

不管他和魏南音究竟是什么关系，他们那么多人，害怕一个男生和一个丫头片子吗？

也是他们走了之后，王强后知后觉地后悔起来。但不得不承认，要不是忌惮陈劭，王强当时也不会被他们唬住。正好后来有个男生认识九中的人，找来一打听，才知道陈劭已经转学了，竟然是为了他的数学老师。那他又怎么会和魏南音那丫头扯上关系？

到了这一刻，王强才可以确定，自己是被魏南音给耍了。盛怒之下，他带着人连着几天守在魏南音家附近，但就是没堵到人，后来又开学了，魏南音不知道想了什么办法避开了他们，进了学校更是连校门都不出了，让他一点儿机会都没有。

此时他听说魏南音一个人在附近的一个小区里，那小区比较老旧，可以说是没有物业安保一类的。据他的跟班儿观察，魏南音好像是在等什么人，看上去对方不会出现的样子。这不正是天赐的良机吗？

王强立刻召集人马，临出发前对身边的跟班儿说："把小四也叫上，魏南音不是说她是陈劭的人吗？我就让她当着小四的面说说陈劭到底什么样。"

小四就是王强的跟班儿认识的那个九中的朋友，跟班儿立刻打电话："我这就叫他。"

不一会儿，人齐了，王强招呼众人往陈劭所住的小区走去。

魏南音在陈劭门前守了小半天，既没有等到他出门，也没有见到那个女老师上门。难道他们昨天在她不知情的情况下已经见过面了，所以今天不见了？

眼看着快到晚饭时间了，带来的东西也都吃完了，肚子又开始叫。到了这一刻，她开始佩服起那些跟拍明星的小报记者了。

她想了想，觉得这么耗下去也不是办法，不如回去先和闻瑞他们制订一个更详细完美的跟拍计划再来。

她正打算离开，突然看到迎面走来一群人。魏南音顿时有种不好的预感——她躲了王强一个多月，想着他应该差不多放弃了，自己这才放松了警惕，这回不会这么巧吧？

对面几个痞里痞气的男生渐渐走近，打头的那个笑呵呵地说："哟，南音妹妹，好久不见啊！"说话的人正是王强。

魏南音悄悄把手伸进包里，拿出手机。但有人比她动作更快——王强身边的一个跟班儿直接冲上来夺走她的手机，讨好地递给王强。

王强瞥了一眼手机屏幕，没有接："这是打给谁啊？"

魏南音讪笑着说："也没给谁打电话，陈劭说他马上过来，让我在这儿等他。"

王强笑得很阴森："够听话的啊。不过你说的是哪个陈劭啊？"

"还有哪个，就是……"魏南音不知道王强知不知道陈劭转学的事情，想了一下说，"就九中的陈劭啊。"

"110是他家电话吗？你当老子傻啊！"说着他狠狠地把口香糖吐到了地上，走上前，"把老子当猴儿耍是不是？上次被你和那个男的给蒙了，你以为这一次还能成功？不过……"王强"嘿嘿"一笑，"你给强哥说句软话，强哥就再原谅你一次，以后乖乖跟着我，不会亏待你的。"

众人哄笑，王强那张长满痘痘的脸说着就凑了过来。魏南音恶心得要命，面儿上却笑着等王强靠近，众人都以为她是打算屈服了，她却突然抬腿朝着王强下身狠狠踢去。

王强毫无防备，一时没躲开，疼得嗷嗷直叫。魏南音趁着混乱转头就跑，她听到身后的王强气急败坏地喊道："给我追！"

众人蜂拥而上，一个多月前在南石后街上演的一幕再度出现。魏南音对这一带不太熟悉，慌不择路，现在天色又暗了下来，她只能加快脚步，也不知道前面能不能绕出小区。

正暗自琢磨着，突然迎头撞上一个人。那人的胸膛温暖结实，身上还有一种她所熟悉的淡淡的柠檬味道。

她抬起头，惊喜交加："陈劭！"

身后的王强和其他几个人此时已经追了上来，听到她这么叫人，王强哈哈大笑："你当老子是三岁小孩儿呢？上次被你们这对狗男女骗了，那纯属是老子掉以轻心，这次你们倒好，直接演上了？行，让你们挨打也挨得明白吧。"说着，回头从人群中拎出一个男生，"小四，看看对面那男生是不是你认识的人。"

那个叫小四的眼镜男从刚才起就战战兢兢的，努力降低着自己的存在感，生怕被对面的人看到。没想到怕什么来什么，王强非要把他推到那人面前。

小四看了对面那人一眼，陈劭穿着居家的运动裤搭配同系帽衫，可能出来得急，拖鞋都没来得及换，但这并不妨碍他那种掌控一切的气场。

此时他双手插在帽衫的口袋里，悠闲地看着他们这群人。他脸上没有表露出什么，但是熟悉他的人都知道，那个眼神，说明他已经有点儿不高兴了。

小四结结巴巴地叫了声"劭哥"，听到这一声"劭哥"的王强不可置信地看了看小四，又看了看对面身材挺拔高大的男生。

一个多月前后街里那不太好的回忆再度出现在脑海中，也不知道是不是心理作用，他隐约觉得当初被他捏的腕骨处现在隐隐作痛。

陈劭对那声"劭哥"回以淡淡的冷笑："好歹也是九中的学生，交朋友也不擦亮眼睛，哪儿找的狐朋狗友？"

"你说谁是狗？"王强身后一个不怕死的跟班儿跳出来质问他，但是被陈劭盯了一眼后，又乖乖地缩回到了王强身后。

小四结结巴巴地说："就是几个朋友。"

陈劭点头："这么说你是带着朋友来找我？"

"不是不是。"小四擦了下额头上的汗，回头看向王强。

王强是什么人，能被这一帮游手好闲的人叫作"强哥"，除了为人够阴，还有就是他一直坚守他的信条——人要识时务，懂得审时度势、能屈能伸才能当好领头的。知道面前的人确实是陈劭后，他迅速改变了态度，调整了策略。

仔细回想起上次在后街的情形，他大胆猜测，魏南音和陈劭当时可能互不认识，不然魏南音也不会编那么容易就被戳穿的瞎话。

现在就算认识了，短短一个多月的时间，也可能不算熟悉。所以他就赌，魏南音的事情，陈劭未必愿意出手。

他笑着看向魏南音说："凑巧遇到个熟人，想让她过来聊两句。"

魏南音立刻看向陈劭，陈劭也正垂眼看着她，那目光平静无波，看不出一丝一毫的情绪。魏南音突然有点儿害怕，刚才遇到陈劭时的喜悦已经完全没有了。

她和陈劭什么关系？不是死对头也有过节啊。

陈劭是什么样的人？不是禽兽不如，至少也自私冷漠啊。

他会在这种时候为了她再次对上王强这些人吗？答案似乎显而易见。可是，她已经没有别的路可以走了。

"你听我说……"魏南音最后想给自己争取点儿机会。

陈劭却突然打断她："有什么话回家说吧。"

魏南音愣了愣，什么回家？

陈劭此时已经看向王强："聊什么？不能当着我的面聊？"

就在他说话时，他的手竟然悄无声息地握上了她的。意料之外的冰凉触感没有让她镇静下来，反而让她觉得陌生、恐慌，还带着一种说不清道不明的期待。

刹那间，她觉得世界被按下了暂停键，周遭的一切都安静了下来，唯独她略微过速的心跳声一次次敲击着她的耳膜、她的身体。

王强看着陈劭握着魏南音的手，一双聚光的小眼睛不自觉地眯了眯，他心有不甘，但也知道现在还不是和陈劭撕破脸的时候。

"没什么，就打个招呼，可能南音误会我们要干什么了。哎，正要去吃饭呢，这就走了。"说着，王强朝众人挥了挥手。

"等一下。"陈劭突然开口。

众人停下脚步，王强回过头来："什么事啊？"

陈劭没有立刻说什么，只是静静地看着他，这么短暂沉默的片刻让周遭的空气瞬间紧绷。到了这一刻，就连王强也可以感觉到，对面的人怕是真的很生气了。

沉默了片刻，陈劭说：“我上次说的话你好像忘记了。”

王强一听，脸色不太好看。上次陈劭临走前劝他安分守己，不然让他消失。当时这话声音不大，但还是被离他近的几个跟班儿听到了。

陈劭让他在跟班儿面前失了面子，把他气得够呛。现在陈劭旧话重提，而且是在更多人面前，还这么大声，即便此时已经知道对方是陈劭，他还是难以咽下这口气。

他又瞥了眼魏南音和两个人拉着的手，深吸一口气，笑着说：“我明白了。”说完没好气地带着众人转身离开。

他们没有走太远，就近找了个不太显眼的地方停了下来。一个跟班儿凑上前问：“强哥，我们在这儿等什么？”

王强摸出个口香糖塞进嘴里：“看看一会儿那丫头出不出来。”

小弟有点儿紧张：“这会不会得罪陈劭啊？”

王强瞪了跟班儿一眼：“那丫头等会儿要是一个人出来，说明她和陈劭的关系也就那么回事吧。”

跟班儿受教地点了点头：“不过强哥，那人真是陈劭吗？”

王强闻言回头看了眼小四，恶狠狠地磨了磨后槽牙，没有说话。

那跟班儿又说：“就算他真的是陈劭，咱也没必要这么忌惮他啊！他再厉害也就一个人，我们人多势众还怕他？”

王强问：“你知不知道他的名声怎么来的？”

跟班儿摇摇头。

王强说：“他跟我们不一样。他看着就是一普通高中生，独来独往，不爱惹事，但是半年前他干过一件事。隔壁街开网吧的几个蠢货不知道因为什么去找他晦气，当时他们八个人，陈劭就一个人，最后那八个人都趴下了，他自己伤了一条腿，几天后坐着轮椅去学校了。”

说到这里，王强回头看了一眼：“我们这六七个人能是他的对手？”

跟班儿好奇地问：“他当初为了什么事儿下那么狠的手啊？”

王强冷笑着说：“具体情况没人敢说，当时那些人一听他的名字就吓坏了，但我听说好像也是为了个女人。”

跟班儿回头看了眼，已经什么都看不见了：“难道是为了魏南音？”

王强摇头：“他俩在这之前肯定不认识。”

跟班儿说：“这么说这个陈劭还是个情种啊。”

王强冷哼一声，没再说话。

等那几个小混混都走了，魏南音才开始后怕。今天跟上次在后街的情况还不一样，上一次好歹还是光天化日的，王强他们再混也不敢干太出格的事，但是今天不同，此时天都快黑透了，这个小区比后街僻静得多，半天连个人影儿都没有，要是王强想干点什么坏事，还真有可能。

她现在能平安无事地站在这里，多亏了陈劭。不过，她要怎么跟他解释她出现在这里的原因呢？魏南音抬头看向陈劭，陈劭也正好从远处收回视线看向她。

魏南音干笑两声："原来你家住在这儿啊，这么巧！"

陈劭垂着眼睛看她，勾了勾嘴角："是啊，不这么巧的话，你明天得顶着个猪头去学校了。"

魏南音心有余悸地想摸自己的头，忽然意识到手还被他拉着。她连忙收回手，十分不自在。

她的目光不经意间扫到了他脚上的拖鞋："你这是？"

陈劭反应过来说："要出去买点东西，正好路过。"

"哦。"魏南音捡起被那群人丢在地上的手机，有点儿心虚地说，"既然你要去买东西，那我就不耽误你时间了啊，我先走了。"

陈劭看了一眼刚才王强他们离开的方向，如果他猜得没错，那群人应该还没走远，可能就在某个角落里等着魏南音再次落单。

"等等。"

魏南音站住脚，心虚地看着陈劭，这不会是要秋后算账了吧？

没想到陈劭问她："要回学校吗？"

魏南音点点头："是啊。"

"等会儿一起走吧。"

魏南音有点儿意外。

陈劭说："怎么，不愿意？"

"哦，不是，那我在这里等你吧。"

陈劭看了眼手表："可能要等得久一点，你确定要站在这里等？"

魏南音心想这一天她都等了，也不差这一会儿，于是笑眯眯地朝他挥挥手："没问题，你速度快点儿就行。"

陈劭点点头："那好吧，如果一会儿那群人又回来了，你可以给我打电话。哦，如果来得及打的话。”说着他转身就要走。

魏南音立刻想到什么，连忙叫住他：“我想了一下，还是去你家等吧，这样你也可以多磨蹭一会儿。”

“哦，走吧。”说话间，陈劭弯了弯嘴角。

怕被王强他们杀个回马枪是一方面，魏南音想去陈劭家或找找证据是另一方面。毕竟她跟了他两天还什么也没打探到，此时正好可以借机去他家看看有没有女孩子的生活用品。

闻瑞不是说他未必一个人住的吗？想到这里，魏南音得意地笑了笑，自己这是塞翁失马啊。

“能去我家你就这么高兴？”身边传来一个冷冷的声音。

“啊？有吗？”

陈劭家的装修非常简单，典型的单身男生的家，白色墙面，灰色地砖，家居摆设都是一水儿的简单风格。

魏南音很快注意到，这里别说女孩子留宿的痕迹，就连除陈劭以外的男人的痕迹都没有，即便是他自己的东西也很少，不像是常来这里住的样子。

虽然早就打听过了，魏南音还是问了句：“你一个人住吗？”

陈劭：“嗯，不过也住得少，大部分时间还是住校。”

她有点儿失望地点了点头。

陈劭看了她一眼问她：“你跟着我到底想干什么？”

魏南音没想到他这么直接，吓了一跳，支支吾吾地说：“我什么时候跟着你了？我今天就是凑巧路过，不过刚才还是谢谢你啊。”

他替她倒了杯水放在她面前的茶几上：“今天是凑巧，那昨天呢？”

“昨天……昨天是兼职……”第一次说这种瞎话时还能理直气壮，这第二次，还是在他刚刚替她解围后，如此和谐的气氛下，她就有点儿心虚了。

陈劭笑了一下，那笑容中的意思不言而喻——他不相信。

“我是说，你直说的话或许我还可以帮帮你。像今天这种事，如果不是我……”他顿了一下，咳嗽一声说，“如果不是我碰巧去买东西路过，后果不堪设想。虽然你的事我管不着，但如果有人因为我出了什么事，我也会感到困扰。”

“哦，”魏南音继续嘴硬道，“那你放心好了，我出现在这里真的跟你没关系。”

陈劭坐在她对面的椅子上，双手手肘撑在膝盖上，微微躬身看着她：“因为上次在后街我把你交给王强他们，你一直记恨我想报复我？”

魏南音心里频频点头，原来他都知道啊，但面儿上她不得不客气地摇摇头：“这点小事我早忘了。”

陈劭微微蹙眉，又问：“那就是你周一早上堵我没堵到，还迟到了，所以怪我？”

不怪他怪谁？魏南音心里怨怼，面儿上十分善解人意：“又不是你让我去的，怎么能怪你呢？”

陈劭闻言沉默了。魏南音心想，他们的梁子可没少结，举报她借别人作业，害她上课挨训，哪件倒霉事儿跟他没关系？

这时候听陈劭又问：“那就是……你对我有意思？”

“咳咳……”这一次魏南音非常笃定地竖起三根手指，“我对天发誓，绝对没有！”

“哦。”陈劭垂下眼，不再说话。

见他既没收拾东西，也没换衣服，魏南音催促他：“你是不是要换身衣服再出发啊？那我等你。”

陈劭慢条斯理地起身去冰箱里拿出一罐可乐，打开喝了一口：“不着急，晚点儿再走。”说完陈劭也不再理会她，干起自己的事情来。

魏南音第一次跟一个男生像这样单独相处，对方还是敌友不明的陈劭，每一秒都让她如坐针毡。

就这么等了一会儿，她估计楼下的人可能已经走远了，自己这一趟也摸清楚他家的情况了，没必要再等下去，于是站起身来。

“我想起来作业还没写，陈同学，你不着急回去的话我就先走了。”说着她起身往门口走去。

陈劭又把她叫住：“你走了我吃什么？”

魏南音愣了愣，不可置信地回过头。

陈劭一手插兜，一手握着可乐，似乎是很随意地回头一瞥。吸顶灯不太明亮的光线从他头顶倾泻而下，让他本就立体的脸部轮廓显得更加棱角分明。还有那双平日里略显单薄的嘴唇，可能因为刚刚喝过可乐，显得分外红润，衬得他的皮肤更加白皙。

到了这一刻，魏南音突然理解了徐晶晶她们的花痴，面前这个人，单从外貌上说，几乎每一个角度都完美得无可挑剔。

不过等等！她在想什么？他刚才说的那句话是什么意思？魏南音强迫自己清醒一点——难道她是才出虎口，又入狼窝了？所以他刚才才会问她是不是对他有意思？

“什……什么意思啊？”她结结巴巴地问。

陈劭朝着厨房的方向抬了抬下巴：“我又救了你一次，你是不是该表示一下了，做顿饭不过分吧？”

原来是吃饭，不是吃她。魏南音顿时松了口气，这人怎么就不能好好说话呢？不过转眼她又开始犯愁，做饭这项技能明显不在她的掌握范畴内啊。

陈劭挑眉：“不愿意？那就想点儿别的当谢礼也行。”

虽然不知道他说的别的是什么意思，但魏南音直觉一定不如做饭来得容易。她笑了笑说：“怎么会呢？一顿饭而已，不过我手艺一般，不知道你吃不吃得下。”

陈劭昨晚睡得不好，今天又看到她早早守在楼下，搞得他一整天也没能踏踏实实补个觉，这会儿有点儿累了。

他疲惫地揉了下太阳穴：“不用太复杂，下个面条就行。”

他对魏南音的手艺没什么期望，但面条这种东西就算难吃又能有多难吃呢？

魏南音一听就乐了，徐晶晶经常偷摸在宿舍里给她煮面吃。自己是没动过手，但见过人家怎么煮啊，看着不算难。正好自己也饿了，于是她爽快地答应下来。

“得嘞！你先等一会儿，半小时后开饭。”

陈劭闻言把空掉的易拉罐扔进垃圾桶里，转身往卧室走去：“好了叫我。”

陈劭回房间后，偌大的客厅只剩下魏南音一个人了。她大大方方地参观起他家来，观摩完客厅，她又去了厨房。

厨房里的厨具倒是齐全，但看样子也不是经常有人用。她打开冰箱，里面有一包挂面，还有些蔬菜和鸡蛋。她想了想，决定做个西红柿鸡蛋打卤面。

魏南音一忙碌起来就没把自己当外人，反正陈劭看不见，她想干什么干什么。很快她发现，陈劭家的家具摆设对她很不友好。

比如碗柜，安得特别高，她暂时没找到可以用来垫脚的东西，里面的盘子她还没想好怎么拿出来。

还有就是她刚才上卫生间的时候也很不爽，他家竟然连马桶都很歧视她，坐马桶时脚落不了地这种事她还是第一次遇到！

另外他家所有的调料瓶子都拧得奇紧无比，她自认为绝不是那种弱不禁风的小女子，但她吃奶的劲儿都使上了，还是拧不开，无奈这西红柿鸡蛋卤只能放点盐了事。

一锅面、一锅卤都搞定后，她又开始跟那些安得过高的碗柜较劲。厨房门开了，陈劭手插在裤子口袋里慢慢悠悠地走进来，见某人扒在顶柜上做引体向上，他微不可察地抽了抽嘴角。

他走到她身后，用没什么波澜的声音问："几个？"

魏南音愣了愣："什么？"

陈劭问："几个盘子几个碗？"

魏南音这才注意到此刻自己的动作似乎有点儿可笑，连忙站好说一个盘子两个碗就够了。

陈劭正站在她身后，因为厨房空间不大，两个人不得已离得很近。又是那种似有若无的柠檬味道，不知道为什么，魏南音有一瞬间的心悸。

陈劭似乎没觉得有什么不妥，他从碗柜里拿出一个盘子两个碗，放在魏南音面前的料理台上，又去看锅里的东西。这一看，那张古井无波的脸上终于起了波澜。

他回过头，有点儿不确定地问魏南音："你这是煮面？"

魏南音不明所以地过去看了一眼，此时已经看不清面汤了，面汤和面糊作一团，早已没了各自最初的模样。

"哎呀，煮的时间好像有点儿长了，这……"她把筷子伸到锅里搅了一下，什么都没捞起来。

她有点儿尴尬地看了眼陈劭，对方脸色不太好看。

"我没记错的话，家里就这一包挂面了。"陈劭说。

魏南音连忙说："我刚才只用了一半，还有一半，要不我重新煮？"

陈劭没理她，又去看炒锅里的东西，鸡蛋还是鸡蛋，西红柿还是西红柿，分得清清楚楚。陈劭回头，魏南音看他似乎是在找筷子，立刻把自己手里那双奉上。陈劭扫了她一眼，接过筷子。

筷子头先戳了一下大约有半个拳头大小的西红柿块，硬邦邦的。然后又去夹鸡蛋，鸡蛋倒是熟了，就是熟得有点儿过了。他夹起来尝了一口，脸色瞬间变得很难看，他匆忙抽了张餐巾纸吐掉。

魏南音见状，有点儿不确定地问："真那么难吃吗？炒鸡蛋能有多难吃？"

陈劭没立刻回答她，一口气灌了大半瓶矿泉水后才问："你放了多少盐？"

魏南音看了眼旁边的调料瓶说："我本来是想放点别的调料的，但是都打不开，只能放盐，我想着既然只放盐，那就多放一点才有味道嘛。"

陈劭疲惫地皱眉："有味道？是很有味道。"

魏南音嘿嘿笑着说："是吧。那为什么不好吃？"

陈劭摆摆手，似乎懒得多说："把这些都倒了，然后把锅洗干净。"

"啊？是不是太浪费了？"

陈劭表情不善地看她一眼："究竟是谁浪费？"

魏南音知道自己厨艺不佳，也没再说什么，不过倒掉西红柿鸡蛋前，她还是不死心地尝了一口——齁得嗓子疼。

还好食材剩了一些，魏南音看着陈劭动作利落地切西红柿，打鸡蛋，烧水，煮面，突然就想到了她爸。

以前家里也是她爸爸做饭，不管在外面多忙多累，只要他在家，一定是他做饭，因为魏南音和弟弟都觉得爸爸做饭比妈妈做的好吃很多。

后来才知道，妈妈结婚前是十指不沾阳春水的大小姐，后来有了两个孩子才渐渐学着做饭，自然不如从小做惯了这些事的爸爸。

魏南音问陈劭："你经常做饭吗？"

"不然吃什么？"陈劭头也不回地说。

"你一直一个人住吗？"她又问。

厨房里安静了片刻才传来"嗯"的一声，不知道他为什么不和爸妈住，但是这方面魏南音有经验，觉得还是不问的好。

她说："那也不用自己做饭吧，叫外卖多方便，我就是。"

陈劭回头扫了她一眼说："所以你够不到碗柜。"

她好心跟他分享生活经验，他却在笑她吃得不好所以长得矮吗？良心呢？

没一会儿，热腾腾的打卤面就出锅了。美食果然能安抚人心，吃着陈劭亲手做的饭，魏南音突然就做了一个决定。

她放下筷子，无比郑重地看着陈劭说："陈同学，我有话对你说。"

陈劭也刚好吃完，往身后的椅背上一靠，懒懒地挑眉等着她继续。

魏南音组织了一下措辞说："我接下来说的某些话可能不太好听，但句句发自肺腑，如果让你感到不适，也请你忍耐一下，毕竟我这个人是相当客观的。咳咳，我要说的就是，虽然你这个人有时候有点儿自私，平时又很刻薄，更过分的是一肚子坏水……"

陈劭越听越觉得不对劲，随手拿起筷子敲了敲面前的碗："你给我等等。你说我自私刻薄一肚子坏水？还发自肺腑相当客观？"

魏南音被他这阴恻恻的语气吓得一个哆嗦，很快又镇定下来："你看看你，又来了。"

"我看什么？"陈劭语气不善，"我看我的打卤面是喂狗了。"

魏南音瞪他："还说你不刻薄？"

陈劭："我只对狼心狗肺的人刻薄。"

"我这人最是恩怨分明了，你听我把话说完。"

陈劭没再说话，示意她继续。

魏南音说："虽然你有这么多毛病，我们之间也有不少小矛盾，但是从这几次你替我解围的事情看，你这人本质其实还挺不错的。所以我决定，以前的事就让它彻底翻篇吧。"

"从今以后，我决定和你和平共处！"说着，魏南音郑重其事地朝陈劭伸出手，"我们重新来认识一下吧。陈同学你好，我是魏南音。"

陈劭颇有几分不屑地嗤笑一声，就当魏南音以为他不会搭理她时，他突然伸出手，非常随意地和她击了下掌："行了，赶紧把碗洗了，回学校。"

半晌，魏南音才回过味儿来，他这是接受她的和解提议了吗？她立刻笑逐颜开："没问题！你做饭，我洗碗，很公平！"

说着，她起身收拾好桌上的碗盘，小跑进了厨房。陈劭看着厨房里忙碌的娇俏身影，突然觉得，总是一个人好像是有点儿无聊。

魏南音洗好碗的时候，陈劭已经换了身衣服拎着书包等在门口了。他说："刚才通知，住校生晚上要在食堂开个会。"

魏南音这才想起来，之前好像听宿管阿姨提过，大概就是宣传一些安全方面的事情，都是老生常谈了，但是每次主持这种会议的都是老张，她也不敢不出现。她看了眼时间，从陈劭家到学校还有一段距离，走回去显然来不及了。

魏南音说："没事，你们这里好打车吧？我请你。"她边说边去包里翻钱包，可是翻了两遍也没看到钱包的影子，想来是她出门时忘带了。

她有点儿尴尬地看了眼陈劭："看来这次只能蹭你的了，下次我请你吃饭吧。"

陈劭无所谓地说："走吧。"

魏南音迅速收拾好包，跟着他出门，她边下楼边想，坐公交车的话如果不用等太久也来得及，当然能打车更好。

可她走出楼道时看到陈劭站在车棚旁边等着她，原来他是打算骑车回去。对了，她记得他有一辆公路赛车的。

魏南音问："骑车走吗？"

陈劭说："时间来不及了，只能骑车走，你要是不愿意也可以自己跑回去。"

"怎么会呢。"谁让她没带钱，只能仰仗他了。

"我去拿车，你在这儿等我一下。"

魏南音乖巧地点头。她想到他的那辆公路赛车，不禁有点儿犯愁。那车后面没有座位，到时候她只能坐在车前面的横梁上，不知怎的，魏南音的脸不自觉就红了。

然而片刻后，她看到陈劭推着一辆电动车出现在她面前。

魏南音愣了愣："骑这个走吗？"

"也不一定。"魏南音正要开心地建议他换辆车，就听他又说，"你还可以选择跟车跑。"

"……"

眼看着时间要来不及了，虽然坐在电动车后面既不暧昧也不浪漫，那也比她跑步回去强啊。魏南音一咬牙，等陈劭准备就绪后，跨坐在他的身后。

不知道是不是他故意的，他今天背了个超大的双肩背包。这个双肩背包成功将两个人隔开，电动车座位长度有限，这样一来，魏南音不得不一直保持着歪脖子的姿势，即便如此，她也觉得自己的脸和屁股要被挤得变形了。

车子刚刚发动，她就觉得有点儿不妥，试着和前面的某人商量："那个……陈同学，要不我给你拎着书包吧，你这书包太大了，你背着我这儿实在有点儿挤。"

没想到某人丝毫不为所动："不用了。"

"为什么？"

"我不喜欢别人靠我太近，尤其是你。"

啊？说好的和解呢？魏南音再不满也只能忍着，谁让她没带钱，谁让她自己没有车，谁让她不想跑着回去呢！

于是这一路，陈劭、魏南音以及陈劭的那个包，挤在一辆可怜的电动车上，朝着学校的方向狂奔而去。

车子开了多久，她就以一个中风病人的姿态忍耐了多久。刚到校园门口她就强行要求下车，脖子疼是一方面，另一方面，她偶尔还是要脸的。

好在陈劭也正有此意，丢下她一句话没说就迫不及待地骑着电动车走了。起步的一刹那，晚风微微掀开他衬衫的一角和额前的刘海儿，魏南音望着某人的背影感慨，有人就是天生一副好皮囊，骑个电动车都那么引人注目，不像她，脸都被挤变形了。

这个小插曲让魏南音略感不快，但是比起两个人之前剑拔弩张的关系，现在两个人之间简直算得上非常和谐了，直到魏南音再度被张思斌请去了办公室。

站在张思斌办公室门前，魏南音感慨流年不利，从开学起她就成了老张办公室的常客，这都不知道是第几次了。张思斌的办公室门大敞着，她吊儿郎当地打了声"报告"。

张思斌脸色铁青，从旁边一沓子作业本里拿出一本甩在她面前："这是什么？"

这场景似曾相识啊，上次老张知道她借作业给同学时也是这个样子。

她一头雾水地低头去看：“谁的作业啊？”

张思斌不由分说，又抽出几本丢到她面前：“你给我好好看看！”

她仔细看了看，发现这些人的作业答案都一样，关键是错的也都一样。哎，这是复制粘贴吧？

“我可没借别人作业也没借给别人作业啊张老师，您叫我来不会是为了让我听您骂别人的吧？”

张思斌冷笑一声：“你倒是把自己择得干净。就在昨天，又有同学向我举报说有人在班里互相传阅作业。紧接着我就发现这些人的作业有问题，分别找来问了一下，你猜怎么着？”

魏南音小声嘀咕了一句：“我哪儿知道？”

张思斌没好气：“你不知道？他们都说是有人借给他们的。这次倒是学聪明了，改成线上了。这班里除了你还有谁会干这种事！”

这一次，魏南音想不生气都难了，这分明就是老张的人格歧视！凭什么第一次是她，第二次也得是她？

魏南音说：“张老师，说话得讲证据！”

张思斌早有准备，他拿出手机点了几下给她看，是一个QQ资料，头像是个女孩子的背影，QQ名称是一个南字。

魏南音愣了愣：“什么意思？作业是这个QQ邮箱发出去的？”

张思斌把手机往桌上一扔：“你是不是觉得自己挺聪明的，都学会阳奉阴违了？这边儿跟我保证得好好的，那边儿该怎么样还怎么样。你看看你这学期的表现，你让新同学怎么看你，怎么看我们南石！你太让我失望了！”

这事儿和新同学有关系？

魏南音本来还想为自己辩解两句，但一想到张思斌竟然不搞清楚就下了定论，她破罐子破摔道：“那您就继续失望吧。”

说完也不管张思斌如何痛心疾首，转头走出了他的办公室。

回去的路上，魏南音一直想着张思斌刚才那几句话，越想越觉得这事儿和陈劭脱不开关系，不然老张平白无故提他干什么？但也不能光凭老张一句话就断定是陈劭举报的，他们既然已经“重新开始”了，那她就选择相信他一次，当面问清楚。

第三章

魏南音回到教室时陈劭正趴在桌子上睡觉，她故意动作粗暴地拉动椅子，制造出很大的噪音，很快把陈劭给吵醒了。陈劭刚醒，明显还有点儿起床气，皱着眉头，不明所以地看她。

“你出来一下。”她说。

陈劭看她一眼，眉头稍稍舒展，似乎清醒了一些，但依旧一句话也没说。

魏南音提高音量：“我说让你出来一下！”

这堂课正好是活动课，班上同学闲聊的闲聊，写作业的写作业，她这一嗓子，立刻就让整个教室安静了下来。

陈劭皱起眉头，淡淡地吐出几个字：“又发什么神经？”

见他这态度，魏南音也有点儿生气了。陈劭没理魏南音，随手拿过桌上的书。正要翻开看，手上却突然一空。

“拿来。”他冷声命令道。

魏南音不怕死地把书抱在胸前，也不管陈劭越来越难看的脸色，转身走出教室。陈劭看着某人作死的背影咬了咬牙，不得已起身跟了出去。

两个人一前一后出了教学楼，绕过操场，又穿过实验楼，最后来到了一片小树林。

此时玉兰花和樱花都开得正好，放眼望去，整个山坡都是粉粉白白的花海。这么浪漫的地方，好像不太适合探讨恩怨，但是除了这里离教学楼和操场都比较远，校园里也没有更僻静的地方了。

不过魏南音忘了，学校里的某些同学也喜欢这里的僻静。魏南音他们刚走进小树林就遇到了两个同学，他们来之前那两个人不知道在干什么，反正在看到他们俩之后，那两个人就像见了鬼似的迅速分了开来。

魏南音轻咳一声，掉头往远离这两个人的方向走，可没走一会儿又遇到了同样的情况。

“你叫我来究竟是什么事？”陈劭的耐心彻底耗尽了。

魏南音想了很久，觉得这件事不能开门见山地直接问，万一误会了他，那他们两个人刚建立起的友好关系就又要破裂了。魏南音觉得，只能先试探他一下。

想到这里，魏南音笑了笑说：“你猜。”

陈劭扫了一眼四周，最后视线落在远处正挨在一起的两个同学身上，神色有点儿古怪。魏南音不明所以地循着他的视线看过去，顿时就脸红了。

陈劭收回视线，又看了她一眼：“不说我走了。”

“哎！”魏南音连忙叫住他，纠结了一下说，“算了，我就直接问吧，我猜你也不屑于撒谎。这次是不是又是你？”

陈劭被她这没头没尾的问题问得一愣：“什么又是我？”

魏南音说：“上次是你告诉老张我把作业借给别人的吧？这次是不是又是你？”

陈劭愣了愣，笑了：“你是说我为了这事去老师那里打你小报告？”

“不是吗？我明明白白地告诉你，这次你冤枉我了。”魏南音越说越委屈，越说越生气。

陈劭十分无语：“你把我叫到这种地方就是为了说这些？”

魏南音说：“对啊。”

陈劭没什么耐心地说：“书还我。”

“你还没回答我的问题呢！”

“我没那么无聊。”

听到这句话，魏南音心里有点儿高兴，但她又觉得不能仅凭他一句话就相信，他可是个有“前科”的人啊。

“你怎么证明不是你？”

陈劭似乎不愿再聊这个话题了，还是那句话："书还我。"

魏南音见他这态度也有点儿生气："我之所以会当面问你就是对你的人品还抱有最后一丝希望。"

陈劭的笑容有点儿冷："这么说我还得谢谢你啊？"

"那倒不用。"魏南音顿了一下说，"男人就该敢作敢当，如果真的是你，你承认了，道个歉，我大人不记小人过，这事就算过去了。"

陈劭有点儿心烦："我承认什么？我凭什么道歉？这事和我有什么关系？"

两个人正僵持着，树林深处突然传来一阵吵吵嚷嚷的人声。魏南音有点儿奇怪，不应该这么吵啊，这里平时可没什么人。魏南音和陈劭不约而同地循声看过去，见远处跑来一男一女。

男的大喊："分头跑！"

女的大喊："别管我！"

这是什么剧情？

紧接着，那对男女分头跑开，魏南音看到了他们身后的人——那人穿着校服，可能尺寸不太合适，有点儿紧绷，脚上还穿着一双不太搭配的黑色皮鞋。他正骑着一辆破旧的自行车，费力追赶前面的一男一女。

魏南音总觉得那个身形有点儿眼熟，还有那辆自行车，二八大弯梁的车型可以说非常有年代感了，估计除了车铃不响其他地方都响吧。

自行车男子离魏南音他们还有一段距离，魏南音看不清他的脸，电光石火之间，她突然就想起那辆车的主人是谁了。

到了这一刻，她不得不由衷地佩服起他们那位可敬可爱的教导主任了——乔装成学生来抓现场，还有谁比他的招数更毒辣？

魏南音很快想到了一个问题，如果被张思斌看到她和陈劭出现在这里，就凭张思斌对她的偏见，那真是几张嘴都说不清楚了。

眼见着张思斌就要到跟前了，魏南音顾不上解释，喊了声"快跑"就拉起身边的人狂奔起来。

"跑什么？"陈劭有点儿不情愿。

魏南音回头匆匆说了句："那人是老张你没看出来？"

这话一出，魏南音明显觉得自己手上松快多了，某人跑得比她还快！

此时在张思斌看来是两对学生、三个方向，他略微迟疑了一下就决定放弃之前的那对，改追新出现的这一对。

之前那对就算追到一个“主谋”，另一个“主谋”怕是也无从查找。但后面这对脑子就不太灵光了，不懂得分开跑路，全部抓住正好一起处理。

发现张思斌突然改变路线直追她和陈劭而来，魏南音在心里哀号，这学期真是不平静啊。

还好她体力不差，早适应了这种被人围追堵截的生活，跑得并不慢，身边的陈劭人高腿长速度也很快。当然最大功劳还要数张思斌那辆自行车，实在太破了，再卖力速度也提不起来。

就这样，魏南音和陈劭被张思斌狂追几条街，从学校里追到学校外，最终还是让他们跑掉了。

成功甩掉了张思斌，魏南音手撑着膝盖大喘气：“也不知道他看清我们俩没有。”

陈劭的体力很不错，这会儿已经恢复了过来，他说：“无所谓，大不了解释一下。”

“解释？”魏南音回头看他，“你知不知道有句话叫越描越黑？你太不了解老张了！”

陈劭看了她一眼：“那也不能侮辱我的眼光。”

“喂！你什么意思？”魏南音气急败坏。

陈劭看都不看她一眼，丢下一句“字面意思”便往学校走去。

魏南音有气无力地跟着他，见他要从正门回学校，叫住他说：“你要是从正门回去，咱刚才还不如不跑。”

陈劭停下脚步，有点儿迟疑。魏南音见状，得意地说：“就说你不了解老张，他刚才没追到我们，你觉得他会放弃吗？我猜他这会儿应该正在校门口守株待兔呢。”

陈劭盯着她看了片刻，然后笃定地说：“还有其他回学校的途径。”

魏南音摇头晃脑地说：“是有啊，你求我，我就告诉你。另外再提醒你一点，马上是他的数学课，我猜老张守株待兔抓不到人，很快就会回去上课了，到时候他发现班里少了咱俩……嘿嘿。”

陈劭却只是冷笑了一声，没再理她，径自朝前走去。魏南音一路跟着陈劭，她倒要看看他想怎么回到学校里。

陈劭没有理她，只是贴着围墙走，没一会儿就找到了闻瑞之前找到的那处护栏有缺口的地方。他停下脚步，眼含笑意地看了她一眼，好像在说这有什么难找的。

魏南音咳嗽了一声说："你今天就是运气好，一般人真找不到这里。行了行了，别磨蹭了，赶紧翻墙吧。"

陈劭站着不动："这地方这么高，你想怎么翻过去？"

魏南音理所当然地看着他："这不是有你吗？"

陈劭点了点头："我明白了。"

"明白了就赶紧行动吧！"她话音未落，就见陈劭三两下爬上了墙。

魏南音看得目瞪口呆，很快反应过来好像有什么不对："喂，你先上去了，那我怎么办啊？"

陈劭蹲在墙头，朝她勾了勾嘴角："不好意思，我不喜欢被女人压，所以你自己想办法吧。"说完便一个纵身跳了下去。

墙内传来某人顺利落地的声音，然后对方竟然就这么毫不留恋地走了。魏南音不敢相信，这个世界上竟然会有这种不讲义气的家伙！

魏南音绝望地望着高耸的围墙，凭她一个人是绝对没有希望爬上去的，无奈之下，她只能绕回到学校大门。

也不知道此时张思斌还在不在校门口，不过现在就她一个人，只要她咬死不承认，赌张思斌刚才没看清她的脸，他就不能断定是她。

想必陈劭那家伙肯定也是想到了这一点，才那么有恃无恐地丢下她一个人。一想到刚才他那令人发指的行为，她就忍不住气到发抖。

进学校时，果然就见张思斌黑着脸堵在门口。此时张思斌已经脱去了校服，穿着日常的衣服。

他见到她并不意外，但见她身后没有其他人，目光又有些迟疑。看来刚才是真没有看清啊，想到这里，魏南音也就不怕了。

"干什么去了？"张思斌问。

"太渴了，出门买瓶水。"

"一个人去的？"

魏南音不明所以："对啊。"

张思斌面不改色："水呢？"

魏南音不慌不忙：“喝完了。”

张思斌深呼吸，犹豫片刻后只好转移话题说：“我说过多少次了，课间不能出校门，你看现在几点了！上课这么长时间了你竟然还在校门外晃悠！”

魏南音嘿嘿一笑：“我没记错的话这节可是数学课，您不也跟我一样在这儿晃悠吗？”

张思斌整张黑脸被气得发红，恨铁不成钢地说：“还不是因为你？班里莫名其妙少了个人，还不知道去了哪儿，你让我怎么安心上课？”

魏南音懒懒地“哦”了一声：“下次我一定提前请假。”

张思斌没好气：“还不赶紧跟我回去上课！”

张思斌走在前面，魏南音走在后面，两个人各怀心思，一路无话。直到跨进教室门，张思斌才回过头来悠悠地说了句：“按照最新的校规，上课期间出校园，一千字检讨。”说着他又看了眼手表，“迟到十分三十二秒，六百三十二字检讨，一共一千六百三十二字，明天早锻炼读。”

“不是吧？”她怎么把这茬给忘了，上次那九百四十一字的检讨噩梦好像还在昨天，这回这么多字，让她怎么写？

张思斌：“别耽误时间了，赶紧回座位。”

魏南音走进教室，第一眼就看到了她的好同桌，某人就跟没事儿人一样。他刚才肯定听到张思斌要罚她的话了，怎么能这么心安理得？

如果当时他有点儿人性，愿意帮她一起翻墙回来，她完全不用写这个检讨啊。所以都怪他！他的脸上却没有一丝一毫的后悔或者同情。

想到这里，她突然恶从胆边生，回头看了一眼张思斌。在张思斌不解的目光下，她破釜沉舟，深吸一口气说：“老师，我自首，刚才是我！”

陈劭在短暂的不可置信后，眼神危险地看着她。

这时候还想恐吓她吗？难道他不知道，她魏南音出了名的吃软不吃硬吗？在陈劭的目光威逼下，魏南音毫不惧怕，像个即将壮烈牺牲的勇士一样抬手指向陈劭。

她一字一句道：“我在和陈劭同学谈恋爱。”

这一下，全班沸腾了。有的互相议论，有的起哄叫着“南姐有种”，有的甚至吹起了口哨。魏南音则是以一副胜利者的姿态，看着不远处的陈劭。对方面色铁青，眼神冰冷。但在她感觉，没有比此刻更爽的了。

“啪嗒”一声，张思斌用黑板擦狠狠地敲了下讲桌，教室瞬间安静下来。

张思斌没好气：“看看你们像什么样子，还上不上课了？”骂完大家，他又失望又头痛地看了眼魏南音和陈劭，最后说，“其他人上自习，你俩，来一趟我办公室。”

对于张思斌的办公室，魏南音是常客，陈劭却是第一次来。

张思斌扫了眼面前的两个孩子，一个高大帅气，一个漂亮可爱，如果不是在高中这么关键的时刻，如果他不是他们的老师，可能真会觉得他们很般配。

但是学生的首要任务是学习，是高考，而他的首要任务是在他们迷失了自己的方向时适时地拉他们一把。

“我以为我今天看错了，我也希望是我看错了，但可惜不是。说说吧，你俩从什么时候开始的？”

魏南音正要开口，却听张思斌说：“我没问你，陈劭你说。”

魏南音悻悻地闭了嘴，她也想听听陈劭会怎么说。不过她十分确定，刚才两个人手拉手被张思斌追了一路，张思斌先入为主眼见为实，不管陈劭怎么解释，他肯定都不会相信的。

没想到陈劭只是说：“不重要了。”

“什么意思？”张思斌和魏南音齐齐愣了愣。

陈劭说：“现在没关系了。”

啊？这是什么套路？魏南音不可置信地看着他，完全没想到他竟然来这么一招。

张思斌显然也没料到事情是这么个情况，竟然很不合时宜地问了句：“为什么？”

陈劭面不改色地说：“我觉得早恋很不好，耽误学习，所以今天也是想和魏南音同学把话说清楚的。就这样。”

魏南音已经不知道该说什么好了，想她瞎话编过无数，经验丰富老道，在南石这种地方，她敢论第二，没人敢居第一。直到此刻，她才知道江湖多么险恶！

“我不同意！”她说。

张思斌问："你不同意什么？"

"我不同意就这么算了！"魏南音干脆破罐子破摔地说。

这一回换陈劭意外了，他嘴角动了动，似乎要说什么，魏南音没给他机会。

"你知不知道你这叫什么？你这叫始乱终弃。你当初怎么跟我说的？现在才过了多久就要算了？你肯定是关注别的女生了，根本不可能是为了学习！你要是想学习好，你会来南石？"

最后这一句话似乎有点儿说服力，所以她话音落下，两个人一时间都没有接话。张思斌怀疑地看向陈劭。

陈劭扫了眼魏南音，似乎笑了一下说："跟别人没关系，我只是单纯不喜欢矮子。"

这话一出，魏南音连演戏的心情都没了，她这辈子最恨别人拿她的身高说事，她也不管张思斌在场，一个飞扑扑上去扯住陈劭的衣领："你说什么？你再说一遍？你说谁是矮子！"

陈劭心情烦躁，试图把她从自己身上剥离，但魏南音身手灵活，没让他立刻得逞。

办公室里闹作一团，张思斌头大如斗，最后还是他怒吼一声"够了"才让对面的两个年轻人安静下来。

张思斌深呼吸，然后对陈劭说："不管怎么样，早恋就是不对，你去写三千字检讨，明天早上给我。"

魏南音提醒他："不用在早操时间念给全校听吗？"

张思斌没好气："还嫌不够丢人吗？你看看你，哪有女孩子该有的样子！你，五千字，明天给我！"

"张老师，这不公平啊！"

张思斌微微挑眉："不公平？六千字！"

魏南音愣了一下，只得悻悻闭上嘴。张思斌见状烦躁地挥挥手，示意两个人可以走了。

回教室的路上，魏南音恨恨地说："没想到你是这种人！"

陈劭的脸色也不好看："哪种人？"

"心胸狭隘、不讲义气、睚眦必报！我们的友谊完了！"

陈劭冷笑一声："我要是真像你说的那样，你现在就没力气跟我在这儿争论了。再说今天要不是你发神经，我们谁也不用写检讨。”

魏南音很郁闷：“你以为我想吗？反正归根结底都怪你，你来之前我在南石好好的。我借人作业怎么了？大家你情我愿的事情，就是你，偏要多管闲事！”

陈劭被她气笑了：“我说了，我没那么无聊。”

见他这样，魏南音也有点儿底气不足，但是这时候退缩太没面子了：“你不承认没关系，反正有人看到是你告的状。”

“南音！”正在这时，突然有人从身后拍了魏南音一下，把她吓了一跳。

魏南音烦躁地问了句：“谁啊？”回头一看，原来是闻瑞，也不知道他火急火燎的有什么急事。

闻瑞说：“南音，陷害你的人找到了，这人就是之前告你状的家伙，你绝对想不到他是谁。”

“具体什么情况，快说。”魏南音看了眼对面的陈劭，陈劭坦荡荡地回看她，一句多余的话都没有。

闻瑞说：“我们找了个兄弟假装借作业，总算把幕后黑手揪出来了。竟然是刘伟那小子！我还打听到，你被老张叫走的前一天，这小子去过老张的办公室。”

“刘伟？怎么可能啊！”竟然是刘伟？闻瑞还把作业借给他，他就是这样回报她的？

闻瑞说：“我们现在正在审这小子呢，只是稍微一诈他，他就招了，说是看不惯你。”

魏南音彻底怒了：“狼心狗肺的东西！我逼他了吗？他分明就是眼红我，背后捅刀子，老虎不发威当我是病猫啊？给我好好教教他，让他见识见识得罪我会有什么后果！”

闻瑞瞥了一眼陈劭，张了张嘴，最终也没说什么，匆匆离开了。

魏南音气鼓鼓地转身，一抬头就看到陈劭正饶有兴致地看着她：“我心胸狭隘？我不讲义气？我睚眦必报？不过我很好奇，得罪你究竟是什么下场。”

魏南音意识到，自己好像得罪了某位不该得罪的人，比起拳头来，她怎么可能比他硬呢？

魏南音尴尬地笑笑："不是不是，这里面一定有什么误会，你听我解释……"

魏南音说着正要上前，却见陈劭好整以暇地指了指她的脚下，她不明所以地低头看，什么也没有啊。

陈劭说："站在那儿别动。你说的，我们的友谊完了，所以请你以后跟我保持距离。"陈劭说完转身就走。

魏南音追上去："哎不是，陈同学，何必这么小气呢？"

陈劭又被气笑了："你说我小气？"

"我不是那个意思，我是说，你看我已经受到惩罚了，我要写六千字检讨呢，你就别再生气了啊！"

陈劭脚步不停："拜你所赐，我的也不少，还多了个莫名其妙的'前女友'。"

"我明天就去跟老张解释，陈同学……"

第二天一早，魏南音早早就去张思斌的办公室报到。

张思斌一见她就头疼："又有什么事啊！"

魏南音："我是来跟您解释一下昨天的事情。"

张思斌狐疑地看着她："解释什么？"

魏南音犹豫片刻，把事情原委一五一十地告诉了张思斌。

张思斌听完狠狠拍了下办公桌："胡闹！有同学告诉我你借人作业的事情你就要打击报复吗？你把学校当什么地方了？！"

她是来解释"早恋"那件事的，可这位教导主任重点抓得好像有点儿偏啊。没办法，谁让她主动送上门儿呢？又是一番爱的教育，魏南音有一句没一句地听着。

最后张思斌讲完，看她一眼说："既然你们俩没什么，这事我就不追究了。你少花点儿心思在这些没用的事情上，马上就要期中考试了。上一次期末就考得不好，这次看你怎么考到500分。"

"500分那是您说的，我又没说。"

张思斌被气得说不上话来，半晌叹了口气说："其实你的水平又何止500分。南音啊，你的实力我是知道的，只要你肯努力，老师一定帮你。还有一年半的时间，我们一起加油，考个重点大学完全没有问题，到时候我也好和你父母交代了。”

魏南音面无表情地说：“就算您想交代，估计他们也不关心吧。”

张思斌愣了愣：“你这是什么话，他们不关心你就不好好学？再说，他们不关心我就让他们关心，这次你必须考到500分！”

魏南音讨价还价：“万一题目很难怎么办？”

张思斌说：“那也要考进前四十名，不然就请你父母来一趟吧。”

“什么，前四十名？！”她是绝对不可能做到的，但无奈张思斌又来这套，明知道她最怕请家长，也明知道她家里是什么情况，老张真是屡试不爽，次次往她软肋上扎刀。

放学后，魏南音和闻瑞约在校门口的拉面馆吃晚饭。魏南音拿着去年考试的成绩单看了又看，上一次她考了451分，排年级八十六名，已经是超常发挥了。

让她考进前四十，也就是说至少还要超过四十六个人。之前转走的那个在她前面，那她也还需要超过四十五个人。

不对，之前是转走了一个人，但这不是又转来一个陈劭吗？也不知道他的成绩怎么样。

“这成绩单不是去年的吗？怎么还拿着研究？”闻瑞问。

魏南音琢磨着心事：“你知不知道陈劭在九中的成绩怎么样？”

闻瑞有点儿不高兴：“你怎么总打听他啊，真看上他了？”

魏南音立刻给他飞了个眼刀子：“想什么呢你，我和陈劭什么情况你又不是不知道。老张给我定了个目标，让我考进前四十，我得心里有数，有哪些人可能排在我前面。”

闻瑞“哦”了一声低头吃饭：“他也不学习，成绩能好到哪儿去？”

魏南音回想着陈劭转学来的这段时间，好像的确是看闲书、睡觉的时候居多，确实不像什么成绩好的。闻瑞分析的不是没有道理，一个整天无所事事的花美男，成绩能有多好？

闻瑞想起什么又说：“对了，我们之前冤枉他，他后来没难为你吧？”

“难为倒是算不上。”说起这事，魏南音有点儿尴尬，“回头找个机会补偿他一下就好了。”

可是要怎么补偿呢？第二天上课时，魏南音一直在思考这个问题，不自觉地就会多看陈劭几眼。陈劭一开始没注意到，只顾翻着手里那本体育杂志，后来终于感觉到了，回头看她。

两个人视线对上，她尴尬地咳嗽了一声：“我这人一向敢作敢当。”

陈劭似乎不知道她怎么突然冒出了这么一句：“所以呢？”

“所以，我承认，之前冤枉你是我不对，我可以补偿你。你说吧，想要什么补偿？”

陈劭哼笑一声，继续低头看杂志：“闭嘴，安静点，我感激不尽。”

魏南音撇了撇嘴，这时候，讲台上的物理老师讲到了这次期中考试可能出现的重要考点。

魏南音突然嘿嘿一笑说：“话不要说得这么绝啊，我猜你很快就要有求于我了。”

“我求你？”陈劭挑眉。

“对啊。”魏南音无比认真地点头，“马上就要期中考试了，到时候我保你考得不会太差。”

“你保我？”

“对啊，虽然你可能不在意成绩，但总归是考得好一点更体面嘛。你初来乍到的，第一次成绩直接决定了你以后的日子好不好过，老师们对成绩差的学生可是格外严厉的。”

陈劭似乎对她的这个提议很感兴趣：“那你打算怎么帮我？”

“我们学校每次大考的考场安排都是根据上一次大考的成绩来的，一个考场四十个人，也就是说年级前四十在第一考场，四十一到八十名在第二考场，以此类推。

“我们年级理科生正好是二百四十个人，六个考场。之前转走的那个同学是我们考场的，我算了一下，他的考位应该就在我旁边。如果我没猜错的话，为了不打乱其他人的座位顺序，老张很有可能把你安排在转走那同学的位置上，跟我隔着一条过道的距离。”

“所以呢？”陈劭饶有兴致地看着魏南音。

“所以，不用太感激我，权当我误会你的补偿了。”

“怎么，你成绩很好吗？”

魏南音 450 多分的成绩在九中那种学校肯定要垫底了，但是在南石就算是中等成绩了，在四班这种吊车尾的班级更是班里的第一，这也是她能在班里耀武扬威的原因之一。

她谦虚地笑了笑说："一般吧，但应该比你强点儿。"

令人意外的是，陈劭没有拒绝她，他似笑非笑地点点头说："那就要麻烦你了。"

突然态度大变，看来成绩是真的很烂了。想到这里，魏南音同情地看他一眼，说话时也更有耐心了："放心，有我独创的'手势密码'，包管你得高分！"

"手势密码？"

"对，来来来，我教你……"接下来的十分钟，魏南音详细向陈劭讲述了"手势密码"的使用方法，并强迫陈劭跟她来了一场实战模拟，她说要保证实操时不会出错。

陈劭感觉十分新奇，同时又有一点儿无语："你确定咱俩这样手舞足蹈、抓耳挠腮的不会被监考老师发现？"

"放心吧。"

陈劭了然地点头："那真是要谢谢你了。"

魏南音拍了拍他的肩膀："既然误会解开了，大家还是好朋友。"

陈劭回头看她，又看了眼她搭在他肩膀上的手，神色不明。

因为魏南音的主动和解，在期中考试到来前，她和陈劭的关系缓和了很多，他还是不太爱搭理她，但也没再给她找过麻烦，至少两个人不像过去那样剑拔弩张。

这段时间里，魏南音因为要肩负起帮助陈劭的责任，还真是努力抱了抱佛脚，直到期中考试如约而至。

考试当天，学校怕学生们作弊，不允许学生太早进入考场，来得早的人就围在考场外面等着监考老师来开门。

第一科考的是数学，魏南音刷了一夜的题，早上的时候还有两道没搞清楚，于是就拉着徐晶晶给她讲题。

徐晶晶上次考了年级第二名，考场是第一考场，两个人就在第一考场门前讨论题目。她们没注意到，她们的年级第一、号称"南石之光"的李亚彤也在门口看书。

听到两个人讨论题目，李亚彤不耐烦地抱怨了一声："吵死了。"

徐晶晶和李亚彤是同班同学，所谓一山容不得二虎，这两个人一向不怎么合得来，徐晶晶听李亚彤这么说立刻有点儿火大：“就许你看书，不许别人学习了？”

李亚彤没理她，转了方向继续看书，片刻后却悠悠说了句：“那么简单的题目都不会，还有什么好学的。”

原本魏南音对李亚彤这个姑娘还是挺有好感的，毕竟长得漂亮成绩又好的人没人不喜欢。不过她渐渐发现，对方身上总有那么一种高高在上、不可一世的感觉。

她也理解，李亚彤来南石不是因为自己不够优秀，而是跟着做生意的父母临时来了 B 市，因为学籍的问题，只能上他们这种私立学校。

魏南音此时没有搭理她，她注意力根本就没放在她身上。马上要开考了，这些题目能搞清楚一道是一道。

徐晶晶哪咽得下这口气，立刻撑了回去：“还不许人有个不会的题目了？你不也是吗？不然站在这儿拿本书装模作样的吗？”

李亚彤依旧不理人，她烦躁地合起书，像是被吵得不行了，转身就要离开。这一转身，直接和刚过来的一个人撞了个满怀。

李亚彤手上的书被撞得掉在了地上，她正要发脾气，抬头看到来人，满脸的不屑和愤懑瞬间一扫而空。

见对方弯腰去捡地上的书，她连忙说：“不用了，我来吧。”

陈劭停下动作，说了句“抱歉”，直接绕过正在捡书的李亚彤往第三考场走去。魏南音还在琢磨刚才那道题目，感到身边的徐晶晶在扯她的袖子，她抬起头来，看到徐晶晶朝她使眼色。她顺着她的目光看过去，就见李亚彤红着脸抱着本书，看着走廊另一头的某个方向。

魏南音不明所以，徐晶晶八卦地说：“我们南石之光的春天来了。”

此时距离考试开始还差一刻钟，各个考场的监考老师陆续到场打开了教室门。大家鱼贯而入，各自找到位置，不出所料，陈劭就坐在魏南音的旁边。

坐下之后，她回头看向陈劭，正巧陈劭也看向她。因为有了之前的约定，魏南音颇有点儿同志接上头的感觉，慎而重之地朝他点点头，可对方却完全不买账，漠然地将视线移开了。

魏南音一脸尴尬，他这是有求于人的态度吗？她怒瞪某人，某人却浑然不觉，从书包里掏出两支笔放在桌上，等着发卷子。

一看这架势就知道是个学习不好的无疑了。现在还敢对她这么爱搭不理？一会儿她就让他高攀不起！

第一门是数学，数学要背的东西比较少，又是张思斌的课，所以算是魏南音的长项。她原本还信心满满的，觉得没什么问题，可是她拿到卷子的那一刻，蒙了。

这一次的题目是怎么回事？哪个老师出的卷子？这么难是想着收割鸭蛋吗？魏南音前前后后翻了好几遍，发现会做的题目实在不多。她偷偷瞥了眼旁边的人，陈劭倒是一直在低头写字，没有停过。

真会假会啊？要不要装得这么逼真？

魏南音继续研究卷子上那些题目，把所有确定会的、可能会的都写完，剩下的就是确定不会做的了。抬头一看表，距离考试结束竟然还有一个小时。

考场里静悄悄的，只有翻卷子和写字的声音，魏南音有点儿心虚，这是什么情况？还没有人提前交卷？难不成大家都会做吗？

就在这时候，身边有椅子拉动的声音，她循声看过去，陈劭已经收拾好东西，拿着卷子走向讲台。这人自始至终没有向她求助过一次，是题目太难彻底放弃了吗？大概是吧。

魏南音想，这个考场里总算有个实在人了——既然不会何必在这儿浪费时间呢？想到这里，她也收拾了东西起身去交卷子，两个人一前一后从教室里出来。

魏南音快走几步追上陈劭："考得怎么样啊，陈同学？"

陈劭没什么表情地说："就那么回事吧。"

魏南音心中大石落定，看样子也是觉得题目很难了。

她说："你既然有不会的，刚才怎么不求助？我不是说了吗？不会的话可以给我暗示，我帮你啊。"

陈劭似笑非笑地看她一眼："看样子你考得还不错？"

魏南音心虚地笑了笑："马马虎虎吧。"

因为高二和高一的学生交替用考场，所以他们的四门考试都放在了上午。机器判卷速度很快，试卷交上去的当天下午成绩就出来了。

闻瑞拿着单科的成绩单跑来找魏南音，魏南音急匆匆地拿过来看，第一眼就怔住了。

成绩单是按照分数由高到低排下来的，陈劭的名字赫然排在第一位，数学满分 150，他就是 150！而第二名，才是他们的“南石之光”李亚彤，113 分。魏南音才刚刚够到及格线，考了 90 分。

这是什么样的差距？她无法相信。

“他是不是作弊了？”她问身边的徐晶晶和闻瑞。

徐晶晶说：“你们那个考场，除了他以外连个及格的都没有，他怎么作弊能拿满分？”

魏南音不知道该说什么了，她是从心底里不愿意相信这是陈劭的真实水平。

“那就是老张给他透题了，这么难的题，他怎么可能考满分！”魏南音愤愤不平地说。

徐晶晶和闻瑞对视了一眼，两个人都没有说话。

第二天上午考的是语文。语文要记的东西很多，魏南音从老张给她下达通牒时就开始做准备，她每天背一道题，是的，背题！现学是来不及了，她只能另辟蹊径。当然，她还做了一些“保险措施”。

拿到卷子的那一刻，她是又喜又悲，喜的是真有题型和她背过的差不多，悲的是默写上的古文她还没来得及背啊。魏南音深吸一口气，开始答题。她还是先把会做的题目都做了，最后留下几道。

恰巧张思斌巡视考场路过他们这里，把他们考场的监考老师叫出去说话。魏南音正蠢蠢欲动呢，忽然听到一阵熟悉的脚步声从身后传来。

她脑子有一瞬间的空白，心都提到嗓子眼上了。这时，旁边有人叫了声“张老师”，刚走到她身边的张思斌又停下了脚步，转向了另一边儿——举手的人是陈劭。

陈劭指着卷子的一处问张思斌：“老师，这道题有点儿看不清楚。”

张思斌微微皱眉：“看不清楚？怎么会呢？”说着他转过身去拿起他的卷子，仔细看了起来。

魏南音松了口气，掐灭了不安分的念头，认真答题。张思斌跟陈劭说完转向她这边，二话不说，毫不客气地拿起她桌上的卷子抖了抖。

她一脸无辜：“有问题吗？张老师？”

张思斌扫了她一眼，面无表情地说：“还剩不到半小时了，这么多题没做，抓紧时间。”

“好的。”

张思斌走后，魏南音大大松了口气。想到刚才，要不是陈劭突然叫住张思斌，她此刻可能已经被请出考场了。她神情复杂地转头看着他，某人却浑然不觉，只顾低头答题。

很快语文考完，还跟前一天的情况差不多，单科成绩排名又在当晚有了结果，陈劭考了 143 分。令人惊讶的是魏南音，竟然考了 113 分，超出她以往成绩一大截。

看着两个人的分数差距，魏南音不由得感慨——这人竟然连语文这种科目都能拿这么高的分，到底是什么变态的物种！原来以为他就是个青铜，没想到人家才是真正的王者！

魏南音被彻底打击到了，想起自己曾经信誓旦旦地说要帮助他，她无比虔诚地祈祷陈劭可以选择性地失忆一下。

第三天考的是魏南音最不喜欢的理综，这一次的理综题目出得和数学题目难度相当，都是不难死人不罢休系列。

魏南音看着卷子有如百爪挠心，抬头看向身边的陈劭，看他果断下笔的样子就知道这对他而言又没什么难度了。

魏南音掰着手指头算着自己前两门的分数，再加上今天的，要考到 500 分或者进入前四十，哪个都是天方夜谭了。不想被叫家长，只好铤而走险，魏南音紧急启动“手势密码”方案。

可是这个陈劭怎么回事？是没反应过来还是不会？又或者是干脆不想搭理她？早知道之前就多压着他实操几遍了，也不至于临到用了还不熟练。

罢了，魏南音只好放弃“手势密码”，埋头答题。好在交卷的前一刻，魏南音连蒙带猜的，把大部分的题目都写好了。

出了考场，魏南音看到陈劭立刻追上来。陈劭脚下不停，似乎是想避开她。

魏南音仿佛看不懂对方的肢体语言，厚着脸皮说：“想不到你还挺正直的啊陈同学，其实同学之间应该互相提点、互帮互助嘛。”

“互帮互助？”

魏南音说：“对啊，昨天老张突然走过来的时候我都快吓死了，还好你叫住他，我才能及时收手，大恩不言谢！”

陈劭：“你想多了，我什么都没做。”

魏南音笑着说：“有什么不好意思的？我们的关系是要比一般的同学好啊，你看我去过你家，吃过你做的面条，你也救过我几次，这缘分哪，我们都要好好珍惜。”

陈劭冷笑：“你想干吗？”

魏南音尴尬地摸摸鼻子：“不干啥，我说真的，只要你点个头，以后你就是我魏南音的好兄弟了，在南石没人敢不给你面子，怎么样？”

陈劭勾了勾嘴角：“谢了，不过我不需要。”

“你怎么知道你现在不需要，以后也不需要啊？”

魏南音追着陈劭一路进了男生宿舍，不少同学看到了，但是她在南石一向横着走，从不关心别人怎么看。

她就这样一路追着陈劭，一直追到他的房门前。还好陈劭动作够快，闪进房内，迅速关门把她隔在了门外。

魏南音还不死心：“陈同学？陈同学，你出来我们好好聊聊啊。”

面前的寝室门纹丝不动，魏南音没有得到丝毫回应。周围几个房间的门纷纷打开，看热闹的人以各种理由出出入入，最终目的都是想探听魏南音怎么会出现在男生宿舍。

魏南音尴尬地摸了摸鼻子：“今天的事谢谢你。”

魏南音加快脚步离开，没有注意到周遭其他人在听到这句话时的八卦神情。

英语对魏南音而言依旧是十分可怕的科目，这场考试，魏南音是前半场痛苦，后半场幸福，因为她发现完形填空和阅读题她见过，正是她前两天“抱佛脚”时刷过的题。

她写英语卷子就从没这么快过，简直称得上是运笔如飞。最后的英语作文她套了一个背过的作文模板，随便写几句，凑满篇幅，交了卷子。

第二天，高二年级恢复正常上课，全科排名也出来了。总分排下来陈劭 712 分，年级第一，竟然比第二名的李亚彤高出将近 100 分，状元和榜眼的分数相差这么多，在南石的历史上还是头一次。

更让众人意外的是魏南音的成绩，总分竟然考到了511分，尤其是语文和英语，单科成绩都排到了年级前二十名。这个成绩如果是高考成绩，应该能上个一本了。

众人纷纷感慨，现在的俊男美女素质都这么高了吗？不仅能打，成绩也好，这年头也讲究文武双全吗？

魏南音自己知道究竟是怎么一回事，心里隐隐有不安和愧疚。不过顺利挺进前四十名，让老张闭了嘴，她还是很高兴的。

吃过晚饭回到宿舍，魏南音接到了父亲魏巡的电话。父女俩已经很久没有通电话了，魏巡大概是听说她刚刚考完期中考试，专门来关心一下她的成绩的。

魏南音报了四科成绩和总排名，魏巡听到她进步这么多很高兴，但还是说："音音你这有点儿偏科啊，理综和数学要是再高一点，一本就稳了。要不回头我和老张打个招呼，给你专门开开小灶。"

魏南音连忙拒绝："这次是例外，数学特别难，开小灶就不用了，再说张老师平时挺忙的。"

"这样啊，平时在学校里你有什么困难就多和张老师说，爸爸都打过招呼了。"

魏南音骨子里叛逆，对父母的很多行为非常不理解甚至不满，但大多数时候，在他们面前她表现得还是比较乖顺的。

所以在父母眼里，她就是一个心思略微敏感的普通孩子，从来没觉得他们和她之间有什么不可弥补的裂痕。

聊完了偏科的事情，一向不苟言笑的魏巡还笑着嘱咐她一定要把这个好消息告诉妈妈，说她妈妈一定也很高兴，等他周末回来，全家要一起庆祝一下。这是魏南音没有想到的意外收获。

全家人一起吃顿饭，这在其他家庭再寻常不过的事情对他们家来说却是久违了。不知不觉，魏南音的眼眶热了。到了这一刻，她打心眼里感激这一次的考试，哪怕这个成绩是碰运气得来的。

挂了电话，她开始收拾东西。听说她第二天要回家，徐晶晶很意外："回家干什么？你爸回来了？"

"嗯，他说明天上午能从基地赶回来。"魏南音一边儿收拾东西一边儿说，“我妈和我弟可能也会来。”

“回来看你吗？”徐晶晶替好友高兴。

魏南音露出一个大大的笑容：“说要庆祝一下我这次考了个好成绩。”

虽然成绩运气占比很大，但是能全家团聚的喜悦却是真的。

徐晶晶也笑了：“那真是个好机会，增进一下你爸妈的感情，反正他们男未婚女未嫁，说不准气头过了就差一个台阶了，有你在中间这么一撮合，你妈决定搬回 B 市也不是不可能啊！”

魏南音点头：“没错，我要努力！”

母亲带着弟弟离开 B 市一年多了，很少和父亲见面，但是她知道，因为一双儿女，他们一直都有联系，而且她猜测，以他们两个人的感情，想真正割舍开来也很难吧。

她试着想象了一下，如果他们愿意和好，她可以原谅母亲在离开时选择了弟弟，也可以原谅父亲在这一年多以来对她的不闻不问。只要家还是那个家，她愿意忽略这其中的小小瑕疵。

第二天，魏南音早早从学校出发回家，到了自家楼下，果然就见到母亲的车停在楼门前。

她家是个小复式，早年还是母亲出了大部分的钱付了首付，可后来母亲决定带着弟弟离开 B 市时把这房子留给了她和父亲。

虽然不知道父母之间究竟发生了什么事，但是从这个结果看，她推测，可能是母亲的过错更多一点吧。

此时，这些都不重要了。她兴冲冲地进门，一楼大厅里没有人，隐约能听到二楼有人说话的声音还有男孩子的吵闹声，那是她弟弟的声音。她不自觉露出笑容，迅速换了拖鞋上楼。

二楼是餐厅和魏南音的房间，楼梯和餐厅被一个博古架隔了开来。她刚上到二楼，还没从博古架前绕出去，就听到父母提起了她。鬼使神差地，她停下脚步，想听听他们在说些什么。

母亲似乎很高兴：“我就知道我们音音之前只是孩子气，很快就能体谅到我们的苦衷。你看这孩子还是懂事的，知道学习了，希望没有耽误太久，一年以后还能上个好大学吧。”母亲说着还很感慨地对一旁的弟弟说，“要多向你姐姐学习，听到没有？”

弟弟含糊地回了一句："我姐脑子好，我比不了。"

母亲佯装着生气："都是我生的，你比你姐能差到哪儿去？"

听到这话，魏南音不自觉勾了勾嘴角，可就在这时，她听到父亲的一声长叹："你也不用太乐观。"

母亲问："怎么了？"

"早上我和老张通了个电话，音音的成绩不扎实，态度不端正。"

魏南音听到这话，心不由得揪了起来。

母亲问："什么意思？"

父亲说："他们这回那个年级第一，听说是九中转过去的尖子生，这次考试就坐在音音旁边，他俩平时还是同桌。"

母亲沉默了片刻说："老张意思是音音作弊了？就算他俩挨着，也不能因此断定音音成绩有水分啊，这个老张怎么还这么武断？"

父亲说："倒不是说她真作弊了，有一门考试老张看到她有点儿'小动作'，虽然最后没成功，但她到底是存了这个心思。考虑到音音那脾气性格，他事后也没多说什么。"

弟弟这时候插嘴道："那我姐以前总考第一，是真的还是假的？"

这一次，母亲的声音听起来是真的生气了："你闭嘴，这话不许跟你姐说！"弟弟真就没再说话。

父亲继续说："老张也是希望借此机会能让她重新认识到认真学习的好处，还有一年多的时间就高考了，希望她最后能考上个不错的大学。"

母亲的语气中带着遗憾："以前多好的孩子啊，可惜被我们耽误了。不过她那么聪明，现在知道努力的话，考个重点大学是没问题的。"

父亲却不认同："这可是高考啊，就算她比别人多了点小聪明，可是也比别人多耽误了一年多的时间，怎么跟别人比，我看最好的情况也就是能上个普通本科了。"

餐厅里安静了下来，空气似乎都凝滞了。

半晌，母亲说："我没想到我们的事对她影响那么大，原来那么好的孩子，又聪明又好学，可就因为咱俩，那孩子才变成现在这样。"

父亲说："我们是有错，但是这就能成为她堕落的理由吗？多少孩子的家庭还不如我们？她就是性格太要强，也是我们以前太惯着她了，稍微有点儿不如意就要报复回来，唉……"

魏南音没有听下去，她悄悄转身下了楼，又悄悄出了门，她不知道该用什么样的言语形容自己此刻的心情。

失望吗？那是肯定的，父母对她期盼这么高，她不仅让他们失望了，她对自己也很失望。

难过吗？肯定也有的，只是比起两年前父母宣布离婚而母亲只想要弟弟的抚养权时，她此刻要平静得多。

不知道这样漫无目的地走了多久，口袋里的手机突然响了。她看了一眼来电显示，没什么表情地接通电话。父亲的声音跟之前得知她成绩时没什么不同，还是高兴的。

“到哪儿了？用不用爸爸去接你？”

就是这么一句话，让魏南音的眼泪不争气地流了出来。

魏南音狠狠擦了下眼睛说：“突然有点儿事，我不回去了，中午你们自己吃吧。”

父亲显然没想到她会突然变卦，有点儿着急地问她：“有什么事连个吃饭的时间都挤不出来？”

“很重要的事，总之我不回去了。”

“你现在在哪儿？”父亲似乎听出了不对劲。

魏南音没有回答，直接挂断了电话。她不想回去吗？不是的，相反，她太想回去了，可是她没脸回去。

魏南音不知道自己已经多久没有哭过了，但是此刻她也不想忍了，她只想怎么放松怎么来，怎么肆意怎么来。

周六的上午十点钟，整个城市刚刚苏醒。陈劭正骑车去找蒋易打球，经过的路段周遭都是住宅，路上的人并不多，整条街安静得出奇，甚至听得到春风拂过枝丫时带起的沙沙的声音。

陈劭骑着车快速穿梭在静谧的街道中，突然听到前方传来一阵鬼哭狼嚎的声音，而且随着他的继续前行，这声音也越来越大，还有几分耳熟。

陈劭心里渐渐浮上不太好的预感，待他拐过一个路口，果然就见前面不远处一棵玉兰树下蹲着一个女孩，女孩哭得毫无形象，但即便如此他依旧一眼认出，这不就是他那个爱惹事的好同桌吗？

魏南音身后是一栋住宅楼，放眼望过去，已经有不少好奇心强的业主打开窗子往楼下看了，也有路过的人站在不远不近的地方对着她指指点点。

陈劭本来想当作没看见直接骑过去，可魏南音像是故意的，在他决定装没看见的一刹那，“嗷”的一嗓子，声音差点刺穿他的耳膜。

他头痛无比，脚下已经不听使唤地放慢了速度。挣扎片刻，他还是遵循内心的决定，掉头骑了回去。

他把车子停在路边，走上前去，女孩仍然旁若无人地蹲在那里放声痛哭。好一会儿，她才注意到有人靠近，缓缓抬起头来。

陈劭看到的是一张泪眼婆娑的脸，还有那双湿漉漉的大眼睛，就那么直直看着他。他叹了口气，正想问下情况。认出他的魏南音非但没有收敛，反而好像更难过了，直接抱住他的腿，哭声震天。

一个人蹲在那儿哭还没什么戏看，一男一女俩人抱作一团，女孩还哭得这么伤心，这故事可就耐人寻味了。

周遭围观的路人越来越多，陈劭甚至听到对面的大妈指着他说：“造孽哦，也不知道把人家小姑娘怎么着了，哭得这么伤心。”

陈劭觉得额角的神经都在突突地跳，他突然很后悔自己一时脑子发热过来多管闲事，长这么大，像今天这么尴尬还是头一回。不想再被围观，他冷声命令某人：“闭嘴。”

某人也不知道是没听见还是故意不把他的话当回事，依旧抱着他的大腿哭个不停。

“哎哟喂，这小伙子看着人模人样的，还挺凶。”

陈劭此时不光头疼了，浑身上下简直无一处不难受的。无奈之下，他干脆拎着她的胳膊，一把把人提了起来，也不管别人怎么说了，在众目睽睽之下把她架到自己的自行车横梁上，骑车离开人群。

拐到一个无人的角落，魏南音还没有停下来的意思，眼见着就要引来第二拨路人了，陈劭无奈地打断她：“够了没有？”

魏南音停了片刻，继续委屈地哭道：“没有。”

“那你自己在这儿哭吧。”说着，他一只脚撑住旁边的马路牙子停下来。

像是怕被他赶下车，魏南音突然反手一把抱住了他。陈劭被这个突如其来的拥抱搞蒙了，好一会儿，当他发现某人正毫不客气地把自己的鼻涕、眼泪往他身上抹时，他才回过神来。

陈劭咬着牙："你到底怎么了？"

"没怎么，就是想哭。"

"那你在这儿哭吧，我不打扰你了。"话音没落，那足以刺透耳膜的魔音再度响起。

陈劭："你到底要怎么样？"

魏南音吸着鼻子："我就是有点儿难过，但是一个人哭太丑了……"

她说这话时一改往日的嚣张跋扈，低着头，像是受了什么天大的委屈。也或许，真的是吧？这个猜测让陈劭的心松动了一点，他没再赶她下车。

"你也知道丑？"

魏南音在他怀里动了动脑袋，像是在点头。

他无奈："给你两分钟。"

用两分钟跟人说说话分散一下注意力，也足够了，魏南音想。

"你一直学习那么好吗？"她问他。

陈劭不知道她怎么突然问起这个："你这么伤心难道是因为突然意识到自己学习不好？"

魏南音没有回答他，继续问他："你父母一定很以你为荣吧？"

这一次换陈劭沉默了，过了好一会儿，他说："你这次不是考得挺好的吗？你父母还不满意？"

魏南音不答反问："你又打架，上课不是睡觉就是看闲书，你凭什么啊？"

陈劭深呼吸："我真是多余给你这两分钟。"说着他就要推开魏南音，但又被魏南音拉住。

"我能提一个小小的要求吗？"魏南音可怜巴巴地看着他说。

"你已经提了很多要求了。"

"这回真的只是一个小小的要求。"

陈劭瞥了眼那双湿漉漉的眼睛，沉默了片刻说："说吧。"

魏南音深吸一口气："你帮我补习吧，我想考A大！"

陈劭立刻甩开她的手："下车。"

这次也不管魏南音再如何耍赖扮可怜，陈劭毫不客气地把她赶下车，骑上车头也不回地走了。

A 大啊，国内顶级学府，多少人夜以继日奋斗的目标，她魏南音这个基础竟然想考 A 大，这不是痴人说梦是什么？

他就算把所有的时间拿来帮她补习恐怕也没什么希望。何况，他为什么要这么做？他突然有点儿烦躁。

他没答应她，这并不让她意外，事后想想，这的确算是个过分的请求了。他们虽然是同桌，但是在这种要紧关头，谁也没有义务把时间浪费在其他人身上。

她已经白白耽误了一年多的时间，想要迎头赶上，没那么容易，光靠自己肯定不行，如果有人拉她一把，或许还有希望。

徐晶晶成绩也好，她相信只要她一句话，晶晶肯定乐意帮忙。但是两个人毕竟不是一个班，别人或许不知道，魏南音却很清楚，徐晶晶虽然成绩不错，但学得并不轻松，每天休息时间怕是不到七个小时，这让她怎么好意思去耽误她的时间。

这么比较起来，陈劭这种看着不怎么学习成绩却贼好的天才型学霸好像更合适。可是以她和陈劭的关系，她怎么能说服陈劭答应帮她呢？她想了一路也没想出个所以然来。

回到宿舍，徐晶晶见到她很意外："这么快就吃完饭了？"

魏南音心不在焉："没吃成。"

"出什么事了？"徐晶晶有点儿担心地看着她。

魏南音摇了摇头："没什么事。"

"那你干吗愁眉苦脸的？"

魏南音想了想说："我在想怎么才能攻略陈劭。"

"啊？"徐晶晶激动地说，"你终于承认了？我就说你天天和他在一起，不可能看不到他的帅点，你知道大家现在都怎么说吗？"

"什么怎么说？"

"都说你被陈劭甩了不甘心，又上赶着要追回他，可惜人家不为所动。"

魏南音意外："这是从哪儿传出来的鬼话？"

徐晶晶说："我猜是你之前当着你们全班的面说自己在和陈劭早恋，但人家对你爱搭不理，再加上你考试那几天没少讨好他，所以大家才误会了吧。所以你赶快让陈大校草跪倒在你的校服裙下，打肿那群好事之徒的脸。”

魏南音皱眉想了想：“我说的‘攻略’他和你说的‘攻略’他好像不是一回事。”

魏南音把自己想要找陈劭辅导功课的想法说了一下，徐晶晶眼睛亮亮地说：“这不就是一回事吗？”

魏南音还是一脸懵懂，徐晶晶补充道：“不然你打算怎么让陈劭心甘情愿地辅导你？”

魏南音一听这话立刻摇头：“欺骗人家感情不太好吧？”

“骗着骗着说不准就不是骗了，别怪我没提醒你，我们‘南石之光’估计已经下手了，再晚恐怕就来不及了。”

见魏南音不为所动，徐晶晶继续游说：“我们这种学校，师资一般，生源不好，学习氛围可以说没有，如果有个学霸能带带你，你还真有希望如愿以偿，但如果就靠你自己，这都高二了，还真不好说。”

魏南音叹气，徐晶晶说的这些她也知道，怪只怪自己过去这段时间太任性，耽误了那么多宝贵的时间。

徐晶晶继续道：“那不说这些，你对他一点儿感觉都没有吗？”

魏南音一脸茫然：“我不知道你说的是哪种感觉。”

徐晶晶：“如果你能让他对你有所不同，答应帮你补习，一举多得，何乐不为？”

魏南音被徐晶晶说得有点儿晕。

徐晶晶继续说：“我在九中的同学说那女老师都有新男朋友了，陈劭现在肯定是一个人呢。”

魏南音又琢磨了一下，痛下决心，狠狠拍了下桌子：“就这么定了。说干就干！”

这“攻略”陈劭的第一个切入点，她觉得是——他的胃。魏南音注意到陈劭似乎从来不去食堂吃早饭，也从来不在教室吃东西，很有可能是没有吃早饭的习惯。

第二天，她起了个大早，跑到食堂去买了她最爱吃的鸡蛋灌饼，又早早赶到教室，趁着没什么人的时候偷偷把鸡蛋灌饼放进了他的书桌里。

闻瑞来得比她还早，把她这一系列举动看得清清楚楚，有点儿不确定地问她："你干什么呢？"

魏南音随口答道："送早点啊。"

"为什么？"闻瑞问。

魏南音想都没想就说："还能为什么，当然是想攻略他啊。"

"你说什么？！"闻瑞突然激动地站了起来，"你是不是忘了他之前是怎么对你的了？"

魏南音愣了愣，没想到闻瑞反应这么大，这时候班上其他同学已经陆续来了，陈劭也跟在大家中间进了教室。

魏南音一眼看到他，也没心思和闻瑞多作解释，安抚地说了句"以后跟你说"，就站起身来，笑盈盈地给陈劭让开了位置。

陈劭看都没看她一眼，随口说了句"谢了"，然后坐到位置上，把书包塞进书桌里，随便抽了本书出来看。

闻瑞此时已经坐回位置上闷头看起书来，魏南音就没再管他，而是把注意力都放在了陈劭身上。她偷偷摸摸地观察着他，想看他什么时候能注意到她放在他书桌里的早点。

可能是目光太过炙热了，他终于有了感觉，回过头来有几分警惕地看着她："有事？"

魏南音立刻露出一个大大的笑容："周末那天的事不好意思啊，有点儿失态。"

他无所谓地从她脸上收回视线，淡淡地吐出三个字："习惯了。"

虽然很想讨好他，但听他说话还是很生气怎么办？魏南音深呼吸，劝诫自己要忍耐。然而等了半天，没等到陈劭发现她的爱心早餐，却等来了张思斌。

早自习铃声响起前，张思斌站在班门口叫她的名字："魏南音，你来一下。"

第四章

她最近好像没得罪老张吧？魏南音一边儿想着一边儿不情不愿地起身往教室外走。

没想到这一次与以往不同，张思斌没训她，而是找出一张数学卷子要她做，并且说以后早自习没什么事就让她来他办公室做数学卷子。

魏南音这才明白，应该是魏巡给张思斌打过招呼了，要给她开小灶。如果是之前，魏南音肯定会想方设法拒绝，但是此刻有人愿意帮自己，她高兴还来不及，不过这样一来就没办法盯着陈劭吃她的爱心早餐了。

下了早自习，魏南音回到教室，陈劭不在位置上，她问身后的闻瑞："他吃我送的早餐了吗？"

闻瑞没有理她，魏南音以为他没听见，又问了一遍，闻瑞没好气地回了一句："谁关心他啊，看那样子应该是吃了吧。"

魏南音点头，吃了就好。

"你怎么了？"她问他，闻瑞这阴阳怪气的是怎么回事？

闻瑞答非所问："他有什么好？除了一张脸。"

"你说谁？"

"还能有谁？"闻瑞冷着脸朝陈劭的位置扬了扬下巴。

不知道闻瑞怎么突然问这个，魏南音还真仔细想了下，回答说："客观讲他优点还挺多的，成绩就不用说了，体育也很厉害。"

闻瑞抿唇看着她，一脸受伤的神情。

魏南音不解：“你到底要说什么？”

还没等到闻瑞的回答，她突然听到身后响起一个声音：“麻烦让让。”

是陈劭回来了。见他回来了，魏南音也就没再管闻瑞，连忙起身让他进去，但陈劭看都没看她一眼，坐到位置上就开始看书。

吃了她送的早点不说谢也就算了，还这么高冷是怎么回事？看来不动点儿真格的是打动不了他了。

接下来的一个星期，魏南音每天早早爬起来变着花样儿给陈劭买早点，再趁他来之前把早点放进他书桌里。一周过去了，魏南音发现他对她的态度非但没有变好，反而更冷淡了。

她的生活费和时间如今可都是稀缺的不可再生资源，她也不能总这么做好事不留名，魏南音想，她至少该暗示他一下，她已经当了一周的田螺姑娘了。

接下来一节是英语课，英语老师杨老师是个四十岁左右的女老师，人长得还可以，但化妆技术着实堪忧，再配上她独有的穿搭，实在让常人欣赏不来。

据说她刚离婚不久，离婚的原因就是她老公受不了她的“独特品位”。但这位杨老师有一个优点，就是她脾气特别好，她的课上经常有人调皮捣蛋，可在魏南音的印象中，她从来没发过脾气。

这堂课做听力和阅读，杨老师一边儿捧着课本念英语短文，一边儿在教室里溜达，走过的地方留下香风阵阵。魏南音听得昏昏欲睡，但看到身边的陈劭又来了精神。

每次上英语听力阅读课时，他要么像现在这样拿本闲书看，要么睡觉。以前她只当他和她一样，都是因为不喜欢或者听不懂，但在见识过他满分的听力和阅读理解后，她知道，是他们上课的内容过于简单，他完全用不着听。

她压低声音叫他：“陈同学。”

陈劭没有理她，但是那微微蹙起的眉头没有躲过她的视线。

她知道他听到了，于是说：“陈同学，我有话对你说。”

陈劭随手翻了一页手上的书，冷冷地回她：“不想听。”

魏南音：“你又不知道我要说什么，怎么就知道我下面要说的话你不想听？”

陈劭：“只要是你说的话我都不想听。”

魏南音：“陈同学，你明显对我有情绪啊，不过这样也好，说明你对我还是与众不同的。”

陈劭手上顿了顿，抬头看她：“你知道你这人最与众不同的是什么吗？”

魏南音：“什么？”

“心态好。”说着，他伸手去拿放在桌上的雪碧，拧开喝了一口。

魏南音默默注视着他的动作，看着他微微扬起下巴露出白皙修长的脖颈，还有伴随着吞咽的动作微微滚动的喉结，原本要铺垫的话都省了，直入主题：“陈同学，我很仰慕你。”

“咳咳咳……”陈劭被雪碧呛到，狂咳一阵后缓过劲儿来。

“你说什么？”他一脸震惊地问。

魏南音面不改色，微笑地回答：“我仰慕你啊。”

陈劭沉默了片刻才问：“你知道你在说什么吗？”

“当然了。”她说。

“行了。”他出言打断她的话，“我知道你在想什么，我没时间帮你补习，你也不用在我身上动什么歪脑筋。”

要是这么容易就被劝退，那就不是魏南音了。

魏南音继续装傻：“这事和学习有什么关系啊？哦，你一定是还记着周末那天的事吧？我当时就是情绪上头，瞎说的。

“A 大是什么地方？我还是有自知之明的。经历了这么多事，我是真的对你有好感，我们能更近一步吗？”

陈劭回答得很干脆：“不能。”

魏南音锲而不舍：“你要是觉得进展太快的话，我们可以先从朋友做起。你知道的，我是真心实意想和你做朋友。”

“谢谢，我不需要。”

魏南音：“是人就需要朋友啊。”

陈劭：“那么多人想跟我做朋友，也不一定就得是你。”

魏南音愣了愣：“什么意思？”

“你不是第一个了。”陈劭翻书的手顿了顿，“从我转学到南石以后，平均每天都有三到五个人当面或者托人带话表示想和我做朋友。”说着，他不咸不淡地瞥了她一眼，“据说也都是真心实意的。”

魏南音很快想起开学第一天的情形，学校里一定有很多女生向他示好，看来自己还是晚了一步。

她连忙说：“我和她们不一样。”是真的不一样，她们是喜欢他，而她只是有求于他。

陈劭似乎也很认同这一点：“嗯，你比她们都麻烦。”

“怎么会呢？”魏南音说，“咱俩做朋友，以后在南石就没人敢欺负你了。”

“现在也没人敢。”

魏南音被噎了一下：“好吧，但是我觉得咱俩已经是朋友了。你看，我们经历了那么多事，不说一起出生入死吧，至少也算是一起共患难了，以后在各方面都可以互帮互助，不好吗？”

陈劭：“我看只有我‘扶贫’的份儿。”

魏南音：“朋友之间还分什么彼此呢？”

陈劭：“别想了，我对跟你做朋友没兴趣。”

魏南音：“那就直接更近一步好了，你自己看，我其实还挺好看的。”

陈劭给她的回应是直接戴上了耳机。魏南音有点儿急了，后面无论她再说什么，陈劭都不理了。她手上动作比脑子快，直接抽走了他正在看的那本体育杂志。

陈劭皱眉：“拿过来。”

“那你先答应我。”

陈劭不耐烦，还是那句话：“拿来。”

见魏南音还是不把书还给他，他彻底失去了耐性，直接伸手去抢。魏南音反应也不慢，连忙伸开手臂把书拿得老远，但她这么一伸手，好像一拳打到了什么。

四周一片死静，他们两个人齐齐回头，英语老师不知道什么时候已经溜达到了魏南音的身后。她那“一拳”不偏不倚，正好停留在英语老师的身上。

英语老师看看四周忍笑的众人，最后目光锁定在罪魁祸首魏南音和陈劭身上：“你们！给我出去！”

有生之年魏南音总算见到英语老师发脾气了，只可惜是以这种方式。陈劭也是，有生之年第一次上课被老师赶出教室，多亏了魏南音。

陈劭黑着脸走出教室，魏南音一路尾随。

出了教学楼，她小心翼翼地提议：“陈同学，我请你吃冰激凌吧？”

陈劭没理她，她继续游说：“大家都在上课，咱也没地方去啊，再说下一节是数学课，还得在上课前赶回来，这二十分钟，正好够吃一个冰激凌。”

陈劭沉默着，又过了一会儿才说：“走吧。”

魏南音反应过来，立刻说：“好的！我跟你说，门口那家甜筒绝了。”

魏南音熟门熟路地带着陈劭去门口那家甜品店，此时还是上课时间，店里几乎没什么人。

魏南音把一份巧克力甜筒递给陈劭，她自己吃着一份抹茶口味的。一开始两个人都不说话，快吃完的时候魏南音才想起还有正事要干。

她问陈劭：“陈同学，你不愿意和我做朋友是因为你有不一般的朋友了吗？”

陈劭凉凉地瞥她一眼：“有没有都不会答应你。”

那就是真没有了，既然这样，她就没什么好顾虑的了。

想到这里，魏南音笑眯眯地对对面的人说：“话别说得太早呀陈同学，我会努力让你关注到我的。”

陈劭抬眼看她，末了只是没什么表情地说：“随便你吧。”

豪言壮语说起来容易，但究竟要怎么做，是个问题。

徐晶晶帮魏南音出谋划策：“你只是送早点太单一了，我觉得还是要多管齐下，让他多方面感受到最近有人为他做了很多事，以后真相揭开，那种感动才是震撼的。”

两个人边说边进了宿舍三楼的小卖部，魏南音给自己选了一大堆零食，付了钱，对徐晶晶说：“你说的有道理，可我一时半会儿也想不到还能为他做什么。”

徐晶晶：“那可太多了，想他所想，急他所急。你照着这个思路来。”

魏南音若有所思地点了点头。刚从小卖部出来，魏南音就看到走廊另一头的陈劭端了盆衣服从宿舍里出来，像是要往水房走。

“校草”竟然要亲自洗衣服吗？不用楼下的洗衣机而是手洗？魏南音回想了一下陈劭他家的样子，算不上简陋，但确实过于简单了。

再加上他说他都是一个人住，想必也是没有父母照顾的可怜孩子，在生活费方面可能还没她宽裕，难怪他不舍得花钱用洗衣机洗衣服了。

刚才还愁没有思路，此时魏南音顿觉眼前一亮，把手里的袋子交给徐晶晶：“还真是想什么来什么，你先回去，等我的好消息。”

徐晶晶也看到了对面的陈劭，留给闺密一个鼓励的眼神，离开了。徐晶晶走后，魏南音一直在想一会儿过去怎么说服陈劭让她帮他洗衣服。

突然，她看到陈劭停下脚步，放下脸盆，从口袋里拿出手机接起电话来。可能是走廊里信号不好，他边打电话边返回了房间。

魏南音看着走廊边上那盆衣服，心中暗喜，没有犹豫太久，蹑手蹑脚走过去，端起那盆衣服掉头就往回跑。

管他同不同意，她帮他洗了，他就得承她的情，而且女生帮男生洗衣服，时间长了，潜移默化，他陈劭就是个木头桩子也得有松动的一天吧。

公用洗衣房有两处，一个在女生宿舍的四楼，另一个在男生宿舍的一楼。魏南音回到四楼，正好有台洗衣机是空着的，她就把陈劭的衣服丢了进去。

陈劭要洗的只有一身校服，春秋季的校服很薄，魏南音犹豫了一下，觉得这样就洗一桶还是挺浪费的，她正好有件刚从网上买回来的裙子还没过水，正好一起洗了，也不浪费她那五块钱。

陈劭这一通电话打得有点儿久，打完一出门，发现要洗的衣服竟然不见了。

他以为是有人拿错了，毕竟那盆是学校发的盆，大家都一样，要洗的衣服也是校服，被人误拿了很正常，但是水房里没找到，一间间宿舍问过去，大家也都说没见到。

正当他百思不得其解地回到宿舍门口，之前不见了的衣服和盆竟然自己回来了，不过跟四十分钟前不同的是，那时候他盆里的衣服是干的，此时却是湿的，准确地说，应该是甩干以后还有点儿湿。

他左右看了看，走廊里没什么可疑的人，他有点儿迟疑地端起盆，发现半干不干的校服上面躺着一个便笺：“主人，我已经洗白白了，快带我回家吧！”

陈劭一脑门黑线，仔细辨别了一下这字体，歪歪扭扭，他立刻就想起某个人。

他隐约有点儿不太好的预感，但又说不上来，直到他把衣服拿到阳台打算晾干的时候，脸色立刻黑了下去。

他就知道！但凡是和魏南音扯上关系的事一定没什么好事！

南石的校服以白色和绿色为主，上衣更是白色的面料居多，但是此时，他校服上衣的白色上竟然出现了大片不规则的红色。

陈劭咬咬牙，掏出手机想打给魏南音，犹豫了一下还是算了，指不定这家伙就是故意整他，等着他主动找她呢。陈劭没办法，只好又把校服拿去水房重新洗。

此时魏南音也在宿舍晾衣服，徐晶晶看着阳台上的裙子说："这买家秀和卖家秀对比有点儿夸张啊，我怎么记得照片里这条裙子是水红色的，现在看着这叫什么颜色？"

魏南音看着自己的新裙子，不知道该说是粉还是红了。不过魏南音不认为这是什么大事，反正她皮肤白，什么颜色都能驾驭。

此刻她比较在意的还是陈劭的反应，她看了看手机，没有任何信息，连个"谢谢"都不愿意跟她说吗？

"亏我还写了那么有暗示性的话，这人竟然一点儿反应也没有。"

那句话是在徐晶晶的指点下写出来的，徐晶晶认为，正常男生都不该无动于衷。

徐晶晶说："可能就是害羞吧，你放心，精诚所至，金石为开，你继续坚持，他不可能不为所动。"

第二天是周一，魏南音照例给陈劭带了早点。今天老张出去观摩其他学校老师的公开课了，她不用再去他办公室做卷子。终于可以亲眼看着陈劭吃下自己的爱心早餐了，魏南音很期待。

时间还早，她起身去了趟卫生间，回来时正巧遇到陈劭背着书包进门。这时候走廊上有不少人，魏南音跟在他后面，正想找机会跟他说几句话，却发现他回头看了她一眼，眼神有点儿不对劲。

他们班班长刘明明坐陈劭后边，他和陈劭一起打过几次篮球，又都是住校的男生，所以跟陈劭还算熟悉。

刘明明这人神经一向比较大条，完全没注意到陈劭今天脸色一般，毫不客气地上下打量了他一番，然后拍拍他的肩膀不怕死地问：“兄弟，你校服改良得不错啊，这种叫什么来着？对了，扎染是不是？”

陈劭没有回答，只是冷冷地看了眼魏南音。魏南音这才注意到陈劭的校服上红红白白的，虽然痕迹挺淡的，但是和其他人的纯白一对比还是很明显。

不过别人问他话，他看她干什么？魏南音突然想到昨天和他校服一起洗的那条红裙子，顿时有了种不太好的预感。

旁边的人还不知死活地议论：“今天校草的校服是怎么回事？哈哈，没事儿玩什么个性啊，红配绿赛狗屁他没听过吗？”

魏南音又看了一眼陈劭身上的校服，非但没觉得好笑，还有种大祸临头的感觉。

刘明明也没感觉到气氛的不对，继续说道：“我也觉得我们学校的校服丑，一直想着怎么改良一下。对了，你在哪儿染的，我也去试一试？回头老张问起来还可以说洗坏了，哈哈……”

刘明明这一句“洗坏了”像是一记重锤，正好捶在了魏南音的心坎里。她努力低头看路，尽量降低自己的存在感。

可陈劭偏偏不想如她的愿，回头看着她，话却是对刘明明说的：“怎么染的我不知道，这你得问她。”

“谁？南姐？”

魏南音心里一沉，同时也暗自庆幸昨天那张字条没有署名，他要是问起来，她就打死不承认。

想到这里，魏南音干笑一声说：“我哪儿知道怎么染的，不过班长这么一说，我也觉得染得很有艺术感了。”

“对吧对吧！”刘明明边说边碰了碰刚从班里出来的闻瑞，结果闻瑞只是很不给面子地哼了一声。

魏南音战战兢兢地回到座位坐下，面前突然出现了一张便笺，魏南音看了一眼，有点儿心虚，正是她昨天放在陈劭盆里的那张。

“熟悉吗？”他问。

“啊？”魏南音还没想好怎么回答。

“这小学生笔迹我估计全南石没有第二个了。”

魏南音偷偷观察他的表情，是挺生气的，但好像又没那么生气，而且他这么笃定是她，她再怎么辩解估计都没用。与其这样，还不如坦白从宽，想必他会念在她也是一片好心原谅她吧。

魏南音清了清嗓子，正要开口，却见陈劭的脸色忽地一变。他的手放在书桌里，像是要去拿课本，但好像又碰到了什么东西。

魏南音当然知道，他的书桌里除了书本就是她送的早点了。魏南音很欣慰——她为他做了这么多，虽然有时候结果不尽如人意，但是至少能让他感受到她的一片真心吧，那么他也就不至于再为了点儿小事生她的气了。

魏南音期待地看着陈劭，却见他深呼吸，然后缓缓地回过头来："是不是你？"

魏南音腼腆地笑："你也不用太感动。"

陈劭冷笑："我感动？我真是被你的智商感动了。"

"什……什么意思？"

陈劭皱着眉把装着煎饼的塑料袋丢在她面前："每天都把你吃剩下的东西往我桌子里扔，你幼稚不幼稚？"

"啊？"魏南音怎么也没想到剧情会这么发展，"那个……陈同学，是不是有什么误会……"

不等魏南音把话说完，陈劭又指了指身上的校服："把我的衣服染得乱七八糟的很好玩是不是？"

魏南音干笑两声："这确实是我的失误，但其实我觉得班长说得对，校服这么一改良确实更有设计感了，再说你这么优秀，总要穿得特别一点儿才能和平庸的我们区分开不是？"

陈劭也笑了，不过那笑容有点儿瘆人："以前没发现你口才还挺不错的。"

魏南音谦虚道："我口才确实一般，主要这些话全是我的肺腑之言。"

陈劭似乎笑了一下："那这些垃圾呢？"

魏南音顺着陈劭的目光看过去，是她早上刚买的煎饼果子，现在的煎饼果子可不便宜，她还专门给他加了一个蛋，要八块呢，说这是垃圾，太辜负她的一片好心了。

"陈同学，你这话太让我伤心了，我是从来没见你吃过早餐，所以每天省吃俭用，省下钱给你买早点，没想到在你眼里就是垃圾。”

陈劭挑眉：“专门给我买的？”

魏南音委屈地点头：“对啊，为此我都一个礼拜没打过荤菜了。”

“那这是什么？”陈劭面无表情地拎起那个装着煎饼果子的塑料袋，看袋子上氤氲的水汽，能知道那煎饼还是热着的，可是最上面少了一角，准确地说是被人咬了一口。

魏南音正想说是不是他自己吃过，转念又想不应该，今天她是跟着陈劭一起进教室的，根本就没看到他吃东西。

那会是谁呢？他们班竟然还有这么丧心病狂偷吃同学早点的人吗？她转身看向身后，闻瑞低着头，看不出情绪，看附近其他几人那耸动着的肩膀，就知道这几人都在憋笑。

“你听我说陈同学，早点是我专门买给你的，给你的时候肯定是新鲜的，这个……”她指了指煎饼上面的牙印，“我确实不知道是怎么回事。你想啊，我这么有求于你……咳咳……肯定是希望你高兴啊，怎么可能故意做这种事让你生气呢？”

身后几人的笑声更大了。魏南音狠狠地瞪了那几个看热闹不嫌事大的人一眼，又转过头可怜巴巴地看着陈劭。

陈劭看着她，依旧没什么明显的情绪，不过那微微勾起的嘴角依旧带着几分冷意。也就是这几分冷意，让魏南音意识到，她刚才说的那些话他根本不相信，但是好在，他好像也不怎么生气了。

魏南音试探地叫了他一声：“陈同学？”

陈劭冷笑：“魏南音，你还真是为达目的不择手段啊。”

魏南音：“过奖过奖。”

陈劭拿出课本低头看书，冷冷地丢给她一句：“以后别买早点了。”

魏南音“哦”了一声没再说什么，再对上那个被咬了一口的煎饼又百思不得其解起来。

是不是过去一个礼拜都是这种情况呢？那陈劭忍了一个礼拜，可以说是非常宽宏大量了。到底是谁干的呢？真是见鬼了！

今天的早自习是英语早读。在琅琅的读书声中，魏南音偷偷打量着身边的人。他照例没有开口，低垂着眼帘在看书。

晨光勾勒着他的侧脸轮廓，恰好的光影交错，恰好的角度，伴随着身后的琅琅读书声，眼前的一切好像是镜头修饰下的艺术品。

就在魏南音感到恍惚又不真实的时候，“镜头里”的少年突然回过头来：“又怎么了？”

魏南音回过神，朝他没心没肺地咧嘴一笑：“你真好看。”

读书声盖过了她的声音，她不知道对面的人听到没有，只见他怔愣片刻，日光在她唇上流连了一下，又移向面前的书本。

魏南音没有多想，估计他是没听到她说了什么，就想从她的口型中辨别。但是那句话，他听没听到也不重要。

怕她下面的话他还是听不见，她凑上前，几乎凑到他耳边说：“前两次的事真的是误会，我太想为你做点儿什么了，结果弄巧成拙。念在我是出于一片好心，我们和好吧？”

“和好？”陈劭微微挑眉。

魏南音忙不迭地点头：“你想啊，我既然有求于你，又怎么可能故意做一些让你讨厌的事情呢？你的校服是我不知道新买来的红裙子掉色，一起洗了才变成这样的。至于被吃过的早点，我还没想清楚是怎么回事……”

陈劭勾了勾嘴角继续低头看书。

魏南音见他似乎真的不生气了，讨好地问：“那我们现在和好了吧？”

陈劭没有说话。

魏南音得寸进尺地说：“怎么说我也为你做了这么多，即便呈现的效果好像和预想中的有点儿偏差，但你或多或少总能感受到我的真心吧？你打算什么时候答应我？”

“答应你什么？”陈劭问，“和你做朋友，还是帮你补习？”

魏南音为难地咽了口口水，她直觉说补习肯定会被对方直接拒绝。他们现在的关系还不牢固，假以时日，区区补习又算什么？

想到这里，魏南音说：“做朋友。”

“你想好了？”陈劭勾着嘴角靠近她。

魏南音有点儿蒙，此前她光想着能享受到的福利了，完全忘了可能还要履行一些义务。

她装傻充愣道：“想好了啊，不就是一起上课、一起下课、一起吃饭、一起自习嘛。哦，有时候还可以去后面遛遛弯儿消消食。”

陈劭：“那咱俩理解的不太一样。”

魏南音不敢问他理解的是什么样，又不想这么放弃，只好说：“我知道你一定是接受不了咱俩的关系突然发生这么巨大的改变，要不这样，先过渡一下，从好朋友做起怎么样？”

“好朋友？”

魏南音点头：“对了，下周是我生日，每年闻瑞、徐晶晶他们都会帮我准备生日会，作为我的好朋友，到时候你一定要来啊。”

陈劭似乎笑了一下：“好啊。”

下了早自习，众人都往操场上走。刚出了教学楼，魏南音看到几个熟悉的高一学弟凑在一起不知道在说什么。

这几个人跟魏南音关系不错，平时都喊她一声“南姐”。魏南音快走几步，赶上几人和他们打了个招呼。

众人见到她也纷纷问好，不过脸色都不太好，似乎是正说着什么不开心的事情，他们当中最矮小的那个男生眼睛还肿着。

魏南音只当是小学弟挨了老师的训，也就没多想。但是跑圈的时候她又见闻瑞被他们叫出去说话，这才想到可能是出了什么事。

闻瑞回到队伍里，她问他发生了什么事。听闻瑞解释，原来是那个眼睛肿着的小学弟昨晚在后街被人抢了，人没受伤，但是好几千块的表没了。据小学弟描述，对方可能是三中的学生。

三中离南石不远，跟九中那种重点高中比不了，但是也比南石强。三中的学生还算安分守己，出了这样的事，估计也是有人临时起意。

魏南音松了口气，还好不是惹了王强那帮人，毕竟他们可是她要躲着的人。

闻瑞问她：“这事要插手吗？”

魏南音说：“能帮当然要帮一下了，别的不说，东西至少要回来吧？让大伙儿去打听一下，究竟是谁抢的。”

魏南音瘦瘦小小，论武力值几乎为零，但在学校里的人缘出奇的好，更是让好多人叫她一声“南姐”，除了因为她长得漂亮，吸引这个年龄段的男孩子，还有就是她性格好，为人是真的热情仗义。

早锻炼结束，众人气喘吁吁地往教学楼走。

徐晶晶追上魏南音："陈劭那衣服是怎么回事啊？红红白白的可真是显眼，刚才我一眼就在你们班队伍里看到他了。哈哈……"

魏南音一脸的生无可恋："我要给那家店一个差评。"

徐晶晶很快反应过来："什么意思？你是说他的校服是被你那裙子染花的？哈哈……我说那裙子洗过后颜色怎么那么奇怪呢，早跟你说别买那些劣质货啊，哈哈……"

魏南音叹气："这不是我生日快到了，想穿件新衣服，这段时间还要给陈劭买早点，手上不宽裕啊。"

说起送早点的事，徐晶晶又问："他现在发现是你每天给他送的早点了吗？有没有被你的体贴周到打动啊？哪怕只有一点点，钱也不算白花啊。"

魏南音看了看好友，一言难尽地叹了口气。

"到底怎么回事啊？"

在徐晶晶的再三逼问下，魏南音把早上发生的事情给她讲了一遍。徐晶晶笑得路都走不动了。

魏南音站在她身边，一边儿迎接着过往学生好奇的目光，一边儿唉声叹气："我已经黔驴技穷了，对方还丝毫不为所动啊。"

徐晶晶笑够了之后给她支着儿："要我说，你本来就是近水楼台，趁着地理优势，随便找个机会近距离接触，就凭我们南姐这姿色，我就不信他还无动于衷。"

魏南音怀疑地看着闺密，闺密继续蛊惑道："相信我，这个年纪的男生还是很吃这一套的。"

正在这时，前面的楼梯转角处传来一阵嘈杂的吵闹声，两个人循声看过去，好像是李亚彤被什么人撞了一下差点摔下楼梯，是她身后的陈劭扶住了她，让她没有摔倒。魏南音她们看过去时，李亚彤还没有从陈劭的怀里站起来。

徐晶晶啧啧道："你看看，别怪我没提醒你，再不采取点儿有效行动，校草就要被我们'南石之光'拿下了。"

魏南音一直觉得徐晶晶对李亚彤过分敏感了，李亚彤那人虽然不怎么讨人喜欢，但刚才的情况，应该不是故意摔倒给她和陈劭制造机会的。

她长得好看，学校里仰慕她的人不在少数，但也没见她动过凡心，好像就认准了读书这一件事。

不过魏南音确实也注意到了，自从期中考试之后，李亚彤总是拉着陈劭讨论问题，她就看到过两次。

难道是学霸之间的惺惺相惜？

闻瑞的效率很高，很快就查到了抢手表的人是谁。正如魏南音所想，不是王强那帮人。

找到了人，查清楚他上下学的必经之路，周五这天，魏南音召集好人马等在后街附近。结果也不知道是消息有误还是凑巧没遇上，魏南音他们等了好久也没等到三中那人。就当众人打算放弃时，看到李亚彤朝他们这边走来。

闻瑞想起徐晶晶说过李亚彤期中考试当天奚落魏南音的事情，平时遇不上也就算了，今天既然遇上了，就借这个机会替魏南音出口气。

魏南音正在旁边的小超市给众人买饮料，根本没注意到他们这边，闻瑞就招呼着众人围住了李亚彤。

李亚彤原本看到一群人围过来还有点儿害怕，待看清这些人中还有同年级的熟面孔时，也就不害怕了，她脸上立刻流露出嫌弃的神色：“你们干什么？”

闻瑞：“不干什么，就聊聊。”

李亚彤：“我跟你们没什么好聊的。”

闻瑞：“怎么会呢？大家好歹同学一场。”

李亚彤上下扫他一眼，面露鄙夷：“什么同学？我和你们四班的人可不是同学。”

在场的除了几个高一的，多数都是高二四班的，一听李亚彤瞧不起自己班上的人，众人原本想逗逗美女的心思也都没了。

“四班的人怎么了？瞧不起四班啊？”人群中一个高个子的男生说。

李亚彤对说话的人有点儿印象，之前她曾经在教导主任办公室见过这人。那么大个人，被教导主任训得抬不起头来。

再看当时摊在教导主任办公桌上的卷子，38 分，她都不知道这人是怎么做到的。就这样，这人还每天无忧无虑，没心没肺的。

想到这里，她撇了撇嘴，小声吐出两个字：“傻子。”

她虽然是刻意压低了声音，但是离她近的几个人还是听到了，众人立刻怒了。这已经不是替魏南音警告一下李亚彤的事情了，这是敌我矛盾啊！

当魏南音叼着棒棒糖拎着一袋子饮料从小超市里出来，就发现自己带出来的人围住了一个人，不知道在干什么。难道是三中那人出现了？魏南音立刻丢掉手里拎着的东西，快步朝人群走去。

后排的人注意到她来，纷纷给她让开条道。人群闪开，魏南音没想到被众人围着的竟然是李亚彤。还没等她问是怎么一回事，李亚彤率先开口了。

李亚彤背脊笔挺，纤长脖颈上的那张脸像往常一样微微扬起。她眼神轻蔑，凉凉地开口：“我知道你为什么这么做。”

魏南音一头雾水，她自己都还不知道她为什么这么做呢。

李亚彤：“有本事的，你应该去找他，而不是来找我。”

魏南音：“你说谁？”

李亚彤：“你不用再装了。”

魏南音：“我装什么了？”

李亚彤轻蔑地笑了一下：“你早就看我不顺眼了吧？嗬，你别以为这样，他就能回头多看你一眼。”

魏南音正想问她口中的“他”是谁，就见李亚彤的目光突然锁定在他们身后，她眼前一亮，惊喜道：“陈劭！”

魏南音等人循声看过去，正是骑车路过的陈劭。他似乎是听到有人叫他，放缓了速度回头看过来。

李亚彤像是生怕他看不到她一样，突破人群，直接朝他跑过去：“陈劭！陈劭救我！”

救她？魏南音回头，和众人面面相觑。

陈劭不得已停了下来，但他没有下车，看样子并不打算过多停留。他看着朝他跑过来的女孩，微微蹙眉——有点儿眼熟，好像找他问过两次题，想不起名字了。

李亚彤见陈劭停了下来，暗自松了口气，气喘吁吁地跑到他面前求助说：“陈劭同学，我遇到点儿麻烦，请你帮个忙。”

陈劭微微挑眉："麻烦？"

李亚彤点头："我被四班那群爱找事儿的盯上了，他们找我麻烦，你能不能带我走？"

陈劭抬起头，魏南音正朝他们走来。

他问李亚彤："你说我同学找你麻烦？"

李亚彤微微一愣，这才想起来陈劭也是四班的，她连忙说："应该跟你关系一般吧？就是你们班那几个害群之马，最不学无术的那几个！"

魏南音原本不知道闻瑞他们怎么和李亚彤起了冲突，凭她对他们的了解，料想不是什么大事，所以也没放在心上。

此时她走向陈劭，除了要维持她"攻略他"的这个人设外，就是想提醒他一下，明天一定要去参加她的生日聚会。没想到的是，她刚走过来，就听到李亚彤说他们是害群之马。

她干什么了？她惹谁了？她以为自己听错了，指着自己的鼻子回头用眼神询问身后的几个人。

闻瑞脸色不好，没有回应她。其他几人见状也假装没看到，看天的看天，看树的看树，没人理她。

陈劭将不远处那人的表情和动作看在眼里，不自觉地勾了勾唇角。

"陈劭同学？"

陈劭被李亚彤唤回了注意力。

李亚彤说："他们为难我，你能帮帮我吗？"

陈劭："你说魏南音为难你？"

李亚彤委屈地点点头，压低声音说："虽然以前她也看我不顺眼，但还没这么明目张胆，估计是看我总找你讨论题吧。"

陈劭若有所思地看了眼面前的女孩。

李亚彤刻意压低了声音，魏南音竖着耳朵也没听清她究竟跟陈劭说了什么，不过不重要。

虽然知道李亚彤可能不喜欢她，也说不出什么好话，但魏南音有一个原则，就是从不跟女孩子计较，只要对方做得不太过分，她就可以当不知道。

她没打算理会李亚彤，走到陈劭面前打招呼："这么巧啊陈同学，真没想到能在这儿遇到你。"

李亚彤听到魏南音的声音，连忙躲到了陈劭身后。魏南音见状有点儿蒙，就在几分钟前，李亚彤和她说话时可不是这样。

陈劭不动声色地瞥了眼李亚彤，看向魏南音：“巧吗？好像有人专门在这儿等过我半个小时。”

这话成功勾起了魏南音某些不太好的回忆，再结合现在的情形，万一让陈劭误以为她蛮横霸道仗势欺人，她就更别想实现目的了。

魏南音讪笑着说：“啊，是吗？这人可能也是仰慕你的人吧，就像我和李亚彤同学这样。”

李亚彤闻言脸立刻红了：“你胡说什么？”

魏南音：“不是吗？我记得你家不住在这个方向，如果不是为了偶遇陈同学，你为什么要绕路走啊？”

李亚彤支支吾吾地说：“我是有事，你管我？”说着她又看向陈劭，“陈劭同学，我今天是凑巧从这边走，结果就遇到他们这群人，他们为难我不让我走，你帮帮我吧？”

魏南音说：“谁不让你走啊？我估计他们就是想跟你打个招呼，你误会了。”

陈劭似笑非笑地点头：“是吗？”

“肯定是啊。”魏南音说，“哦对了，我过来就是再提醒你一下，明天晚上的聚会你别忘了啊。”

本来还担心陈劭会变卦，没想到他很痛快地点了点头，然后说：“我想多带一个人去。”

魏南音愣了愣：“可以啊，你要带谁来？你九中的那个同学吗？”

陈劭却将目光移向了身后的李亚彤：“我看今天可能有点儿误会，既然大家都是同学，我们俩一起去替你庆生没问题吧？”

魏南音看着李亚彤的表情从惊讶到惊喜再到娇羞，心里隐隐有点儿不痛快，难道真如徐晶晶所说，男生都迈不过美女这个坎儿吗？陈劭还会答应给她补习吗？就算他答应，李亚彤应该也不会允许吧。

魏南音内心是痛苦的，但面儿上强颜欢笑：“好的，人多更热闹。”

陈劭把她这一系列细微的表情变化都看在眼里，最后转头问李亚彤：“你没问题吧？”

李亚彤朝他娇滴滴地笑了笑：“既然是误会，那我没问题。”说着她又看向魏南音，“魏同学，抱歉，刚才我就是很害怕，所以可能误会了。”

魏南音对这位“南石之光”的变脸大法由衷地表示钦佩，虽然很不甘心给她和陈劭制造机会，但陈劭都开口了，她也不好再说什么。把时间地点告诉了他们两个人，她这才招呼闻瑞他们离开。

回去的路上，魏南音问闻瑞：“你们刚才和李亚彤是怎么回事？”

没人回答她，她回头看闻瑞：“我问你话呢，没听见啊？你最近怎么了？”

闻瑞的态度依旧不怎么好，丢下“心烦”两个字快步走到前面去了。魏南音一头雾水，她知道女生每个月总有那么几天心情不好，难道男生也有？

李亚彤知道陈劭每周末会回家，回家必然经过这条路，她每周末也会绕到这条路，企图和陈劭来个偶遇。

但是之前的几周运气都不怎么样，根本没遇到人，她没想到今天会在这里遇到魏南音来找她的麻烦，更没想到能在这种时候遇到陈劭，算是她因祸得福了。

回头见陈劭似乎要走，李亚彤连忙叫住他：“今天真的谢谢你。要不是遇到你，他们肯定要狠狠地为难我，到时候我真不知道该怎么办。”

“魏南音？”男生微微挑眉。

李亚彤点头：“我也不知道，但她在学校把欺负同学当成家常便饭，可能就是看我不顺眼吧。不过……”

说到这里李亚彤犹豫了一下，很快接着说：“你来之前我和她还是井水不犯河水的，她刚才警告我离你远一点，我猜她大概是看到我问你题，所以想多了吧？要不我下次跟她再解释一下？”

“她这么说的？”男生似乎产生了一点兴趣。

“差不多就是那个意思。”李亚彤迟疑地问，“你们……不是没什么吗？是她还在纠缠你吗？”

这一回陈劭没有回答她。

李亚彤想了想鼓起勇气说：“其实我觉得你们俩并不合适。”

陈劭勾了下唇角，似乎在笑。

李亚彤继续说：“我也听过一些关于你的传言，但是认识你之后我就知道那些都是假的。你这么优秀，但是她呢？

“你来的时间不长，大概不清楚，她就是每天和一帮学习差的玩儿在一起，不说学习，每天还迟到、旷课。

“我不知道你们为什么会这样，但我猜大概跟这些有点儿关系吧？其实我也挺后悔来南石的，总觉得格格不入，不过还好只有一年了，我们互相鼓励监督……”

陈劭冷冷地打断她：“没什么事我先走了。”

“陈劭同学！”李亚彤又叫住他，“既然明天要一起去，能留个电话给我吗？”

陈劭重新骑上车子，临走前似笑非笑地回头看了眼李亚彤：“那么不入流的生日聚会，你确定还去吗？”

“可是……”没等李亚彤把话说完，陈劭已经骑着车走远了。

徐晶晶听说魏南音的生日会竟然还请了她的死对头李亚彤，差点儿气吐血，但是听说了事情的经过后，又理解了魏南音的骑虎难下。

徐晶晶说：“也不知道李亚彤和我们陈大校草什么情况，你这么长时间的付出可别都打水漂儿了。”

魏南音担心的正是这件事，就怕陈劭也是和他们学校里好多男生一样的审美，毕竟李亚彤的成绩好，又是乖乖女的人设，谁会不喜欢呢？

见魏南音只会唉声叹气，徐晶晶恨铁不成钢地说：“亏你和校草是同桌，结果还被别人捷足先登。”

魏南音的自信心受到了前所未有的打击：“我就比李亚彤差那么多吗？”

徐晶晶打量了一下好友，中肯地说：“抛开我看她不顺眼这事儿，单说长相，你俩属于各有千秋，但如果再加上身材的话，对现在这个年龄段的男生来说，她那样的确实更受欢迎一点。”

怎么身材好不好还分年龄段呢？

“为什么？”魏南音虚心求教。

徐晶晶说：“小男孩都喜欢她那样削肩窄腰单薄点的，过几年他们长大了就喜欢你这种了。”

魏南音：“我是哪种？”

“丰满美人。”

两个女孩闹了一会儿，又说起明天魏南音生日聚会的事情，魏南音决定利用明天的机会去探探陈劭的口风，看他到底和李亚彤是什么关系。

徐晶晶也领了一个光荣而艰巨的任务——绊住李亚彤，全程不要让她有机会接近陈劭。

“话说回来，我感到了前所未有的危机感，陈劭要是真的在意李亚彤，还哪儿顾得上我这个得罪过他的同桌啊。”

徐晶晶说：“你也不用气馁，男生都是视觉动物，这次生日聚会你好好打扮一下，哦对了，你唱歌也很好听，到时候好好表现一下。”

“嗯嗯。”商量完正事，魏南音想起闻瑞最近的奇怪表现，“你知不知道闻瑞最近怎么了？整天闷闷不乐，我跟他说话也爱搭不理的。”

“他不是一直那德行吗？等等……你跟他说话他也那么爱搭不理？”

魏南音回忆了一下点点头：“有的时候是，有的时候还算正常，总之有点儿阴晴不定。”魏南音问出自己的困惑，“你说男生是不是也像我们女生一样，每个月有不开心的几天呀？”

徐晶晶嘻嘻一笑：“你自己去问他呗。”很快，她像是想到了什么，说，“应该没什么大事，你别搭理他就行，不然他更矫情。”

女孩子都爱美，尤其是魏南音这种从小就长得不错的，何况还是自己的生日，更不能马虎。周六这一天，魏南音吃完午饭就开始换装打扮。

这一次魏南音没化太浓的妆，就简单修修眉毛涂点粉底，然后配了个烈焰红唇。这么一来，她既保持了少女的纯净，又多了一点点妩媚，美得恰到好处。

至于衣服，她原本是想穿那条红裙子的，怕勾起陈劭某些不太好的回忆，所以只好选了条烟灰色长裙。

这条裙子很修身，正好能展现出魏南音的好身材，下身是不规则裙摆的蓬蓬纱质地，裙长差不多到脚踝，也是妩媚中透着可爱。

她在裙子外面套了件短款的小羊皮皮衣，脚上再搭配一双黑色短款皮靴，发型也没做太多花样，把一点刘海儿挑起，用徐晶晶送她的一只低调又奢华的小发夹别了起来，露出饱满的额头。

打扮好，她对着镜子照了照，确定今天的自己既酷又美，才挽着徐晶晶的手出了学校。

今天晚上，魏南音包下了一个大包厢，她和徐晶晶到的时候，大部分人已经到了。开餐前，她清点了一下人数，发现只有陈劭和李亚彤还没来。

闻瑞说：“别等了，估计不会来了，我们先吃吧。”

徐晶晶难得和闻瑞一个态度：“就是，这么多人总不能就等她一个。”

魏南音倒不担心李亚彤，她不来更好，她是担心陈劭突然爽约，那她今天这一身打扮给谁看啊？她还准备了好几首歌，到时候唱给谁听啊？

忽然，她听到身边的徐晶晶说：“来了。”

她惊喜地抬起头，却见李亚彤拎着个袋子站在门口不安地向里张望。李亚彤今天穿着一身淡蓝色的网纱连衣裙，胸前和袖口的荷叶边显出了复古的美感，若隐若现的亮丝和维西格纹更衬托出少女的活泼可爱。

李亚彤今天就穿了这么一件，春天的夜里还是有点儿凉的，她却连一件外套都没穿。

她今天还破天荒地化了妆，男生未必看得出来，身为女生的魏南音一眼就看出来了，这种裸妆就是给人一种没化妆的感觉，但是达到的是美颜十级的效果。

“啧啧。”徐晶晶感慨，“她也够拼的。”

魏南音皱眉：“不过怎么是她一个人来的？”

徐晶晶说：“谁知道呢。”

说话间两个人已经走到李亚彤面前。李亚彤看清魏南音，神情明显僵硬了一下，但她很快恢复如常，把手上的礼品袋递给魏南音：“生日快乐。”

虽然两个人都不太喜欢对方，但好歹李亚彤专门为她准备了礼物，魏南音也就不想再追究以前的事情，高高兴兴地接过礼物：“谢谢啦！”

她朝着袋子里望了一眼，看包装完全看不出里面装的是什么，于是随口问了一句：“是什么呀？”

李亚彤不自然地笑了笑：“就是学生用的。”

李亚彤哪里肯花工夫给魏南音挑选生日礼物，只不过接受了陈劭的邀请，空手来也不好，正好她父母就是做内衣生意的，于是从家里的店铺随便拿了一件中低档学生款带给魏南音。

其实魏南音对李亚彤送的礼物也不是那么在意，她在意的是陈劭怎么没有一起来。她朝李亚彤身后看了看，确实没见到陈劭："陈同学没有一起来吗？"

李亚彤闻言也有点儿失望："我们两家离得有点儿远，就说好分头过来，怎么，他还没来吗？"

徐晶晶说："估计也快了吧？这地方能玩儿的挺多的，我带你去里面看看。"

说着，徐晶晶拉起李亚彤往里面走，临走前还给魏南音使了个眼色，意思大概是让她快给陈劭打电话。魏南音拿出手机看了眼时间，发现下午的时候收到了一条短信，那会儿她忙着臭美没注意。

"晚上有事，去不了了。"

其实他也不是故意临时变卦的，全因今天下午他妈杜秀云突然造访。母子俩关系一直很一般，很长时间才会见一面，见了面也无法心平气和地说上几句话。

果然，这次和以往没什么不同。杜秀云从进门起就没话找话，试图做出一个母亲的样子，关心儿子的生活和学习。

可惜关心了没几句，见陈劭的态度不冷不热，她的耐心就用光了，又老生常谈地开始抱怨起他的不理解和冷漠来。

看着面前保养得当却哭得歇斯底里的女人，陈劭的心也烦躁起来。他不知道究竟是从什么时候起他们母子的关系变成了现在这样。

他依稀还记得，很多年前幼小的自己也像普通孩子那样期望和妈妈亲近，但是那份依恋和孺慕之情很快就被往后的日子消磨殆尽。

或许是因为他渐渐长大，慢慢明白了为什么妈妈明明很漂亮，可每次他们出门时都会被老街坊指指点点。也或许是因为他后来见过了把他当作敌人看待的蒋琴，和她头发半白的妈。

难以想象，这些人，甚至包括他自己的人生，都在被一个几乎没有在他生活中出现过却应该被他叫一声爸爸的人蹉跎着。

这其中定然有人做错了，显而易见，是作为后来者的杜秀云，而那个错误的产物就是他陈劭。

陈劭觉得这房间里又闷又燥，也不管杜秀云还在委屈哭闹，他背起包愤然离开了。他骑车来到拳击馆，每周末这时候蒋易也会来，他见到陈劭倒是有点儿意外："你不是说今天不来了吗？"

陈劭二话不说换衣服开始练拳，把心里郁结的闷气全部发泄在面前的沙袋上。蒋易知道一些他家里的情况，早就习惯了他偶尔这样情绪不高，也就没再说什么，默默陪着他练拳。

闻瑞不知道什么时候凑到了魏南音的身边："嗬，看这样子应该是不会来了，那么格格不入，也不知道你请他干什么。"

魏南音垂头丧气："开饭吧。"

闻瑞一听，脸色好了点："行了，今天你生日，别被一个不相干的人扫兴。"

魏南音跟着闻瑞回到餐桌，对上徐晶晶询问的眼神，她把手机拿出来给她看。

徐晶晶叹气："又错失了一次拉近距离的好机会啊。"

李亚彤听说陈劭不来了也很失望，但是不能表现得太明显，只能耐着性子和大家一起吃饭。魏南音越想越不甘心，趁着大家说话的时候偷偷溜出包厢到了吧台前。

她爬上吧椅，从手机通讯录里找出陈劭的电话，递给对面的服务生："麻烦用我的手机给这个人打个电话，就说……就说我喝多了，不省人事，周围有人为难我，请他务必本着人道主义精神来救救我。哦对了，你说那个带头为难我的人叫强哥。"

服务生一头雾水，魏南音催促道："快打吧，就按照我说的。"

发泄了两个小时，陈劭靠在休息区的椅子上休息，一句话不说。蒋易递给他一瓶矿泉水，他接过来拧开喝了一口，就听身边书包里的手机响了起来。他拿出手机，看到来电显示，手上的动作不由得顿了一下。

蒋易见状很八卦地看了眼他的手机："158，这谁啊？有人叫这种名字吗？"

陈劭犹豫了一下，还是接通了，听筒里传来的却是一个男人的声音，还有混乱嘈杂的背景音。

"请问您是机主的朋友吗？"

"不是。"

服务员愣了一下，对方拿的剧本好像跟自己的不一样，他不确定地看了眼对面的女孩子。魏南音在面前的餐巾纸上写了一行字，推给服务生。

服务生清了清嗓子回复说：“她通讯录里的号码没几个，我挨个打过了，都没打通。是这样的，她在我们这里喝多了……”

“喝多了？”陈劭看了眼时间，晚上七点钟就喝多了？

“对，已经不省人事了，我看这儿有几个人好像在为难她，哦对了，其中有一个人好像叫什么强哥，不知道你认不认识。总之，你朋友很危险，你快来吧。”说完也不等陈劭再说什么就挂断了电话。

魏南音见电话挂了也跟着松了口气，虽然这临时找来的服务生演技堪忧，但好歹陈劭没有直接回绝，当然她也没给他这种机会。她很快想到一个严重的问题，她问服务生：“你刚才说地址了吗？”

“说了吗？”

“没说吧。”

于是魏南音又编辑了一条微信发给陈劭，希望他能看到。

蒋易问陈劭：“谁喝多了？”

“没谁。”陈劭关掉微信界面，走进浴室。

蒋易没琢磨出是怎么一回事，不一会儿就见陈劭湿淋淋地从浴室走出来。

他惊讶地看着他：“这么快就洗完了？”

陈劭快速擦了擦身上的水，然后从衣柜里拿出 T 恤套上：“晚上不跟你一起吃饭了，我还有点事。”

蒋易来了兴致：“对方究竟是谁啊？能请得动你去救场？”

陈劭置若罔闻，披上外套背上书包走出了拳击馆。

拳击馆离魏南音发在他微信上的地址不远，骑车不到十分钟就到了。他停好车子，看着包厢门上“生日快乐”字样的气球不由得皱了皱眉。

推门进去，一阵热闹的音乐声冲撞着耳膜，用餐区域有两桌人，看样子已经吃了一段时间，正在互相起哄玩儿游戏。他预想中的冲突根本没有发生，在场众人也都是熟面孔，没有王强那些人，一派和谐气氛。

他很快意识到是怎么一回事，自己当时也不知道怎么了，那么简单的小伎俩竟然没有立刻识破。他有点儿生气，正要转身离开，但已经来不及了，有人注意到了他。

“陈劭同学！”这个惊喜的声音来自那天路上遇到的女孩，陈劭转身看过去，就见那女生似乎要过来，被魏南音那个舍友拉住了。下一秒，魏南音已经到了他面前。

魏南音笑着说：“陈同学，你总算来了。”

陈劭在看清魏南音时不由自主地愣了一下，自己第一次见到她时有个念头一闪而过：这姑娘如果不化妆，可能没这么惨不忍睹。

后来真的在南石遇到素面朝天的魏南音，他没认出来，等认出她时，他的想法是，女生果然还是干干净净的顺眼一点。而现在，他脑中的想法是，原来这张白皙又五官明艳的脸略施粉黛后是这样的。

魏南音没注意到陈劭的神情变化，热情地去拉他的手臂：“还没吃饭吧，我们刚开始没多久，走吧，我那桌给你留了位置。”

陈劭站着不动，目光冷冷地扫过魏南音抓他手臂的那只手，开口说话时的语气比他的眼神更冷：“喝多了？不省人事？王强也在？”

虽然早有准备，但被陈劭这么一问，魏南音多少还是有点儿慌。

她一脸堆笑：“我就是想借此考验一下我们的友谊，还好你经得起考验，虽然用时将近二十分钟有点儿长，但也足见你对我还是很在意的。哎，好了好了，先去吃饭吧。”

陈劭冷笑一声抽出被她拉着的手：“不好意思，我们之间没有感情这种东西。”

魏南音连忙说：“哎，陈同学，你不要不好意思嘛。”

陈劭转身要走，魏南音情急之下，直接拉住了陈劭的手：“你也知道今天是我生日嘛，我就想请你一起来跟我过个生日，才编了那个瞎话，你可能不知道你对我来说有多重要。”

听到这句话，陈劭停下脚步，回头看着她，脸色依旧不好，但眼神明显没有刚才那么冰冷了。魏南音在心里想，果然最好用的还是苦肉计。

魏南音再接再厉可怜巴巴地说：“你这么优秀，想跟你做朋友的女孩子肯定很多，你大概不理解我们这些人的心情。其实我也不奢求你能回应我什么，但在今天这种对我来说这么特殊的日子，如果可以，我真的希望你能留下来，以我的好同桌、好朋友的身份。”

陈劭与她对视了片刻，目光从她的脸上移到她拉着他的手上。

魏南音如梦初醒，不好意思地松开了手：“你看都这个时间了，吃完蛋糕再走吧。”

这一次，陈劭没再拒绝，举步朝着馆内众人走去。在不远处一直注意着他们这边的徐晶晶见此情形松了口气，同时朝魏南音比了个胜利的手势，但闻瑞的表情就不太好看了。徐晶晶回头看到他臭着脸，也不问为什么，冷哼一声没有理会他。

李亚彤趁此机会摆脱了徐晶晶，凑到陈劭面前：“还以为你不来了，说好一起来的，我和他们也不熟，一个人还挺不自在的。”

陈劭有点儿诧异地看她一眼，只是点了点头：“那你早点回去吧。”

李亚彤有点儿尴尬：“走得太早不太礼貌。”

陈劭没有再回应她，他的目光锁定在了隔壁那一桌。隔壁桌的人他大概有点儿印象，大多数是平时跟在魏南音后面的那几个高一的学弟。魏南音刚才从那边路过时就被他们几个给叫住了，他们拉着她不知道在说什么。

“我就佩服她，跟男生关系都那么好。”原来身边那女生还没走，陈劭没有回头，眉头不由得皱了皱。

还好闻瑞也注意到了，上去替魏南音解围：“有什么话回头慢慢聊，南姐该切蛋糕了。”那几个高一学弟这才作罢，张罗着切蛋糕许愿的事。

很快有人推上来一个尺寸不小的蛋糕，魏南音被几个人簇拥着站到蛋糕旁边，紧接着，周遭的光线消失了，唯有蛋糕上那十六簇跳动着的火苗显得分外温暖，那张白皙的小脸就出现在微弱的烛光中。

她双手合十，双眼紧闭，嘴唇微动，一副很虔诚的模样。陈劭突然有点儿好奇，她究竟许了什么愿望。

片刻后，她缓缓睁眼，不知道是不是他看错了，那双明亮透彻的眼中似有水光闪动。她咧嘴笑了笑，然后一口气吹灭了所有蜡烛。

众人欢呼，眼前再度恢复了光亮，她和舍友张罗着切蛋糕分给大家。切完蛋糕，魏南音又被人拉着唱歌，陈劭本来想着既然蛋糕切完了，那他也可以走了，结果就见徐晶晶来找他。

“陈劭同学，大家都去练歌房那边了，你也过去坐吧。”她还朝他眨眨眼，压低声音说，“南音为你准备了一首歌，你可得听完再走。”

陈劭有点儿意外，这时班长刘明明经过俩人身边，热络地来拉陈劭：“走走走，去听南姐唱歌，特别好听！”

想到一会儿要唱歌，魏南音有点儿紧张。路过吧台时，看到刚才帮她打电话那位服务生倒了一杯饮料放在吧台上。她觉得嗓子有点儿干涩，于是走上前问："这是谁点的？"

服务生："不是别人点的。"

魏南音点点头放下心来，在服务生诧异的注视下端起那个玻璃杯，正要将里面的液体一饮而尽，鼻尖忽然闻到了一股酒味儿。

她仔细闻了一下——一股辛辣的酒味儿直冲鼻端，夹杂着清爽的柠檬味，隐隐约约还能闻到一丝丝甜，有点儿让人上瘾。

她问服务生："这是什么？"

服务生咽了口口水："干马天尼。"

魏南音皱眉："什么尼？"

服务生："鸡尾酒。"

魏南音问："你干什么调杯酒放在这儿？"

服务生："我一个朋友一会儿来接我下班，我给他调的。那个……你不能喝吧？"

魏南音点了点头，她还未成年呢，当然不能喝酒。但是清新又甜辣的香气不断地飘进她的鼻子，还挺好闻的。

魏南音把杯子放到吧台上，凑近杯子狠狠吸了一口香气，就着这股香气，她端起一杯饮料喝了下去。

看着服务生无语的目光，魏南音不在意地摆了摆手，朝着练歌房走去。没走几步，她觉得有点儿晕，不知道是不是心理作用。

难道这酒这么厉害呢，只闻了两下就这么快上头了？

难道她对酒精过敏吗？只闻了两下就醉了？

魏南音想，就当是过敏了吧，这就是天意了，晕乎乎的就更有勇气了。

第五章

陈劭跟着众人来到练歌房，看到魏南音站在房间里的小舞台上，她动作显得有点儿慵懒迟缓，眼神稍显迷离，比平时多了点魅态。

他拉住路过的刘明明问："她怎么了？"

刘明明的语气有点儿担心，更多的是无语："刚才前台服务生说她闻了一杯烈酒，不至于吧，闻了一下就醉了啊。"

此时，音乐声响起，魏南音缓缓开口。

"很感激，这城市拥挤的交通，
让你我，还能多相处几分钟。
人潮中，怕失散所以轻轻拉你的手，
一刻不放松，不放松。
……
不确定你属于我，会有点寂寞。
你给的幸福，在我心中自由走动，
抚平我每一个伤口。
……
不确定我的执着，能让你感动。
……"

她的声音不是那种纯粹空灵的，略微沙哑，却也足够清澈。她缓缓唱着，没有太多的技巧，更像是在诉说心事。

“你的世界如此辽阔，我会在哪个角落。
不确定你属于我，会有点寂寞。
……”

陈劭看着舞台上的女孩，有片刻的失神，直到一曲结束，陈劭默默收回视线。他注意到，周遭还是那么安静，不远处的闻瑞看向舞台的目光还是那么炽热。

他略带嘲讽地笑了笑，不知道她知不知道，她把有些人当兄弟当朋友，人家却未必这么想。

李亚彤将陈劭的每一个表情都看在眼里，心里无比憋闷，但她又不擅长唱歌，不能上去献丑，只想着一会儿要找个机会，让陈劭送她回家。

魏南音一曲唱完又被众人拉着斗地主，刚才她还算清醒地知道要把那首歌唱完，现在却真的有点儿迷糊了，早就把笼络陈劭的事情忘在脑后了。

闻瑞开始担心魏南音，但无意间，他发现坐在身边的徐晶晶也有点儿不对劲。徐晶晶脸红红的，裸露在外的皮肤上随处可见形状不规则的疹子，仔细看可以看出嘴有一点肿。

闻瑞吓了一跳：“你怎么了？吃什么不该吃的东西了？”

徐晶晶张了张嘴，声音竟然也是嘶哑的。她艰难地吞咽了一口口水，指了指嗓子。

闻瑞想起什么，问她：“你吃花生了？”

徐晶晶有花生过敏的毛病，熟悉她的人都知道，一起吃饭时都会小心地避开花生。今天不知怎么就误食了花生，现在看显然是过敏了。

他想了想他们吃过的东西，难道是那块蛋糕？蛋糕是班长准备的，刘明明不知道徐晶晶花生过敏很正常。他吃的时候就觉得蛋糕上的奶油有点儿花生味道，现在想想也只有这种可能了。

闻瑞看了眼不远处的魏南音，他不太放心，本来想一直在这儿看着她的，但现在徐晶晶得赶紧吃药。

他无奈地叹口气，问徐晶晶："我送你回去？"

徐晶晶也不知道在别扭什么，像是没听到他的话。

闻瑞不管她发什么脾气，直接拉起她对其他人说："晶晶有点儿不舒服，我先送她回去。"

众人的注意力一下落到了徐晶晶身上，徐晶晶连忙捂住脸。

魏南音很快也注意到了，担心地问："晶晶怎么了？"

听她这口齿不清的问话，闻瑞说："她老毛病犯了，我先把她送回去，一会儿来接你。"

魏南音缓缓眨了眨眼："为什么要来接我？"

闻瑞正要说话，靠在他身上捂着脸的徐晶晶嘀咕了句什么。

闻瑞只好说："那电话联系吧。"

魏南音晃晃悠悠地摆摆手："放心好了，电话联系。"

闻瑞和徐晶晶走后，李亚彤看了眼时间，犹犹豫豫地问陈劭："你走吗？"

陈劭从不远处收回视线，点了点头，拎起运动背包说："走吧。"

李亚彤有点儿高兴："我们需要去打个招呼吗？"

陈劭说："不用了。"

李亚彤点点头，跟着陈劭走出了包厢。此时已经过了晚上十点半，但这一带有附近高三的学生刚下晚自习，人来人往还挺热闹。

陈劭伸手拦了辆出租车，很绅士地拉开后车门让李亚彤先上。等李亚彤上了车后，他却没有上车的意思。

他对李亚彤说："我突然想起来还有点儿事，你先走吧。"

李亚彤问："还有什么事呀？这都挺晚的了。"

陈劭没有回答，让司机师傅开车，具体地址问后边坐着的女生。目送着出租车离开，陈劭转身回到包厢。

这会儿还没回家的人也就十来个了，刘明明见陈劭去而复返，有点儿奇怪："落东西了？"

陈劭不置可否，看了他一眼："大家差不多该回去了。"

刘明明看了一眼手表说："嗬，快十一点了啊。"

陈劭走到魏南音身边，也不管围着她的男男女女，二话不说拉起她往出走，给身后的刘明明丢下一句："剩下的就交给你了。"

陈劭见过嚣张跋扈的魏南音，见过狗腿谄媚的魏南音，还没见过晕头转向的魏南音。被外面的风一吹，她非但没清醒，后劲儿反而上来了。

在他拖着她往学校方向走的这段路上，她一会儿像死狗一样，任凭人怎么拖拽就是一动不动，一会儿又像匹脱了缰的野马，又唱又跳惹来路人频频侧目。

他的耐心几乎被耗尽，语气不善地警告她："能不能老实点？"

"你谁啊？"魏南音凑近他看，"哎哟，这不是我的好同桌吗？"

他不动声色地往后撤了半步："闭嘴。"

"你命令我？我偏不！我告诉你，我忍你很久了。"

陈劭闻言来了兴致："你忍我什么？"

酒醉的魏南音早忘了"怕"字怎么写："你个扫把星！自从见到你后，我就没遇到一件好事。被王强骚扰，被罚写检讨，还被老张训。"

"这都是你咎由自取，和我有什么关系？"

"你还想抵赖？你看看你多么面目可憎。"

"我面目可憎？"陈劭脸色微变。

魏南音浑然不觉有什么不对，继续说："对对对，就是这个表情、这个眼神，我最讨厌了。还有你说话的口气，像别人欠你钱一样，你就是面目可憎，我做梦都想胖揍你一顿！"

陈劭勾起嘴角："那你还说仰慕我？"

"我仰慕你？"魏南音指了指自己，哈哈大笑起来，"你别搞笑了，我又不是受虐体质，怎么会仰慕你啊？又无趣又冷漠。"

"所以你之前说的话都是闹着玩的？"

"当然不是了。"

陈劭微微一愣，却听魏南音不知死活地说："这不是有求于你嘛，晶晶说只要'攻略'了你，你就会对我有求必应。"

陈劭深呼吸："你倒是打得一手好算盘，不就是给你补习吗？为什么非得是我？"

"你成绩好啊。"

"我记得你那舍友成绩也不错。"

魏南音摇头："她学习很吃力的，自顾不暇，哪像你，那么聪明。"

陈劭不知道该不该欣慰："原来在你眼里我还有优点。"

“也就这么一点了……啊……”魏南音话没说完，突然觉得天旋地转。

陈劭真怕她再说出点儿什么让他冲动之下直接把她丢在路边，他不再跟她废话，无视她的反抗，将人扛了起来。

没想到魏南音酒量这么小，只闻了一下就醉成这样，原本他还怀疑她趁机装疯卖傻，现在陈劭只想着少跟她纠缠。早点把她送回去，自己也可以早点回宿舍睡觉。

他没料到这一举动彻底惹恼了醉汉魏南音，她又哭又喊又叫。陈劭听着那些一句都不带重复的骂他的话，非常后悔自己对她动的那一点恻隐之心。

陈劭一路迎接着路人好奇打量的目光，包括学校保安怀疑探究的眼神，难得有点儿不太自在。还好周末大部分的住校生都回家了，留校的这个时间基本已经洗漱完准备睡觉了，所以进了校园倒是没遇到什么人。

魏南音总算安静了下来，大概是睡着了。上到三楼时，小卖部里的电视播着广告，管理员阿姨不知去向。

陈劭犹豫了一下，望了一眼楼梯墙壁上“男生止步”的字样，掂了掂肩膀上死狗一样的魏南音，还是朝楼上走去。

“你住哪一间？”他问她。

回应他的是均匀沉重的呼吸声，某人倒是心大，就这么睡着了？还好这时候从身边房间出来一个女生，她没想到走廊里会有男生，不由得惊叫一声。

陈劭言简意赅地说：“送个同学。请问她住哪间？”

那女孩看清他背的人是魏南音后指了最里面的一间，陈劭道了谢走向那间宿舍。门是锁着的，房间里也没有开灯，很明显徐晶晶虽然早他们一步离开，但是还没有回来。

陈劭把魏南音贴着墙放下，拿过她的小包翻找钥匙。魏南音还没有醒，眼见着就要朝前栽倒，陈劭手里拿着东西，腾不出手来扶她，只好上前一步用身体挡住她，魏南音一头扎进了他的怀里。

不远处传来一声小小的低呼，陈劭循声看过去，正是刚才给他指路的女孩。女孩见他回头，连忙缩回房间里。

陈劭漠然收回视线，一手扶着魏南音，一手用钥匙开了门。房里灯光亮起，睡得心安理得的某人总算皱了皱眉头，悠悠转醒。

酒精仿佛能激发出一个人的多重人格，刚才还张扬跋扈的家伙此时突然楚楚可怜起来，不过现在的陈劭已经不信她这张会做戏的脸了。

她坐在床上看着他，毫无预兆地哭了起来。这次与上次不同，是那种很压抑的、抽抽搭搭的哭，一看就很伤心。

想狠下心直接离开的，但是又迈不动步子，陈劭只觉得头疼得厉害。也不知道刚才那女生走了没，这要是还没走，指不定怎么揣测他们现在的情况呢。

“你哭什么？”他问。

“我怕我许的生日愿望实现不了。”

陈劭觉得好笑：“这不是很正常吗？”

魏南音：“不是说精诚所至金石为开吗？我一直都许这一个愿望，对别人来说根本什么都不算，为什么还是实现不了？”

陈劭对此并不感兴趣，想着既然安顿好了她，他就可以走了。却听魏南音又哭了起来：“我就是希望下一次过生日的时候我爸妈弟弟都在我身边而已。”

陈劭微微讶异地看了她一眼，突然想起不久前在大马路上捡到的哭得梨花带雨的她。那天之后他们聊了几句，好像是她父母对她的成绩不满意，她也是因为那次才动了让他给她补习的想法。

看来这嚣张跋扈的家伙也有软肋，他难得有点儿心软，替她倒了杯水说：“早点休息吧。”

魏南音怔怔看了眼那杯水，又看向陈劭：“你要走了吗？”

陈劭看着那双湿漉漉的眼睛，突然勾了勾嘴角：“不然你想让我留下来吗？”

魏南音眨了眨眼睛，似乎真的在考虑他的问题。陈劭却轻嗤一声“傻子”，转身往门外走。

出了魏南音的寝室，如他所料，刚才给他指路的女生还没有走，她就在离他不远处，拉着另一个女生说话。

“我听说他们以前……魏南音自己说的。”

“后来呢？分开了？那今天是怎么回事？”

“可能破镜重圆了吧。”

“哎，不过他真的好帅，实名羡慕魏南音……”

她们已经在刻意压低声音了，但是走廊里静悄悄的，她们离得不远，陈劭耳力又出奇的好，她们说的每一句话几乎都一字不漏地传到了他的耳朵里。

陈劭回头看了一眼魏南音寝室的方向，走向两个女生。

“同学。”

“啊！”

突然冒出来的男人声音让两个女生都吓了一跳，陈劭微微皱眉，没有立刻开口。

之前给他指路的女生率先反应过来，战战兢兢地想解释一下：“我们只是……”

陈劭打断她说：“我同学身体不舒服，她舍友没回来，麻烦照顾她一下。”

那女生明显松了口气，连忙点头：“没问题！没问题！”

陈劭犹豫了一下又说：“我住 303，有事可以找我。”

“好的！好的！”

陈劭回到宿舍时，舍友正在和朋友视频聊天，见镜头里突然多了一个人，舍友吓了一跳，然后小声对镜头另一端的朋友说：“我们宿舍的大帅哥回来了，等会儿打电话吧。”

结束了视频通话，舍友回头问陈劭：“怎么突然回来了？”

陈劭的舍友是一班的，两个人相处得不错，但交集不多。

陈劭随口答道：“忘了点东西在宿舍。”

舍友点头，又想起什么说：“今天晚上可热闹呢。”

陈劭问：“怎么了？”

“听说你们班的人都去给魏南音庆生了，这都多晚了还有人陆陆续续回来，在走廊里吵吵闹闹的……”说到一半，舍友突然想到了那些陈劭和魏南音的传闻，悻悻地闭了嘴。

陈劭也不在意，换衣服打算洗漱。过了片刻，舍友纠结了一下还是问：“你觉得魏南音漂亮还是我们班的李亚彤漂亮？”

陈劭：“李亚彤是谁？”

舍友咂咂嘴：“那就是魏南音漂亮。我今天下午见到她了，以前没见她穿过那种裙子，真挺好看的。”

陈劭微微皱眉，不知怎的，舍友虽然说的是魏南音的裙子，但他想到的是她趴在他肩膀上那种柔软的触感，以及她眼含泪光看向他时，他那片刻的失神。

第二天一早，魏南音被早上明晃晃的日光晃醒。她睁眼看了看，发现自己在宿舍，于是又闭上眼。片刻后她叫了两声“晶晶”，想让徐晶晶帮她倒杯水，结果房间里静悄悄的，没有人回应。

她勉强坐起来，意识到此时的宿舍里只有她一个人。徐晶晶呢？昨晚聚会结束直接回家了还是一早又出门了？她在床上摸索了一下，摸到手机，给徐晶晶打了个电话。

昨天晚上闻瑞原本是要送徐晶晶回学校的，但她死活不肯，怕被其他同学看到她过敏的丑样子。他说送她去医院，她也说不用，吃点药就好了。他没办法，随便找了家小宾馆开了个房间。

安顿好了她，他又大半夜地跑出去给她买药。回来给她吃了药，但过敏症状一时半会儿还没消减。听说有些严重的过敏能要人命，闻瑞也不敢这么走了，就等着她症状缓解之后再离开。

徐晶晶这会儿接通了电话：“怎么了？”

魏南音松了口气：“你在哪儿呢？一大早醒来就不见你人。”

徐晶晶这才想起来，魏南音昨晚好像“醉了”，她不想魏南音知道昨天是闻瑞照顾的她，犹豫了一下说：“我晨跑完顺便买点儿东西。”

“什么东西啊，要一大早去买。”

徐晶晶急中生智：“红糖呗，你也知道，我的那几天又快到了，我今天早上起来就觉得有点儿不舒服，早点儿准备，有备无患。”

魏南音想了一下，不疑有他。她打了个哈欠说：“那正好，回来时帮我带点吃的，饿了。”

“好的，马上回去。”

她并不清楚徐晶晶去哪家商店买红糖了，但料想离学校不会太远。

挂了电话，徐晶晶迅速洗漱，整理好自己，然后警告闻瑞说：“昨天的事，你出了这个门，半个字都不许跟他人提起，否则……”

徐晶晶帅气地比了个抹脖子的动作，又留下一个满含恐吓的眼神，急匆匆离开了酒店房间。

徐晶晶向来习惯早起锻炼，魏南音没有怀疑她的话。徐晶晶回来后两个人一起在宿舍吃了早点，又说起昨天晚上的事情。

魏南音随口问徐晶晶：“你昨天什么时候回来的？”

徐晶晶含含糊糊地回答说：“我昨晚不是过敏了吗？我俩就去了趟医院，折腾了大半天，回来的时候你已经睡着了。”

魏南音点点头。

徐晶晶又问：“对了，你昨天是怎么回来的？”

魏南音仔细回想了一下昨晚的情况，有零星的片段从脑中闪过，她有点儿不敢相信自己的记忆，莫非真是陈劭送她回来的？

更要命的是，她记起来的片段越多，发现事情越不妙——她算是“酒后吐真言”了？！

魏南音暗叫一声不妙：“好像是陈劭送我的。”然后不等徐晶晶激动惊讶，她又立刻补充，“我好像说了好多不该说的话……”

“你说了什么？”

魏南音不忍再回忆：“大概……也许……就是一些心里话吧……”

不用魏南音细说，徐晶晶凭着对她的了解也大概能猜到她说了些什么。两个人面面相觑了一阵，徐晶晶安慰她说：“昨晚你醉了，他应该不会当真吧？”

魏南音越想越懊恼：“本来想着借此机会拉近彼此的距离，现在看真的是弄巧成拙了，让他帮我补习的事情估计是没戏了。”

徐晶晶说：“你先别自己瞎想了，要不你打个电话探探他的口风，看下他的态度就知道他有没有生气了。”

魏南音点点头，拿出手机，犹豫了一下拨通陈劭的电话。嘟嘟的忙音响了好一会儿，就当魏南音以为电话不会被接通的时候，电话却通了，清冷又熟悉的一声“喂”从听筒里传了出来。

魏南音看了眼徐晶晶，然后语带讨好地对着电话说：“那个……陈同学，昨天多谢你把我送回来。”

“没事。”完全听不出情绪。

她又试探地问：“你中午有空吗？我想请你吃饭，答谢你昨晚能来，还把我安全送回来。”

电话里静了片刻，然后清冷的男声说：“我在家，不用了。”

“哦，那就等你回来好了。”魏南音想了一下又说，“那个……昨晚，我没说什么不该说的话吧？”

“什么是不该说的？”

魏南音讪笑：“没什么，嘿嘿，那就周一见啦，陈同学。”

挂了电话，魏南音松了口气：“看来我昨晚说的那些胡话他并没有当真。”

陈劭的舍友迷迷糊糊地从被窝里探出头来，看到坐在书桌前的陈劭问：“又要回去啊？可够折腾的。”

魏南音生日后的周一，本来是一个很寻常的周一，却接连发生了几件让魏南音很不爽的事情。

周一一大早，闻瑞竟然莫名其妙地向张思斌提出换座位的要求，魏南音知道后很气愤：“你最近到底怎么了？”

“我没事，你别多想。”闻瑞看向别处，随口答道。

魏南音仰头看着他脸上的表情，辨别着他此刻的情绪。与闻瑞认识这么久以来，她第一次发现她好像有点儿看不懂这个好朋友，还有就是，他什么时候长这么高了？

似乎是感受到魏南音注视的目光，他不由得回过头来，然而两个人目光相接的一刹那，他的目光又像是被烫了一下，弹了开来。

见他眼神闪烁，魏南音狐疑地看着他：“你以前说话可不会这么躲躲闪闪的，是不是对我有什么不满？”

“真没有。”闻瑞勉强笑了笑。

魏南音见状，只好佯装着生气：“不说算了，既然你不把我当朋友，那我以后有事也不找你了。”说着她转身就要走。

闻瑞连忙拉住她：“哎哎……其实我就是不想看到……”

闻瑞有些说不出口，最后在魏南音的注视下，他痛苦地纠结了一下，咬牙说道：“反正我就是眼不见为净。”

魏南音以为自己听错了，她有点儿不敢相信地看着闻瑞：“我做了什么，让你这么讨厌？”

“不是……南音……”

魏南音突然觉得很委屈，也不听他解释什么：“你忍我很久了吧？

现在终于不想再看到我了？可是闻瑞，我一直把你当最好的朋友。”

闻瑞心烦意乱，百口莫辩，他实在不知道要怎么跟她说，但是他知道，绝对不能实话实说，如果他说了，他们很有可能连朋友都做不成了。

魏南音只觉得自己的人生简直失败透了。闻瑞想解释，但临时编出来的谎话没什么说服力，在魏南音看来都是在安慰她。两个人拉拉扯扯间，就见一个高个子男生朝他们这边走来。

那人背光而来，看不清五官，但看得出身材修长挺拔，他没有穿南石的校服，上身穿着件白色棉布衬衫，领口的扣子解开两颗，显得颇为随性，袖口随意挽起，露出一截结实有力的小臂。他双手插在裤子口袋里，闲庭信步般朝他们走来。

魏南音正心烦意乱，也没注意看来人，等那人走近了才发现是陈劭。两个人视线对上，魏南音和他打招呼，谁知陈劭竟然像没看见一样，漠然地从她脸上移开视线径直向前走去。以这段时间魏南音对他的了解，他这一系列的反应很明显在说，他在生气。

可是为什么呢？明明前一天早上两个人才通过电话，还说好她会请他吃饭，怎么过了一个晚上，他们的关系好像又回到了冰点？这一个个的都怎么了？真是男人心，海底针啊。

不过比起陈劭的阴晴不定，闻瑞的突然转变更让魏南音难过，庆幸的是，闻瑞没让她难过太久。两个人也就僵持了一节课，最后还是闻瑞主动向魏南音坦白。

“我就是不喜欢陈劭，看你对他那么……那么热情，我不爽。”他说完后也不看魏南音，红着脸看向远处的操场。

魏南音以为闻瑞是在替她不平，试着解释：“虽然他那人性格挺不讨喜的，最初和我之间也有点儿摩擦，但接触多了我发现他其实没我们之前想的那么不好，至少后来我遇到麻烦，他替我解过围，所以他现在算是我的朋友了吧。”

这是魏南音的心里话，闻瑞却哼了一声：“这就是你喜欢他的理由？”

魏南音愣了一下，这才明白闻瑞应该是误会了。她是做着曲线救国的打算，想通过征服陈劭来让他同意给她补习，而这种事还是女生比较在行，所以这段时间有什么事也都是在和徐晶晶商量。

“谁说我喜欢他了？”魏南音说。

闻瑞："那你怎么整天都在说你仰慕他？"

魏南音摸了摸鼻子："这不是有求于他，想请他给我补习吗？都说男生对仰慕自己的女生会格外心软，我就在等他心软。"

闻瑞对魏南音的这个解释似乎很意外，片刻后，他不自在地说："成绩好的又不是只有他一个，徐晶晶别的不行，学习还凑合。"

魏南音叹气："其实她自己也挺吃力的，这么紧张的阶段，我不想耽误她太长时间。但是你看陈劭，每天上课不好好儿听讲，成绩还那么好，而且他是我同桌，这不是方便吗？"

回应魏南音的依旧是一声冷哼，但这一次，她听出了其中的妥协。

魏南音问："说实话，你是介意我把他当朋友，还是介意我说我仰慕他？"

闻瑞依旧不看魏南音："不管是哪种，我都觉得他都配不上你。"

魏南音看着面前的好朋友，如醍醐灌顶——是人就有占有欲，尤其是对自己在乎的人和物。

作为她最好的朋友，闻瑞一定是觉得他在自己心中的地位受到了威胁，所以才这么介意的。就像他对徐晶晶的不满，或许也是对友情的一种独占欲望的表现吧。

想到这里，魏南音安慰地拍拍闻瑞的肩膀："你不用担心，不管我有多少朋友，你在我心里的地位都是不可替代的，我们永远都是好朋友，所以你根本不用介意陈劭。"

这话让闻瑞的情绪明显好转，他几不可闻地回了一句："你也是。"

魏南音突然有点儿感动，他们两个人还有徐晶晶都是来自同一所初中，而且闻瑞和魏南音初中时就是一个班。

不过初中三年魏南音对这个同学并没有太多的关注，直到上了高中，在她人生最低谷的那段时间，陪在她身边的除了徐晶晶就是他了。

他们三个人一起吃吃喝喝打打闹闹，从高一到高二，魏南音早就把闻瑞当成最好的朋友了，但是此时听他这么说，还是忍不住动容。动容之后，魏南音却突然想起什么。

她怀疑地看向闻瑞："之前偷吃我送给他早点的不会是你吧？"

闻瑞不自在地咳嗽了几声："什么早点？"

魏南音看着他涨红的脸，就知道自己猜得八九不离十了。想起自己省吃俭用省出来的早点钱，还有陈劭生气的样子，她当时就想，如果被她抓到那个偷吃别人早点的小偷，她一定不会轻饶。没想到啊，日防夜防家贼难防。

魏南音怒不可遏："闻瑞，我没你这么幼稚的朋友！"

闻瑞也急了："哎，那个南音，说好的不可替代呢？你听我解释……哎，我赔你早点钱还不行吗？"

总算哄好了闻瑞，可不久之后，魏南音又遇上了一桩糟心事。她发现她走在校园里时总有人对她指指点点，起初她没放在心上，但她后来发现，这并不是偶然。

在过去的一年多里，她已经很久没遇到过这种情况了——在南石众人都接受了她离经叛道的人设之后，谁也不敢再在她面前说三道四。这次又是怎么回事？难道是出了什么让大家接受不了的事情？

怀揣着满肚子疑问，魏南音下了课回到宿舍，发现徐晶晶竟然没去上晚自习，在宿舍里等她。

"学校论坛上的帖子你看到了吗？"见她进门，徐晶晶连忙问。

"又出什么热闹事了？"她一边儿放下书包一边儿无所谓地问，脑子里莫名出现了白天路人看她时那奇怪的眼神。

徐晶晶把手机递给魏南音："不管他们说什么，你先别生气。"

徐晶晶给她看的是发表在城市论坛南石中学板块的一个帖子，帖子发出的时间没多久，却在短短几小时内被众人顶成了热帖。

这帖子发表人一看就是临时注册的小号，刚注册没几天，唯一一条帖子的内容竟然是扒魏南音和陈劭的事。

大概意思是魏南音自从陈劭转学到南石以后就盯上了陈劭，在她的威逼利诱之下，陈劭委曲求全暂时答应了她，可是后来实在无法忍受她，她却继续死皮赖脸撒泼耍赖地缠着陈劭，更在生日当天，不停给陈劭灌酒，企图让陈劭就范。

魏南音和陈劭都是学校里的风云人物，这帖子很快引起了南石人的关注，论坛里面还有不少好事者添油加醋，通过爆料一些所谓的内情站在了楼主的阵营里。

据徐晶晶推断，这个发帖人很有可能喜欢陈劭，同时对魏南音不满，这些添油加醋跟帖的人应该就是以前被魏南音教训过的人，想借此机会抹黑她。其他人，应该就是单纯好奇八卦的人。

楼主爆料的那些信息中，无疑是最后一点最为劲爆，很快帖子的走向就变成了魏南音到底有没有和陈劭在外过夜。

但是这个问题也渐渐有了所谓的“答案”——有人说当晚在轰趴馆附近见到一男一女去宾馆，因为当时光线和角度的缘故没有看清两个人是谁，但是那男生身上的南石校服，那人不会认错。

这一条是新刷上来的，魏南音看到立刻紧张兮兮地问徐晶晶：“你帮我想想，陈劭当天没穿校服裤子吧？”

徐晶晶没有回答她，她兀自出神，好像根本没有听到她的问话。魏南音也没太在意，她知道这其中一定有什么误会，虽然她那天晚上有点儿断片，但是第二天早上她可是真真切切在自己宿舍醒来的。不过说什么都没用了，大家只愿意相信自己想要相信的东西。

这事愈演愈烈，给魏南音造成的困扰也越来越大。她很想在论坛上澄清一下，可是怎么澄清？说自己只是单纯地想“攻略”陈劭吗？有谁会信呢？

最有杀伤力的谎言就是这种半真半假的谎言，她在“追求”陈劭这事很多人都知道，那么那个爆料人说的其他事在那些人眼中自然而然也都是真的了。

更让魏南音郁闷的是，这类传闻和打架、作弊那些事性质完全不同，这对一个女孩子来说是莫大的侮辱，魏南音脸皮再厚，再我行我素，她也依旧担心别人对那些谣言信以为真，依旧会觉得羞愧得抬不起头来。

闻瑞说：“这群键盘喷子，我们查查这爆料人的IP地址，然后找兄弟们替你报仇。”

徐晶晶：“这人是必须要查的，但是除了论坛后台和计算机高手，一般人估计是查不到的。”

说了等于白说，这个论坛并不是学校的论坛，想从后台下手是没戏了，至于计算机高手，可能能找到，但也不是立刻就能找到的。

闻瑞说：“那也不能让人这么指指点点。从明天开始，但凡在学校里看到一个，我就揍一个，我就不信还有人敢说。”

徐晶晶：“你是不是傻？你还嫌这事知道的人太少是不是？不闹大不甘心是不是？”

闻瑞暴躁："这也不行那也不行，你光会说我，你想想办法啊！"

魏南音突然觉得很无助，这还是中考之后第一次，她觉得很茫然，不知该怎么办。不愿意面对众人的指指点点，也不好意思在这时候面对陈劭，魏南音第二天和张思斌请了病假。张思斌真当她生病了，对她的病情询问了一番，让她好好休息。

想想也是，网上的这些言论一般都会先在经常上网的同学之间传播，但是早晚会传到其他同学甚至老师的耳中。

巧的是，不知道是不是晚上踢了被子，第二天一早醒来的时候，魏南音还真的发烧了。

她第一次庆幸自己生病，一边儿昏昏沉沉地睡着，一边儿在脑中想着，就这样也挺好，最好她一觉睡到病好，醒来后所有的事情都平息了。

等到上课铃声响起，陈劭身边的座位依旧是空着的。今天周遭人的反应都很不寻常，他身后的班长刘明明唉声叹气地不停骂着"是哪个小人"，其他不太熟的同学看向他时都目光躲闪，一副想看又不敢看的探究神情。

陈劭权当看不见这些，默默低头看书。直到早自习结束，众人陆陆续续去操场上参加早锻炼，陈劭却在走廊里被闻瑞拦住。

"现在上网，去替她澄清。"闻瑞没好气地命令道。

陈劭半垂着眼皮看他，片刻后，只回了他两个字："走开。"

闻瑞咬牙切齿："我让你现在去澄清，不是那个楼主说的那样！"

陈劭："有什么关系？"

此时走廊里人很多，两个人的争执很快被周遭人注意到，更何况其中一个是陈劭。见他脸色不善，周围人自觉给他们空出一片空间，好像有道无形的墙将他们俩和其他人隔了开来。

闻瑞愣了愣："你什么意思？"

陈劭："一群陌生人，跳梁小丑，爱说就说，和她有什么关系？和你有什么关系？"

闻瑞怒道："那些人在中伤她，怎么跟她没关系？跟她有关系就跟我有关系！"

陈劭看着挡在自己面前的闻瑞微微皱眉，耐心即将用尽。陈劭是什么样的人，大家都有所耳闻，既然知道，那么自然也就替闻瑞捏了把汗。

围观的人群中也有一些看热闹不嫌事大的，不敢得罪陈劭，就对闻瑞指指点点：“这是总跟着魏南音的那人吧，也不看看魏南音干了什么，还有脸要求别人替她澄清！”

这些话传到闻瑞的耳中，让本来就不怎么淡定的他更加不淡定了：“你这混蛋，亏她还把你当朋友！”说着闻瑞就要朝陈劭扑过去。

还好这时候有人分开人群挤到了他们面前，在闻瑞扑向陈劭时，及时将他拉住，是班长刘明明：“哎，都是同学，有话好好说啊！”

闻瑞却仿佛什么都听不见，拼命想要挣脱刘明明的钳制扑向陈劭。眼看着自己一个人就要按不住他了，刘明明朝周围看热闹的人大喊一声：“还站着？”

这才又有好几个四班的人上来拉住闻瑞。

陈劭没再理会闻瑞，漠然绕过扭在一起的几个人，往操场走去。刚离开片刻，又有人追上他：“嗐，别跟他计较，跳梁小丑一个！”

陈劭瞥了眼跟上来的人，不认识。那人似乎是明白他在想什么，也不觉得尴尬，连忙自报家门：“我也是四班的啊，平时比较低调，可能你没注意到我，我叫刘伟。”

陈劭的眉头几不可见地皱了皱，这个名字他好像有点儿印象。

刘伟完全没有注意到陈劭的表情变化，自顾自地跟在陈劭身旁：“以后咱们就是同班同学了，你刚转来不久，对我们学校有什么想了解的都可以问我。”

陈劭还是不说话，但在刘伟看来他这表现就是倾听的样子，于是接着说：“帖子那事我劝你别理，我看了下那些评论，大家的关注点都在魏南音身上，对你倒是没说什么，你一旦回应，搞不好会把火力引到你自己身上。再说这事也不是你的错，魏南音要是够检点，也不会被人把这些‘光荣事迹’曝到网上去了！”

陈劭转头看了眼身边正口若悬河的人，想到魏南音说他面目可憎，他想那是因为她没看到面前这人长什么样吧。

刘伟见陈劭有了回应，很高兴地朝他笑笑：“还有句话，我说了你别生气啊！虽然不知道你和魏南音之间具体是什么情况，但你俩现在不是一对吧？我就想说，虽然她长得还行，身材也还行，成绩也马马虎虎，但是你看她整天混在一群男生当中，也太不……”

他后面的话没说完，就感觉眼前一花，背上一阵疼痛猛地传来——刚才没有对闻瑞动手的人，竟然莫名其妙地对他动手了。

刘伟被陈劭貌似没怎么用力地轻轻一推，直接撞在了墙上。他还没搞清楚这突如其来的变故是怎么一回事，眼前这人怎么说翻脸就翻脸。

他听到头顶上响起一个冷冷的声音，一直没开口的人总算开口了："你是个什么东西？"

刘伟眼见陈劭已经发火，勉强挤出一个笑容："陈劭，是不是有什么误会……"

陈劭却仿佛听不到他的话一样，看着身高刚刚到自己下巴的人，他用没什么温度的声音警告道："别再让我听见你嚼舌根，否则别怪我不客气。"

魏南音没有如愿睡到天荒地老，不到中午的时候她就醒了，还是觉得头有点儿晕沉，更糟糕的是心情依旧不好，所以她也懒得起床。

没等她在床上磨蹭太久，下了课的徐晶晶就兴冲冲地拎着饭盒从外面进来："你看那帖子了吗？一上午的工夫，言论突然就逆转了！"

魏南音有气无力地看了眼闺密："你就别安慰我了，短短一天半天的，还能怎么逆转啊？最多就是有人发现陈劭那天没穿校服裤子而已，这只能说明那人看错了，并不能说明楼主说了假话。"

徐晶晶不自在地咳嗽了一声："你先起来吃饭。"

"我没胃口。"

徐晶晶只好把手机递给魏南音："你自己看吧。"

魏南音接过来，翻了翻评论，越看越激动，还真像徐晶晶说的那样，舆论风向变了。大家的态度是从几个南石女生跳出来替魏南音说话后开始转变的。

这几个女生几乎是实名替魏南音澄清，说魏南音当晚住在宿舍，那几个女生还分别报了自己的宿舍号。

南石的人都知道，这几间宿舍和魏南音的宿舍在同一层，但不是四班的宿舍，也就是说她们和魏南音或许认识，但未必熟悉。

下面还有人把当天门卫处的晚归登记拍照传上了网，的确有魏南音的名字。

渐渐地，被恶意中伤者刻意打压的言论终于可以被大家理性看待了。

有人说：“人家俩啥关系，是不是在一起过我不清楚，反正我看陈劭不像是能被威逼或者利诱的人。”

另外有人跟帖：“对，听过陈劭名头的都知道，那才是真的厉害，如果他和谁在一起了，我想只能是出于自愿，所以人家俩好不好，关楼主什么事啊？”

还有人说：“看楼主这番言论，处处都在贬低女方，该不会是暗恋不成嫉妒作祟吧。”

经这些人一点拨，接下来大家的发言几乎可以分为两大类。一类是实名澄清那几个女孩中的一个引发的。

“那天我是看着陈劭把魏南音送回来的。以前也听说是魏南音纠缠陈劭，那天一看才知道传言不可信，你们不知道陈劭对她有多温柔多好，魏南音当时不省人事了，陈劭就把她抱到宿舍。

“路上遇到我，说他同学喝多了，问我她在哪个宿舍，然后把人送进去后还不放心，让我去照顾她一下。可以说是非常细心周到了，反正我没看出有一点不情愿，不知道楼主在酸什么！”

下面有人跟着回复：“就是，还告诉我们他的宿舍号，说有事随时可以找他。”

另外一类则是由几个论坛老 ID 带头发起的，因为大家觉得这楼主可能是暗恋陈劭的某个女同学，看做派这么阴毒，就对这 ID 下的身份产生了浓厚的兴趣，通过这个小号的关注回复帖，开始扒皮分析这人可能是谁。

在徐晶晶回来前不久，也就是中午放学的时候，这个小号竟然注销了，这一举动更是证实了大家的猜测，连带着关于对魏南音的那些中伤谣言也不攻自破了。

看完这些，魏南音也顾不上自己是不是还病着了，腾的一下从床上坐了起来：“那几个宿舍都是你们班女生的宿舍吧，替我买点好吃的，我要好好酬谢那几个宿舍的姐妹们。”

徐晶晶笑：“心情好了吧？那就先起来吃饭。”

“好的好的，我其实早饿了。”

“哦对了，”徐晶晶想到什么突然说，“我听说今天早锻炼时陈劭差点跟人打起来。”

魏南音愣了愣："什么情况？"

"不太清楚，好像很快就平息了。"

魏南音"哦"了一声，没再多问。

下午魏南音继续留在宿舍养病，吃过药退了烧后，人明显精神很多。快放学的时候，闻瑞打电话问她怎么样了，魏南音躺在床上随手翻着本习题册说："好多了，明天可以上课去了。"

闻瑞提议："晚上要不要出来吃？叫上徐晶晶。"

魏南音说："好啊，我现在就有点儿饿了。"

闻瑞笑了："我妈说病刚好的时候饮食还是要以清淡为主，咱们去喝砂锅粥吧。"

"就这么定了。"

南石的晚自习管得不算严，徐晶晶和闻瑞为了陪魏南音直接翘了晚自习。

徐晶晶想起上午听到的传闻，问闻瑞："听说陈劭今天早锻炼差点跟人打起来，到底怎么回事？"

不提这个还好，一提这个闻瑞的脸色就不太好看。他没有回答徐晶晶的问话，而是转头对魏南音说："这一次总算认清他的真面目了吧？你被网上那群人抹黑中伤的时候他在干什么？你把他当朋友，他却连站出来为你说句话都不愿意！"

魏南音喝粥的动作顿了顿，她很想不去在意闻瑞说的这些，但是一点不在意是不可能的。

出了这种事，谁不希望有人能站在自己这边，替自己说句话呢？而在这件事里，谁说出来的话又能比陈劭的话有分量？更何况，他对她而言不是普通人，是她当成朋友的人。与其说她在意他为她说话后带来的舆论效果，不如说她其实更在意他在这件事上的立场和态度。

所以在事情刚刚发生时，在徐晶晶和闻瑞讨论着如何去查出爆料人的身份时，她就在心底小小期待着他能替她说句话。然而，他好像什么都没有为她做。

徐晶晶看了眼低着头默不作声的魏南音，佯怒骂道："你是不是傻？遇到这种事情再没经验的也知道，当事人不能轻易跳出来回应，那帮闲着没事干的人就是在等一个靶子！我觉得陈劭也是想到了这一点，所以才没有说什么。”

闻瑞不屑地哼了一声，终究没再反驳，因为徐晶晶说的也是一种可能性。

徐晶晶问他："你们上午就是因为这事打起来了？"

闻瑞说："不是我。"

"啊？什么意思？"徐晶晶问。

"我俩吵了几句，但是没打起来，我听说他后来差点把刘伟揍了。"

"刘伟？"徐晶晶自言自语道，"这名字怎么有点儿耳熟呢？"

魏南音也不由得好奇，毕竟在她的印象中，陈劭和刘伟似乎没什么交集。

闻瑞对徐晶晶说："这人就是之前举报南音借人作业，然后自己又非常无耻地嫁祸南音那家伙。"

徐晶晶："原来是他。这人可真够讨厌的，陈劭只揍了他一顿真是有点儿可惜。不过他俩到底因为什么事情争执啊？"

闻瑞似乎很不感兴趣："我哪儿知道。"

徐晶晶搅动着碗里的粥想了一会儿，突然眼前一亮："我想起来为什么觉得刘伟耳熟了，除了举报南音那事，我第一次听说他，还是因为他给我们'南石之光'递情书的事情。不过这人脑子不好使，搞得很高调，最后被我们'南石之光'拒绝得很没面子。"

闻瑞和魏南音齐齐出声："李亚彤？"

徐晶晶点头："没错。"

魏南音愣了愣："他俩该不会是因为李亚彤打起来的吧？"

徐晶晶闻言若有所思："你这么一说就好解释了。"

魏南音问："解释什么？"

徐晶晶："今天早自习前，我在我们班门口看到陈劭和我们班一个女生说话，我当时还有点儿纳闷，好奇他们俩什么时候认识的。

"虽然不太了解，但我推断，以陈劭的性格，应该是不会随便跟陌生人搭话的，现在想来，那个女生好像跟李亚彤关系还可以，说不准是托人带话之类的呢。"

魏南音："托人带话也该找个和正主关系熟一点的吧，你说她俩关系只是还可以。”

徐晶晶撇撇嘴：“南石之光的为人你又不是不知道，心气儿高着呢，那女生算是我们班性格最好人缘最好的了，也就只有那女生才能和李亚彤那种人混到个‘还可以’。”

魏南音也不知道怎么形容自己此刻的心情，就像遭到了背叛。他不愿意替自己多说一句话，却愿意为了其他女生放下身段，托人带话。

她继续低头喝粥，闻瑞借此机会劝说魏南音：“我看他也不可能真心实意给你补习，你有什么不会的就问徐晶晶呗，徐晶晶成绩也不比他差多少。”

徐晶晶得意地瞥了闻瑞一眼：“难得在你眼里我还有个优点。”

说着也顺着闻瑞的话对魏南音说：“你不用怕耽误我时间，你比我聪明，你不会的题，我也不一定就会，正好可以一起讨论讨论。”

魏南音心下感动，点了点头说“好”。几个人聊了点学校里最近发生的事情，但兜兜转转最后话题又转回了那个“爆料”的帖子。

“你们觉得那个 ID 可能是谁的小号？”徐晶晶问。

按照评论里大家分析的，对方应该是个喜欢陈劭又对魏南音很看不惯的人。

魏南音皱眉：“我们学校喜欢陈劭的人不少，看我不顺眼的也不少，这范围有点儿大。”

徐晶晶说：“我觉得她应该是那天为你庆生的人之一，你看她头像，是个南方小吃。”

闻瑞：“你是说她应该是个南方人？”

三个人彼此互看了一眼，很明显，大家都想到了同一个人。

闻瑞说：“我其实一开始就觉得很有可能是李亚彤，这么说来可能性非常大。”

“我对李亚彤不了解，她会做出这种事吗？”魏南音有点儿不确定，“而且就算我们猜是她，也没有确凿的证据能证明是她。”

说到这个，闻瑞叹气：“对啊，她那小号都注销了，也不知道还能不能查到 IP 地址。”

徐晶晶说：“想查应该是能查到的。”

魏南音：“你怎么知道？”

徐晶晶说："你忘了，我哥可是A大计算机学院的高才生啊，昨天晚上我就问过他了，他说有办法可以查，不过就是比较费事罢了。他最近有个项目在做，比较忙，但他说他暑假会回来，只要那帖子不删，到时候不怕查不到。"

闻瑞："你哥说的办法是入侵网站后台吧？这不容易吧？"

徐晶晶没有说话，算是默认。

魏南音说："查不查都无所谓，反正已经过去了，我也没少块肉。"

徐晶晶对她这话很不赞同："烧白发了？气白受了？"

闻瑞也说："这么阴暗的人没有得到应有的惩罚真是不爽啊！"

徐晶晶突然想到什么，一脸古怪地看向魏南音："其实我觉得，要想出气，也不是非得以其人之道还治其人之身。"

魏南音和闻瑞异口同声："什么意思？"

徐晶晶说："先不管对方是不是李亚彤，她不就看你不顺眼吗？那你就假戏真做，气死那个人！哈哈哈！我这招妙不妙？"

闻瑞率先翻脸："妙什么，出的什么馊主意。"

徐晶晶："你急什么急啊，又没让你去搞定陈劭。"

两个人你一言我一语又吵了起来，魏南音对此早已习以为常，默默垂头看着碗里的粥，莫名就没了胃口。

第二天一早，魏南音去上课，陈劭见到她，破天荒地问了句："病好了？"

她不咸不淡地"嗯"了一声。

"那你现在这是什么表情？"他问。

魏南音心中冷笑，看惯她每天逢迎讨好，就不许她偶尔有个心情不好的时候吗？上一秒还面无表情的她，下一秒毫无预兆地朝着陈劭咧嘴一笑，露出她一口洁白整齐的牙，但表情过于夸张生硬，自然没什么美感。

只要陈劭不傻，就能看懂她那昭然若揭的不满和委屈。见状他也没再说什么，两个人就这么僵持着谁也不再理谁。

下午的活动课，闻瑞跑到魏南音前桌坐下，示意她凑过来，两个人叽叽咕咕地讨论八卦："我听到一个非常劲爆的消息！"

魏南音："什么？"

闻瑞："我听说老张似乎在和杨老师谈恋爱。"

听到这个消息，魏南音是震惊的。她一直知道四十几岁的张思斌还是单身，也听说英语杨老师刚离婚不久，但是要把这两个人想成是一对，那得需要多么丰富的想象力啊。可是闻瑞说，这不是传闻，这是事实。

老张不是喜欢魏南音她妈吗？哦不对，那都是年轻时候的事情。单身了这么多年，他也有可能已经喜欢上别人了，但无论如何就是不应该看上杨老师啊。

魏南音的大惊小怪成功把身边正在睡觉的陈劭吵醒了，他皱着眉头警告地看了她一眼，魏南音正沉浸在这个消息带给她的震撼中，完全没有注意到。

她问闻瑞："消息靠谱吗？"

闻瑞没有立刻回她，他从书桌里掏了半天，找出个什么东西来，神神秘秘的。很明显，张思斌还没打算公布这个消息，所以两个人说话时都刻意压低声音，生怕被其他人听到。

声音小了，要听清对方说什么就得凑得很近。在外人的角度看来，他俩几乎是头挨着头在咬耳朵。

闻瑞把他"线人"拍到的照片拿给魏南音看，看背景像是个饭馆，主角确实是张思斌和杨老师，从照片的角度看两个人似乎很亲密，但也不排除只是拍摄角度的原因。

俩人正讨论着，突然听到身边传来一个没什么温度的声音："让让。"

他们抬头，是陈劭。闻瑞对陈劭一向没什么好脸色，现在连魏南音也是如此。她并没有起身，而是懒懒地往前挪了挪，让出身后一条窄窄的缝隙，算是"让让"了。

陈劭的脸色不好看："你让我怎么出去？"

魏南音一脸的不关我事："你让我让让我已经让了。"

陈劭："魏南音，你幼不幼稚？"

眼看着又是一场腥风血雨，好在坐在魏南音后面的那个男生有眼力见儿，立刻把自己的桌子往后挪了半米，给陈劭让开了一条道。

陈劭看了眼魏南音那高高扬起的后脑勺，对她身后那男生说了声"谢谢"，走了出去。

陈劭离开后，闻瑞问魏南音："你跟他吵架了？"

魏南音瞥了闻瑞一眼："把你那幸灾乐祸的表情收收吧。"

闻瑞讪笑：“我这是替你高兴，你总算认清了事实，他自己成绩再好又有什么用？那么冷血的一个人，肯定不会帮你补习的。”

对闻瑞的这个推断，魏南音没什么表示。这时候，班长刘明明拿着两张表格进了教室。他走上讲台，敲了敲讲桌，示意教室里的人安静。

刘明明：“一年一次的运动会马上开始了，去年我们班可是总分年级第一，这都托赖大家的积极参与。今年据说是我们在中学里的最后一次运动会了，大家踊跃报名啊！”

刘明明说完就走下讲台，开始挨个儿游说大家填报项目。

闻瑞问魏南音：“今年你打算报什么项目？”

魏南音摆摆手：“不报了。”

“为什么？”

“我要是报了项目还有别人什么事啊，都说了是最后一次了，让大家热闹热闹。”

身后传来一声似有若无的笑，魏南音和闻瑞双双回过头，是去而复返的陈劭。魏南音身后那位同学见陈劭回来，立刻又把桌子往后拉了半米让陈劭过去。

陈劭坐到自己的位置上，拿出本数学习题册，随手翻起来。他一句话都没说，但是那笑声中的嘲讽激怒了魏南音，这分明就是瞧不起她的实力啊。

怒着怒着，魏南音突然想到，这或许是个绝佳的机会。她“喂”了一声，没好气地问：“你刚才笑什么？”

陈劭不咸不淡地回了句：“我笑什么和你有关系吗？”

魏南音也不生气：“你可能不知道，我有多么全面发展，我体育厉害着呢，你别不信。”

陈劭没有说话，但嘴角明显勾了勾。

魏南音：“你那是什么表情，瞧不起我啊？以为我在吹牛吗？”

“不然呢？”他上下扫了她一眼，“你擅长什么项目？打洞吗？”

就算魏南音早有心理准备，也被这个“打洞”气得够呛，而且他刚才打量她的那一眼，分明是说她这勉强一米六的身高就是先天不足。不过他越是这么想，她就越高兴。

闻瑞不满：“你厉害你怎么不报名？”

恰好班长刘明明游说到了他们这边，听到这话，也问陈劭："劭哥，怎么样，要不要报个项目？现在长跑、短跑、接力都还缺人。"

几人看着陈劭，陈劭却干脆地说："不报了。"

魏南音嗤笑一声，豪迈地对刘明明伸出手："报名表拿来！"

刘明明立刻乐颠颠地递上表格。魏南音扫了一下还没有报满的项目皱了皱眉，然后偷偷瞥了眼陈劭，果然就见他正好整以暇地看着她。

她故意犹豫了一下转头看他："不如我们来打个赌吧？"

陈劭有点儿意外："打赌？赌什么？"

"赌我真能在运动会上拿到一个前三的名次。"

眼看着刚才还默不作声的刘明明和闻瑞都要说什么，魏南音抬手打断两个人："你们也瞧不起我是不是？"

闻瑞和刘明明闻言面面相觑，都不再说话。

魏南音又看了眼报名表，似乎是下定了什么决心："算了算了，就别前三了，赌我能拿到一个项目的第一怎么样？"

陈劭难得表现出对这种事情有点儿兴趣的样子："你想怎么赌？"

魏南音心中狂喜，但面儿上不动声色："如果我拿不到第一，我就给你当牛做马直到毕业。但如果我真的拿到了，那你就要答应我一件事，如果我不仅拿了第一，还破了纪录，那你就得让所有人知道，你是心甘情愿答应我的。"

陈劭原本只是想看看魏南音又在打什么主意，并没真打算跟她打什么赌，毕竟这挖坑的痕迹太明显了，尤其是最后一句话，她竟然还提到破纪录的事。

他当然不认为魏南音真的很擅长什么体育项目，他能想到的是——莫非南石的整体水平非常差吗？也不是没有这种可能。

她希望他心甘情愿答应她什么？沉默了片刻，即便猜到她很有可能是在套路他，他也义无反顾地接受了这个赌约。

他收回视线，重新看向面前的习题册："当牛做马就不用了，离我远一点比什么都强。"

魏南音惊喜道："这么说，你是同意打这个赌了？"

陈劭几不可闻地"嗯"了一声，闻瑞不满地撇了撇嘴。

刘明明兴高采烈地问魏南音："南姐，报什么？"

魏南音在3000米那一栏里写上了自己的名字。

等魏南音填好表，刘明明不甘心地问陈劭："劭哥真的不考虑报个项目吗？一看你就知道你体能肯定不错，我们班接力是弱项，但是接力的分数占比又特别高，要不你报个接力？"

刘明明说了这么多，可见也是真的有难处，但陈劭还是那句话："不好意思。"

魏南音冷哼一声："一点集体荣誉感都没有。"

闻瑞不怕死地帮腔："人家九中的尖子生，瞧不上咱们南石也正常。"

刘明明尴尬地打圆场："没事没事，我再去问问别人。"

陈劭对刘明明点点头，没理会身旁那俩阴阳怪气的家伙。

晚上吃饭的时候，闻瑞问魏南音："你到底想让陈劭那家伙做什么？"

魏南音："还能干什么？帮我补习呗。"

闻瑞痛心疾首："你还没打消这个念头啊！你怎么还对他那种人抱有希望啊！"

魏南音："他是哪种人我不好说，但是有一点，只要他答应了，就一定会帮我补习的。你不知道我最近多辛苦，每天学到凌晨一点钟，除了第二天上课特别困以外，也没什么效果。"

闻瑞闻言也不好说什么："算了，那你可别有其他什么想法，就单纯利用他好了。"

魏南音失笑："我还能有什么其他想法？"

闻瑞看了她一眼，犹豫一下还是说："快吃吧，一会儿凉了。"

魏南音没什么胃口："晶晶不在，太无聊了。"

闻瑞这才注意到，今天一整天徐晶晶都没跟他们一起吃饭。

"她干什么去了？"闻瑞问。

魏南音有点儿失落地说："之前我被人抹黑的时候，她们班那几个女生不是没少出力吗？我就让她替我带点好吃的去给那几个女生，昨晚她聊到快熄灯才回来，今天又说要跟那几个女生一起吃饭。"

闻瑞有点儿高兴："她不在正好，之前聒噪得我都没食欲，今天我得多吃点，你也是。"

接下来的几天，徐晶晶都和她们班那几个女生混在一起，要说魏南音不失落那是不可能的。正当她想狠狠控诉一下徐晶晶的喜新厌旧时，徐晶晶却带着个惊天八卦回来了。

“你知不知道这几天跟我一起吃饭上自习的女生是谁？”徐晶晶神秘兮兮地问。

魏南音：“不就是你们班那几个住校的女生吗？”

徐晶晶：“我们班那个刘璇你知道吗？”

“就是你说的那个跟谁都关系很好，甚至和李亚彤关系也不错的女同学？”

徐晶晶：“我收回我之前的话，这几天接触多了，我才对她有了更全面深入的了解，她就是脾气好，平时给谁都留着面子，其实对不同的人还是亲疏有别的。”

魏南音有点儿摸不清徐晶晶这话里的重点：“所以你想说什么？她和李亚彤的关系其实比我们想的要好？”

徐晶晶翻了个白眼：“她要是真的和李亚彤关系很好，你觉得她会来照顾你吗？还会在论坛上挺你吗？”

魏南音愣了愣：“她照顾我的？”

徐晶晶点头：“对啊，据说那天陈劭扛着你回来的时候在走廊里遇到她了，还跟她问了咱们的房间号，把你安顿好后不放心，又嘱托她照顾你。”

说到这里，徐晶晶一脸的花痴：“她说她进来的时候你已经被安顿好了，鞋脱了，人躺在床上盖着被子，床头柜上还有一杯温度适宜的水，明显这些都是陈劭做的。没想到啊没想到，我们陈学霸表面上冷冰冰的，竟然还是个细致周到的人。”

听到这些，魏南音心里兀地一软。原本看到网上的留言，她以为真实情况就是陈劭不得已把她弄了回来，然后找了个人看着她别作死而已，没想到真实的情况竟然是这样。

魏南音表现出一副不为所动的样子：“这只能说明他还有点儿人性，因为喝多了把自己作死的人还少吗？他估计就是怕我出什么意外吧。”

魏南音想，换个别人他应该也会这么做。

徐晶晶：“那他授意刘璇去网上发帖的事怎么解释？”

“什么意思？”

徐晶晶：“帖子发出来的第二天早上，我不是看到他在我们班门口和刘璇说话吗？我们当时还分析，他是想让刘璇带话给李亚彤。

“我问过刘璇才知道，根本没这回事，他那天是去问她方不方便回个帖子说清头天晚上的事。

“想不到陈劭这么替你着想啊，而且也很理智，不像闻瑞那傻子，空有一腔热忱。他肯定是想到自己跳出来效果未必好，就去找了刘璇，这是他转学以来第一次主动找别的女生吧，还是为了你。”

原来他不是无动于衷，也没有对她不闻不问，原来他在她不知情的情况下为她做了这么多。

被抹黑以后她心里那点小疙瘩在听到这些后立刻就解开了，可能潜意识里，她还是相信他并不是如他表现的那样冷漠的一个人，在经历了大半个学期的磕磕绊绊后，他终归还当她是朋友的，即便他不说。

魏南音感慨：“虽然这人有时候的操作着实让人窒息，说话也非常讨人嫌，但心眼确实还不错。比起左右逢源的人，他还挺善良的。我猜他表现出的冷漠，可能只是一种孤独久了的自我保护吧。嗯，一定是这样。”

徐晶晶一脸无奈地看着她：“姐姐，我跟你谈感情，你跟我谈人性？”

魏南音不明所以：“这俩有什么不同吗？”

徐晶晶：“太不同了，连刘璇都看出来了，陈劭对你格外不同。”

魏南音得意地笑笑：“那当然了，我们好歹也算是共患难过的朋友。”

“你得了吧。”徐晶晶没好气，“就你围堵人家结果被王强反围堵的事算什么共患难？”

魏南音认真道：“虽然我们以前有不少误会，但我确实是真心实意觉得他人还不错，也想跟他做朋友的啊。”

徐晶晶：“我真的要替陈劭烧根香了。拜托！三番五次被你误解，还对你不怨不怪，甚至以德报怨，考试帮你，把你从无赖手中解救出来。就凭这些，你要是还没感觉出他的好，那你这脑袋也没救了。”

魏南音认同地点了点头，还是坚持说：“不管怎样，要说他对我有别的意思，那肯定是不可能的，你不知道他平时看我有多嫌弃。就我对他的了解啊，我猜他应该喜欢那种腿很长个子高的，看上去乖巧文静的，对对，就李亚彤那种。”

徐晶晶感觉自己在对牛弹琴，末了只回了“呵呵”两个字。

第六章

第二天一早，陈劭刚进教室，就见他的同桌恭恭敬敬地站在桌边，一脸微笑，像是在迎接他。

他脚步微微迟疑了一下，走向自己的座位，发现桌上竟然放着份早餐。放下书包前，他怀疑地看了一眼身旁一脸讨好的某人。

某人立刻回应说：“请你吃的。”

陈劭：“什么意思？明天运动会了，反悔了？不想赌了？”

“不不不！”魏南音说，“虽然我不是什么大丈夫，但也是一言既出驷马难追啊，赌还是要赌。”

陈劭又看了一眼桌子上的早餐：“所以，你给我下药了？”

魏南音不自在地笑笑，她这前后两天的态度，反差着实太大了，她昨天晚上听说陈劭竟然为她做了那么多后，恨不得立刻打电话和他和好，后来又担心他未必会接她的电话，才熬到了今天早上。

“怎么可能啊，好朋友之间怎么可能做这种事。”

“好朋友？”陈劭微微挑眉，“我这么面目可憎、无趣又冷漠的人怎么配跟你做朋友？”

原来那天醉了以后她说的每一句话他都记得，看来也不像是没有当真的样子。

“嗐，一个醉汉说的话你何必当真？”魏南音笑笑，“你看咱俩这关系，我好歹也是你的绯闻前女友，现在的好同桌，未来的学习伙伴，这么僵持着也不合适吧？”

“未来的学习伙伴？”陈劭挑眉。

魏南音摸了摸鼻子岔开话题：“对了，这个吉士炒双蛋堡你趁热吃，还有咖啡也趁热喝，我已经给你加好奶和糖了。”

陈劭不为所动，随手把早餐推到魏南音桌上：“我吃过早饭了。”

“那喝杯咖啡吧？一会儿学习起来效率也高。”魏南音讨好地捧着咖啡杯举在陈劭面前。

陈劭看了她一眼，犹豫了一下，最后勉为其难地接下了咖啡杯。在她眼巴巴的注视下，他不得已喝了一口，然而下一秒脸色大变。

看得出来，这多亏了他的好涵养，让他没有直接喷出来而是勉强咽了下去。

魏南音急了：“很烫吗？我就说你不要喝得那么急。”

陈劭终于忍无可忍：“魏南音，你还说你这不是打击报复？”

魏南音不解：“什么意思？”

陈劭：“你自己尝尝！”

魏南音拿过那杯咖啡，看着刚才陈劭喝过的地方，犹豫了一下还是选择掀开盖子，喝了一口。

“噗……”这也太甜了吧！

魏南音正要破口大骂无良的商家，转念又想到了什么。她看陈劭平时经常喝奶茶，料想他口味偏甜，所以去买咖啡的时候特意嘱咐店员，说她朋友特别喜欢喝甜的，让她直接把糖加进去，多加点。没想到这店员这么实诚，让多加就真多加，齁死了。

“陈同学，你听我说，我就是不小心……”

“行了。”陈劭打断她，“从现在开始你什么也不要跟我说，不然我只能要求换座位了。”

魏南音悻悻地闭了嘴，很快又想到她不能就这么听他的，她讪笑着凑近他：“可是如果我明天跑了第一的话，你还得兑现承诺，不说话不可能啊。”

陈劭沉默了片刻：“那就等你拿到第一再说。”

运动会在周五举行，运动会当天不用穿校服。一年中难得有这种机会，除了运动员，其他学生都把自己打扮得漂漂亮亮的。

魏南音这么爱美，即便要参加项目，也不允许自己穿太丑。她穿了件淡粉色带领T恤，下身搭配了白色的运动短裤和白色的运动鞋，露出笔直修长的双腿。马尾高高绑起，从白色鸭舌帽的后孔穿过，随着她的动作轻轻摆动。

她的皮肤本来就白，在粉色和白色的衬托下更显白皙粉嫩。这样一身装扮，既不妨碍她下午参加比赛，又青春靓丽，看着就赏心悦目。

可惜，虽然眼看着就要立夏了，但B市的早晨还是挺冷的，风一吹，她就感觉自己像没穿衣服一样。

刚张罗完运动会开幕式又张罗跳高项目检录的刘明明看到不远处的魏南音，对身边人说："虽说南姐个子不高，但身材比例是真的好，感觉肚脐以下都是腿，远远这么一看，谁能想到她要靠四舍五入才勉强一米六啊。"

陈劭和刘明明是被老张安排在检录处帮忙的，听到刘明明的话，陈劭抬头看了眼站在对面看台上瑟瑟发抖的魏南音，又漠然收回视线，一句话也没说。

刘明明没觉得有什么不妥，继续说道："南姐这颜值也是真的高，虽然大家都管一班那个李亚彤叫女神，但我觉得论五官还是我们南姐更好看啊，对吧，劭哥？"

刘明明兴致勃勃地等着身边人回应，一回头却发现对方面无表情地低头看着检录手册，他这才意识到自己现在谈论的两个人，好像都和陈劭有点儿说不清道不明的关系。

他自知失言，正想着怎么缓解一下尴尬，突然的肚子痛直接给了他台阶："那个……劭哥，一会儿帮我张罗下让下个项目的人去检录，我先去趟厕所。"

说完也不等陈劭回应，把手上的名单塞给他，转身跑走了。刘明明走后，陈劭又看向对面的看台，此时魏南音已经坐了下来，身边一左一右是她的左右护法徐晶晶和闻瑞。

一阵风吹过，她连忙抱紧膝盖，面儿上还是一派若无其事的样子，和周围两个人聊着天。陈劭嗤笑一声，真臭美。

运动会只有一天，上午主要的项目分别是跳高、跳远、100米、400米，还有4×100米接力、4×400米接力。下午是长跑项目，外加铁饼、标枪一类。

过了一会儿，刘明明从厕所回来，路上就听到广播里在播刚才结束的跳远和跳高的成绩。走到陈劭身边，他唉声叹气："看来今年我们和冠军无缘了。"

陈劭："这才几个项目，还不好说吧？"

刘明明拿着上午的项目名单给他讲解："我们班大部分的优势项目都在上午，本来指望体委高飞跳远破个纪录的，没想到才第二，跳高原本也是他的优势，但才第三。闻瑞短跑还行，应该能拿到个前三的名次。我的话400米还可以，可惜我今天不太舒服。"

陈劭看向刘明明："怎么了？"

刘明明叹气："早知道昨晚不吃什么麻辣火锅了，从早上开始就闹肚子，一直到现在。"

陈劭："那你的项目还能坚持吗？"

刘明明："还行吧，就是不能保证拿第一了。"

陈劭点头："尽力而为就行。"

接下来是男子100米，果然就如刘明明所说，闻瑞短跑速度很快，不出意外地拿了第一，他们班另外一个参赛的男生拿了第四。

而女子项目，陈劭发现，各班实力都差不多，对最后的总分排名几乎没什么影响。

所以到目前为止，四班总分暂时保持第二，别说是为后面的项目积累优势了，从目前形势看，比完上午的项目能拿到总分第一都非常困难。

很快轮到400米项目，刘明明换了衣服，站在跑道上，很明显，闹肚子对他影响挺大的，此时他脸色惨白，像是在隐忍着什么。

枪声响起，众人像离弦的箭一样冲出起跑线，起初刘明明还能保持领先，但两个弯道后，他的状态就越来越差，最后也只是勉强超过了第四名，拿到第三名的成绩。

从赛道上下来，刘明明唉声叹气："刚才那400米我还能坚持，但一会儿的4×400米我肯定坚持不了了，还不知道能不能找到人来替我。哎，中学生涯最后一次运动会啊，结果就被一顿火锅给毁了。"

陈劭沉默了片刻说：“实在不行，我来吧。”

刘明明愣了一下才反应过来陈劭的意思，惊喜道：“真的吗？劭哥？如果我们接力能拿第一，那今年的冠军也不是没有希望。”说完似乎又怕陈劭有压力，换了个语气说，“其实拿什么名次无所谓，只要我们尽力就行。”

陈劭点点头：“好。”

运动会上最好看的项目还要数接力了。但从前面 100 米和 400 米的成绩看，就知道今年的四班没什么指望了。

男子组 4×100 米很快结束，尽管有闻瑞最后一棒发狠狂追，最后也还是拿了个第二。

女子组的一般都没什么看头，几个女生你追我赶，跑完一圈，连头发丝都没怎么乱。然而，接下来的男子组 4×400 米，可观赏性就很高了。

徐晶晶问魏南音：“你们班今年怎么样？”

魏南音摇头：“看 400 米那成绩就知道冠军无望了，最多也就拿个第二第三吧。”

运动员陆续站上赛道，这第一圈很重要，可能影响后面队员的心态，所以魏南音她们班是体委高飞跑第一圈。

高飞不负众望，几乎和一班的体委同时递出接力棒。但接下来的第二棒，四班渐渐露出颓势。

到第三棒的时候，都是各班最弱的一名队员，魏南音她们班的这位是尤其弱，把前面两个人建立下的优势全部耗光，正和一向倒数第一的二班较着劲。魏南音一边儿看着赛道上的情形，一边儿捏紧了拳头。

徐晶晶也有点儿紧张：“你们班最后一棒是谁？”

魏南音：“应该是刘明明吧，但我看他今天身体好像不太舒服，刚才跑 400 米的时候就发挥得不太好，也不知道现在好点了没有。”

俩人正说着，各班的最后一棒纷纷上了场。徐晶晶突然惊呼道：“是我眼神有问题吗？”

魏南音也有点儿不敢相信，此时穿着白色 T 恤和黑色短裤站在跑道上的人，不正是她的好同桌陈劭吗？她真的没想到，他会上场。

眼见着其他班的最后一棒纷纷起跑，他差不多是最后接到棒的人。

差距这么大，即便最后一棒是充满了不确定性的陈劭，也让人无法对结果有什么期待。

此时阳光正好，跑道上的少年人高腿长动作快，很快就超过了前面几人。他还在疯狂加速，以这个速度要在比赛结束前赶超前面的三班应该也不在话下，但因为前期差距太大，想赶超最前面的一班，可能性并不大。

魏南音看着阳光下那抹修长矫健的身影，离暂时领先的一班同学已经越来越近了，他依旧在加速。

周遭突然热闹了起来，众人这才意识到，原本料想到的结局可能会被这个突然出现的少年打破了。

魏南音不由自主地站起身来，看着微风吹过他额前浓黑的发，露出他英气得有些张扬的眉眼，她的心跳不可抑制地快了一拍。

身边传来徐晶晶困惑的声音："不是说他受伤了吗？"

魏南音回过神来："什么伤？什么时候受的伤？"

徐晶晶无可救药地看着她："你对人家也太不关注了，就是他'成名之战'那次啊。他揍趴下八个小混混，自己伤了条腿，后来坐轮椅、拄拐好几个月，直到转到我们学校前才能正常走路。这伤才刚好没多久，就这么剧烈运动，那伤腿肯定受不了吧。"

难怪他没有填报项目，原来是有伤在身，可她和闻瑞两个二傻子还在那儿挤对他，说他没有集体荣誉感，亏他没计较。临时变卦估计也是刘明明实在撑不住了，他又不想让四班放弃这个项目，这才不顾腿伤上的场。

魏南音又看向跑道尽头，陈劭和一班的同学都离终点不远了，其实即便刘明明状态好的时候，他们能取得这样的成绩也很让人意外了。但所有人都看到了，他依旧在加速。

周遭众人沸腾起来，身边此起彼伏地响起"陈劭加油"的口号声。魏南音抿唇盯着那抹身影，终于，他超过了所有人，率先冲过了终点，被前几棒的选手和刘明明团团围住，热情拥抱。

被刘明明抱住时，魏南音清楚地看到他微微皱了皱眉，但也只是不易察觉的短短一瞬，一瞬过后，他似乎在笑。虽然比起其他人的笑容，这个笑显得过于寡淡了，但这还是魏南音第一次见到他这样笑，是发自内心开心的、毫无芥蒂的笑。

徐晶晶扯着魏南音的衣服："哇，好帅啊！"

魏南音心不在焉地"嗯"了一声，目光依旧锁定在操场中被众人簇拥着的那人身上。

最初的欢喜激动过后，众人渐渐散开。他随意扯起衣襟擦了擦脸上的汗水，突然间抬起头来朝着魏南音所在的方向望了一眼。

不知怎的，魏南音就觉得这一眼是望向她的。她如梦初醒，连忙蹲下。可蹲下之后才意识到自己这一举动多么奇怪——那可能只是他随意的一眼，而且她周围都是四班的学生，他可能只是想看看自己班的同学罢了。

身边的徐晶晶见她这突如其来的举动有点儿奇怪："怎么了你？"

魏南音尴尬地笑笑："有点儿腿软。"

接下来是上午的最后一个项目，女子组 4×400 米接力。因为刘璇要上场，徐晶晶去跑道前为她做后勤服务了。

魏南音顺着闺密的身影看向起跑的地方，跟男生的干练利落相反，此时起跑点附近人很多，帮拿衣服的，递水的，闻瑞甚至还充当起教练，给班上一个女生讲着什么。

直射在身侧的阳光突然被人挡住。魏南音抬起头来，心跳又不可自抑地快了一拍——陈劭什么时候过来的？他什么时候换上的长裤？

他就那么站着，肩膀上搭着一件外套。好像只是随意找了个视野不错的位置要观摩比赛。枪响之后，他坐了下来。

两个人离得很近，这让魏南音不由得又紧张起来。可是转念一想，她紧张什么呢？一定是最近听徐晶晶的疯话听多了。

想到这些，她又大大咧咧笑起来，转头对身边的人说："陈同学，看不出来你还挺厉害的。"

陈劭看向远处："不是我厉害，是他们太弱了。"

啧啧，看看学霸这王霸之气。

魏南音："那还是你厉害啊，多亏了你，我们班总分暂时第一了。"

陈劭瞥她一眼，似乎是随口答道："其实我也不想，毕竟我没什么集体荣誉感。"

魏南音干笑两声："我就知道你肯定很厉害，那不是激将你的吗？

如果你报名了，说明你不但不是没有集体荣誉感的人，相反你非常看重咱们班的荣誉，事实证明，你就是这样的人啊。”

陈劭哼笑一声，似乎是心情还不错。

“南石这水平，看来你下午的3000米也不是一点希望都没有。”他问魏南音，“你不会就是指望把其他人都熬倒了拿第一吧？”

魏南音朝他嘿嘿一笑：“你这主意也不错。”

陈劭看着她愣了一下，片刻后才将视线移开。两个人谁也不再说话，默默看着场上的赛况。

一阵微风吹过，魏南音不自觉地摸了摸自己腿上的鸡皮疙瘩，陈劭看了一眼她的腿，站起身来。

他把肩膀上的外套丢给她：“帮我拿一下。”说完就转身离开了。

魏南音愣了一下：“马上结束了，你一会儿还回来吗？”

他只是背对着她摆摆手。又一阵风吹过，吹得魏南音一阵哆嗦。她犹豫了一下看了看自己怀里的衣服，那上面似乎还有某人的体温，以及那熟悉的淡淡的柠檬味道。

“算了，不管了。”魏南音一边儿嘀咕了一句，一边儿把陈劭的衣服展开盖在了自己腿上。美丽“冻”人了一上午，这会儿她的腿终于缓过来了。

下午的项目不多，检录处也不再用学生帮忙。陈劭和刘明明回到自己班的观众区，一时间却没找到多余的位置，两个人站在最后一排靠墙的位置观看比赛。

下午首先开始的是女子3000米的项目，本来这是个没什么观赏性的项目，但因为有魏南音的加入，几乎成为下午最受关注的项目，尤其是已经有不少人听说，魏南音似乎和陈劭打了什么赌，就和她下午的项目有关。

魏南音一早就等在了起跑点，她又是伸胳膊又是压腿地做着热身。

刘明明：“哟，南姐今天有点儿奇怪。”

陈劭目光锁定不远处那一抹纤瘦的身影，没有在意刘明明的话。没一会儿，枪声响了，魏南音不紧不慢地起跑，下一秒，身边突然响起了整齐划一地口号声。

闻瑞高喊："魏南音！"

其他四班众人接着喊："加油！"

突如其来的口号声把陈劭吓了一跳，刘明明不好意思地笑笑："没办法，南姐人缘太好了。"

因为周遭这"噪音"太大，陈劭也没有说话的欲望，只是目光一直注视着跑道上的人。

起初，魏南音的速度并不快，可是也不慢，始终跟在大部队中。但几圈过后，让陈劭意外的是，之前跑在她身边，甚至跑在她前面的人都已经有了体力不支的反应，或多或少地开始减速，她竟然还能保持匀速。

陈劭的表情终于不那么淡定了，刚从卫生间回来的刘明明看到场上的情形也很意外，但他说出的话让陈劭有点儿摸不准他到底什么意思。

刘明明："南姐今天好像有点儿紧张啊，发挥得不好。"

就在他说话间，魏南音又超过了两个人，变成了第三名。

陈劭微微挑眉："她这叫发挥不好？"

刘明明说："对她来说确实不好啊。"

陈劭不再说话，专注地看着场上的情形。此时比赛已经进行到了后半段，有的选手已经处于放弃的边缘，所有人都进入了最疲惫的时期，第一梯队的几个人甚至套了最后一名一圈还多。可是，就在大家都在减速的时候，魏南音依旧是匀速。

四周此起彼伏地响起了为本班队员加油的口号，长跑比赛和其他比赛不同，其他项目的比赛更多的是考验选手在那一瞬间的爆发力，而长跑除了考验选手的体能，也考验着选手的心智。

看到场上女孩子们挥汗如雨咬牙坚持的样子，各班也都纷纷组织着为本班队员加油。

四班这边歇了片刻的众人，也在闻瑞的带领下又喊起了加油的口号。陈劭周围顿时又充斥着魏南音的名字。

刘明明叹气，凑近陈劭说："她今天真的有点儿拘谨，你看那表情，太想赢了。"

陈劭看过去，除了她额角被汗水浸湿的头发，还有略微泛红的脸色，他完全看不出刘明明口中所谓的"拘谨"和"太想赢"啊。

比赛终于进入最后两圈，此时魏南音依旧是第三名，跑在她前面的两个人不约而同地开始发力，逐渐和她拉开距离，但是不到半圈的工夫，第二名就又慢了下来，魏南音却在这个时候开始加速。

刘明明又是一叹："我说什么来着，她今天真的不太对劲，这时候她能保持匀速就可以了，发力太早会影响最后成绩的。"

场上的呐喊声随着魏南音的加速更加狂热起来，周遭有不少人甚至直接站起身来替魏南音加油，闻瑞在前面扯着一面写着"高二四班"的红旗奋力呐喊。

最后一圈了，场上的魏南音持续加速，超过了第一名还在加速。

陈劭看着那个矫健的背影，突然有点儿不好的预感。她说如果她拿到第一，那他就要答应她一件事，如果她不仅拿了第一，还破了纪录，那他就得让所有人知道，他是心甘情愿答应她的。

会是什么事呢？莫名其妙，他此刻的心情非常矛盾，既担心，又有一丝不易察觉的期待。

最终，在一片呐喊声中，女孩在他面前的跑道上冲向了终点，比赛结束。差不多是她冲过终点线的那一刻，她就回过头朝着四班观众席望来，隔着看台众人朝他明艳一笑。

片刻后，陈劭问身边的刘明明："她长跑很厉害吗？"

刘明明理所当然地说："对啊，5000 米的二级运动员啊，高考可以加分的。"

原来是这样，他总觉得那个赌约是个圈套，只是没想到是这样一个圈套。看她身材娇小弱不禁风，竟然是个行家。

开跑前，魏南音专门找到了陈劭所在的位置。他站在他们班观众席的最后面，双手插兜，懒懒地看着场中某处。

后来比赛过程中，有那么几次，她转过弯道时有意无意地看向看台，而每一次，他似乎都在看她。

本来以为他不会这么在意的，没想到他却看得这么认真。心里突然涌动着一种莫名的情绪，那种想要在老师和父母面前好好表现的感觉是怎么回事？

哎，可能就是因为心态不够平和，她的成绩不够理想，不过拜这一年被王强东追西堵的日子所赐，她也没有退步太多，最终成绩比去年自己创立的校纪录快了 0.2 秒。

听完了广播中的成绩，她兴高采烈地回头去看某人，却发现刚才陈劭站着的地方此时已经空无一人。

她心里有那么一瞬的失落，但转念想到终于能让陈劭帮她补习了，她又忍不住开心起来。魏南音回到观众区，同学们纷纷恭喜她又拿了第一。

闻瑞又是递水又是替她扇扇子："累不累啊？"

魏南音心不在焉地随口答道："还行。"

她一边儿拧开水瓶盖子一边儿在人群中寻找着陈劭。还好他身材打眼，很快被她找到——他正一个人往操场外走去。魏南音连忙把水瓶塞进闻瑞怀里，转身就往看台下跑。

闻瑞："干什么去啊！"

魏南音一边儿跑一边儿挥手："有事！"

在操场外的林荫道上，魏南音追上了陈劭。陈劭似乎是听到了脚步声，回头瞥她一眼，还是那副冷冷清清的模样。但是魏南音知道，这人冷硬的外表下有着一颗柔软的心。

"陈同学，我刚才第一，你看到了吧？"

"嗯。"

"你就没别的要说的？"

"恭喜。"

"是该恭喜我，多亏我去年没尽全力，不然自己破自己的纪录还有点儿难。"

听到这话，陈劭脚步微微一顿。魏南音假装没看出他脸色不好，嘻嘻一笑问："那你打算什么时候兑现赌约？"

"你说吧。"

见他脸色不好，魏南音突然就想逗逗他："真的什么都可以？"

果然，在听到这个问题后，他脸色又差了几分。

魏南音："要完成这件事是一个长期的过程，这段时间还需要你付出很多，不过我相信你也会从中得到乐趣的。"

陈劭："你到底说不说？"

魏南音："你看看你，是打算不认账了吗？"

陈劭深呼吸："没有。"

魏南音："我破了纪录，所以你要答应我这件事，还得让所有人都知道你是心甘情愿的，我也是'所有人'中的一个，你至少得让我觉得你是心甘情愿的吧？毕竟这种事情还是大家都情愿的好……"

她眉飞色舞地说着，身边人却只是默默听着。等她说完，他停下脚步，回头看着她，与平时不同，那张看似冷漠的脸上不知道怎么，还有点儿说不清道不明的别扭。

"愿赌服输，你说吧，我答应你。"

哎呀妈呀，用这种口气说这种话太容易让人浮想联翩了。魏南音干笑两声缓解了一下有点儿诡异的气氛，见他这么认真，她也没有继续开玩笑的心思了。

"其实我早就说过了，我想考 A 大，请你帮我补习。"

片刻的沉默后，陈劭微微挑眉："就这个？"

魏南音愣了愣："不然你以为是什么？"

"你之前……"

陈劭没有说下去，魏南音已经恍然大悟。

她突然觉得有点儿好笑："你以为我打这个赌是想套路你啊！"

"我怎么记得有人天天嚷着仰慕我？"

魏南音突然意识到，陈劭好像生气了，但她很快就想明白他为什么生气了。

之前她追他追得满城风雨，又在那种时候要跟他打赌，让他心甘情愿答应她一件事，正常人都会以为她有别的心思。

陈劭一定也是这么认为的，而且还断定她一定会输，这才答应了那个赌约。谁知道她竟然出乎意料地赢了，他不得已勉为其难，委屈自己同意她的要求。

这种事上男生最要面子，尤其他这样的人，肯定众星捧月惯了，受不了也很正常。

魏南音深吸一口气，郑重其事地向陈劭道歉："对不起陈同学。我其实就是想请你帮我补习，但你不肯，所以我就鬼迷了心窍，想着曲线救国……"

眼见陈劭的脸色越来越不好看，魏南音连忙说："我不是不仰慕你，是因为……是因为你实在太优秀了，我这人有点儿自卑，只能曲线救国。

但是，我必须要为我之前的鬼迷心窍向你道歉。”

陈劭看着她冷笑一声：“你到底哪句话是真的？”

魏南音尴尬地说：“眼看着就高三了，当务之急肯定是高考嘛，相信你一定也是这么认为的。我魏南音对天发誓，我是真的想和你做朋友，毕竟你这么优秀，又三番五次出手帮我，我知道你为我做了很多……”

没等魏南音把话说完，陈劭转身就走。

她连忙追上去：“喂喂，陈同学，你刚才还说愿赌服输的。”

陈劭人高腿长，很快就把魏南音甩在了身后。魏南音望着某人离去的方向垂头丧气——打赌这招也不行，难道真没指望了？

就在魏南音黔驴技穷的第二天，她发现自己的桌子上多了本物理习题册。她一开始只当是谁落在她桌上的，但当她翻开那本习题册，看着里面苍劲有力的笔迹时，她立刻惊喜地意识到什么。

她问陈劭：“这是给我的吗？”

陈劭：“圈出来的题目你好好做一下，比较重要。你物理基础太弱，只能先从基本的知识点开始巩固。”

魏南音笑嘻嘻地说：“谢谢你，陈同学！我会好好努力，绝对不会辜负你的。”

陈劭：“但愿你别太笨，浪费我的时间。”

“好的好的，慢慢你就发现了，我真的不笨。”

陈劭没再回话，但他微微扬起的嘴角暴露了他此时的心情。

自那以后，魏南音学习的劲头更足了，上课的时间她是绝对不会再浪费，下课后，她也抓紧一切机会找陈劭答疑。虽然每次都会被他无情地嘲笑一番，但那些问题也都解决了。

在魏南音的强烈要求下，陈劭还会抽出周末的一天和魏南音一起自习。不过他提出的要求是，魏南音不能坐在他方圆十米之内，以他的说法就是，魏南音的出现会干扰他周围的磁场，从而导致某些不好的事情发生。

所以两个人即便是在一个教室里自习，也是一个坐在东北角，另一个坐在西南角，只有遇到问题的时候，魏南音才能去找陈劭答疑，而且一小时仅限十分钟。

这个周末，只开了一间教室供大家自习，魏南音起得有点儿晚，赶到教室的时候发现教室里已经座无虚席。

她找了半天，最后在陈劭前排的一个位置上坐下。今天情况特殊，她只能离他这么近了，他也没有办法。

魏南音坐下后就拿出一张理综卷子开始做，过了一会儿，听到身后两个女生在闲聊。

“流感挺吓人的，好像会死人。”

“我们学校有人被传染了吗？”

“我们学校有没有还不清楚，不过听说隔壁学校已经有了，照这架势，我们这有人中招也是早晚的事吧。”

魏南音皱眉听了一会儿，回头看陈劭，发现他的表情难得认真严肃。

其实早在两个多月前，魏南音就在网上看到过关于A型流感的新闻。听说最初一个病例是在南方沿海某城市发现的，目前还没有有效治愈手段。不过这个消息只在网络上热议了几天，很快就被其他新闻覆盖了。

此时魏南音听到那两个女生的议论，难免担心，但是在高压的学习下，也没有时间去担心太久。更何况这种事情，没有官方消息，谁知道这些小道消息是真是假呢？

然而第二天，南石校方的决定，让她认识到，外界关于流感的传闻，可能并非捕风捉影。

下午的数学课，上课铃声响起，张思斌面色沉重地走进教室。

他把讲义放在讲桌上，并不着急翻开，而是看着台下众人：“有一件事情要宣布一下，最近A型流感肆虐的事情相信大家也听说了。

“原本这个病只是活跃在南方某些城市，但是就在前不久，隔壁职高有三人被感染，目前其中一个人还没有脱离生命危险。

“这次流感来势汹汹，几乎全国各地都发现了疑似病例，不容小觑。考虑到这一点，校领导们临时召开了紧急大会，决定从今天起，开始封校。”

这话一出，台下一片哗然。张思斌摆手安抚众人，好一会儿，大家才再度安静下来。

张思斌说：“走读的同学今天回家后开始放假，住校暂时回不去的同学，封校期间不得离开校园。这段时间，学校食堂依旧开放，也会有少数老师留在学校，保证住校同学的日常生活和安全。

"回家休假的同学也要注意少到人流密集的地方去，尽量在家里复习，如果发现高烧等症状，一定不要讳疾忌医，要尽早去医院检查，确定是否是流感。

"如果确定被感染，要听从医院安排，接受隔离，不要慌张，目前虽然有因此死亡的病例，但是具有一定的偶然性。目前已经找到基本治疗方法，积极配合都可以痊愈。"

有人问："那要停课多久？"

张思斌："这个不好说，可能一两周，可能一两个月。我们是即将步入高三的学生，每一分每一秒对我们来说都非常宝贵。所以即便是停课，大家也不能懈怠，回头各科老师都会安排假期作业，复课后会一一检查。一会儿班长统计一下留校人员的名单，送到我办公室。"

张思斌这番话刚说完，又被其他老师急匆匆地叫走。教室里顿时炸开了锅。

有人兴奋不已，终于可以放假了，也有人忧心忡忡，不知道这种病究竟有多严重，会不会变成一次所有人都要面临的灾难，还有已经确定回不了家的人四处找伴。

魏南音很快收到了闻瑞传过来的纸条："你是回家还是留在学校？"

魏南音想了一下，对她来说又没有什么差别。回家也是一个人，只不过封住她的是更大的房间罢了。留在学校，还有人做伴儿。

"不回家。"她回复。

闻瑞："别啊，这不是意气用事的时候，谁知道要封多久，回头你想出去都出不去，外人也进不来，见不到你。"

魏南音对着这段话看了片刻，没再说什么。

很快班长刘明明就把留校名单统计好了送到教导主任办公室，回来时还带了个数据——全年级一共七百五十八人，封校期间要留在学校的人有七十二个。

"还好还好，我以为没什么人陪我呢。"一个家在外地的学生说，"对了，有没有说哪些老师留在学校？"

刘明明说："我去的时候，老张他们正在商量呢，看样子老张是必然要留下的。"

刚才那同学一阵哀号："看来是没什么好日子过了。"

最让魏南音意外的是，陈劭也是留校的七十二人之一。

当晚，陈劭的手机也接连振动了几下，他打开微信，蒋易问他：“你们学校放假吗？”

“放。”他简单回了一个字。

“棒！没想到快高三了，还能赶上个长假，回头找你打篮球。”

陈劭犹豫了一下，回复说：“再说吧。”

从第二天起，南石正式开始放假，学校大门紧锁，将校园里和校外彻底隔绝成了两个世界。

留校的七十二人被集中到两个班，张思斌带领着杨老师以及另外两位老师留在了学校里，每天负责这两个班的日常生活和学习。

这段时间，老师不再讲授新的内容，但是各科老师都会通过微信群把作业布置下去，隔天再把大家的作业都收上来，遇到错误率比较高的题目会集中讲解一下，老师们也可以线上答疑。

随着时间的推移，大家从最初的恐慌渐渐变得平静乐观。微信群里也不只是按照学校规定，日常报备平安了，时不时也会有学生们不惧怕老师们在场，天南海北地闲扯几句。

魏南音家里，除了封校刚开始时父母打电话来问过她的情况，后来就联系不多了，最多就是隔两天发几条微信。

此时封闭起来的校园，像是变成了一个世外桃源。清晨的跑道上，午后的小树林里，还有晚上的操场大草坪上，随处可见少年和少女们的身影。

此刻，坐在魏南音和陈劭身后的两个同学挨着头叽叽咕咕十来分钟了，让她忍不住想回头看上一眼。

“你就那么想看？”旁边传来一个冷冰冰的声音，陈劭放下手上的笔，放弃继续对牛弹琴。

魏南音八卦兮兮地压低声音：“我真没想到，那女生平时看着老实巴交的……啧啧啧……”

陈劭似乎对这些一点兴趣都没有，面色阴沉地把桌上的东西胡乱收进书包里。

魏南音见状不解：“不做作业了？”

她话音刚落，就被陈劭拎着手臂拎出了座位，一路声势浩大地拽出了教室。

离开了众人的视线，魏南音挣脱陈劭的手，一边儿活动着被握疼了的手腕，一边儿不满地问他："干什么去？"

"既然你这么容易被打扰，那就换个地方写作业。"

可能也是受了环境的影响，魏南音这段时间都没什么学习的劲头。她试图说服陈劭，同时也是为自己找个偷懒的借口。

她说："我觉得我们完全用不着那么紧张，这段时间所有的中学都在放假，我们这种被留在学校的，还能坚持每天自习已经不错了，我听徐晶晶说，她们住在家里的那些人几乎都不学习了。这种情况我们稍微努力一点就是赚了，用不着太拼命吧。"

陈劭冷冷看她："那我们的赌约是不是也可以作废了？"

"别别别。"魏南音立刻说，"我学还不行吗？不过，这很有可能是上天给我的一次机会，搞不好因为这次流感，大家都耽误了学习就我突飞猛进，最后我还真考上 A 大了。"

陈劭抿唇没有说话，这段时间，他发现魏南音进步很快。她本来就很聪明，对很多知识一点就通，再加上勤奋，现在这个程度至少考个一本是不难的。至于能不能在未来的一年里有质的跨越，那还真不好说。

陈劭："这也可能是上天给你挖的一个陷阱，你以为大家都在偷懒，其实大家跟你刚才的想法差不多。"

魏南音："陈同学，有没有人说过，你这样说话真的很不讨喜啊。"

"我不需要讨喜，谢谢。"

"对了，我们去哪儿自习？"

"图书馆。"

突然的无人约束带来的兴奋感随着封校时间越来越长而逐渐消失，取而代之的是度日如年的空虚无聊。

魏南音突然怀念起封校前的日子。那时候校园里热热闹闹的，虽然要上课要考试，但徐晶晶、闻瑞他们都在身边，哪像现在，方圆几米也没个活物。

她打了个哈欠，看了看四周，偌大的图书馆里没几个人，即便是这样，陈劭还故意坐得离她很远。这怎么给她补习？她百无聊赖地翻了翻手上的练习册，一点学习的心思都没有。

腿坐得有点儿麻了，她起身走向藏书区。到南石两年了，图书馆这地方还真是很少来，正好借这个机会好好观摩一下。

一排排高耸的书柜上摆满了各类书籍。她一排排看过去，一看书名就知道多么晦涩。

“连本漫画都没有，算什么图书馆？”

“你今天作业写完了？”

魏南音不知道自己身后有人，吓了一跳。回头看，不远处立着一个修长的身影。他背着光，看不清脸，但只是一个简单的轮廓，魏南音就认出那是陈劭。

午后的阳光将他的影子拉得长长的，投射在她脚边的地板上。她坏心眼地朝前迈了一步，正好踩在他影子的头上。

“陈同学，你想不想吃火锅？”

陈劭瞥了眼她脚下：“不去。”

“为什么啊？后街那家很好吃的火锅店你记得吗？我昨天晚上特别饿就打电话问了下，还在营业呢。食堂大师傅那几道菜还没吃够吗？干脆咱们今晚溜出去吃火锅吧？我请你！怎么样？”

陈劭：“我要是你，就不想这些。”

魏南音：“为什么？”

陈劭特意上下打量了魏南音一眼，然后又看了眼她的身后。魏南音不明所以地摸了摸自己的脸，又顺着他的目光回头看向身后。身后是一个玻璃门，门擦得很亮，两个人的身影清清楚楚地映在门上。

陈劭说：“都说心宽体胖，看来这段时间你心态不错啊。”

魏南音第一怕被人说矮，其次就是怕被人说胖。为了显得高一点，她的运动鞋里永远垫着增高鞋垫。为了显得瘦一点，她已经两年没穿过秋裤了。

此时陈劭的话犹如一道晴天霹雳，再好的心情，也被劈得四分五裂了。魏南音当机立断决定不再吃晚饭，可是，习惯哪儿是那么容易改掉的。

从晚上八点开始，她就饿得头晕眼花，到了晚上九点时，她再也忍不住了，从宿舍各个角落里翻找出可以吃的东西，但都是些干果之类的东西，全部吃完饥饿感也没有半点缓解。

等到了晚上十点时，她觉得她已经不是她自己了，脑子里突然冒出一个画面，热腾腾的火锅，红彤彤的汤料，还有鲜嫩的羊肉……

魏南音倏地从床上弹了起来，当机立断，说干就干！她偷偷溜到校门口，不出所料大门紧闭，更郁闷的是门卫不知去向，连个能给她通融的人都没有。

她想了想转到教学楼后，找到那个有缺口的围墙，此时墙根底下有一些明显用来垫脚的杂物，应该是哪位前辈留下的，正好方便她爬上去。

魏南音早就饿得腿软脚软，但是一想到马上就能吃到热腾腾的火锅了，她又浑身充满了力气。

最终耗时八分钟，费尽九牛二虎之力，她总算爬上了墙头。她骑在墙头上，往墙下一望，立刻腿软起来。

墙外黑漆漆的夜色中看不清地面在哪里，这样盲目地跳下去，谁知道会摔成什么样。可是要退回去也不容易，墙内的情形好不到哪儿去，她都怀疑自己是怎么上来的。

在夜风中吹了半个小时，最初那股要吃到火锅的冲动早就被风吹散了，剩下的只有越来越难以忍受的饥饿感，和不知道什么时候才能离开这堵墙的恐慌。没办法，看来只能找人来救她了。

陈劭宿舍只有他自己留校，他从浴室出来，正准备熄灯睡觉，被丢在床上的手机突然响了。这么晚了能有谁？他拿起手机，看到来电人的名字，不由得皱了皱眉。他犹豫了一下，最终还是接通电话。

魏南音的声音裹挟着风声从听筒传到他的耳朵里："陈同学，你还没睡吧？嘿嘿。"

陈劭直觉没什么好事，声音不冷不热地问："什么事？"

魏南音小声说："我想请你帮个小忙。"

他就知道，他主动找她准没好事："帮不了。"

"别别别，你先别挂电话，对你来说真的就是小事。"

根据以往的经验，越是被她说成是小事的事情就越是过分，所以陈劭也没过多犹豫，直接挂断了电话。魏南音正要开口，却突然听到听筒里的忙音。

"什么情况？信号不好吗？"她举着手机，在夜空里晃了半天。

片刻后，确定信号没问题，她又拨了回去，这一次电话过了很久才被接通。

“陈同学，刚才电话不小心断了啊。那我接着说，我现在遇到点小困难……”

嘟嘟……电话再次被挂断，到了此刻，魏南音已经可以确定了，陈劭是故意的！她很生气，但这不是发脾气的时候。当务之急是怎么从这里下去，而此时她能想到的人里，除了陈劭，没人能来解救她。

既然他不接电话，那她就发微信给他好了。然而，信息刚编辑到一半，手机电量突然报警。就剩百分之五的电量了！

闻瑞他爸这款老年机电池有点儿问题，根据以往的经验，这么报警过后，一般都撑不过一分钟。此刻，魏南音的内心是崩溃的，难道要让她在墙头过一夜吗？

在手机关机前的最后一刻，她给陈劭发了条微信语音：“陈同学，我在教学楼后的围墙上下不去了，能不能麻烦你来救我一下，以后一定报答你的大恩大德，求你了……”

魏南音刚刚说完，手机屏幕就暗了下来，周遭彻底一点亮光都没有了，刚才那条语音，也不知道到底发没发出去。魏南音紧紧抱着墙头，突然悲从中来。

陈劭点开最后收到的那条语音，听着听着，眉头就皱了起来。虽然她还是那种很狗腿的语气，但是他从中听出了她的害怕，而且背景音中的风声还真不小。

陈劭看了眼窗外，刚刚抽出嫩芽的枝丫在黑漆漆的夜色中微微晃动，可以想象得出某人骑在墙头凄凄惨惨的模样。不过那堵墙也不算很高，她既然上得去，肯定也有办法下来。

他关了灯打算睡觉，躺下却怎么也睡不着。过了一会儿，他认命地睁开眼，从床头柜上拿过手机打给魏南音。一个女声提示他，他拨打的号码已关机。

他突然有点儿后悔，干脆去看一下好了，也不费什么事。他立刻起身穿上衣服出了门。

魏南音原本以为自己真会在这里过一夜的，那她的人生就又多了一个奇特的经历。就当她昏昏欲睡的时候，突然听到“咔嚓”一声，那声音很脆很轻，是干枯树枝被压断的声音。周遭非常安静，所以这声音就显得非常突兀。

魏南音被这突如其来的声音吓了一跳，睡意全无，她浑身神经绷紧，盯着墙内黑魆魆的某处，生怕那里突然蹦出个什么野狗、老鼠之类的。

屏气凝神听了片刻，她发现应该是人的脚步声，在这静谧的夜中，哪怕隔着很远，都能听得到。

魏南音突然看到了生的希望，她激动地朝着声源的方向大喊："喂！有人吗？救命啊！"

对方没有回应，从他逐渐清晰的脚步声中听得出，他应该是朝自己的方向走来的。魏南音总算安下心来，看来她有救了。

片刻后，一道强光打在她的脸上，像是手机自带的手电筒光，魏南音条件反射地抬手挡了挡眼睛。

她很想看清来人是谁，但又被那强光刺得睁不开眼："同学，我是高二四班魏南音，你认得吧？麻烦你帮个小忙，把我弄下来。"

强光消失，黑暗中那人问："你怎么上去的？"

"陈劭？"魏南音又惊又喜。

片刻后，她双眼重新适应黑暗，借着稀薄的月光，她看到墙下的人已经走近，的确就是陈劭。虽然之前他挂她电话时她很生他的气，但是此刻看到他，她只觉得想哭。

"我就知道，我们好歹同桌一场，你不会这么不讲义气。"

陈劭面无表情："我以为你正想着怎么把我挫骨扬灰呢。"

魏南音："我相信你的人品！"

陈劭似乎笑了一下，片刻后他打量了一眼她脚下："这么矮的墙你都下不来？"

"对你来说是不高，对我来说还是有点儿高度的。哎，你快帮我想想，怎么下去？"

陈劭："你直接跳下来就行。"

"不行啊，下面黑漆漆的，什么也看不到，跳下去不是断腿就是送命，我不敢。"

"那你上去的时候怎么没想到这些？"

魏南音说："我已经后悔了，如果时间倒退到一个小时之前，我一定选择上床睡觉。”

陈劭沉默了片刻说：“你跳吧，我接着你。”

在这种攸关性命的时刻，魏南音的那颗少女心很不争气地狂跳了几下，她往墙下看了一眼：“你确定能接住我吗？我可是挺沉的。”

“嗯，看得出来。”

“那我真跳了啊。”说实话魏南音还是挺害怕的，但是她也知道，陈劭这人没什么耐心，再磨叽一会儿，说不准人就走了。想到这些，她心一横眼一闭纵身一跳。

下一秒，她接触到的，是一个温暖的胸膛，虽然也是硬邦邦的，跳下来时硌得她骨头疼，却让她莫名觉得温暖舒服。

陈劭只觉得眼前一花，一个人影就朝自己撞来，他脑中顿时闪过很多画面，比如电视剧里胸口碎大石之类的。然而，并没有预想中的痛感，相反，怀中的女孩很轻巧，身上又软绵绵的。

在她接触到他的那一刹那，他条件反射地收紧手臂，抱着她后退了小半步，站稳了身形。回过神来后，他立刻松开了手，怀里的人脚还没有落地，因他这么一松手，直接摔坐在了地上。魏南音“哎哟”一声，怒瞪罪魁祸首。

陈劭面不改色：“手滑。”

顿了片刻，他又朝她伸出手，她总算脸色好转，借着他手臂的力道站起身来。

她拍了拍屁股上的灰，心有余悸地去看隐没在夜色中的墙头：“还好有惊无险。”

陈劭转身往宿舍的方向走：“下次就没这么走运了。”

魏南音连忙跟上：“嘿嘿，谢谢你啊陈同学，改天请你吃火锅。”

说话间，她的肚子像是听得懂她的话一样，不合时宜地响了一声。陈劭继续往前走，好像没听见。

刚才着急从墙头下来的时候忘了饿，现在安全着陆了，那种难以忍受的饥饿感又清晰起来。她走一步晃两下，觉得自己的低血糖都快犯了。

“陈同学……”

“又怎么了？”

“那个……你能不能扶着我走啊？”

陈劭回头去看她的脚，魏南音解释说："我没受伤，就是有点儿腿软……"

说话间肚子又响了一声，这次她想骗自己陈劭听不见都难了。陈劭无奈，伸出一只手，让她扶着。

魏南音感慨："谢谢你啊陈同学，其实我早就知道你人挺好的。"

陈劭冷笑一声："不是面目可憎吗？"

又来了，魏南音无奈："这么扭曲事实的话你怎么能信呢？我那天迷迷糊糊的，你可是清醒的呀。"

陈劭转过头来似笑非笑地看着她："确定不是'酒后吐真言'吗？"

"怎么可能？呵呵呵……"

两个人总算在熄灯前回到了宿舍，到了三楼要分开的时候，两个人同时张口，似乎都有话说，魏南音见状连忙示意陈劭先说。

陈劭说："你等我一下。"然后转身往自己房间方向走去。

他一离开，魏南音就毫无形象地捂着肚子，盘算着一会儿能去哪儿搞点吃的。正暗自琢磨着，身后有脚步声传来，她连忙站直身子回过头。陈劭已经走到她面前，将一个袋子递给她。她迟疑了一下接过来，低头一看，竟然是泡面和火腿肠。

果然还是患难见真情啊，魏南音顿觉眼眶发酸："谢谢你陈同学，大恩大德改日再报。"

陈劭微微勾了勾嘴角，问她："你刚才要说什么？"

魏南音想起正事："为了答谢你今天的救命之恩，明天就让我请你吃火锅吧，真的，后街那家火锅超好吃的！"

陈劭："所以你今天晚上是想翻墙出去吃火锅的？"

魏南音干笑两声，表示默认。

陈劭点点头："不会有下次了。"

魏南音："什么？"

陈劭："下次这种事别找我。"说着他便转身离开。

魏南音愣了愣，对着他离开的背影问："那明天的火锅呢？"

没有人回应她。又是一阵肚子叫，她也不再停留，看了眼手里拎着的泡面，快步上楼。

魏南音从来没觉得泡面也可以这么好吃，吃完面喝干净了汤，她心满意足地擦擦嘴。桌上的手机已经充了百分之二十的电量。她打开微信界面，看到最近联系人列表，陈劭的名字静静地出现在第一个。

魏南音拍了张被吃得干干净净的泡面碗的照片发过去："谢谢同桌的救命之恩，明天午饭前我去找你。"

陈劭刚躺在床上，就收到魏南音发来的照片。他不禁勾了勾嘴角，但很快他注意到照片中被撕下来的泡面盖子上印着的一串数字。

他立刻发了个微信给舍友："你的泡面什么时候买的？"

还好他舍友还没睡，很快回复："我有泡面吗？"

陈劭："你桌子上的。"

舍友回："哦我想起来了，去年开学的时候我妈来看我时带的。怎么，你要吃啊？都过期好几个月了吧？"

陈劭正想去搜一下吃了过期泡面会有什么影响，手机又振了振。

魏南音问："我的同桌你睡了吗？"

陈劭指尖顿了顿回复说："泡面好吃吗？"

魏南音："其实我不爱吃泡面的，但是你送我的这盒我觉得特别好吃，你看我连汤都喝干净了。这个口味我得记下来，回头买一箱放在寝室里备着。"

魏南音在网上搜了一下，这个牌子的泡面倒是不少，可就是没有这个口味的，难道是卖得太好脱销了？

她重新回到微信界面，想问问陈劭是从哪里买的，就见对方一直是在输入的状态。魏南音有点儿意外，看不出这人平时见面冷冰冰的，微信聊天还挺热络。

好一会儿，陈劭回复："泡面吃多了对身体不好。"

魏南音没想到他还会说出这么温暖人的话，想着回点什么，对方很快又说："如果你觉得有什么不适，随时找我。"

果然，她这个同桌就是那种外冷心热的闷骚大汉。这一晚上，他连续两次告诉她什么叫作"患难见真情"。看来经过这段时间的补习，两个人的感情日益加深了。

魏南音说："陈劭同学你真好，明天中午一定要给我个机会答谢你的救命之恩啊。"

陈劭本来也没打算去赴魏南音的约，就没回复。可是第二天中午，他刚从宿舍里出来，就看到楼梯台阶上坐着的人，他第一反应就是退回宿舍，但是已经来不及了。

魏南音兴奋地冲了过来：“陈同学，你总算睡醒了，我都在这儿等你一个小时了！”

陈劭冷冷地问：“什么事？”

“就是昨晚我们说好的呀。”

陈劭没有理会她，径自下楼：“什么时候说好了？”

“你就别和我客气了，我说要请你吃饭就一定要请你吃饭。”

陈劭不为所动：“你要是真有点儿感恩之心就离我远一点吧。”

魏南音正要说话，一张口却是“嘶”的一声。陈劭回头，见她皱着眉头捂着肚子，忙问：“你怎么了？”

魏南音过了一会儿才说：“从早上开始胃就有点儿不舒服，不过没事的，估计是饿了。”

“你确定？”

“嗯，以前我这样的时候，吃一顿好的就解决了，所以今天说什么也要吃火锅。走吧陈同学，我的肚子都咕咕叫了。”

陈劭有点儿迟疑：“你确定不是肠胃炎？”

“不会吧，我又没吃什么不干净的东西。”

陈劭轻咳一声，有点儿不自在地说：“要不你还是去食堂喝粥吧，火锅可能加重肠胃负担。”

“放心吧，死不了。你是在担心我吗陈同学？我就知道我没有看错人！是朋友就别再拒绝了，走，吃火锅去！”

陈劭犹豫了一下：“你打算怎么出去？”

魏南音说：“这有什么难的？昨晚你不是看见了吗？”

陈劭一点面子都不给地说：“是啊，我确实看见了，你没出得去。”

魏南音干笑两声：“今天这不是有你吗？”

陈劭一听转身就要走，魏南音连忙追上：“放心放心，我知道你不喜欢别人踩着你，我已经计划好了。你先翻墙出去，然后就像昨天晚上那样，在下面接我一下就行。”

陈劭闻言还是没有停步，魏南音一把拉住他：“这也不行啊？算了算了，你不接我也可以，现在是大白天，我自己跳下去就行。但是我这样可能会摔断腿，到时候就得劳烦你送我去一下医院了。”

陈劭：“那还是算了，我没空。”

魏南音小声嘀咕：“亏我昨天还觉得你讲义气。”

陈劭瞥了她一眼：“你就那么想吃火锅？”

“对呀……哎不是，是想请你吃。”

“那走吧。”

魏南音惊喜道：“你同意了？”但看陈劭走的方向又不是去校园后墙的，连忙叫他，“走错方向了。”

陈劭：“有门可以走，翻什么墙？”

眼见着陈劭朝着门卫室走去，魏南音在后面小声叫他：“你是不是疯了？我跟你说，那个门卫是老张家亲戚，老张命令的忠实执行者，绝对不会放水的。你要是跟他说了，他不仅不会让我们走，还会去老张那儿告我们一状，到时候……”

魏南音还没说完，陈劭已经进了门卫室。魏南音心里暗叫不妙，正想躲起来，就见到陈劭不知道跟那门卫说了什么，门卫抬眼看向了她这边。

她突然就想到陈劭以前阴她的那几次，越想越觉得不妙，他该不会是表面儿上说要带她出校，其实是要举报她昨晚私自出校未遂的事情吧。

想到这里，魏南音转身就想溜，却感觉衣领突然被人扯住，一回头，竟然是陈劭，而那门卫也从门卫室里出来，笑盈盈地看着她。

“陈劭，想不到你是这种人！”魏南音恨恨地说。

陈劭微微挑眉，门卫大叔先开了口：“早去早回啊！”

魏南音愣了愣，不明所以地看着身后的少年，他却只是朝门卫道了声谢，就拎着她往校门外走去。魏南音到了这一刻才意识到陈劭好像是真的要带她出校，她回过神来，朝门卫大叔挥了挥手。

走出一段路后，她问陈劭：“嘿嘿，陈同学，你刚才和他说了什么啊？他突然这么好说话？”

陈劭却意味深长地问她：“我到底是哪种人？”

魏南音怔愣了一下，很“狗腿”地说：“聪明人。”

陈劭没再搭理她，嘴角却似有若无地勾了勾。

没一会儿就到了后街那家火锅店，店里生意虽然不如以前，但也不算太冷清，零星有几桌人在吃饭。他们两个人挑了一个靠窗的座位坐下。

魏南音要过菜单，轻车熟路地点了起来："羔羊肉、牛眼肉、大白菜、豆芽、香菇、藕片、生菜、土豆片、金针菇、海带、豆腐皮、腐竹、粉丝、冻豆腐、千张结、牛百叶、鱿鱼、方便面、鱼丸、虾丸、鸭肠……"

陈劭皱眉打断她："吃得了吗？"

魏南音微微一笑，对服务员说："再来一份午餐肉，我点完了。"

说完，她把菜单递给陈劭："该你了。"

陈劭不接："我看你点那些都吃不完。"

魏南音说："你太瞧不起人了，我还担心不够呢！"

陈劭说："我说真的，我不是很饿。"

魏南音皱眉："来都来了，你也不能干坐着看我吃，还是点几个菜吧。"

陈劭无奈，只好点了两道青菜。

魏南音怀疑地问："你确定够了？"

"嗯。"他对服务员说，"下单吧。"

服务员走后，魏南音有点儿不好意思："说是要请你吃大餐的，没想到你就点这么点。"

陈劭说："不少了，我确实不太饿。"

魏南音笑笑："我就算是不太饿，也得吃这么多。"

陈劭上下扫了她一眼，不知道怎么的，脑中就出现了昨晚的情形。那种轻轻巧巧软绵绵的触感，他记得很清晰。

魏南音问："你想什么呢？"

陈劭说："看不出你胃口挺好的，我就算很饿，有这些也够了。"

魏南音点头："难怪你身材保持得这么好，原来平时吃这么少啊。"

不一会儿锅底和点的菜陆续端了上来，锅底是鸳鸯锅，菜品密密麻麻摆满了整张桌子外加一个菜架。锅底沸腾起来，陈劭正要夹点儿肉放进去，筷子刚伸出去就被魏南音的筷子拦住了。

魏南音嘿嘿一笑："我自己来就行。"

陈劭没多想，任由她来下菜。看她手忙脚乱地把各种菜品倒入锅中，他忍不住想帮个忙，结果又被她拦下。

她把他点的那两份青菜放到他面前："你下这个吧。"

陈劭看锅里东西已经不少了，而且青菜一般是最后才下，就说：“等一会儿再说吧。”

很快之前下进锅里的肉片已经熟了，看肉质，应该很鲜嫩。没想到这家店店面不大，菜品还不错。看着锅里翻滚的肉片，他也觉得有点儿饿了，可正当他要去夹肉时，他的筷子又被魏南音的筷子挡住。

“嘿嘿，我自己来就行。”

陈劭愣了愣，就见魏南音把熟了的肉全部夹进了自己的碗里。他没办法，只好再去锅里找有没有遗漏的肉片。好不容易找到一片，又被魏南音拦下。

陈劭终于意识到不对劲了，他放下筷子问她：“你什么意思？”

魏南音有点儿委屈：“这是我的呀，是你自己刚才说你不饿的。”

陈劭回想了一下刚才两个人的对话，都快要被她气笑了：“所以你的意思是，你吃你点的，我吃我点的，而你点的我不能吃？”

魏南音不明所以：“自己吃自己的，有什么问题吗？”

陈劭：“你都是这样请别人吃饭的？”

魏南音也有点儿不高兴了：“你什么意思啊？说我小气吗？谁不知道我魏南音绝对不是个小气的人！而且刚才我也让你点了，是你自己没点。”

她一生气，说话声音就有点儿大。陈劭余光中感到别人都看向他们这边，只觉得从来没这么丢脸过。

他立刻没好气地说：“行了行了，我知道了。”

魏南音见状语气也缓和了一些说：“你要是想吃再点一份呗？”

陈劭把自己点的一盘青菜下到锅里：“知道你大方，不过不用了。”

魏南音也没多想，继续吃自己的，可能是太久没吃了，她觉得今天的羊肉特别鲜嫩。

陈劭看着某人专心致志的模样，有点儿好奇地问：“你平时一个人都吃这么多吗？”

“不是啊。”魏南音一边儿把牛肉放进辣锅里，一边儿说，“要不是你说我胖了，我还要多点一点儿。”

“……”

接下来两个人相安无事地吃完饭，魏南音如她所说，真是一片菜叶子都没有浪费。陈劭看了眼时间，现在回去，希望食堂还有饭吃，于是催促魏南音说："可以走了吧？"

魏南音说："好的，等我先买个单。"她招手把不远处的服务生叫了过来，"买单！"

服务生说："一共二百一十八元。"

魏南音朝对面的陈劭笑了笑："今天这顿挺便宜啊，我自己吃差不多也要吃这么多呢。"

陈劭冷笑一声，什么也没说。

魏南音去掏口袋的手突然顿住了，她问服务生："出来得急，忘带钱包了，可以扫码支付吗？"

服务生说："可以啊。"

他指了指桌角的二维码："扫这个就行。"

魏南音点点头拿出手机，一拿出来才意识到情况有多么不乐观。她尴尬地看了眼服务生，又看了眼对面的陈劭。

陈劭立刻有了不太好的预感，警惕地看她："怎么了？"

魏南音尴尬地说："这手机是闻瑞他爸退下来的旧手机，我忘了我没绑定银行卡。"

陈劭问："所以呢？"

魏南音有点儿不好意思："所以你带钱了吗？"

第七章

从火锅店里出来，魏南音一直表达着自己的歉意："抱歉啊，我真的忘带钱包了，也是真的诚心请你吃饭的。你放心，这钱就当是我借你的，我保证，回去以后连本带利地还给你。"

陈劭冷笑："怎么，你还想过不还我？"

"不会！不会！怎么会呢？我是那种人吗？"

陈劭用眼神回答她——从她的表现看来，她很有可能就是那种人。两个人谁也没再说话，沉默着往学校走。

路经一家小书店，魏南音停下脚步，她没想到封校期间这家书店竟然还在营业。

这书店魏南音以前常来，因为这家店除了卖一些教辅，还有不少漫画租，尤其很多是外面买不到的绝版。这家店的老板也是个漫画迷，所以时间长了，就和魏南音熟了。

想到最近学校里寡淡无味的生活，魏南音连忙拉住陈劭："咱们进去看看吧？"

陈劭抬头看了一眼书店的招牌，吐出两个字："不去。"

魏南音不依不饶："这里很多教辅的，多难的都有，正好适合你这种……"

"变态"两个字，魏南音还没说出口，陈劭就停下了脚步。

“我是说，这里面好些书正好适合你这种学霸。”魏南音再接再厉道，“而且最近老师们留的作业我觉得没什么难度，也想找点难题做做，趁着别人偷懒的时候奋发图强，效果肯定更好啊！走吧走吧！”

说着，她直接把陈劭拉进了书店里。陈劭也正好有买点参考书的想法，于是就没再推托。可进了书店没多久，他发现魏南音不见了。

漫画区在小书店的二楼，因为通向二楼的楼梯通道狭窄昏暗，一般人都不会想着往楼上走，只有店里的常客才知道，真正的好东西都在二楼，老板房间的旁边。

老板是个二十多岁的年轻男人，平时酷爱角色扮演，今天也穿着一身古装，正坐在桌前看书。他见到魏南音来很高兴：“你们学校不是封校了吗？你怎么跑出来的？”

魏南音朝他眨眨眼：“山人自有妙计。”说完她上下打量了他一眼，“老板你今天扮的又是谁呀？”

“看不出来吗？”老板捏着兰花指整了整自己的衣领。

魏南音还是一头雾水。

老板只好说：“东方不败啊！”

魏南音哈哈一笑：“你这么说，还真像。对了，最近有什么好货吗？”

老板说：“最近我这儿生意冷淡，就那些了，你自己去看看吧。”说着他指了指角落里的一个书架。

魏南音一看，大部分都是之前看过的。见魏南音兴致缺缺，老板也很丧气：“最近钱太难赚了，积蓄用完我估计就得回老家了。”

魏南音也很有感触，最近她的生活费就捉襟见肘的，因为上次妈妈回家她也没回去，爸爸因此不高兴，所以她和他们还在闹别扭，也不好意思再多要生活费了。

“看来得想点新的生财之道了。”魏南音皱眉想了想，突然灵机一动，“有了！”

陈劭结完账等了很久，在他耐心耗尽的最后一刻，总算看到魏南音从楼上下来，手里抱着一沓子五颜六色的书。

“你买这么多？”他问。

“嘿嘿，不是买，是租。”

陈劭意外：“现在还有人租书吗？”

魏南音说：“一般的书当然不用租了，但是这些都不是一般的书，是绝版的书，网上都找不到的！”

说着她把手上的书一股脑地放在前台，问收银小妹：“帮我算一下，这些租一周大概多少钱。”

这次陈劭看清楚了，全是漫画。

他没好气地说：“你来这儿就是为了看这些闲书？”

魏南音说：“书哪有贵贱之分呀？这怎么能说是闲书呢？做完数学习题可以用它来换换脑子放松一下，这就是有用的书。”

“你真是歪理一大堆。”

“嘿嘿，哪里哪里。回头我免费借你看啊。”

“谢了，我不需要。”

前台小妹说：“租金是一百四，押金一千。”

“啊？你没算错？”

小妹说：“你也说了，这都是绝版书，一本押五十不过分吧？”

魏南音正愁眉苦脸，听到老板从二楼上下来说：“我和她认识，押金少收一点吧。”

魏南音立刻喜笑颜开：“还是老板人好。”

收银小妹说：“那就收三百押金吧。”

魏南音连忙说：“太够意思了！”

陈劭却适时地提醒她：“你带钱了吗？”

魏南音这才想起来，她现在可是身无分文啊，但是让她放弃，她又不甘心，这可是她的生财之道啊，怎么能被区区本金难住呢？

她讨好地看向身边的男生，陈劭立刻就往外走，魏南音一把拉住他：“好人做到底嘛！你再借我点钱，回去以后我连着火锅的钱一起还给你！”

陈劭不为所动：“今天的事情教育我，什么人都能做，唯独‘好人’不能做，尤其面对的是你这种人的时候。”

魏南音不依不饶：“最后一次了，真的，你就当救我一命吧。”

陈劭冷笑：“你是说你不看这些书会死？”

“当然不是了，这些书大部分我都看过了，但是学校里其他人没看过呀。”

“那跟你有什么关系？”

魏南音垂头丧气地说："不瞒你说吧，我生活费快花光了，所以得想办法赚钱。"

陈劭一听又要走，被魏南音拉住："我又不强迫他们租我的书看，就是想着他们被困在学校也挺无聊的，这不是一举多得吗？"

"算了吧，回头租不出去，我的钱也要不回来了。"

见他不打算伸出援手，魏南音不得已祭出最后一招："你要是真的见死不救，我就告诉老张，说你封校期间私自溜出学校，到时候他老人家要不要把你隔离起来可就说不准咯！"

这一招果然有用，陈劭停下了脚步。他犹豫了一下，回头看她，认命地掏钱："我算是知道什么叫'狗咬吕洞宾'了。"

魏南音见目的达到，也不介意他嘴上占她便宜，喜滋滋地说："我们好歹同桌一场，何必人身攻击呢？一点同学情谊都没有。"

出了书店，很快回到学校，门卫二话没说给他们放行。魏南音好奇地问陈劭："你到底跟门卫大叔说了什么？他这么听你的话？"

陈劭没好气地看她一眼："说你有病。"

魏南音愣了愣："这就能让我们随意进出了？哎哎，陈同学，你去哪儿？宿舍在这边！"

陈劭回头制止她跟着自己："别再跟着我了，不然我就告诉老张，你封校期间私自溜出学校，到时候你被隔离了，别指望有人去看你。"

魏南音停下脚步："学得还挺快嘛，不跟就不跟。"

她现在有更重要的事做，回到宿舍，她对着自己的战利品拍了一大堆照片，然后找到一个已经沉底的微信群，把照片发了出去。

很快有很多人回复："南姐重出江湖了？这次又给大家带来什么福利呀？"

魏南音回："为了大家的前途考虑，以后不能把作业借给大家了，但是学习之余，可以给大家带来点娱乐活动，比如看看漫画什么的。"

很快有识货的人说："这漫画都绝版了吧？网上都找不到。"

魏南音回："嗯嗯，我也是找了好久。有需要的可以联系我，仅限留校生哦。"

立刻有人回复："我到三楼楼梯口了，狼人那个给我来一套吧。"

魏南音没想到生意这么好，当天所有的书都租了出去，欠陈劭的钱也可以还上了。当天晚上，她趁着宿管阿姨不注意，偷偷溜到了陈劭寝室门前。

陈劭刚洗完澡，听到声音打开门，没想到门外站着的竟然是魏南音。反应过来后，他立刻就要关门。

魏南音手疾眼快地挡住门：“我是来还钱的，绝对没别的事！”

陈劭无奈，只好重新把门打开。魏南音趁机一低头，从他的胳膊下钻进了他的寝室里。等陈劭反应过来的时候，已经来不及了。

魏南音四处打量了一下，由衷地感慨：“你们男生宿舍竟然这么干净！”

陈劭说：“钱放桌上，你可以走了。”

“哦，好的。”

魏南音把提前准备好的三百五十八块放在他的写字台上：“押金等我去还书的时候，退回来给你吧，现在我也没那么多钱。”

陈劭瞥了一眼桌上的钱问：“看来生意不错。”

“嘿嘿，那当然。你不知道那些漫画真的很好看，下次我给你留两本啊，谁让咱俩关系铁呢！”

“算了，我没兴趣，早点把钱还给我就行。”

“嗯嗯，那一定的。不过在那之前，我还得请你帮个小忙。”

陈劭深呼吸，就知道这家伙不会这么轻易放过他。

魏南音再次做出一副楚楚可怜的神情：“真的只是一个小忙，你动动嘴皮子就行。”

陈劭问：“什么事？”

“你今天白天到底跟门卫大叔说了什么呀？”

陈劭微微挑眉：“你还想出去？”

“这不是还要去还书嘛，不然怎么把押金要回来呀。”

陈劭想了一下说：“其实也没什么，就说你闹肚子，要去买点药。”

魏南音没想到门卫大叔竟然这么好骗，心情顿时好了不少：“谢了陈同学，我会尽早还你钱的。”

可是魏南音没有高兴太久，当天晚上她就真的开始闹肚子。当她像死狗一样第N次从卫生间里出来时，想到陈劭白天说的话，她不禁骂了一句：“那家伙究竟长了张什么嘴！”

在宿舍里休养生息了一天，魏南音的情况没有一点好转，能吃的药都吃了，看来想不出去也不行了。

她在门卫室找到门卫大叔，刚说明自己的来意就又感到一阵腹痛难忍，她也不顾上什么形象，跟大叔打了个招呼，就奔着最近的教学楼卫生间跑去。再从卫生间里出来时，她总算暂时舒服一点了，重新回到门卫室。

门卫大叔："你这情况有点儿严重啊。"

魏南音苦着脸："谁说不是啊，可惜校医室治肠胃炎的药都开完了，只能出去买。"

门卫大叔："昨天那小伙子呢，怎么不陪着你？有人陪着你出去我才放心一点。"

魏南音急中生智："他也病了！"

门卫大叔立刻紧张起来："这么巧？不会是集体性的吧？那我得赶紧给张主任反馈一下情况了。"

"别别别！"魏南音连忙制止他，"您先让我把我的事办了，我这马上又要忍不住了。"

怕门卫大叔真的去找老张，魏南音又补充了一句："其实除了我俩其他人都好好的，我估计就是巧合吧，现在学校里的情况够张老师操心的了，我这情况就先别和老师说了。"

门卫大叔总算被说动，但是只给了魏南音半个小时的时间。半个小时足够了，魏南音跑到后街小书店。

书店老板见到她就笑了："看来你生意不错呀。"

"哈哈，都是你的书好，还有什么好书？都给我拿出来吧！"

"就书架上那些了。"

"这些啊，很寻常啊，网上都找得到，我怕没人愿意租。"

老板闻言也有点儿犯难，他犹豫了一下看了眼魏南音说："你这些书都是租回去给别人看的？"

"对呀，我一拿回去就被他们一抢而空，哪有自己看的机会啊！"

老板斟酌再三，最后一咬牙说："我这里还有点儿好货，我可以按照原价租给你，但你租给其他人可以租得贵一点，尤其是那些男同学。"

魏南音问："现在这价位我都怕有人不愿意租，再提价，会不会适得其反啊。”

“你听我的吧。这里是一套七本，你单本租二三十一天都有人愿意看的。也就是咱俩关系好。”说着，老板拿出一摞被报纸包好的书，看厚度倒是有七八本。魏南音正要拆开看，那种熟悉的感觉又来了。

她一边儿往卫生间去，一边儿对老板说，帮我装好就行，我一会儿直接拿走。片刻后，她从卫生间里出来，书已经被打包好了。

魏南音结了账，感激地对老板说：“你真是个好人呀。对了，你今天这套更好看，这回是扮的谁呀？”

“岳不群啊！”

魏南音干笑两声：“我说怎么有胡子了呵呵。”

魏南音抱着自己的宝贝往学校走，路过药店时顺便买了几种治肠胃炎的药。

等回到宿舍吃过药，她就迫不及待地打开纸包来看。入眼的是一个衣着性感的少女。再看书名和作者名，她都没听过，难道是新人？

魏南音随便看了个开篇，剧情和那些时不时弹出个广告的网络小说没什么不同。她也没多想，抱着试一试的心态直接拍了照片发到群里去，至于报价，只比上一次略高一点。

没想到这一套比之前的大触漫画更加抢手，照片发出去后立刻有人找来，二十块钱一天的高价也毫不吝惜。

半小时的工夫，魏南音租出去六本，还剩下最后一本。这时候，另一个微信群里，张思斌通知所有人立刻到教室开班会。

众人纷纷往教学楼走，有人小声议论着：“能有什么事啊？搞得这么紧张。”

“难道是要恢复正常上课了？”

魏南音听到其他人的对话，也暗自琢磨着能是什么事，快到教室的时候看到前面的人似乎是陈劭。

“陈同学！”她连忙快走几步赶上他，果然是陈劭。

“你知不知道一会儿老张要说什么事啊？”魏南音问。

陈劭明显不想搭理她，但魏南音好像感觉不到，非要跟着他。这段时间老师并不讲课，所以临时被分成两个班的学生们也都没排座位。陈劭找了最后面角落的位置坐下，魏南音也不客气，直接坐在了他身边。

陈劭总算看她一眼："那么多座位你非得坐这里吗？"

魏南音理所应当地说："这不是你在这儿吗？"

陈劭无奈地骂了一句："没心没肺。"

魏南音没听清，哀号一声说："你说要收什么费？我最近可穷死了！"

陈劭没再理她，低头玩起手机。没一会儿，张思斌走了进来，首先通报了一下众人这段时间的交作业情况。

魏南音百无聊赖，闻瑞借她那二手手机连个网页都打不开，最多就是上个微信，所以这会儿她也没得玩。

她突然想起来，自己书包里还有一本没来得及租出去的漫画，正好可以借此机会看一看。

这套漫画名叫《云端》，这名字起得不知所云，不知道为什么那么多人追捧。不过当魏南音看到作者简介里的其他作品名字时，她觉得这个名字已经起得相当不错了。

魏南音嫌弃地翻开第一页，发现这本跟她最初看的那本故事内容差不多，开篇又是非常老套的情节。可是渐渐地，越看越不对劲——这剧情走向怎么越来越诡异？

下一秒，眼前的画面直接让她红了脸。她连忙把书合上，搞得动静有点儿大，甚至惊动了专注玩手机的陈劭。

对上陈劭不太友善的目光，她朝他干笑两声："这本漫画太血腥暴力了，吓我一跳。"

陈劭没有搭理她，继续低头玩手机。魏南音看了看讲台，又看了看周围，确定没有人注意到她的时候，才敢偷偷把刚才那页翻开一个小的缝隙。

啧啧，不得不说这剧情虽然很俗套，但是这画工确实不错，这角度和空间的展示，还有对细节的处理，恰当的留白……渐渐地，她发现因为加了某些动作，再配上这惟妙惟肖的画工，剧情什么的已经不重要了。

难怪徐晶晶喜欢看这些东西，有谁不喜欢呢？正当她看得津津有味的时候，突然听到有脚步声传来。

大家都坐在位置上，怎么会有脚步声呢？那么，只有一种可能了——

来的人不是别人，正是张思斌！平时犯点小错误没什么大不了，但如果是因为看闲书被老师抓个现行，她就算脸皮再厚也扛不住啊。

电光石火之间，魏南音也管不了许多了，迅速把手上的漫画塞进了旁边人的怀里。正在打游戏的陈劭被突然出现的一本漫画搞蒙了，他一抬头，看到的就是张思斌的黑脸。

“你们俩干什么呢？”

魏南音一脸堆笑：“没干什么呀！”

张思斌盯着陈劭手上的漫画问：“那是什么？”

还没等陈劭开口，魏南音抢答道；“是陈同学租来的漫画。”

陈劭瞪大眼睛看了眼魏南音，眼神中满是恐吓。

张思斌很生气：“我在上面讲得口干舌燥，你们在下面搞小动作？漫画书拿来！”

这一次陈劭很痛快地把手上的书递给了张思斌，张思斌接过来随意翻了一页，脸色大变，再看向陈劭时，神情也有点儿古怪：“你，一会儿来我办公室。”

张思斌离开后，面对陈劭过于“灼热”的目光，魏南音咳嗽一声说：“你得多谢我。”

陈劭冷笑：“谢你什么？关键时候给我挖坑吗？”

魏南音摇头：“啧啧啧，咱俩好歹也算是共患难过的好兄弟了，我怎么能坑你呢？刚才你在玩手机我在看漫画，正常情况是我的漫画和你的手机都被没收，漫画不值几个钱啊，但你那手机可就不一样了。

“我就灵机一动，想到刚才那个办法，把咱俩的损失降到最低。当然了，主要是我的损失，这得给书店老板赔钱咯。”

陈劭看着魏南音，片刻后说：“我发现你别的本事没有，狡辩的功力倒是挺强的。”

“呵呵，过奖过奖。”

张思斌讲完学习的事情，又通报了新的规定——每人每天需要在微信群里报平安，不经允许绝对不能擅自离校。这两条规定引得众人浮想联翩，难道之前的流感更加严重了？

有人问张思斌：“老师，我们什么时候能解禁啊？”

张思斌留下一句“等我通知”，然后意味不明地看了眼陈劭才收拾东西走出了教室。

班会结束，众人忧心忡忡地离开了教室。魏南音跟在陈劭后面，安慰他说：“不就是开班会的时候看闲书吗？也不是什么大事，再说你成绩好，老张还指着你扬名立万呢，手上的戒尺肯定是高高拿起轻轻落下，所以不用担心啊。”

陈劭冷笑：“你就不怕我把你供出来？”

魏南音小声嘀咕：“你说了他也不信。”

这一次陈劭倒是有点儿意外。但很快，两个人已经走到了张思斌办公室门前，魏南音朝他挥了挥手，转身跑走了。

回到宿舍，魏南音越想越觉得自己的应急反应很给力了，可以说是把损失降到了最低。而且同学们看点闲书很正常的，老张也是从这个年纪过来的，应该不会太为难陈劭吧，那么她也就不算坑他了。

逃过一劫，让魏南音心情很不错，爬上床打算补一个午觉。不知道睡了多久，手机响了。

她迷迷糊糊地朝窗外看了一眼，才发现天都已经黑了，再看来电人，竟然是陈劭。

如果她没记错的话，这可是他第一次主动联系她，这说明什么呢？说明他们关系越来越铁了，他已经渐渐把她当朋友了！魏南音心情不错地接通电话，陈劭的声音吓了她一跳。

“魏南音！”

魏南音连忙捂耳朵：“是我是我，用不着那么大声。”

对面完全不为所动，几乎是咬牙切齿地说：“你说那就是本普通的漫画？”

魏南音暗叫糟糕，难不成陈劭真被罚了？即便如此，她也不能承认是自己坑了他。

她怯怯地说：“是啊，是一本尺度略大的普通漫画……”

“你给我滚出来！”

“哎呀，我都睡了。”

“我给你打了十几个电话你没接是因为在睡觉？”

魏南音直觉这次的事情小不了，从他的声音可以听出他有多生气，她几乎能想到他此时表情阴冷的样子。

她欲哭无泪地解释说："对啊，开完班会有点儿困就睡了一觉，真不是故意不接你电话的。"

"你是说我在挨骂的时候你在睡觉？"

"这个……"

"你给我出来！"陈劭命令道。

魏南音索性豁出去了："我不！"

"你确定？"

他现在正在气头上，指不定怎么对付她呢，现在她要是主动出现在他面前，那才是傻，还不如等他消了气以后再给他赔礼道歉。

"我确定。"

"行，那你就永远别出宿舍！"

挂了电话，魏南音感到前所未有的茫然——她这是被陈劭挂上黑名单了吗？

魏南音想了想觉得也不能一直躲着陈劭，于是过了两天，她猜测陈劭大概已经消气了，就主动去承认了个错误，陈劭的脸色依旧不太好。

魏南音说："我真不知道那漫画是那种内容呀，不然我就是吃了熊心豹子胆也不敢拿到班会上去看呀。

"都是那个书店老板！说这样可以赚到更多的钱，我错就错在不该出生在家境一般的家庭，还父母离异，生活费这么少，这才抵抗不住金钱的诱惑，我以后一定会注意的。"

等她说完，陈劭看了她一眼："谁问你这些了？"他语气依旧不善，但神情明显缓和很多。

魏南音暗自松了口气，朝他甜甜一笑说："那你就别生气了。"

陈劭有片刻的失神，他不动声色的移开视线："我时间有限，你要是继续这么不学无术，我看咱们之前的赌约也不用继续了，我直接认输就行了。"

"别别别！"魏南音连忙说，"要不这样，今天我就当着你的面把那些书还回书店，从明天开始我们继续一起上自习怎么样？"

陈劭说："随便你吧。"

这就是没事了？魏南音立刻喜笑颜开："陈同学，那你等我一下，我现在上楼去拿那些漫画。”

其实是那些漫画的租期到了，她把书还回去，就能把押金还给陈劭了。不过她早上的时候去门卫大叔那儿试过，可能是张思斌又强调了不能擅自离校，所以门卫那儿的管理又加强了。

她之前那几招是不好使了，只能继续求助陈劭。陈劭正想再买几本参考书，就同意了和魏南音一起去还书。

魏南音很快从宿舍里出来，对陈劭说：“走吧。”

陈劭叫住她：“走这边。”

魏南音：“不从大门走吗？”

陈劭：“你以为我和门卫大叔什么关系？你出不去我就出得去？”

原来她的小心思已经被他识破了，但厚脸皮如魏南音，这种时候装傻就好。原来她试图再溜出学校的事他都知道，魏南音悻悻地闭上嘴，什么也没说，还好校园后墙处那个缺口还在。

陈劭问魏南音：“一会儿你自己能爬上去吗？”

魏南音看了眼墙根底下堆着的杂物：“应该没问题，就是一会儿下去时可能要麻烦你一下啊。”

陈劭：“你麻烦我也不止一两次了，何必这么客气。”

听出他话语里的揶揄，魏南音干笑两声：“该客气还是要客气一下。”

陈劭看向墙头：“我先上去，你跟着我。”

“好的。”魏南音正暗自琢磨着，有生之年终于也能看到学神兼校草的陈劭毫无形象地爬墙了。

然而，还没等她反应过来，只觉眼前一花，一个修长灵活的身影在短短助跑之后轻松一跃，就这么轻而易举地翻上了在魏南音看来非常高耸的围墙。

他半蹲在墙头居高临下地看着她：“需要我拉你一把吗？”

笑话！她几乎可以想象到自己爬墙时有多丑，让他站在上面看她手脚并用又蠢又笨的样子，以后让她在南石怎么混？

她连忙摆手：“不用了，上去不难，你在对面帮我找点垫脚的东西吧，方便我下去。”

她可不敢指望他能像那天晚上那样在墙下接着她，她分明记得这家伙曾经说过不喜欢被女人压，谁知道他一会儿会不会又以这种神奇的理由拒绝接她，还不如自己先打算好。

陈劭没回答她，转身跳下了墙。魏南音开始手忙脚乱地爬墙，还好她今天穿了裤子而非裙子，不过因为天气已经有点儿热了，上身的T恤又短又薄，一伸手腰和小腹就露出来了，所以魏南音爬得特别小心也特别慢。

陈劭在墙的另一头催促了几次，十分钟后魏南音总算爬到了墙头上，低头一看，立刻觉得头有点儿晕。这次和上次不同，上次因为是晚上，看不到下面的情形，所以大部分的恐惧都来自自己的想象，这次大白天的，她可是真真切切看到墙有多高了。

她双腿打战，缓缓蹲下："陈同学，不是说请你帮我找点垫脚的东西吗？否则我怕我下不去。"

陈劭不耐烦地皱着眉头："那天晚上你怎么下来的？"

"啊？"

他朝她伸出双臂："别磨蹭了，快跳吧。"

这一次和上一次不同，上一次是晚上，她饿得厉害，身心都充斥着劫后余生的喜悦。可是这一次，大白天的，她知道陈劭会稳稳地接住她，所以心里没有丝毫害怕，就是有点儿紧张——是那种心跳加速的紧张。

陈劭没想到魏南音这么痛快，连说一声都没有，直接跳了下来。而且看她那表情，一点都不害怕，分明就是对他相当信任。这个认知，让他莫名有点儿不安。

怀里很快充斥着少女身上独有的香味，让他有片刻的慌神。他很快意识到似乎有点儿不对劲——可能是跳下来时动作太大，她的T恤此时微微卷起，露出她纤瘦柔软的腰，他的手掌下就是她温热滑腻的少女肌肤。

腰间温热干燥又有些粗糙的触感是魏南音所不熟悉的，在反应过来那正是陈劭的手时，她听到自己的心跳有点儿超速。

她立刻从他身上下来，不自在地整理好自己的衣服，再偷偷抬头看他，发现他好像与以往没什么不同。她不由得松了口气，刚才那种意外也不好避免，还好他没往别的方面想。

她干笑两声缓解着气氛："看不出这墙还是挺高的啊。"

陈劭瞥她一眼："看来你记性是真的不好。"

“什么意思呀？”

“上次大半夜下不来的不是你吗？”

魏南音：“上次天黑，感受没这么明显嘛。”

两个人边说话边往书店走，很快到了书店，陈劭选了两本参考书，魏南音还了漫画拿回了押金。

把钱还给了陈劭，魏南音为了表示谢意提议请陈劭吃饭，可是这一次无论她说什么，陈劭就是不愿意去了。魏南音没办法，只好说改天。

回学校前，路经一个菜市场，魏南音被一个卖小鸡的小摊吸引住了。摊主为了招揽生意，把小鸡的鸡毛染成五颜六色的，搭配着小鸡圆滚滚的身材，看着分外可爱。

“陈同学。”魏南音叫住陈劭，“虽然关于流感的事情新闻上表现得都很乐观，但老张还是说我们复课的时间没有定，这是不是说明流感的情况其实很不乐观呢？”

陈劭挑眉看她：“你想说什么？”

魏南音认真地说：“我小时候经历过一次地震，虽然只有五六级，但也是人心惶惶的，物价也跟着上涨，我记得当时馒头都五块钱一个了。

“我想说的是，一旦遇到天灾人祸，食物这种必需品就会紧缺，我们被封在学校里，什么东西都进不来也出不去，比起外面的人还可以买高价的，到时候我们就算有钱可能也只能挨饿了……”

陈劭面无表情：“你是不是想太多了？”

魏南音不理会他表情中的不屑，拉着他凑到卖小鸡的摊贩前：“等到时候你就知道是不是我想太多了，不过你放心，你现在是我魏南音的好朋友，只要我不挨饿就不会让你挨饿。”

卖小鸡的大叔听着失笑：“小姑娘够讲义气的啊。”

魏南音大言不惭地说：“那当然了！对了大叔，你这小鸡多少钱一只？”

陈劭有点儿不耐烦地打断她：“如果真像你说的那样，那你是打算买几只宠物回去陪你挨饿吗？”

魏南音高深莫测地微笑：“这你就不懂了，这小鸡小的时候可以当宠物，长大了可以吃肉嘛。馒头都能卖五块钱一个，何况一只鸡呢？”

陈劭彻底无语了：“你脑子里整天都在想什么？”

魏南音无所谓地说：“钱呗。哦对了，你可能理解不了我这种家庭出来的吧。”

又来这一套！陈劭无奈，只好等着魏南音挑好了五只小鸡才回学校。

接下来的这段日子，魏南音真如她自己保证的那样开始收心学习，每天跟着陈劭一起自习。

进入五月后，B 市的天气越来越热，可是教室里和图书馆的中央空调都还没有开。

比起闷热的室内，太阳不太大时的室外反而更舒服点。所以这一天，魏南音就提议去后山坡自习，那里有个小亭子，里面有桌椅，四周绿树环伺，是这个时节最舒服的地方。但是陈劭有点儿迟疑。

魏南音很快猜到他的顾虑，劝他说：“你不用担心像上次一样遇到好多人，放心吧，以前他们是为了避人耳目才去那么偏僻的地方，现在没人管了，就用不着去那儿了，所以那儿现在都没什么人，正好适合读书。”

陈劭犹豫了一下说：“那好吧，一会儿直接在那个亭子见吧。”

“好的。”

约好了时间地点，俩人挂断电话。可是当他在后山坡见到魏南音时，突然就后悔听了她的鬼话。

“你来自习带着这几只鸡干什么？”他皱着眉头问。

魏南音把小鸡从篮子里放出来，怕它们走丢，魏南音还给它们每一只脚上都拴了线，然后把线的另一头绑在自己的脚上。

她对陈劭说：“总在房间里憋着对它们成长不利，今天天气这么好，我把它们放出来散散步。”

“你到底是来自习的，还是来溜鸡的？”

“又不冲突，有什么关系？”魏南音掏出作业本，“时间宝贵，别耽误时间了，陈同学，你帮我看下这道题怎么解。”

陈劭无奈，只好坐了下来。好在小鸡也不太吵，他就没说什么，给她讲起题目。题目讲到一半，魏南音突然想起什么，叫了停。

陈劭看着她从包里翻出一瓶六神花露水，然后也不顾他在身边，对着她自己上上下下猛喷一通。

陈劭对这味道有点儿敏感，皱眉问：“这个时候蚊虫还不算多，你喷那么多花露水干什么？”

魏南音干笑两声："嘿嘿，我没想到养鸡这么麻烦，它们成天在我宿舍里吃喝拉撒的，我现在浑身都是鸡屎味，这不是怕你嫌弃吗？之前每天来见你时都会喷点香水遮一遮，但今天香水正好用完了，就只能换成花露水了，哈哈，也不难闻吧。"

陈劭没有说什么，只是默默坐得离她远了一点。不过有魏南音这个移动的蚊香在，还真没什么蚊虫来骚扰他们。

好景不长，还没做几道题，陈劭就觉得有什么东西总在蹭他的脚，毛茸茸的，热乎乎的。他低头一看，竟然是魏南音养的鸡！他长这么大没什么怕的，唯独对这种毛茸茸的东西没什么好感。

他忍着心里的不适，用脚把那只小鸡拨远一点，继续低头看书。可没一会儿，又换了另一只鸡来。这样几次三番，魏南音也注意到身边的陈劭不太对劲。

她问他："陈同学，你不舒服吗？"

陈劭不想跟她多说话，敷衍地回了句："没事。"

然而没过多久，魏南音就发现陈劭脸色惨白，还一副如坐针毡的模样，于是她大胆猜测："陈同学你是不是有什么难言之隐，不能久坐啊？"

陈劭抬起头来看她："什么难言之隐？"

魏南音抓耳挠腮，这让她怎么形容呢？

"就是那种很多人都有的毛病，不能久坐，不能吃辣喝酒，可能还会引起贫血……"

"魏南音！"陈劭脸色很差，几乎是从牙缝中挤出来一句话，"我没什么难言之隐，就想麻烦你让你的鸡离我远一点！"

魏南音低头一看，发现绑在自己脚上的线不知道什么时候松开了，那几只小鸡正大摇大摆地在陈劭腿间穿梭。

她抬头看了眼陈劭，有那么热吗？他竟然出汗了。脑中突然有一个大胆的猜测，魏南音不怕死地问陈劭："你怕小鸡啊？"

回答她的是陈劭冷酷的眼神。在他的威吓下，魏南音只好蹲到地上去抓那几只淘气的小东西。然而小鸡身手敏捷，又有桌椅阻挡，魏南音施展不开。

鸡飞狗跳一通乱扑之后，总算被她抓住了一只，她献宝似的把小鸡举起给陈劭看，陈劭垂眼看着蹲坐在旁边的某人和她手里的鸡，除了嫌弃没有别的。就在这时，有个不和谐的声音从远处传来。

“你们在干什么？！”

陈劭和魏南音双双回头去看，正是张思斌和英语老师杨老师。之前魏南音听闻瑞八卦张思斌和杨老师的时候还有点儿不太相信，今天亲眼见到也不能不信了。

就在这时，她手里的那只小鸡趁乱扑腾着翅膀逃走了，她一时失去平衡，几乎扑到了陈劭怀里。

陈劭显然也没想到魏南音会突然扑向自己，连忙将她扶住。等两个人回过神来时，再去看张思斌，他已经走到他们面前，一脸痛心疾首地看着他们俩。

“你们……”

“在自习。”陈劭站起身来说。

英语杨老师拿起桌上的习题册看了看，对张思斌说：“还真是。”

张思斌怒气不减：“那你们刚才在干什么？”

陈劭尴尬地咳嗽了两声，而且可能是因为咳得有点儿猛，脸都红了。

张思斌的黑脸此时更加难看了，正要发飙，突然听到杨老师娇滴滴地惊呼了一声：“哪来的小鸡啊，好可爱！”

魏南音难得遇到个志同道合的，立刻说：“是很可爱吧！不知道陈劭同学为什么会怕这几只鸡。”

陈劭皱眉：“我没说怕。”

魏南音也不顾他不高兴，把刚才事情的经过绘声绘色地给两位老师描述了一番，然后问他：“这还不是怕？”

陈劭懒得理她，看向别处不说话。

张思斌倒像是松了口气：“学校里不许养宠物你不知道吗？”

魏南音：“这不是宠物，我是怕万一封校时间长了，我们食物不够了，可以吃鸡呀。”

杨老师笑得很娇羞：“这孩子真逗。”

“胡闹！”张思斌却一点面子都不给魏南音，“封校只是暂时的，情况也没严重到那种程度，你这跟造谣生事有什么差别？”

“不是……我……”魏南音真是有口难辩。

张思斌最后命令道："你这几只鸡我没收了，一会儿你把它们送到我办公室。"

说完也不再理会魏南音，带着杨老师走了。被他们这么一闹，小鸡们反而乖巧了，都围在魏南音脚边扭动着小身子蹒跚踱步。

虽然很不忍心，但老张的命令魏南音也不敢违抗。她一边儿把一只只小鸡捉回篮子里，一边儿很绝望地想着，这一次她真是亏大了，买小鸡的本钱先不说，这些天喂养它们就不知道花费了她多少精力。

可能是这种悲伤的气氛感染了陈劭，他难得安慰她："你和张老师好好说一下，等解禁之后拿到外面去养也是一样的。"

魏南音依依不舍地把目光从小鸡们身上挪开："解禁？到时候我还要这些鸡干什么？"

"你不是舍不得吗？"

"我是舍不得，本来指望它们帮我赚大钱的，等到解禁，谁还买我的鸡呀！"

陈劭本来以为魏南音养了这些小鸡一段时间养出感情了，到了这一刻他才算明白，她表现出来的难过通通是因为如意算盘落空了，赚不到钱了。

"当我没说。"

被这么一闹，两个人谁也没心思再学习了。陈劭收拾东西回了宿舍，魏南音把小鸡送去张思斌办公室后，也回了宿舍。

此时的宿舍很清静，她反而有点儿不适应。难得她连吃晚饭的胃口都没有了，就这样躺在床上，一睡就睡到日落西山。

再醒来时，天已经黑透了，她有点儿渴，但又觉得浑身无力，一点都不想动，又睡了过去。就这样不知又睡了多久，直到有人敲响她的房门。

"魏南音同学，你在吗？"

魏南音躺在床上，张了张嘴，发现嗓音嘶哑得厉害。不过她听得出，门外的人是宿管阿姨。她正不知道怎么办的时候，门被人用钥匙从外面打开了。

宿管阿姨打开灯，看到床上的魏南音吓了一跳："同学，原来你在啊？你没事吧？"

魏南音勉强挤出一个笑容："没事，阿姨你找我有事吗？"

"例行查寝，看你们都回来没有。"说着，宿管阿姨很快发现了魏南音有点儿不对劲，"同学，你是不是生病了？"

魏南音解释说："就是饿了一天而已，没什么事。"

宿管阿姨狐疑地看着她："不对，你脸怎么那么红？嗓子也哑了，我看你这样子应该是发烧了！"

魏南音努力想坐起身来解释一下，宿管阿姨已经火急火燎地退出了她的宿舍，并且将房门锁了起来："同学你别着急，我先通知一下你们张老师吧。"

魏南音被宿管阿姨这一系列的反应搞得莫名其妙，不过她也确实感觉有点儿冷，像是发烧的症状，难道真的生病了？或者是刚才睡觉时被子没盖好？

没有给她过多瞎琢磨的时间，不一会儿，她听到了张思斌的声音，就在门外。

虽然张思斌是教导主任，但在魏南音的印象中他还从来没来过女生宿舍，今天是怎么了？宿舍门很快被打开，张思斌似乎还想进来，被宿管阿姨拦住了。

魏南音连忙坐起身来："张老师，你怎么来了？"

张思斌双眼通红："音音，你别担心，校医马上就到了。"

魏南音闻言松了口气，原来不是为了来训斥她啊。但是好奇怪，自从张思斌成了她老师后，他已经很久没有这样叫她了，今天这是怎么了？难道就因为她生了个小病？

魏南音说："可能就是我这两天饿的，免疫力下降了，吃顿好吃的睡一觉就好了，没什么大事。"

张思斌点点头，但脸上的神情一点都没有松缓下来。不久之后校医来了，魏南音高烧三十九度。

"怎么会突然发烧？你最近接触过什么人吗？"校医问魏南音。

到了这一刻，魏南音才意识到她这"小病"可能并不是什么"小病"。见她说不上什么，张思斌只好带着人先退出她的宿舍，找来校保卫处的人和平时与魏南音接触较多的学生们问话。

最后从校保卫处提供的监控录像里，他看到就在前几天，魏南音和陈劭私自翻墙出过学校。他又找来陈劭，还好陈劭并没有什么不好的症状。陈劭知道事情的严重性，也没有隐瞒，把他和魏南音出去的事情一五一十地说了。

校领导召开紧急会议，有人提议把魏南音送去发热门诊，但被张思斌拦下："把她送过去，她肯定会被隔离，她现在的情况还不好说，很可能就是普通感冒，万一她在医院接触了其他病人反而被传染怎么办？"

其他人面面相觑，这种时候即便害怕也没人敢强硬要求什么，最后校领导决定暂时将魏南音隔离在宿舍里观察几天。

魏南音依旧住在自己的房间，但四层的所有女生都临时被转移到了五层。她一个人霸占着空空如也的整个楼层，每天有人定时把食物送到她门口。偶尔会有医生来，给她用的无非是一些降温、消炎、治疗感冒的药物。

魏南音烧了整整一夜，直到第二天早上才退烧。虽然不发烧了，但依旧浑身酸软无力。这种情况又持续了一天，校医开给她的药好像好使，又好像不好使。不过到第三天的时候，她确实觉得白天不发烧的时候精神状态好了一些。

她躺在床上，打开手机，纠结再三还是在搜索栏里输入"A 型流感死亡人数"。手机反应很慢，好半天才刷新了网页，入眼的都是触目惊心的生离死别。

魏南音没有勇气去打开这些新闻，她收好手机，突然开始怀念起小的时候。

在魏南音的记忆中，妈妈总是很严厉，但是有一次她生病了，妈妈照顾她时就格外温柔。从那以后，她就不怕生病，有时候看到妈妈对弟弟特别上心对她却不怎么关注的时候，她还会期待能生一场病。

现在情况不同，她浑身乏力，头脑晕沉，但还是不得不起来。因为饭还是要吃，再也没有人像小时候那样把可口的饭菜送到她的嘴边了。

魏南音看了下时间，午饭应该快要送到了，于是她努力起身准备下床，正在这时，突然有人敲门。她以为是宿管阿姨，说了声"放门口吧"，然后慢悠悠地穿好鞋往门口走。

门口的人没有像往常一样立刻离开，敲门声再度响起，魏南音有点儿意外：“谁呀？”

“是我。”是个她熟悉却又让她感到很意外的声音。

她正想去开门，手刚放到门把手上，又顿住了：“有事吗？”

“没什么特别的事，就是来看看你。”

“哦，我挺好的，现在也不怎么发烧了。”

“那你开门吧。”

“还是算了。”

“怎么了？”陈劭问。

魏南音尽量让自己的语气听上去没什么不同：“怕传染给你。”

“我体质好，一般的小感冒都近不了我的身。”

“这可能不是普通的小感冒……”

陈劭不再说话了，魏南音突然有点儿难过。站得久了，她贴着门坐下，旁边还是她前些天给小鸡们搭的窝，也不知道它们现在好不好。

其实她是个神经很大条的人，极少会像现在这样多愁善感。但是短短几天的工夫，她体会到了什么叫恐惧。

这就好比她头顶上一直悬着一把利斧，说不准什么时候就会掉下来。最让人惧怕的不是它掉下来的那一刻，而是等待它掉下来的这些天。

门外静悄悄的，她不确定地叫了一声：“陈劭？”

“我在。”

很平实的一句“我在”，却让她很安心。其实她也有点儿意外，毕竟以她对陈劭的了解，这人虽然不坏，但耐心实在没多少。

两个人这么半天不说话，要是以往他早已经走了，没想到今天他竟然就在门外安静地等了这么久。

“你怎么没走？”她问。

“你希望我走吗？”

不希望，她听到自己在心里很明确地回答道。她已经三天没有跟人说过话了，她不是害怕孤独，而是怕有些她很想说的话，以后再也没有机会说给别人听了。

她说：“那我们聊聊天吧，你尽量站得远一点，我尽量说话声音大一点。”

“我已经站得很远了。”

虽然这么说，可她听得出来，这声音就贴着她身后的那扇门。魏南音并没有揭穿他，因为她确实没什么力气提高音量了。

“其实我很羡慕你。”魏南音说。

“羡慕我什么？”

“羡慕你那么厉害，学习那么好。认识你之前，我以为你和王强差不多呢。”

“你不也很厉害吗？南石魏南音。”

想起两个人第一次见面的情形，魏南音扯了扯嘴角：“你就别笑我了，我这全靠大家给面子。”

陈劭说：“其实我长这么大就打过一次架。”

魏南音很意外：“那外面传言你以一敌八是真的吗？”

“是真的，那次真的挺险的，不过是我命大而已。”

魏南音说：“你是说你人生唯一一次打架，就能以一敌八？”

“可以这么说吧。”

“那我更羡慕你了。”

“为什么？”

“也就是说，如果没有那次的事，你其实就是个标准的学霸？”

陈劭没有回答她，魏南音又问：“你那次为什么打架？”

“得罪了一些人。”

“可你是好学生，跟他们也没什么交集，怎么得罪他们的？”

陈劭顿了一下说：“我是帮一个朋友出头。”

“哦，想不到你这么讲义气，难怪咱俩能成为朋友。”

陈劭轻笑一声，然后问她：“你最近在房间里都干点什么？”

“睡觉呗，特别无聊。”

“可以打电话和其他人聊聊天。”

“不想打。”

“为什么？”

魏南音斟酌了一下措辞说：“我估计我的事已经有不少人知道了，晶晶她们也给我发过微信，但我没回。我是想等过了这段时间再和大家联系吧，如果真是虚惊一场，也免得大家跟着我提心吊胆。”

陈劭有点儿意外："那你跟父母通过电话吗？"

"没有，我和老张商量好了先不说。如果过两天我没事，这事就不说了，反正以前也经常这样，如果有事，到时候再说也没什么。"这话题有点儿沉重，魏南音说完两个人就不约而同地安静了下来。

过了许久，陈劭才再度开口："你怕吗？"

魏南音想了一下说："怕。我还有很多想见的人没有见到，想做的事没有完成，我怕时间太少了，再也没有机会了。"

说到这里，魏南音突然有点儿哽咽了："如果早知道我的时间可能会这么少，我一定不会浪费过去的每一秒。

"我想和我爸妈我弟弟生活在一起，想像过去一样有个能让他们引以为傲的好成绩。他们高兴，我就快乐，而不是像现在这样，一家四口拧巴着。

"上次我靠你帮我才拿了个好成绩，我妈表现得很高兴，我也很高兴，可是我没想到她其实知道，她很失望，对我也不像以前那么有信心。我知道之后一气之下又从家里跑了出来，现在回想起来，真是后悔，我可能错过了最后一次和家人团聚的机会。"

"放心吧，不会的。"陈劭说。

"为什么不会？"魏南音问。

"祸害遗千年。"

"嘁。"魏南音有点儿失望。

陈劭笑了笑说："我说真的，你看就算你这不是普通的感冒，是那种流感，也是可以治愈的。

"疫苗已经研制出来了，而且那些因为这个病过世的，其实都是些本身体质比较特殊的人，比如年纪很大的，有其他慢性病史的。我就是知道没什么大不了，所以我不怕。"

魏南音微笑："想不到你连安慰人的时候都表现得这么理性。原本我觉得你挺冷漠的，结果这种时候只有你来看我。不过谢谢你了陈同学，我好像真的被安慰到了。"

"我没记错的话，我曾经两次把你从无赖手里救出来，还有一次大半夜把你从墙头上解救下来。没想到在你看来我很冷漠？"

魏南音干笑："是我措辞有误，你别介意。你是外冷心热，而且头脑聪明学习又好，令人羡慕。”

陈劭顿了顿说：“其实你也不是没有机会了。我分析了一下，虽然你高一差不多耽误了一年，但是你基础不错，人还算聪明，如果接下来的一年好好努力一下，考个好大学不成问题，这样我也算履行了我的承诺了。”

提到学习，魏南音有点儿丧气：“你也说了，我耽误了一年呢。”

陈劭说：“如果我今年去参加高考，不出意外的话，我估计我考得也不会太差，一样也是少一年。”

魏南音笑了：“你的意思是说咱俩差不多聪明咯？”

陈劭说：“如果我说‘是’那才是安慰你，但你确实挺聪明的，还是有机会逆风翻盘的。”

“有机会的前提是有时间。”魏南音难得说出这么有哲理的话，“我今年才十六岁，短短十六年，现在回想起来算得上‘经历’的事情太少了，我还没过过大学生活，还没谈过恋爱……太惨了……”

陈劭的语气有点儿无奈：“不是说了吗？你不会有事的，这些没经历过的事情都会一一经历的。”

魏南音有点儿丧气：“也不一定，我就算侥幸挺过这次，也可能孤独终老，从我父母的婚姻看，可能单身也是一个不错的选择。”

这一次，陈劭没有回应她。魏南音和徐晶晶那恋爱脑是截然不同的，虽然她之前“攻略”陈劭闹得满城风雨，但是关于恋爱的事情她想得真的很少。

现在说起这事，她突然很好奇：“陈同学，你说谈恋爱是一种什么感觉？是每天都很甜蜜幸福，脑子里只有彼此吗？”

“为什么问我？”

魏南音正畅想着，被这么一句问话拉回了现实。她撇撇嘴，为什么问他，他心里没数吗？

魏南音：“你不想说算了。”

沉默了片刻陈劭才说：“不是不想说，是我也不知道怎么说，你问点别的吧。”

魏南音问：“那你有在意的人吗？”

又是一段长时间的沉默，就当魏南音已经不抱希望他会回答时，却听他说：“好像有了。”

短短四个字，信息量却很大。“好像”说明两个人关系尚不明确；“有了”说明陈劭是近期才注意到这个女生，至少不会是他之前那位数学老师。是谁？魏南音感到自己身体里的八卦之火正在熊熊燃烧。

“是我们学校的吗？”魏南音问。

紧接着，她没有听到陈劭的回答，却听到另外一个声音。

“同学，你怎么在这儿？”宿管阿姨的声音略显惊慌。

陈劭不疾不徐地回答：“我帮校医送个药，这就要走了。”

宿管阿姨说：“快走吧！快走吧！有这一个已经够让人操心的了，你们父母都不在身边，要照顾好自己。”

“好的。”陈劭答，然后魏南音听到他小声地说，“明天我再来。”

她想说他不用来了，就像宿管阿姨说的那样，他应该照顾好自己，但是门外脚步声响起，她知道，他已经离开了。

阿姨把保温桶放在地上对她说：“今天感觉怎么样啊？我让食堂做了点清淡的。”

“好多了。”她说，“谢谢阿姨。”

阿姨叹了口气说：“早点拿进去吃吧，免得凉了。”

等门外再度回归宁静，魏南音才打开房门。门前的地板上放着一个红色的保温桶，魏南音拿起来，正要回宿舍，发现走廊的墙角下放着一本书。她拿起来看了一眼，无比惊喜，竟然是她心心念念很久的那套漫画的第一册。

这是陈劭留下的吗？他从哪儿弄来的？她兴冲冲地拿着书和饭回到房间，一边儿吃一边儿看了几页。

她突然觉得生病还是幸福的，因为平时看不出感情的人，往往在这之后最容易流露出他最真切的一面。一向铁面无私的宿管阿姨是，陈劭也是。

魏南音发了个微信给陈劭：“那本漫画是你留下的吗？”

魏南音发完就接着去看漫画，突然手机响了，对方要求视频通话。魏南音一下有点儿慌了，他是点错了吗？正不知所措的时候，请求中断了。

他发了三个字：“不方便？”

他竟然真的要和她视频！魏南音对着桌上的镜子照了一下，虽然有点儿邋遢，脸色有点儿苍白，但应该和她平时的样子差不了多少吧。这么想着，她干脆直接拨了回去。

视频请求很快被接受，可是手机画面里只有陈劭房间的摆设，并没有出现他的人。

魏南音正对着手机屏幕纳闷，就听到那个清冷的声音从听筒里传了出来："嗯，勉强还有个人样吧，不过再丑下去就真的没法看了。"

到了这一刻，魏南音算是明白了，她被他耍了。说要视频，结果那家伙把镜头调成后置摄像头，亏她还傻乎乎地不好意思了半天。她虽然看不见他，但她知道对方能看到自己，于是她也不管什么形象不形象的了。

她咬牙切齿地对着镜头说："本大小姐天生丽质，用不着担心。"说完迅速切断了通话。

挂了电话，她对着镜子左照右照了半天，终于可以确认，刚才某人的话里，明显故意打击她的成分居多。想到这里，她自然也就不生气了，又发了个语音给陈劭："你哪儿来的漫画？"

"那家书店借的，看完记得还我。"他回复得很快。

他一个从来不看漫画的人，竟然会为了给她解闷专门租了漫画，要说不感动不高兴，那都是假的。

魏南音捧着手机傻笑了一会儿，才回复说："你怎么出去的？又翻墙？"

"拜你所赐，那地方被人堵上了，不过我出不去可以让人送进来。"

"嗯？"

"打电话给老板，多给他点钱让他送到门卫室。"

"我怎么没想到这个办法呢？"

"咱俩不一样，我有脑子。"

"你刚才还夸我聪明的。"

"我忘了加个限定语——有些方面还可以。"

虽然还是在被他损，但魏南音觉得自己的心情明显好多了，也不知道是不是心理作用，连带着精神头也比前两天好了很多。不过当天晚上还是有点儿发烧，她自己有意识，温度应该不算太高。

第二天陈劭果然如约而至，不过比前一天来得早了一点。两个人没说什么话，因为要说什么完全可以靠电话，他只是把那套漫画的下册放在地上，又把她看完的上册拿走。

等他走后，魏南音问他："你跑上来一趟就是为了给我送书，那为什么不一次性把一套都给我拿过来？"

这一次陈劭没有立刻回复，她看着聊天界面儿上反反复复出现的"对方正在输入"的字样，好像明白了什么。陈劭的消息在这个时候发了过来，他说："人要有希望，才能活得一天比一天好。"

哪怕只是一本漫画，只要她还有想要得到的，就会打起精神吧。魏南音在看到这句话时不可控制地湿了眼眶。

过了许久，她说："虽然用漫画勾着人有点儿不厚道，但是真的谢谢你陈劭，如果我能顺利熬过这一关，等我出去以后，你陈劭就是我魏南音一辈子的好朋友了。"

她说得这么诚恳，这么一腔热忱，但对方只回了她两个字："傻子。"

即便如此，她看着那两个字，却觉得没来由的幸福。魏南音的眼眶再度湿润了，过了一会儿她回复陈劭："这套看完，能再帮我借几本吗？"

"好，你想看什么？"

"我这就把书名发给你。"

魏南音把自己最想看的漫画书名发给陈劭，片刻后，陈劭回复："你自己去借吧。"

魏南音："说好的同学情谊呢？你就这样对待你垂死的同桌吗？"

陈劭没再回复，但是第二天魏南音在走廊的地上看到了一个报纸包，她立刻明白了那是什么，连忙拿进了宿舍。

两天之后，魏南音彻底退烧了。校医给她做了个检查，确定之前得的就是有点儿严重的普通感冒。学校也宣布，恢复正常上课。

魏南音被解禁后的第一件事就是要请陈劭吃饭："陈同学，你今晚有空吗？我请你吃饭。"

"算了吧。"陈劭说。

魏南音知道他还在介意那次吃火锅的事情，于是说："我吃饭时是有点儿小毛病，我尽量改还不行吗？"

学生们重新回到学校，多数人都是一个月没有见面了，热热闹闹有说不完的话。听到魏南音要请陈劭吃饭，来她位置上找她的闻瑞提醒她："今天徐晶晶说要庆祝你劫后余生的，你别忘了。"

"对哦。"魏南音说，"陈同学，那正好一起吧，我舍友她们请了很多同学呢，你也来吧？"

"不去。"陈劭干脆地拒绝道。

魏南音哪肯这么轻易地放过他，央求道："一起去吧，我们现在可都算是死里逃生过来的，难道不该一起庆祝一下吗？"

见陈劭态度似乎没刚才那么坚决了，魏南音再接再厉道："你要是不去就是没把我当朋友。"

沉默了片刻，陈劭问："几点，在哪儿？"

魏南音见他终于妥协了，激动地说："后街的零度俱乐部，是一家音乐餐吧。晚上六点开始，到时候早点去哦。"

"你说'零度'？"

"对啊，你去过？"

陈劭说："有个朋友在那儿工作。"

"太巧了，那晚上我们不见不散啊！"

第八章

零度俱乐部是南石附近的一家音乐餐吧，魏南音他们一群人坐在一个相对僻静的位置，但也能看到舞台上的表演，视野极佳。

晚上六点钟，所有人都到了，魏南音提前点好的小吃也都一一被服务生端了上来，唯独陈劭还没有来。

闻瑞不耐烦地说：“他到底来不来啊？不来也不说一声！”

魏南音非常肯定：“他既然答应了就肯定会来。”

闻瑞不满道：“让我们这么一大帮人等他一个合适吗？大家可都没吃饭呢。”

徐晶晶瞪了他一眼说：“你以为人人都像你吗？就知道吃。”

“你别混淆概念，我们现在在说时间观念的事。”

魏南音看了眼手机，也没有他的信息，其实魏南音的心里并没有她嘴上说的那么笃定。

即便因为他帮她补习，两个人这段时间几乎形影不离，她也因为生病的事情看到了他不为人知的更温暖的一面，但这些都只能说明他是个守信又善良的人，并不能说明其他。

所以即便她因欣赏他的才华、感激他在她陷入困境时给她关怀从而打心底里把他当成自己的朋友，她也不能确定在他看来她是一个什么样的人，他又把她当作什么。

就在这时，音乐餐厅的玻璃门被人推开，穿着简单棉布衬衫和牛仔裤的陈劭走了进来。他似乎是刚理过发，头发略短了一些，更显得他整个人英气勃发。因为天热，他将袖子挽到手肘处，整个人慵懒又随意。

“来了！”徐晶晶激动地说，“以前见他穿校服就觉得很帅，这么看简直帅得惨绝人寰啊。”

闻瑞适时泼冷水：“‘惨绝人寰’不是这么用的。”

徐晶晶没搭理他，很热情地朝着门口挥了挥手。陈劭很快看到了他们，朝他们这一桌走过来。路过吧台时，他停留了片刻，像是和那个服务生认识。

徐晶晶说：“看来他对这儿很熟嘛。”

魏南音说：“他说他有个朋友在这儿工作，可能就是那个服务生吧。”

徐晶晶感慨：“啧啧，果然人以群分，帅哥的朋友也很帅啊！”

闻瑞撇嘴：“肤浅！”

徐晶晶：“长得丑的人没资格说这种话。”

这话终于激怒了闻瑞：“不带你这样人身攻击的，我承认我没他帅，但我丑吗？”

魏南音连忙出来打圆场：“不丑不丑，闻瑞挺清秀的，晶晶你仔细看，而且我发现这一个月不见，闻瑞好像长个儿了。”

闻瑞的脸色总算好转一点，徐晶晶也没再说什么，因为陈劭已经过来了。

这次来的几个人都是魏南音在学校关系最好的朋友，上次在魏南音的生日会上都见过陈劭。知道他和魏南音现在的关系不错，众人也都不提过去他和魏南音的小过节了，热络地张罗他入座。

众人一边儿吃饭一边儿讲着停课这段时间经历的事情，最惊心动魄的当然是魏南音被隔离的事情。魏南音原意是把这事当个笑话讲，但听她讲完后，女生们都一脸陶醉：“好浪漫哦！”

男生除了闻瑞以外，也互相暧昧地交换着眼神，胆子大点儿的还会调侃陈劭两句。陈劭对此只是置之一笑。就是他的这种态度，让大家不禁浮想联翩。

这时候餐厅门再度打开，陆续进来几个高个子男生。魏南音注意到打头那个好像有点儿眼熟，具体在哪里见过她又想不起来。

陈劭回头看了一眼，对她说："我去打个招呼。"

魏南音问："你认识？"

"嗯，以前的同学。"

他这么一说，魏南音想起来了，她曾经跟踪陈劭的时候在健身房附近见过这人。

徐晶晶感叹道："今天什么运气呀，遇到这么多帅哥。"

闻瑞冷哼一声："肤浅。"

徐晶晶瞪他一眼："你除了这话还会说别的吗？"

魏南音说："好了，你俩今天怎么回事？火药味儿这么重。"

这话成功让两个人闭了嘴，魏南音说过这话后越想越觉得不对劲，回头看闺密，闺密眼神闪烁，甚至不敢跟她对视。再看闻瑞，脸那么红是怎么回事？

"不对啊，你俩是不是有事儿瞒着我？"

"能有什么事啊？"徐晶晶连忙岔开话题说，"大家都吃得差不多了，咱们做游戏吧。"

这个提议一呼百应，魏南音也就将刚才那一茬暂时忘了。

等陈劭回来，徐晶晶说："我们来做游戏吧。"

陈劭问："玩儿什么？"

徐晶晶从书包里拿出一沓草稿纸和一支记号笔："我们两个人一组，分四组，玩儿你写我猜吧。一个人负责写下一个词或者一个短句，另外一个人负责猜，限时六十秒，猜到最多的算胜出，可以要求猜出最少的完成真心话或者大冒险。"

有人说："字数越多肯定越难猜啊。"

徐晶晶说："那这样吧，超过五个字的算猜对两个怎么样？"

众人没有异议，接下来就是抽签分组。巧的是魏南音和陈劭分到了一组，而徐晶晶和闻瑞分到了一组。

分组结果一揭晓，闻瑞说："这还用比吗？我准备好接受惩罚了，分到跟我最没默契的一个人。"

徐晶晶撇嘴："你以为我乐意啊。"

按照顺序，闻瑞和徐晶晶先开始，两个人果然超级没有默契，一分钟的时间竟然只猜对了一个词。

接下来两组一组比一组有经验，猜对的数量也多。尤其是第三组，一分钟猜对了五个词。最后一组是魏南音和陈劭，是陈劭写的词条，魏南音负责猜。

魏南音并不担心什么，毕竟再差也不会差过徐晶晶那一组了，只要不被惩罚就好。

事实证明她还是太乐观了，她看着对面陈劭开开合合的嘴唇，虽然他说的每个字她都明白，但那些字连在一起让她一头雾水毫无头绪。

一分钟过去，他们这组竟然刷新了徐晶晶、闻瑞那组的纪录，成为史上最没默契的组合。

计时结束后，魏南音气急败坏地把陈劭写的那些词条翻过来看，她突然怀疑，对面坐着的某人是故意来搞她的。

“牛顿莱布尼兹公式？柯西不等式？陈同学，你认真的吗？”

陈劭难得有点儿不自在：“你生病前我刚给你讲过这些，我以为你印象比较深刻。而且，这些公式定理都大于等于五个字了。”

周围人已经笑疯了，徐晶晶张罗众人：“别笑了别笑了，下面该怎么惩罚大家说说。”

有人说：“刚才说过了，两个人一起完成大冒险，或者分别回答一个真心话。”

魏南音想都没想直接选择真心话，反正在她看来她没什么不可告人的事情，真心话反而更容易。

魏南音选了真心话，陈劭也只能选择真心话。刚才胜出的第三组推举出两个人中的女孩子代表提问。

徐晶晶和这女生也熟悉，毫不避讳地跟她咬起耳朵。不知道徐晶晶给她出了什么主意，女孩子好像有点儿不愿意，两个人还争执了片刻。

最后魏南音敲了敲桌子：“我说徐晶晶，是人家提问还是你提问？”

徐晶晶悻悻地闭了嘴，女孩犹豫了一下问陈劭：“陈同学，你喜欢什么样的女孩子？”

她这问题一出，徐晶晶就像个漏了气的气球一样瞬间萎靡了。按照徐晶晶的意思，是让女孩子直接问陈劭喜不喜欢魏南音的，但女孩觉得这样容易让陈劭和魏南音尴尬，所以不愿意，最后就折中问了这么个问题。

陈劭看了魏南音一眼说："聪明的，上进的，善良的。"

这么中规中矩的答案简直毫无指向性，众人见他敷衍也不依不饶，尤其是刘明明："怎么光说内在的，好歹也形容下长相吧。"

陈劭咳了一声："当然是漂亮的。"

又是个万金油答案，众人见问不出什么，只好等下一个问魏南音的问题。

女孩问她的问题和问陈劭的差不多："南姐会对什么样的男生心动？"

这个问题魏南音还真没考虑过，要说长得帅的吧，那长得好看的男生太多了，她也不可能都喜欢。如果说仗义善良这些特性，她觉得她的男性朋友都仗义善良，这样的人做朋友就够了，不一定会让她心动。

她想来想去，给出答案："对我好的。"

众人又是一阵嘘声，因两个问题都没挖到八卦而扫兴。闻瑞好像挺高兴的样子，又张罗着众人开始第二轮游戏。

前几组的情况和第一轮时差不多，徐晶晶和闻瑞只猜对了两个，上一轮的获胜组第三组这一次竟然猜出了七个词。后面谁要想再超过这个成绩，几乎没什么可能了。

魏南音想，既然常规的玩法赢不了，那只能采用非常规的办法了。这回她要求自己来写词条，她想了一下，迅速写好几个。计时开始，陈劭背对着自己随意亮出一个词条。

魏南音看了一眼开始描述："五个字，星期三，我的最爱，后街书店。"

陈劭一开始还一头雾水，一听到后街书店几个字，就找到了方向，五个字的话……他略微思索了一下回答说："《求求你爱我》？"

"没错！"徐晶晶惊喜道。

魏南音扬扬得意，陈劭的脸色却不太好，他犹犹豫豫亮出第二张卡片。

魏南音说："星期五，七个字，咱俩的关系是……"

陈劭深吸一口气："《我的同桌太可口》。"

其他人面面相觑："这是什么暗号吗？"

很快进入第三张卡片，魏南音提示道："五个字，星期一……"

陈劭咬了咬牙："《老公请加油》。"

正在喝水的徐晶晶一时没忍住，直接喷了对面的闻瑞一脸："是我想多了吗？怎么画风有点儿不太对？”

陈劭已经不想再继续下去了，魏南音催促他说：“有点儿游戏精神啊陈同学，我们还有时间啊，快点快点！”

陈劭这才不情不愿地举起剩下的卡片。

第四张卡片，魏南音说：“星期二，七个字。”

陈劭：“《漂亮宝贝等等我》。”

到了这种时候，周遭人也不管他们是怎么猜出来的了，班长带头的其他几个男生已经忍笑忍得很艰难了。

一分钟结束，众人放声大笑，有人问魏南音：“南姐，你这都是什么套路啊？”

魏南音说：“我生病期间多亏陈同学帮我借漫画，那时候每天一本，这些就是漫画的名字。”

这时候，有人走到他们桌前，拍了拍陈劭的肩膀，众人看过去，是隔壁桌的一个男生，就是魏南音曾经在健身房见到的那个。

那人也认出了魏南音，惊喜道：“哟，劭哥的小同桌，又见面了。”

魏南音想到上次自己误闯男浴室的尴尬，想必这人肯定也看到了，于是不自在地笑了笑。

陈劭问他：“怎么了？”

蒋易说：“兄弟们请你过去聊一聊。”

陈劭跟魏南音他们说了句“我过去一下”，就跟着蒋易去了隔壁桌。他一离开，徐晶晶一脸暧昧地看向魏南音：“看来封校这一个月故事很多啊。”

魏南音一时没听出闺密话里有话，老实说：“确实不少。”

徐晶晶更感兴趣了：“说来听听。”

魏南音说：“刚才我不都讲了吗？”

“不止那些。”徐晶晶回头朝着隔壁桌扬了扬下巴，“虽然生了个小病虚惊一场，但我看你收获不少啊。”

魏南音还没搞清楚徐晶晶的意思，对面的闻瑞抢白道：“得了吧，你以为谁都像你那么花痴啊？南音才不喜欢那种面瘫，他们俩根本不合适。”

“怎么不合适啊？”徐晶晶说，“你没见人家俩多默契吗？人家陈劭对你面瘫，对我们南音指不定什么样呢。你看看，南音要看漫画，都是陈劭去帮她借的，足以说明两个人关系多么亲近了。”

魏南音到了这时候才明白闺密说的是什么意思，原来前面铺垫了那么多，就是想说她和陈劭趁着封校培养出“感情”来了。她想解释一下，但徐晶晶此时哪肯听她的。

她只好提醒徐晶晶：“你小点声啊，别被隔壁听到了……”可是已经来不及了，魏南音只觉得眼前一花，陈劭再度坐到了她对面的位置上。

徐晶晶尴尬地呆愣了片刻，很快回过神来，想着自己的话刚才都被他听到了，干脆对他微微一笑说：“我支持你哦！”

魏南音都尴尬死了，本来以为陈劭会解释一下，或者碍于她的面子不会说什么但至少会表现出不高兴，谁知道他只是说了句“谢谢”，然后还不等众人反应过来，又对大家说：“不好意思，遇到了以前的同学，约我一起打篮球，我就先走了，大家慢慢玩儿。”

他说完却没有立刻走，就那么看着魏南音，魏南音回过神来连忙说：“哦，好的，回头联系。”

陈劭点点头，这才起身离开。

他一走，魏南音这边沸腾了起来，女生们尖叫着“好浪漫”，男生们调侃着“有情况”。

最激动的要数徐晶晶：“我说支持你们两个，他竟然没有反驳。这说明什么？你还想骗我？太不够意思了啊魏南音。”

“真不是啊！”魏南音已经是有口难辩了，说实话她也不知道刚才陈劭为什么没有反驳，不过她猜想是因为懒吧，毕竟“谢谢”只有两个字，要解释的话就不知道要说多少字了。

这时候有人送了一打汽水过来，魏南音认出来正是刚才在吧台和陈劭说过话的那个服务生。

服务生说：“陈劭临走前让我送来的，这桌的账他也结过了。”

徐晶晶嚷嚷着：“太贴心了吧。”

这话一出其他人也都纷纷称赞陈劭贴心，徐晶晶说：“还不都是沾了我们南姐的光？”

魏南音想说真不是大家想的那样，他刚才也说了他喜欢的女孩子类型，怎么看都跟她没什么关系。

就在大家起哄着让魏南音讲述他们感情发展细节的时候，突然有个人站起身来，二话不说转身离开，众人见状立刻安静了下来。

魏南音看着闻瑞直接走出了餐厅，也是一头雾水："他什么情况？"被大家调侃的人是她魏南音，又不是他闻瑞，他生个什么气？

其他人面面相觑，只有徐晶晶冷笑着说："每个月那几天吧，你不用在意。"

魏南音知道她这两个好朋友彼此看不顺眼很久了，所以也就没太放在心上，她现在担心的是她和陈劭的关系被大家误会了。

她想了一下，还是决定晚上回到宿舍后当面找陈劭聊一下，最好下次遇到刚才那种情形不要怕麻烦，怎么也该解释两句。

她倒是不担心这样的误会对自己有什么影响，反正她孤家寡人一个，但是陈劭就不同了，他有在意的人了，还是他们南石的，说不准这些传闻很快就会传到那位女生耳朵里，要是因此搞得他"家宅"不宁，她也怪过意不去的。

晚上魏南音去找了陈劭两次，陈劭都没有回来。难道他今天晚上决定回家住了？正在这时，旁边玩手机的徐晶晶突然尖叫一声。

魏南音被吓了一跳："什么情况？"

"不好了，我看我九中同学的朋友圈，她们同学好像发生冲突，进警察局了。"

"那你激动什么？又不是你同学。"

"你看这个人，"徐晶晶把照片放大指给魏南音看，"是不是我们今晚遇到的那个帅哥？和陈劭关系很好的那个。"

蒋易的样子魏南音绝对不会认错，今天晚上陈劭是跟他们一起走的，他这么晚还没回来，难道是……她立刻拿出手机，打给陈劭，电话始终无人接听。

见她惴惴不安的样子，徐晶晶安慰她："你别太担心，陈劭他们那么多人，就算真的冲突起来了，他们也不会吃亏的。"

魏南音长叹一声："我是担心跟他们起冲突的那帮人啊。"

毕竟陈劭一年前就能以一敌八了，这都过了一年了，身边又这么多帮手，指不定把对方整成什么样了呢。为今之计，魏南音只有祈祷对方比较耐受了。

徐晶晶说："我已经跟我那个同学说了，有消息第一时间告诉我。等消息吧。"

这一等就等到了深夜，过了门禁时间，陈劭还是没有回来。徐晶晶熬不住，已经睡着了。魏南音却一点困意都没有，就在她琢磨着要不要亲自去营救她的好朋友时，手机突然响了，来电人正是陈劭。

魏南音立刻接通，电话里静默了一瞬，陈劭问："在玩手机？"

魏南音钻进被窝，压低声音说："没有，怎么了？"

"这么快就接了。"

"手机就在身边。"

"你说话声音怎么这么小？"

"晶晶睡了，我是躲在被窝里给你打电话的。"

陈劭突然不说话了。魏南音还在记挂着今天晚上他们的事情，问他："对了，你没事吧？"

"你指什么事？"

魏南音这才注意到，两个人不说话的时候，电话里非常安静，陈劭应该是在一个很安静的环境下和她通电话的，周围还是空荡荡的，因为她觉得他说话时似乎有回音。

"你在哪儿呢？"她问。

"家。怎么了？"

"你什么时候回家的？"

"打完球啊，八点多吧，天越来越热了，想回来拿点儿衣服，索性就住家里了。"陈劭说话时语气中带着疑问，"你大半夜不睡就是想问这些？"

听到陈劭没事，魏南音悬了一晚上的心总算踏实了，她顿时觉得心情大好，回答道："对，就是想看看你在干什么，嘿嘿。"

电话里又是一阵静默。魏南音以为线路出了问题，连着"喂"了两声，对面才又有了声音。

"你经常睡这么晚吗？"

"对呀，熬夜感觉很爽，就像一天比别人多出几个小时一样，嘿嘿。"

"原来如此。"

“什么‘原来如此’？”

“怪不得你那么矮。”

“嘁！”魏南音又想到正事跟他说，“对了，你那个老同学，今天好像遇到点麻烦，你要不要关心一下他。”

“谁？蒋易？”

“对对，好像是这个名字。”

陈劭顿了一下说：“先挂了。”

还不等魏南音回应什么，电话就已经被挂断了。她略微惆怅地看着手机屏幕安慰自己，今晚的事情跟他没关系，这就是最好的结果了。

魏南音翻了个身，正要睡觉，隔壁床突然传来徐晶晶说梦话的声音，魏南音仔细听了一下，也是服了，怎么梦里都在和闻瑞掐架啊。

这样折腾了半个小时，魏南音终于有点儿睡意了。枕头边上的手机突然振动了一下，魏南音拿起来看，是陈劭的微信。

“睡了吗？”

她回复：“还没有。”

“没事了。”

魏南音看着这几个字愣怔片刻，虽然只是没头没脑的三个字，但是她知道他说的是什么意思。

她斟酌了一下，回复：“那就好。”

陈劭：“所以你这么晚不睡，其实是在担心我？”

对啊，就是在担心他啊。可是手指放在键盘上，一个字也打不出来。这种感觉对魏南音来说太陌生了，但她直觉这么说好像不太妥。她斟酌再三，最后回复说：“谁让我们现在是哥们儿了。”

过了片刻，陈劭只是说：“睡吧。”

怎么好像有点儿不高兴的样子？魏南音也顾不了那么多了，撑到这会儿，她其实很困了，强打精神回了个“晚安”，很快就睡着了。

闻瑞的性格有一点好，虽然比较爱生气，但是过一夜基本上就什么都忘了。第二天课间的时候，闻瑞过来发作业，魏南音就故意逗他说话，果然没两句，他就缴械投降了，还兴致勃勃地提议：“在家憋了一个月，周末我们去春游吧？”

这要是以前魏南音肯定立刻同意了，但是这一次，她很果断地拒绝：“不去。”

“为什么啊？”闻瑞有点儿意外。

魏南音指了指后黑板，闻瑞回头看过去，是高考的倒计时的牌子。

闻瑞说：“你不会真的要在宿舍学习吧？”

“没错。”魏南音说。

闻瑞没有立刻放弃：“还有三百多天呢，也不差那一两天呀。”

魏南音一本正经地说：“我已经错过了过去的五百多天，所以日后的每一分每一秒都要更加珍惜。高考又不是期末考试，不能临时抱佛脚，何况我要考 A 大这种顶级学府。”

闻瑞一时没憋住，直接笑了：“你还真要考 A 大啊？”

这笑刺痛了魏南音，她立刻沉下脸来：“我知道你们都不相信我能考上 A 大，但不管结果如何，我魏南音要做什么事就一定会全力以赴。别人信不信，都不会动摇我要做这件事的决心。”

闻瑞愣了愣，很快像是想到了什么，看向她身边的陈劭。陈劭刚刚还在看书，听到魏南音的话也不禁看向她。

不知道从什么时候起，他看她的眼神已经不是那种事不关己的冷漠疏离。那种眼神，是同作为男生的闻瑞最熟悉的。至少那是在乎的，代表着她在他看来是与其他人不同的。

闻瑞也不高兴了：“A 大有什么好，一群书呆子，还离家那么远。”

魏南音有点儿失落：“原来你不喜欢 A 市啊？本来我还想着，如果咱们几个最后都能考到一座城市，还像现在这样厮混在一起多好啊。”

闻瑞张了张嘴，却什么也没说。这时候陈劭突然站起身来，魏南音连忙让开位置让他出去。看到他手上拿着书，随口问道：“去哪儿呀？”

陈劭说：“图书馆。”说完走出几步，又停下来，回头问魏南音，“去吗？”

学霸这是在邀请她一起自习吗？魏南音回过神来后，立刻说：“去去去！”说着匆忙收拾了几本练习册就要离开。

闻瑞在身后叫她：“喂，那晚上要不要一起吃饭啊？”

魏南音一边儿走一边儿对他挥手：“再约再约。”

魏南音跟陈劭从教学楼里出来，往图书馆走去。接下来两节是活动课，此时校园里来来往往的学生很多，也有不少人认识他们。

以前和陈劭走在一起时，魏南音不觉得有什么别扭的，可是自从昨天晚上之后，她总觉得他们两个人之间的气场有点儿怪怪的，连带着觉得路人看他们的目光也不太寻常。

“陈劭同学！”一个娇滴滴的女声从前方传来。

魏南音循声看过去，正是一个月未见的李亚彤。可能因为在家伙食不错，李亚彤比之前稍微胖了一点，但瑕不掩瑜，依旧没有辱没了她女神的身份。

魏南音的脑中不知怎么就冒出了那几个形容词——聪明的，上进的，善良的，漂亮的。

当然善良不善良这事见仁见智，毕竟李亚彤在陈劭面前的表现到目前为止都还是“善良”的，能让他这么认为也不奇怪。

这么想着，魏南音再看面对面站着的少男少女，竟然怎么看怎么登对，不光是外貌上的，两个人的成绩也差不了多少，比起她这种半吊子痴人说梦想考A大，李亚彤考上A大的希望可大多了。

陈劭成绩这么好，自然不用说了，A大既然是最高学府，那他多半也会选择A大，这样一来两个人的缘分就会一直延续到大学。到时候再没有什么阻力，就是正经的青梅竹马郎才女貌了。

可是她怎么有点儿不舒服呢？估计是因为她不喜欢李亚彤吧。

李亚彤见到陈劭明显很高兴，快步走上前：“好久不见啊陈劭。”

陈劭点点头，显得有点儿冷漠。魏南音很快就想明白了，肯定是有她这个外人在场，他不好意思了。

这么想着，她装作若无其事的样子走远了一点，不过她也没走太远，她想听听两个人会说些什么。陈劭皱眉看向她，但也没说什么。

李亚彤没管魏南音，继续说道：“你这个假期过得怎么样啊？我听说学校有人被隔离了，知道你是住校的，当时我特别紧张，就想打个电话问问你的情况，但你可能在忙吧，没有接我的电话。”

李亚彤边说边委屈地看了陈劭一眼，陈劭却没什么表情：“哦，没注意。”

李亚彤失落地点了点头，片刻又想起什么愤愤地说：“我听说被隔离的人是因为私自跑出去才被传染上流感的，而且生病了还不上报，就是想故意隐瞒着，这种行为真的太自私了，简直是对其他同学、老师的不负责任！这个人后来怎么样了？我听说是你们班的，被转移到医院治疗了吗？不管怎么说，我觉得学校都至少应该给她一个记过处分吧！”

魏南音从来不知道一向高贵冷艳寡言少语的女神一口气能说这么多话，说的还是关于自己的事情。

不过听她这么说，她也觉得自己有点儿过分，但有一点女神说得并不对，她可不是生病了故意瞒报，她是完全病糊涂了，并不知道自己生病了。

陈劭点点头：“回头我会写一份检讨交给教导主任的。”

李亚彤愣了愣：“你是说……不是吧陈同学，你生病了？恢复得怎么样了？难怪我觉得你比放假前好像憔悴了一些。哎，其实生不生病也不是你能决定的，既然大家都没事，又不是你的错，还写什么检讨？”

魏南音简直目瞪口呆，凭什么是陈劭就不用写检讨了，到她这里就该记过处分了？

陈劭说：“你误会了，生病的不是我，不过是我带那位同学出校的。至于为什么她生病了没有上报……”陈劭顿了顿说，“当时我和她都以为是出去玩得太累了，没想到是生病了，而且她得的只是个小感冒。”

李亚彤了然地笑了笑：“原来是这样，其实关于这件事我也是听别人说的，不知道怎么就传成了这样。抱歉啊陈同学，不过生病的到底是谁呀？”

李亚彤说着，视线有意无意地瞥向魏南音。魏南音有点儿心虚，连忙错开视线假装看旁边宣传栏里的大字报。

陈劭好像没听到她的后半句，只是说：“大家不了解情况所以这么说也情有可原，你现在了解了，就麻烦你跟对这件事感兴趣的同学们澄清一下吧。”

李亚彤连忙说：“不麻烦，这不是应该的吗？”

陈劭抬手看了眼时间：“我还有事，先走了。”

见陈劭要走，魏南音在李亚彤不太友善的注视下连忙跟了上去。

走出一段距离，陈劭才再度开口：“你躲那么远干什么？”

魏南音摸了摸鼻子说：“我跟她也不熟悉，没什么话说怪尴尬的。”

陈劭瞥她一眼：“所以你懒得说，就把我丢在那儿应付？这是朋友会做的事？”

魏南音彻底被他搞蒙了，好一会儿她才想明白，难道是她那么做让他觉得太刻意了？所以他其实是更喜欢自然一点的氛围？

“我知道了。”魏南音说。

“下次不用那样了。”陈劭说。

“好。”她又想起他刚才说的话，“陈同学，其实我生病这事你完全不用自责的，当时都是我胁迫你跟我一起出校的，要怪也只能怪我。”

“原来你还知道？”

魏南音悻悻地闭了嘴，转念又想到李亚彤刚才看她的目光，她有点儿惴惴不安。

陈劭刚才表现得很是冷淡，但以她对陈劭及李亚彤的了解，他们两个人很可能是互相有好感的。

她和陈劭是好朋友，刚才陈劭为了维护她这个朋友好像得罪了李亚彤，再加上学校里那些传闻……这会不会让李亚彤误会他俩真有什么不可告人的关系呢？

魏南音越想越觉得这种可能性不小，连徐晶晶这么了解她的人都以为她和陈劭有暧昧，更何况是完全不了解她的李亚彤呢？

“又在瞎想什么？”身边的人突然开口。

魏南音犹豫了一下说：“陈同学，要不要我和李亚彤同学解释一下。”虽然她很不情愿，但为了陈劭，让她去找南石之光解释两句也没什么。

“解释什么？”

“就是……那什么……”

这让她怎么说出口呢？她正纠结着，陈劭又问：“你很在意她的想法吗？”

魏南音不明所以：“当然在意啊！”

陈劭明显意外。

她解释说：“我们是好朋友嘛，你在意的我当然在意了。”

陈劭先是愣了愣，片刻后了然地点头，他嘴角微微勾起，像是很满意：“嗯，不错。”

“不错是什么意思？”

“我在意的你就在意。你有这个觉悟，很不错。”

“所以呢，我到底要不要和她解释一下呢？”

“不用了。”陈劭回答得很干脆。

“为什么？”魏南音问。

“因为……”他回头看着她说，“我根本不在意她怎么想。”

魏南音彻底被他搞蒙了，她仔细地辨别着这句话，这究竟是少年人的口不对心，还是他真的不在意呢？可惜，直到到了图书馆，她也没想明白。

刚刚恢复上课，图书馆里人并不多，陈劭找了靠窗的位置坐下，魏南音还按照封校期间他要求的那样，找了个离他挺远的位置。刚坐下一抬头，就看到陈劭正隔着几张桌子怒瞪她。

魏南音不明所以地眨了眨眼，试图用眼神询问他有什么不满的，但他只是瞪大眼睛看着她。

魏南音以为自己想多了，拿出一套卷子打算做。她想给自己掐算一下时间，这才发现出来得太急，手表忘记带了。看来只能估计一个大概的用时了。

可她刚做没两道题，就听到身边有椅子摩擦地板的声音。她抬起头，是陈劭。

“你怎么过来了？”她问。

“你说呢？”他不答反问。

魏南音：“你不是说自习时要跟你保持距离吗？”

陈劭翻开书：“你是不是脑子不好使？保持距离怎么给你补习？”

这明明是你自己说的啊，魏南音百口莫辩。

陈劭却头也不抬地敲了敲桌面：“做题。”

“哦。”

用时一小时十五分钟，魏南音做完了那套卷子，可拿出答案一对，发现错了不少。

她叹气：“这套太难了。”

陈劭：“这套的难度差不多就是高考的难度。南石之前的考试卷子普遍偏简单。”

“那还简单啊？”

陈劭拿过卷子扫了一遍她的错题，指出几道说："这几道考的都是同一个知识点，你有一道做对了，是因为之前考过类似的题目，但是很明显，你还没有系统地吃透这个知识点，所以做不到举一反三。"

魏南音焦虑地说："对啊，遇到这部分的考题我就头大。"

陈劭说："这样吧，找个时间，我给你系统讲一下这部分的知识点。"

魏南音正要说好，第二节活动课的下课铃声响了。

她说："今天肯定是来不及了，下堂自习老张肯定来，先回教室吧。"

两个人回到教室，魏南音又被张思斌叫去了办公室。张思斌也没有特别的事情，无非是提醒她期末考试快要到了，劝她收收心好好学习。

以前这些话张思斌也没少说，但魏南音都是左耳朵进右耳朵出，一句也没听进去。不过这一次，她确实有了点紧迫感。

例行敲打完她之后，张思斌犹豫了一下说："上一次的成绩……"

魏南音一听就知道他要说什么，连忙说："我知道了，这一次我会凭自己的真本事考一个好成绩的。"

她的这一番话和她的态度明显让张思斌很意外，他愣了愣，然后欣慰地点点头："看来生个小病让你想明白不少事，现在知道学习了就好。你记住，要想考一个好的大学，从现在到高考前的每一刻都不能放松。"

魏南音点头应下，目光瞥见张思斌桌上那个熟悉的小篮子，她犹豫了一下说："张老师，如果我这次能凭着自己的实力留在第一考场的话，您能不能答应我一个要求。"

张思斌挑眉："什么要求？"

魏南音："我想把那几只小鸡要回来。"

张思斌犹豫了一下说："好吧，半个月以后的期末考试，你能考进前四十名，我就让杨老师把那些鸡带过来还给你。"

"好的，谢谢老师。"

这天之后越来越多的人都注意到，一向得过且过不学无术的魏南音突然奋发图强了。

徐晶晶说："南宝，你这么聪明一定可以的！"

闻瑞说："悠着点吧南音，即使考不上A大，考到其他一本学校也很不错啊。你要是喜欢A市，可以去A市其他学校啊。"

这消息传到李亚彤耳朵里时，她对她同桌不屑地说：“临时抱佛脚有什么用？这马上都高三了，最后要是让她考上了A大，那对我们这些一天都不敢耽误的人有什么公平可言？”

魏南音没时间管别人怎么看，她只知道有陈劭这样的同桌，她太幸运了。

他不仅自己学得很透彻，给她讲解起来也是条理清晰。她不会的题目，他总能深入浅出、以点带面地把相关知识点系统地给她讲一遍。不久之后，魏南音发现，连她最不喜欢的物理似乎都没那么讨厌了。

坐在期末考试的考场上，合上书，她发现自己甚至能够猜到老师会出什么题。等拿到卷子后，每一道题的答案也不再是模棱两可了，对每一场考试的结果，也不会再有那种不知道究竟考得好不好的焦虑了。会就是会，不会就是不会，而且不会的东西是什么，她脑子里也非常清晰。

考完所有的科目，虽然还有些科目成绩没有出来，最终结果还没有揭晓，但是她已经很满足了——因为她发现，这种“懂”的感觉，真好。

成绩出来后，魏南音终于凭着自己的实力考进了前四十名，总分569。因为魏南音上一次期中考试进步很大，所以大家对她这一次的成绩就没多意外。

只有徐晶晶知道，她是一下子进步了100多分的，而且这次考试题目的难度和期中那次相当。

徐晶晶说：“南宝你太厉害了！还有一年的时间，这样下去考A大真不是不可能。”

魏南音自己对这个分数不太满意，往年A大的分数线最低也要在670分以上，她这个差距着实不小。

都说这一次的题目有点儿难，但陈劭还是考了703，甚至就连李亚彤也考了682，第三名徐晶晶671。虽然对成绩不太满意，但她的进步是显而易见的，她还是要感谢陈劭。

她说：“谢谢你啊陈同学。”

陈劭却说：“不用谢我，我说了，我愿赌服输。”

原来他还记得运动会后他们打的那个赌。

“要谢，也该谢你自己。”陈劭又说，“这段时间你确实很勤奋，我听你舍友说，你两点前没睡过觉。”

魏南音摸着鼻子嘿嘿笑："这不是笨鸟先飞吗？"

陈劭勾了勾嘴角："确实挺笨的。"

"……"

陈劭说："睡眠不足容易导致记忆力减退、专注力不够，长此以往学习效率肯定会降低，建议你早睡早起，合理分配学习时间。"

魏南音怔了怔，应下："哦，好的。"

陈劭看她一眼又说："为了保证我的时间没有白花，我需要掌握你的作息时间。"

"怎么掌握？"

陈劭："我建议假期结束后，你早上六点起床，六点半坐在教室开始学习，晚上十二点前必须上床准备睡觉。这样吧，早上六点半我也来教室，至于晚上……你睡觉前发个微信给我就行。"

"哦，好的。"总觉得怪怪的，但魏南音还是答应了下来。

期末成绩出来后，各科老师开始布置暑假作业，最后张思斌例行强调安全问题。

他们已经是准考生了，这一次的暑假学校只给学生们留了一个星期的时间在家里休息，一个星期后要回到学校开始上课。

这个消息一宣布，教室里惨叫声连连。众人对学校的安排表示不满，但也仅限于此，因为大家都明白，时间紧迫。

回到宿舍，魏南音和徐晶晶开始收拾回家带的东西。收拾东西时，两个人都不说话，明显情绪都不高。

比起那个冷冰冰的家，魏南音更喜欢学校，而且她的时间有限，在学校，在陈劭身边，她的学习效率明显更高。但她这会儿不高兴是因为这一次的考试成绩没有自己想的那么好。

徐晶晶也注意到了她的情绪，问她："怎么不高兴？"

魏南音坐在床上叹气："没想到我物理才考那么点儿分。"

徐晶晶听了安慰她："别着急啊，你没复习多久就考了这个分数已经很不错了。别人不知道你，我还不知道吗？只要你想学，我们这些人都不如你。"

魏南音却没那么乐观："你快别安慰我了，初中时候的事情怎么能和现在比？那时候是比我聪明的人还没发奋，懂得发奋的没我聪明，拿个第一纯属是我运气好罢了。现在可不是这样了，你看看连南石这种学校厉害的人都这么多，别说九中那种重点高中了。”

徐晶晶说：“你说的厉害的人可不包括我，不过陈劭倒是真厉害。”说到这个，徐晶晶又像打了鸡血一样，“你俩现在怎么样了啊？”

“什么怎么样了？”

“当然是你们俩的关系啊。”徐晶晶翻了个白眼。

“挺好的啊。”

“怎么个好法？”徐晶晶八卦兮兮地问。

魏南音皱眉想了一下说：“就是好朋友那种好呗。”

徐晶晶一听顿时没了兴趣。

魏南音又问：“对了，你怎么不开心，你这次考得挺好的。”

徐晶晶：“还不是因为暑假的事，我哥因为那个项目要晚点儿才能回来，结果正赶上我们上课，我和他完美错开。你呢？你弟弟放假了，你妈最近回来吗？”

提到这个，魏南音没什么精神：“不知道，也没问。”

徐晶晶：“你这次的成绩没和你父母说一下？说了他们肯定开心。”

魏南音也不是没想过，但是一想到上次的事情，她还真不确定父母会怎么想，这么短时间内进步这么多，会不会又以为她成绩有问题？信任这东西就像镜子，一旦出现了裂痕就是无法修补的。

魏南音叹气，如果早知道会是这样，当初还不如实事求是，就算被请家长也没什么大不了。

“高考成绩总不会有什么水分，到时候考得不错的成绩再说吧。”

徐晶晶点头，突然又想起什么：“对了，我哥回来咱们一起吃个饭吧，说说上次你被人抹黑那事，我跟他说了，这回假期他什么也别干了，首要任务就是把那藏在网络背后的阴暗家伙找出来。”

风波过去这么久，学习压力又大，魏南音都快把这件事给忘了，对她来说，只要那人不会再跳出来干扰她的正常生活，查不查，已经无所谓了，但是面对闺密的好意，她还是点了点头。

她说：“那太感谢了，不过天宇哥难得回家来一次，也别光顾着忙我的事，有空的话查一查就好了，实在查不到也无所谓，反正事情过去那么久了。”

徐晶晶："你也太不相信我哥的能力了，放心，肯定替你报仇雪恨。"

告别了徐晶晶，魏南音无精打采地回到家，本来以为又是一个人都没有，一进门却看到放在玄关处的皮鞋。

她换了鞋，立刻朝二楼走去，见魏巡正系着围裙在灶台前忙碌，回头见是她来了，他朝她笑了笑："姑娘回来了？洗洗手准备一下开饭了。"

魏南音："今天又不是周末，爸你怎么回来了？"

魏巡说："你也不告诉我你什么时候放假，我问了老张才知道的，我不是有二十天年假吗？难得休息，怎么也得跟你凑到一起。"

"那你这次休多久？"

"一个礼拜吧，等你回学校上课，我就回单位销假。"

魏巡是部队里一个技术室的主任，官职不大每天却忙得脚不沾地。如果一家人住在一起，哪怕魏巡晚上回家再晚，至少早上还能见上一面，但是自从魏南音小学毕业以后，为了她升学的事情，父母就决定把家安置在市里。

母亲季艳玲为了照顾她，也在市里找了个工作。这样一来，魏南音和母亲还有弟弟就生活在市里。

父亲大部分时间在距离他们四十公里开外的郊区，一般只能周末回来一趟。但他有时周末也要出任务，所以一家人一个月能一起吃上两次晚饭都很难得了。

或许就是因为这个，父母之间感情越来越差，最后甚至闹到顾不得魏南音中考在即也要坚持离婚的地步。

魏巡把切好的葱姜蒜一股脑地倒入锅中，伴随着他头顶上的抽油烟机嗡嗡作响的声音，滚烫的油沾到葱蒜里的水分立刻"吱吱啦啦"地沸腾起来，魏巡从容地拿起锅铲翻炒，炝锅的香气从厨房飘了出来。

好一派人间烟火气，正是魏南音久违的。

魏巡动作很麻利，很快就炒好了一盘木须肉。他笑着看向魏南音："傻站着干什么？赶紧把菜端出去，再炒两个，就可以开饭了。"

魏南音洗了手走到灶台边，发现在她回来之前魏巡已经炒了两个菜。

"这些还不够吗？"她问魏巡，没等魏巡回答她，她就听到楼下开门关门的声音，还有男孩子的吵闹声。

魏巡听到楼下的声音笑了笑："这小子。"

魏南音有点儿意外："妈和弟弟回来了？"

魏巡说："嗯，你弟弟也放假了，你妈就带他回来住几天。"

魏南音有点儿失望，才几天。不过她转念一想还是挺高兴的，虽然只有几天，但也是难得的几天，有总比没有强。

很快弟弟魏洋就上了楼，冲进厨房，也不洗手，直接从盘子里捏了块酱牛肉丢进嘴里。

魏巡毫不客气地给了他后脑勺一巴掌："洗手去！"

魏洋悻悻地去洗手，回来时又是嬉皮笑脸的模样："姐，听说你这次考得特别好。"

魏南音偷偷看了一眼身旁的魏巡，他的目光虽然还停留在锅铲上，但勾起的嘴角暴露了他已经听到了弟弟的话，也暴露了他此时的心情。

魏南音稍稍松了口气说："'特别'算不上，不过比之前好点儿。"

魏洋："不会吧，妈说你每天学到半夜，你又那么会读书，怎么可能成绩不好。"

魏南音没好气："你懂什么？"

姐弟俩正拌着嘴，季艳玲上了楼，毫不客气地把一对儿女轰出了厨房，然后问魏巡："需要帮忙吗？"

魏南音此时没有走远，她一直悄悄留意着厨房里的动静，就见父亲还是那副忙忙碌碌的模样，匆匆回了下头，目光却始终关注着锅里的菜，像是生怕过了火候似的。

"最后一道菜了，你在外面等着开饭就行。"他回答得无比自然，但是熟悉他的人都知道，那躲闪的眼神，还有他微微泛红的耳根，都昭示着他此刻的心情是紧张的。

他话虽然这么说，母亲却没有从厨房里退出来，只是安静地站在父亲身边看着他做饭。

看着父母这些互动，魏南音心中一动——如果只是一家四口一起吃顿饭，父亲也用不着这么紧张，就像上次期中考试后那次一样。难道在封校的这段时间里，他们之间发生了什么事吗？

眼见着魏洋那小子又要往厨房溜，魏南音一把扯住他的衣服后领，二话不说把他往她卧室拖去。

"哎，姐姐姐，什么情况啊？"

进了房间关上房门，魏南音问魏洋：“最近两三个月你们回来过？”

魏洋摸了摸脖子没好气地说：“回来什么呀，流感那段时间，我们学校虽然放假，但妈把我看得可严呢，不让我出门。他们医院比平时还忙，整天不见她回家，我和姥姥、姥爷在家，闷都闷死了。”

流感肆虐那段时间，她也想到母亲作为医生，在医院肯定更容易接触到流感病毒，但母亲是在老干科的，平时也很少接触发热病人，她想应该相对安全。

尤其是她还和母亲通过一次电话，知道她的情况后，也就安心了。但此时听弟弟一说，情况跟她想的似乎不太一样。

魏南音说：“流感跟她有什么关系？”

魏洋挠挠头：“好像是说他们呼吸科人员不足，要抽调人过去帮忙，咱妈以前不是在呼吸科干过吗？就自告奋勇去了。”

听到这个消息魏南音愣住了，原来在她无忧无虑躲在学校里庸碌度日的时候，母亲却在抗击流感的一线，整天和流感病毒作斗争。

“咱爸知道吗？”她问。

“不知怎么就知道了，那天大半夜就跑去姥姥家了，听说妈不在家又追去了医院，我都没见过他那么着急。”

原来如此，魏南音看着厨房的方向不禁笑了笑。

吃过了晚饭，又看了会儿书，竟然就十一点了。想着白天陈劭对她早睡早起的叮嘱，魏南音合上书本，去卫生间洗漱。

洗漱好躺在床上，拿出手机却又犹豫了，就这么发个“晚安”好像怪怪的。

她斟酌了一下，给他发了条微信：“陈同学，睡了吗？”

很快，陈劭的微信回了过来：“没有。要睡了？”

本来就是想要告诉他一声，她很听话地开始早睡了，但是手指放在键盘上又犹豫了。过了一会儿，她回复说：“离十二点还有二十分钟，二十分钟以后就睡了。”

消息发出去，魏南音就盯着聊天界面等着对方回复。“对方正在输入”的字样闪了闪后，她收到陈劭的回话：“你父母对你这次的成绩满意了吗？”

看到他很有默契地跟她聊起别的话题，魏南音心里有点儿高兴：“嗯，好像挺高兴的，毕竟我之前充其量也就能上个一本，现在看，还有希望上更好的大学。”

陈劭：“这几天有不会的题可以发给我。”

魏南音有点儿感动：“陈同学，我这样会不会很浪费你的时间？”

以前对陈劭了解不多的时候，她还真以为这个世界上有那种不怎么学习就能考得很好的天才少年。

可后来随着跟陈劭接触越来越多，她才发现在别人看不到的地方，他不比任何人轻松，他偶尔也会觉得困，觉得累，觉得时间不够用。

即便如此，每当她拿着在他看来或许很简单的问题去问他时，他还是那么耐心地花时间给她解答。

陈劭回：“如果我说会，你可以不再来浪费我时间吗？”

像一阵萧瑟的寒风过境，魏南音片刻前还涌动着的情绪在看到陈劭这句话时，顿时像是被冰封住了一样。她早该知道，他绝对是个破坏气氛的高手。

她回了个委屈的表情，再想说点什么的时候，却发现输入法突然不灵光了。试了几次，没解决。

魏南音想了想，只好暂且终结今晚的聊天。但是也不能就这么直接睡了，总要和对面的人说一声吧。

她犹豫了一下，发了条语音：“快十二点了，晚安啦。”

发过去之后，她等了片刻，见对方没再回应，只好关了手机睡觉。

陈劭看着那个两秒的语音犹豫了一下，还是点了开来，魏南音的声音从手机听筒里传了出来。

她说话的背景很安静，她却依旧担心惊扰到谁似的刻意压低了声音，如同正在他的身边耳语。

这种感觉很奇妙，就像几个月前被杨老师赶出教室的那节课上，她也曾凑到他耳边小声跟他道着歉。想到那一次奇葩的经历，陈劭自己都没有察觉，他竟然在笑。

一周的假期很快就过去了，魏南音在上课的前一天回到学校，依旧是不到十二点就爬上床准备睡觉了。

但是这天晚上她有点儿睡不着——如果陈劭没有忘了之前的约定，

明天早上六点半她就能在教室里见到他了。不知道为什么，想到这个，她就有点儿睡不着。

虽然睡得不早，但魏南音第二天早上还是不到六点就醒了，她简单洗漱了一下，背着书包出了学校。

学校旁边的那家麦当劳从早上六点开始营业，她料想这么早陈劭可能也没吃早饭，就点了两份吉士炒双蛋套餐回学校。

距离六点半还有十分钟，魏南音吃完早餐陈劭还没有来。难道早自习是从明天开始的吗？

魏南音这么想着，心里有点儿失望，她刚拿出英语习题册打算做几篇阅读的时候，教室的门被人从外面推开，陈劭走了进来。

看着他走近，魏南音有一种错觉，只是短短一周没见，但是她感觉他们有很久没见过面了。

他穿着最简单的牛仔裤和白 T 恤，头发剪得干净利落，浑身带着点独属于夏天清晨的草木香，整个人少年气满满。他一进来，整个教室的空气都清新了起来。

陈劭走到她面前，低头看了她片刻："没睡醒呢？"

魏南音这才后知后觉地站起身来，把他让进座位。等陈劭坐回位置上，魏南音把自己帮他带来的早餐推到他面前。

她一脸堆笑："陈同学，还没吃早饭吧？"

陈劭看了桌上的早餐一眼，又看向她，那眼神明显是拒绝的。

魏南音连忙说："你放心！这次我绝对没有搞错，咖啡里加的糖肯定不多。这可是我不到六点就爬起来去买回来的早点啊。"

可陈劭还是说："我吃过早饭了。"

魏南音有点儿失望，不过也不能怪别人，谁让她前科累累呢？她"哦"了一声，正要把早餐拿回来，就见一只白皙修长骨节分明的手从早餐袋子里拿走了那杯咖啡。

"那就喝杯咖啡。"

魏南音见状，立刻又眉开眼笑："那你趁热喝。"

陈劭"嗯"了一声，勾了勾嘴角，似乎在笑。魏南音见他心情不错，自己的心情也跟着好了起来。

她看了眼吉士炒双蛋堡，犹豫了一下问："这个你确定不吃了？"

陈劭：“我早上也吃的这个。”

魏南音朝他微微一笑：“那我吃了啊。”

陈劭微微皱眉：“你给我带了早点，自己还没吃？”

魏南音拿起汉堡咬了一口，含含糊糊地摇摇头：“吃了啊，但是我觉得我还能再吃一个。”

陈劭：“……”

徐晶晶听说魏南音每天早上都和陈劭一起自习，一方面非常羡慕魏南音身边有这么个“人形题库”，也想沾着闺密的光和学霸讨论讨论不会的难题，但是又不好意思去打搅他们的“二人世界”。

徐晶晶说：“要不有什么难题，你帮我请教学霸一下好了。”

一班的好学生最多，一个比一个好学，下了课找老师答疑还要排队，如果身边能有个成绩好的同学就太方便了。

但是在一班，徐晶晶不会的题目大概也就只有李亚彤还有希望解答出来，两个人又是话都不多说一句的关系，所以徐晶晶才舍近求远，想到陈劭。

魏南音说：“行是行，但这样效率是不是有点儿低？我看班上总有同学找他问问题，以后你也来呗，反正多你一个不多。”

徐晶晶：“这不好吧，那些人毕竟是你们班的，我又不是。”

“他脸盲，根本分不清哪些人是我们班的。”

“……”

不管魏南音怎么说，徐晶晶还是觉得以自己和陈劭的关系，这么去找他有点儿不妥。

魏南音回到教室时陈劭正在看书，她试探性地叫他：“陈同学？”

陈劭头也不抬：“又想干什么？”

魏南音：“没想干什么，就是想到你这段时间这么帮我，我特别感动。”

陈劭这才缓缓抬起头来：“有话直说。”

魏南音干笑两声：“你看我问题那么多，时不时地打扰你，你思路总被打断，学习效率肯定会下降吧？”

陈劭：“那你就多动动脑子，少动嘴。”

“我错了我错了。”魏南音立刻赔罪，“所以我有个想法，你干脆开放一个固定的答疑时间怎么样？我或者其他想问你问题的人，都只能在这个固定的答疑时间找你问问题，其他时间不可以。这样一来，你其他时候就不会被打扰了，大家有什么题目都攒着等到答疑时间再问你。”

陈劭眼神暗了暗：“你早上不想来自习了？”

魏南音连忙否认：“当然不是，我发现跟你一起自习效率特别高，就算没有问题要问你，但只要有你在身边，我就觉得我的思路特别清晰，干劲特别足！”

千穿万穿马屁不穿。

陈劭神色稍缓：“那你说的想找我答疑的‘大家’还有谁？”

魏南音干笑两声：“我那个舍友徐晶晶你记得吗？”

眼见着陈劭脸色不太好，魏南音有点儿失望，但也能理解，毕竟她自己已经耽误陈劭很多时间了，她想再带上一个人，陈劭不同意也很正常。

“不行也没关系。”魏南音笑笑。

陈劭从她脸上收回视线，继续低头看书，片刻后突然说：“周日下午，在我家。”

魏南音愣了愣：“什么意思？”

陈劭：“周日下午，固定答疑时间，让你那个舍友一起来吧。”

魏南音都快喜极而泣了：“陈同学，你真好！”

陈劭嫌弃地看她一眼：“吵死了。”

但是转过头看向窗外时，却几不可察地勾了勾嘴角。

闻瑞听说魏南音和徐晶晶都要去陈劭家答疑，说什么也要跟着一起去。虽然他对去陈劭家一点兴趣都没有，但是一想到陈劭是一个人住，而魏南音还要去他家待上一整个下午，他的心就开始惴惴不安起来。既然没理由阻止她去，那他就陪她去好了。

徐晶晶不耐烦：“你有病吧闻瑞，我们是去学习的，你以为去干什么的？”

闻瑞：“就允许你们学习好的人爱学习了？我现在也很爱学习不行吗？”

徐晶晶：“你爱学习自己一边儿学去，别来打扰我们！再说你想跟着去，陈劭同意吗？你这是让南音为难知道吗？”

闻瑞冷笑：“究竟是谁让南音为难啊？我就不信，你不和南音提这种要求，她会主动去找陈劭给你答疑。”

徐晶晶自知理亏，有点儿愧疚地看着魏南音。

魏南音连忙安抚他们：“为难什么啊，我和陈劭现在关系不错，我也就是稍微说了一下，他就同意了。他说那天下午的时间空下来专门给我们答疑，大家都是同学，闻瑞你有问题就一起带着去吧。”

虽然对魏南音所说的她和陈劭关系不错的事情让闻瑞很恼火，但见目的达成，闻瑞也不再多想，得意扬扬地朝着徐晶晶露出个胜利者的笑容。

徐晶晶撇了撇嘴：“白痴。”

虽然不是第一次去陈劭家了，但是这一次和上次不一样，她还带着俩朋友，总有一种拖家带口的感觉。她觉得这一次不能空手去，于是周五放了学她就背着徐晶晶和闻瑞悄悄去了最近的商场。

没有什么送礼物给男同学的经验，白白浪费了好长时间还是什么也没选到。最后不得已，她求助了一家男装店的阿姨，阿姨极力推荐她选一件衬衫。

魏南音一开始是不愿意的，毕竟买衬衫给对方，听着就有点儿暧昧，但当她看到那件棉布蓝色格纹衬衫时，又觉得这就是陈劭的衣服。所幸价位也能接受，她就没再多想买了下来。回到宿舍趁着徐晶晶不注意，她将衬衫偷偷塞进了柜子里。

第二天中午吃过午饭，眼见着和徐晶晶、闻瑞约好出发去陈劭家的时间要到了，她又被老张一个电话叫到了办公室。

其实也没什么事，老张就是突然想到她，关心一下她最近的学习和生活。但是这么一关心，时间就有点儿来不及了。她只好让徐晶晶出来时顺便把她放在柜子里的礼物带下来。

徐晶晶打开魏南音的储物柜，发现她说的那种白色礼品袋竟然有两个，虽然包装上有些不同，但不仔细看也看不出来什么，都很精美，还有丝带系着，都看不出里面是什么。

徐晶晶以为这两个袋子里装的东西也大同小异，于是随便拎起其中一个出了门。

两个人碰了面，徐晶晶把礼品袋给了魏南音：“你看下没错吧？”

魏南音因为心虚也没仔细看，别别扭扭地接了过去。

徐晶晶问："这是什么呀？"

魏南音："没什么，总不能空手去，随便选的。"

徐晶晶一拍脑门："多亏了你提醒，怎么办，我带点什么好呢？"

魏南音："有我这一份礼物就够了，你放心吧，他不在意这些啦。"

徐晶晶说："他不在意是他的事，我送不送是我的事。我看一会儿在路上买点零食好了。"

徐晶晶又看了一眼魏南音手上的礼品袋："这袋子怎么有点儿眼熟呢？虽然没有什么商标标识，但是这个袋子的花纹很眼熟。"

魏南音生怕徐晶晶想起这是某个男装品牌的包装袋，连忙打岔："前面有个超市。"

徐晶晶在超市里挑选了一大袋零食，很快又和闻瑞会合。闻瑞见两个女孩子都带了东西，虽然他很不情愿，但让他真这么空着手去，他也不好意思，最后干脆在路过的花店买了束花。

看着手里的百合，闻瑞自己都忍不住鄙视自己。他这算什么？对待陈劭不说像秋风扫落叶一样冷酷，竟然还厚着脸皮未经对方同意就跑去对方家里，甚至还要给对方送花。想想那画面，他想给自己送个花圈。

让他心情更差的是，他不但要忍受着自己内心的煎熬，还要一路遭受着徐晶晶的白眼和无情的嘲讽。好在离陈劭家越来越近，徐晶晶似乎也忐忑起来，顾不上再嘲讽他了。

很快就到了陈劭家门口，三人相视一眼，徐晶晶和闻瑞都不自觉地往后缩了缩。魏南音本来还不算紧张，被他们这么一搞也紧张了起来。

她深吸一口气，按响了门铃，不一会儿就听到有拖鞋踢踢踏踏摩擦地板的声音。下一秒，门"啪嗒"一声被人从里面推开，陈劭穿着一身很居家的休闲长裤和白色棉布 T 恤出现在了他们面前。

陈劭一打开门，就看到魏南音那张明显糖分超标的笑脸，他心里顿时闪过一丝不好的预感。等再一看，才注意到，她身后站着的不光是她那个舍友，竟然还多了个闻瑞。

这是当他家托管班呢？什么人都带来了！而且闻瑞手上那捧花是怎么回事？

第九章

陈劭把几人让进房内。

徐晶晶悄悄打量了一眼房间里的布置，问陈劭：“用换鞋吗？”

陈劭朝着里面的卧室走去：“不用，你们随便坐，我去拿下课本。”

他一离开，徐晶晶立刻做出一副花痴的表情：“南音，我真羡慕你。”

魏南音：“羡慕我什么？”

徐晶晶：“每天都能和校草近距离独处，是个女生就得羡慕你吧。”

魏南音还没来得及不好意思，就听闻瑞说：“南音是为了学习，你别用你那龌龊的思想影响人家。”

徐晶晶：“嘁！我和南音说话又没和你说话，哪有你酸的份儿。”

两个人也不顾及此时还在陈劭家，很快就展开了又一轮针尖对麦芒的唇枪舌剑。

魏南音的内心是崩溃的，她真担心一会儿陈劭会一怒之下把他们一起请出去。还好陈劭一出来，两个人很识相地闭了嘴。

徐晶晶连忙递上自己带来的零食，魏南音见状，也连忙把自己带来的不知道是什么东西的礼物送了出去：“陈同学，这是我的一点小心意，相信你能用得上。”

陈劭有点儿意外地看了魏南音一眼：“是什么？”

魏南音有点儿心虚：“总之就是你肯定需要的东西。”

陈劭点头，没说什么，他抬头看向闻瑞手里的花："也是送我的？"

闻瑞没好气地"嗯"了一声，正要把手上的花递给陈劭，陈劭却后退一步："不好意思，我对花粉过敏。"

说完他走到餐桌边，张罗几人入座。闻瑞只好先把花放在门口，才跟着坐到餐桌边。

陈劭拿出两套卷子，分别递给魏南音和徐晶晶，到闻瑞那儿时，他没什么歉意地说："不好意思，只准备了两份。"

闻瑞正要说什么，魏南音把自己那份卷子放在了他们中间："没事，一起看吧。"

闻瑞突然觉得，不管之前再怎么屈辱，这一刻也让之前的所有都值了。他得意扬扬地看了眼陈劭，陈劭面无表情地移开目光。

"一个半小时后讲答案，后面是你们准备的其他题目的答疑。"

接下来的学习过程倒是很顺利，只不过闻瑞的基础的确比其他几人差不少，很多非常基础的题目他也不会。

魏南音知道他不好意思拿这些没难度的题目去问陈劭，于是在徐晶晶和陈劭讨论题目的时候耐心地给闻瑞讲解起来，遇到大家都不会的再让陈劭一起讲给大家。

一个下午的时间很快就过去了，他们三个人从陈劭家出来时天都快黑了。回去的路上徐晶晶和闻瑞还是吵吵闹闹的谁也不让谁，魏南音却有点儿忧心。

她总觉得今天的陈劭有点儿不太高兴，难道是因为她没经他同意多带了一个人去他家学习吗？

很快她就否定了这个猜测，她知道陈劭不是那么小气的人，但是不知道是不是她的错觉，她总觉得陈劭和闻瑞之间的气场有点儿奇怪，可要说真的过节，好像又没有。

魏南音他们走后，陈劭收拾东西时又看到魏南音带来的礼物袋。他犹豫了一下，放下手上的书本拿出了里面的盒子。

其实他经常在书桌里发现不知道谁塞进去的花花绿绿的卡片和各式各样的礼物，起初他还会好奇地打开看看，后来发现都是没什么营养且大同小异的内容，就拆都懒得拆开了。

处理这些礼物很麻烦，扔掉显得太不尊重人，所以他干脆直接放进床底的储物箱里。然而储物箱空间有限，他隔段时间就要清理一下，所以后来这些礼物已经成了他的困扰。

魏南音说这一定是他需要的，他突然有点儿好奇，在她看来他很需要的东西会是什么呢？这或许是陈劭平生第一次怀着一种好奇又略带期待的心情拆开了一个女生送的礼物。

当看到盒子里的东西时，他的心情是复杂的。他犹豫了一下，拎起那件粉红色的少女内衣看了看。

他需要这个？这是什么暗示？

陈劭的内心很混乱，他也说不清楚自己此刻是什么样的心情。这时候，他家门铃又响了。他看了眼时间，才想起来今晚还约了蒋易一起吃饭。他把那内衣匆匆收进卧室的衣柜里，走去开门。

蒋易大大咧咧地进了门："你屋里藏了人啊，这么慢。"

陈劭扫了一眼他湿漉漉的头发："刚从拳击馆过来？"

蒋易四仰八叉地坐在沙发上："嗯，你不去我一个人无聊死了。哎，你不会这一年都不去了吧？一周就半天时间，你这种学霸缺这半天吗？再说这不也算劳逸结合吗？"

陈劭没接他的话，从现在开始他们学校一周只休息一天，他还答应了魏南音拿出半天时间给他们补习，确实没有时间再去练拳了。

他说："你等我一下，换个衣服出去吃吧。"

"行，我早饿了。"

陈劭刚走进卧室就听到客厅里的蒋易问他："你家有什么吃的能先垫垫肚子吗？"

他突然想到桌上那袋子零食，顿时有了不太好的预感，可是一切都已经来不及了。

蒋易："咦，哪来这么多零食？你不是从来不吃这些吗？"

陈劭没回话，迅速换好衣服走出卧室。

蒋易正翻着袋子里的东西："肉干、杏仁、果冻……看着好像都是女孩子爱吃的东西……"

陈劭："哪儿那么多废话？你不想吃这些正好出去吃饭。"

蒋易抬起头狐疑地看着他："劭哥，不够意思啊，你这是有情况啊。"

陈劭有点儿不耐烦："能有什么情况？你走不走？"

"那么急着走干吗？"蒋易注意到他身后紧闭着的卧室房门，突然有了个大胆的猜测，"你房里不会真藏个姑娘吧？"

说着，他趁着陈劭还没反应过来时冲进了房内。可惜的是，犄角旮旯甚至窗帘后面都看过了，并没有什么人，他抬头再看着站在门前脸色明显不太好的陈劭。

陈劭双手插在运动长裤的口袋里，冷冷地看着蒋易："现在是不是可以走了？"

蒋易心虚地笑了笑："是是是，饿死我了。"

正当他经过衣柜前时，发现衣柜门没有关好，似乎是刚才被人打开过，他脑子里迅速出现一个大胆的猜测。几乎是与此同时，他的动作比脑子快，"唰"的一下打开了衣柜门。

一目了然，这柜子里除了衣服没有别的东西，但就在他打开柜门的一刹那，有一件东西滚落了出来，正好掉到了他的脚上。很轻巧，很柔软，还是粉红色的。蒋易犹豫了一下，弯腰捡起来。

刚才来不及把那件内衣装回盒子里，所以此时盒子还在卧室的沙发上丢着，只有内衣被陈劭情急之下塞进了衣柜里。

当他看到蒋易去开柜门时就心知不好，此刻他的内心是崩溃的，再看某人，像挖到了宝一样。

蒋易惊喜地看着陈劭："进展这么快吗劭哥？"

陈劭面无表情，从他手上拿过那件内衣重新放进柜子："你想多了。"

蒋易不依不饶："南石真是人杰地灵啊，是哪位姑娘？也给我介绍介绍啊。"

陈劭："我看今晚的饭你也不想吃了。"

"别啊，饭当然要吃，叫上姑娘一起，我请客！"

陈劭无奈，他也不知道该怎么解释这件事，总不能说是魏南音认为他需要这个所以就送他一件吧？这听起来好像更古怪。

"你想多了，没什么姑娘。"说着他换好了鞋，出了门。

蒋易跟在他身后："是谁？是不是你那位小同桌？"

陈劭面儿上的神色依旧冷冷的，无论蒋易说什么，他都好像没听见一样，但在蒋易提起魏南音的那一刹那，他脚步不由得微微一滞。

这一个小细节被蒋易看在眼里，他自认为对陈劭足够了解，陈劭这反应足以证明他猜对了。

他得意扬扬地说："其实没今天这事我也早就看出来了，她如果只是个普通同学，上次能请得动你去救场吗？还有那次在'零度'，你不知道你自己看她的眼神多么温柔。"

想起这些事，陈劭有片刻的失神。但很快又恢复了惯有的神情，看着蒋易那张八卦兮兮的脸说："知道电视剧里什么样的人活不过三集吗？"

蒋易："什么样的人？"

陈劭："话多的人。你今晚的话，足以凑够三集的台词了。"

第二天是周一，魏南音早上走得早，前一天的作业忘带了，就让徐晶晶顺便带来教室。

两个人在走廊说话时正好遇到了李亚彤，李亚彤还像往常一样选择性眼盲，好像没看到两个人一样目不斜视地走了过去。

魏南音对她这态度早已习以为常，也没当回事，徐晶晶却望着她离开的背影若有所思。

"想什么呢？"魏南音问。

徐晶晶："我好像想起来为什么我觉得那袋子眼熟了。"

魏南音："哪个袋子？"

"就是你送给陈校草的礼物，你老实说，哪儿来的？"

魏南音有点儿莫名其妙："当然是买的，还能是哪儿来的？"

徐晶晶狐疑地看她："不是你生日那天李亚彤送给你的？"

魏南音正要反驳，突然又想到了什么，不会这么乌龙吧？！

"你从我柜子里拿东西时只有这一个袋子吗？"

徐晶晶被她这么一问，也心虚起来："不是啊，有两个，但我看都差不多……"

两个人也顾不上其他了，趁着课间跑回宿舍。魏南音从柜子里拿出剩下的那个礼品袋，打开一看，不正是她买给陈劭的那件衬衫吗？既然衬衫在这里，那么送给陈劭的究竟是什么？

徐晶晶一脸歉意："对不住啊南音。"

魏南音无所谓地摆摆手："不怪你，是我自己也可能拿错，我当时拎了一路也没认出来。"

徐晶晶："那现在怎么办？"

魏南音还抱着一丝侥幸："那东西应该是李亚彤送我的生日礼物，说不准也适合陈劭呢。"

生日那天过后，魏南音根本就没打开看过，她依稀记得当时李亚彤好像说就是学生用的。

徐晶晶无比懊悔又怜悯地看着她："你还不知道那礼物是什么吧？"

魏南音："我拿回来就没打开过，怎么了？"

徐晶晶："我那天不是觉得那个袋子上的花纹眼熟吗？如果是李亚彤送给你的，我大概想起来在哪儿看过了。"

魏南音心里生起一丝不好的预感："在哪儿？"

徐晶晶："如果我没记错，那个袋子和李亚彤她妈代理的那家内衣品牌的包装袋是一样的，以前李亚彤还在朋友圈里发过。"

也就是说，那里面很可能是一件学生内衣？

魏南音的内心是崩溃的，她简直不敢想象，陈劭看到她送他的是一件少女内衣时会怎么想。

魏南音："她朋友圈现在还能看到吗？赶紧确认一下到底是不是。"

徐晶晶立刻从床上找到手机。李亚彤的朋友圈发得很频繁，除了一些鸡汤，还有不少假装是别人拍的但其实是自拍的照片，这导致两个人翻了很久才翻到一年前的一条带着九宫格的小广告，其中有一张是礼盒照片，果然就跟她送给陈劭的那个一模一样。

看到这里，两个人对视一眼，魏南音讷讷地问："怎么办？"

徐晶晶突然福至心灵："这也不一定就是坏事，说不准你和学霸的关系就要有质的飞跃了！"

"什么质的飞跃？"魏南音没好气地白了她一眼，"什么时候了你还有心思开我玩笑。"

徐晶晶："这怎么是玩笑？这都是合理分析。对了，学霸今天早上的表现有什么不寻常的吗？"

魏南音仔细回想了一下早自习的情形："好像没什么不正常的。"

徐晶晶皱眉："可能还没看到你送他的礼物。"

魏南音点头，以她对陈劭的了解，这种可能性很大。

徐晶晶："要不你直接问问好了，他到底有没有看到你的礼物，然后咱们再商议下一步对策。"

现如今也只能是这样了。

回到教室，魏南音再看陈劭时，就有点儿不太自在。可能是她偷窥他的目光太过炙热，导致视线始终没有离开过书本的他也感受到了。

他抬起头："有话就说。"

魏南音嘿嘿一笑："也没什么事，就想问问你，我送你的礼物你看了吗？"

问出这句话时，她的内心无比忐忑，更让她忐忑的是，陈劭没有立刻回答她。他就那样看着她，像是要从她脸上寻找到什么似的。

她的心跳越来越快，就当她心灰意冷地打算认命时，他却又垂下眼帘继续低头看书："还没看。"

魏南音大大地松了口气。

"是什么东西，你很希望我看到吗？"陈劭问。

"不是！不是！"魏南音想都没想立刻否认。

陈劭微微挑眉："你不希望我看到？"

送别人礼物还不希望人家看到这也说不过去，魏南音赔着笑说："当然不是，我就是想说也不是什么特别的礼物，你有空的时候看下就行。"

陈劭似乎突然来了兴趣："不是什么特别的礼物，那到底是什么？"

魏南音苦笑："既然是礼物，我说了就没意思了，还是你自己看吧。"

陈劭点头："不过只能周末回家再拆了。"

听到这句话，魏南音暗自庆幸，这真是不幸中的万幸——还有一周的时间给她想个合适的理由，她到底为什么会送他一件少女内衣。然而想了一整天，也没想到一个合适的理由。

总算熬到了放学，和徐晶晶一起吃晚饭的时候，魏南音把情况简单说明了一下："你快帮我想想，到时候怎么说能死得不那么惨？"

徐晶晶皱眉想了片刻说："情况或许还没那么糟糕。"

"什么意思？"魏南音问。

徐晶晶说："就算陈劭想拆礼物，最早也得是周六放学吧？"

魏南音点点头：“一般情况下他确实不会回家住。”

徐晶晶：“那你就找个机会，在他拆礼物之前去把那东西再偷回来。”

魏南音有点儿犹豫：“他回头找不到了，会不会怀疑是我拿走的？”

“你傻啊？谁会把自己送出去的东西再偷回来？而且他发现礼物找不到了，最多也只会怀疑自己不小心放在哪儿了。不过……”徐晶晶皱眉，“你真的要错过这次和陈劭敞开心扉的好机会吗？”

“徐晶晶！”魏南音没好气。

一周的时间很快就过去了，周六放学后，魏南音故意磨磨蹭蹭地没有立刻离开教室。见陈劭背着书包离开后，她才跟着他出了教室。

陈劭没有去宿舍，而是直接去了车棚，没一会儿，她就见他骑着他那辆公路赛车从车棚出来，直奔校门口的方向。

他这是回家了！魏南音立刻紧张起来，也直接出了学校，打了辆车去陈劭家。

为了保证他没有时间回去拆礼物，她必须要在他到家前就赶到他家附近，然后在他回家不久后立刻上门找他，找个借口绊住他，这样她就有机会在他拆礼物之前把那礼物偷回来了。

魏南音掐算着时间，看着陈劭走进单元门十分钟后，她也跟着进了单元门。

陈劭开门看到她时明显有点儿意外：“你怎么来了？”

魏南音偷偷扫了眼他身上的衣服，还和在学校时穿的一样，也就是说她时间掐算得很精确，他进门后还没来得及换衣服，也就更没时间做别的事了。

她朝他露出个大大的笑容：“我有道物理题不会，想请教你一下。”

最初看到她时的意外已经从他脸上消失不见，陈劭问：“在学校时怎么不问？”

“那会儿没想起来。”

陈劭：“明天就是周日了。”言外之意就是明天就到了集中答疑的时间了。

魏南音讪笑：“这道题目我解了半天也没解出来，今天要是解不出来我怕我整晚都睡不好，所以不好意思，耽误你一小会儿。”

陈劭若有所思地看她一眼，让开门口的位置："先进来吧。"

魏南音连忙跟着进了他家。

陈劭问："哪道题？"

魏南音打开书包，手上翻着书包里的书本，目光却在大厅里的各个角落逡巡着。很快她得出一个结论，礼物不在客厅。

"找到没有？"这个声音明显已经有点儿不耐烦了。

魏南音随手抽出一本练习册："找到了找到了。"

陈劭扫了一眼那本练习册挑眉看她："你说的是这本上的题目？"

魏南音点头："对啊。"

"这是数学，我怎么记得你刚才说的是物理。"

魏南音立刻说："哦哦，其实是数学，刚才可能说错了。"

还好陈劭似乎也没多想，问她："哪道题？"

魏南音心不在焉地翻着手上的练习册，脑子里飞快地想着怎么支开陈劭，找个机会去他卧室看看。

想到这里，她突然停下动作说："陈同学，我有点儿渴，能不能帮我倒杯水，哦不是，我想喝杯热茶，你家有吗？"

陈劭皱眉看了她一眼说："你等我一下。"然后起身去了厨房。

机会只此一次！

看着陈劭走进厨房，魏南音看准时机，溜进了他的卧室。她知道自己此时的行为不太友好，一会儿被陈劭看到她在他家乱走也会很尴尬。但是比起被他发现那件内衣，她宁愿接受这种尴尬。

她来他家几次，进他的卧室这还是头一次。卧室的风格和客厅一样，都是黑白极简风。

卧室里的家具也很少，除了沙发和床，能放东西的只有床边的一个床头柜，以及对床摆放的一个大衣柜了。

沙发和床上一目了然，被收拾得干干净净，上面什么都没有。床头柜下的小抽屉空间有限，很显然放不下那个盒子。她的目光最后锁定在了那个衣柜上，站在衣柜面前，她没有犹豫太久就伸手拉开了柜门。

扑面而来的是她所熟悉的那种独属于陈劭的味道，淡淡的柠檬味，还掺着点冷冽的薄荷香。这种被他的气息包裹着的感觉很奇怪，让她本就因为紧张而略微过速的心跳更加快了。

她深吸一口气，迅速扫视着柜子里的东西。衣柜里面东西不多，T恤、运动服这些衣服被整整齐齐按类别码放好，衬衫还有外套一件件被熨烫得板板整整挂在衣架上。

想不到一个男生的衣柜竟然收拾得比她的还整洁。魏南音一边儿在心里感慨着，一边儿继续寻找着目标。最后，在衣柜下层的一个角落里她看到了那个礼品袋。

她心下一喜立刻拿出来看，里面礼品盒上的丝带还系得好好的，不像有人拆开过的样子。

她暗暗松了口气，但还是不能完全放心。她瞥了眼房门的方向，陈劭似乎还没注意到她在卧室，于是她快速拆开绑成蝴蝶结的丝带。

想着一会儿要把这东西带走，她索性一边儿拆一边儿就把包装塞进了自己带来的那个超大号的双肩背包里。

最后盒子打开，里面是内衣没错，还是件粉红色的内衣，样子很少女，是她很喜欢的那种款式，不过这尺码……魏南音撇撇嘴，李亚彤也太小看她了。

正当她对着这件尺码不合适的内衣略表遗憾的时候，房间门突然被人推开，她下意识地回过头。

陈劭正站在门口问她："你在这儿干什么？"

她第一反应是想把手上的内衣藏起来，但明显已经来不及了，他的目光正停留在她手上的内衣上。电光石火之间，魏南音迅速想到一个还算合理的解释。

她语速飞快地说："刚才来的路上买了件内衣，买的时候没试，我怕不合适，刚才就……"

陈劭微微挑眉："你在我房间里试内衣？"

魏南音干笑一声说："其实也就是比画了一下……呵呵，还好比画了一下，这号码我怕是不合适，一会儿我回去时正好换一下。"

明知道她在胡扯，但听到这句话后，陈劭的视线还是不由得从她那张毫无诚意的脸上渐渐下移。

光影交错间，她懵懂地站在那里，周身是金色的残阳，她明艳却略显稚嫩的脸隐在斑驳的暗影处，那双湿漉漉的眼睛分外明亮。

此时她正看着他，让他不由得想到初夏时节荷塘边含苞待放、亭亭玉立的荷。她的存在，让这间几乎没什么色彩的房间瞬间不一样起来。

好像过了一个世纪，陈劭才移开视线，转身出了卧室："来喝你的茶，喝完讲题。"

听到这句话，魏南音如蒙大赦地拍了拍胸口。就在刚才他盯着她看的时候，她还以为她的小伎俩已经被识破了，原来只是虚惊一场。她迅速把那件内衣塞进书包里，小跑着出了卧室。

魏南音走后，陈劭回到卧室打开衣柜。如他所料，那个装着少女内衣的礼品袋已经不见了。让他意外的是，柜子里又多了个类似的礼品袋。

他犹豫了一下，拿出来打开看，里面竟然是一件衬衫。看着这件衬衫，他不由得就笑了，亏他之前还想那么多，她那么简单的人，哪来那么多弯弯绕呢？

很明显是送错了礼物，不过她那么没心没肺的一个人，知不知道送男生衣服代表着什么？

几乎是这个问题一出现，陈劭就泄气地想，还是不要用常人的想法来衡量她了，她可能只是单纯觉得这件衣服适合他。

陈劭并没有把这个小插曲放在心上，但是不知道为什么，这天傍晚，她在他卧室中的那一幕总是出现在他的脑海中。

魏南音这次考试成绩不错，顺利地从张思斌那儿要回了那几只小鸡。但宿舍里是肯定不能再养了，家里就更不合适了。

魏南音左思右想，决定在学校其他地方给小鸡们搭个窝，她只需要定期去喂一喂它们就好了。

最后找来找去，想不被人发现的地方只能是后山坡附近了。给鸡窝选好了址，又买了两个特大号鸟笼外加一些铜网，魏南音花了半节活动课的时间顺利搭建好了鸡窝。

看着自己的杰作，魏南音觉得这必须得找人分享一下，而这个人非陈劭莫属，毕竟除了她以外，对小鸡们最熟悉的就是陈劭了。于是她找了个同学给陈劭带话，让他去一下后山坡。

听到魏南音让人带的话的时候陈劭正在看书，他看了一眼带话的同学，没有说什么，让他离开了。

似乎是怕他不去，魏南音又找了另一位同学，带话说她有东西要给陈劭，就在那里等他。

陈劭本来想继续不当回事的，但是不知道为什么，就觉得这书越看越不顺眼。片刻后，他放下书，起身往教室外走。

走到半路，他突然又想起之前在后山坡遭遇张思斌的事情。根据以往的经验，但凡是和魏南音沾上边的就没什么好事，这次不会又遇到什么让人意想不到的事情吧？

他突然有点儿后悔，早知道出来的时候拿本书也好，万一又遇到教导主任，他还能说是在给她补习，但此时他离教室已经有点儿远了。

正犹豫要不要回去拿，就看到刘明明正迎面走来，手上拎着一个黑塑料袋，袋子里装着东西，看形状应该是本书。

刘明明看见他，很高兴地叫了声“劭哥”。陈劭点点头，错身而过时突然叫住他。

刘明明回头：“什么事啊劭哥？”

陈劭扫了一眼他手上的塑料袋：“袋子里是书吗？”

“对啊。”不知道为什么，刘明明的表情有点儿古怪。

陈劭说：“借用一下，一会儿还你。”说着他从刘明明手里拿过了那个袋子，快步往后山坡的方向走去。

刘明明在身后叫他：“哎不是……劭哥……”

陈劭不知道今天的刘明明是怎么回事，平时挺大方的一个人，今天借他一本书却吞吞吐吐别别扭扭。陈劭也没多想，很快他就在他和魏南音上次被抓的地方看到了她。

魏南音坐在一块大石头上百无聊赖地用树枝在地上写写画画，片刻后抬头看到他，眼睛一亮，从石头上跳了下来。看到她朝自己小跑过来，他的心情莫名就放松了下来。

魏南音找了两个人带话，等了半天不见人影，本来以为他不会来的，正当她打算回教室时，他竟然找来了。

她就知道陈劭骨子里并不像他表现出的那么冷漠，而且他们现在怎么说也是朋友了，他对她果然还是有所不同的。

“还以为你不来了。”她笑嘻嘻地说。

陈劭冷冷地问：“什么事？”

魏南音朝他招了招手：“给你看样东西。”

陈劭狐疑地跟着她绕过一个小土坡，在那个土坡后，一个不显眼的地方竟然搭了个鸡窝。原来她不见了半节课，就是来干这事了。

他回头看她："你叫我来就是要给我看这个？"

"对啊。"魏南音点头，"它们毕竟是跟咱一起熬过了流感的鸡，我猜你对它们也是有点儿感情的，所以我安置好它们后第一个叫你来看。"

陈劭冷笑一声："不好意思，我和它们没什么感情，所以下次这种事不用叫我了。"说着他转身就要走。

"哎……"魏南音想叫住他，情急之下脚没站稳，直接从那小坡上摔了下去。

陈劭听到声音下意识回头，见她摔倒连忙过来拉她，但为时已晚，魏南音已经结结实实坐在了坡下，那姿势不可谓不狼狈。两个人就这么隔坡相望了片刻，还是几声"咕咕"的鸡叫声打破了这一刻的尴尬。

还好小土坡不算高，陈劭人高腿长一步就跨了下来，走到惨兮兮的她面前，无奈地朝她伸出一只手。

魏南音觉得丢人极了，很快她又释然了。反正也不是第一次了，想必陈劭早已经习惯了吧。

她别别扭扭地朝他笑了笑，最后还是伸出一只手，搭在他的那只手上，借着他的力道站起身来。这么一站，她立刻疼得直抽气。

陈劭问："伤到哪儿了？"

魏南音哭丧着脸："好像是左脚。"

陈劭："试着活动一下脚腕，能动吗？"

魏南音依言动了动，好像没什么大事，但就是痛。

陈劭见状似乎松了口气："应该没事，歇会儿就好了。"说着他扫了眼周围，目光最后落在魏南音刚才坐过的那块大石头上，"到那儿去歇一下吧。"

魏南音点点头，刚要挪动步子，又意识到左脚好像暂时使不上力。陈劭也注意到了这一点，黑着脸将她的一条胳膊搭在他的肩膀上。两个人的身高差的不是一星半点，这样一来，魏南音就像是挂在了他身上。

两个人离得这么近，他身上那种独特的柠檬味道掺着淡淡的属于沐浴液或者洗发水的薄荷味，以及男生身上独有的汗味，让她有一瞬间的心猿意马。还好，很快就到了那块大石头边。

被他扶着坐在石头上，魏南音不好意思地笑笑："也不知道是怎么回事啊陈同学，好像每次遇到你都得给你添点麻烦啊。"

陈劭冷笑："你也知道。"

两个人就这么一坐一站，一时间谁也没再说话。

夏风吹过，带来一阵淡淡的草木花香。魏南音微微仰头，看着风吹来的方向。

头顶上树冠遮不住的地方露出一片形状不规则的碧蓝天空，上面还点缀着两朵轻薄的云纱。天气这么好，她都有点儿不想回教室了。

好一会儿，她才想起来身边还有个陈劭。她回头看他，正巧见到他的视线从她身上移开，看向别处，估计是等得不耐烦了吧。

魏南音立刻善解人意地试着活动了一下脚腕，然后说："现在果然没有刚才那么疼了，再歇一会儿我自己走回教室应该不成问题了。"

陈劭只是淡淡"嗯"了一声。

魏南音犹豫了一下，有点儿不情愿地说："要不你先回去？"

陈劭瞥了眼她的脚腕说："要是一会儿你自己回不去呢？还不是又得我来接你？"

这话说得暧昧，但他们似乎都没多想。魏南音嘿嘿一笑："也是哦，那你别站着了。"

她拍了拍身边的位置："你也来坐会儿，咱们十分钟后就往回走。"

陈劭没说什么，跟她隔着半个人的距离坐了下来。

魏南音这才注意到他手上还拎着东西，她问他："那是什么？"

陈劭："书。"

"你怎么还带着书来？"

陈劭正要说话，突然听到一阵笑声，声音很独特，正是属于他们的英语老师杨老师的，听声音大小，似乎离他们已经很近了。

两个人不由得相视一眼，魏南音暗叫不妙，这一次不会又那么巧吧？她只祈祷来的只有杨老师没有张思斌。转念又意识到不对啊，他们又没做什么亏心事，为什么这么心虚呢？

魏南音正纠结着要不要先躲一下，可显然已经来不及了，一个仿佛来自地狱的声音在他们身后响起。

张思斌的声音明显带着疑惑和危险的警告："魏南音？陈劭？"

魏南音尴尬地回头："张老师……"

不出所料，张思斌的目光在两个人脸上扫了个来回后，他的脸色就不太好看了："你们在这儿干什么？"

"我们……"两个人在看到张思斌的那一刻就都站了起来，魏南音也早忘了脚腕疼了，这时候想说自己扭了脚怕是也没人信了。

她扫了一眼自己，又看向陈劭，还好陈劭带了书，于是她急中生智胡扯道："陈同学在帮我补习，这门一直是我的短腿科目，但是陈同学非常擅长，所以我们也是互通有无互帮互助嘛。"

"真的？"张思斌明显还很怀疑。

魏南音看了眼陈劭，他平静的表情好像给了她鼓励，于是她肯定地点点头指了指陈劭手上的塑料袋说："当然了，不信您看，陈同学还带了资料来，我们正打算讨论呢。"

张思斌狐疑地看着两个人："什么资料？我看看。"

陈劭的心情很平静，他就知道和魏南音在一起总会有"惊喜"。还好他早有准备，在张思斌看向他时就从善如流地把手上的袋子递给了他。

书刚递上去，杨老师先扫了一眼，立刻惊慌失措地"啊"了一声，然后就满面羞红地移开了视线。

张思斌更是怒不可遏："你俩！你俩……"

魏南音和陈劭都有点儿不知所措，这才去看张思斌手里的那本书，既不是课本，也不是什么练习册，那就是一本杂志，封面图片让人脸红心跳。

她第一反应是不可置信地去看陈劭，想不到一向一本正经的他在她看不见的时候竟然是这样的！

此时的陈劭也是震惊的，刘明明竟然看这种书！他想替自己说几句话，却不知道从哪儿说起，再看两位老师还有魏南音看他的眼神，他渐渐平静了下来——现在说什么怕是也没人信了。

"这是谁的？"张思斌怒不可遏地问，问完似乎又觉得多余，直接看向魏南音，"魏南音你解释一下。"

魏南音正偷偷瞄着陈劭，暗自腹诽人不可貌相，突然听到张思斌这句话，一时间没反应过来。

都人赃并获了，还问这书是谁的？她渐渐从刚才的震惊中回过神来，眼下只剩下满腔的愤愤不平了！

她真有点儿搞不懂张思斌的脑回路，那杂志分明就是男生看的啊！一个是血气方刚的青春期小伙，一个是懵懂无知的单纯少女，要找这本杂志的主人，有那么难吗？

这样的送分题，老张还至于多此一问？可见在他心里，她是什么样的人！

正当她要开口辩解，却听到一个清冷的声音响起："我的，和她没关系。"

魏南音在心里暗暗欣慰，看来有的时候陈劭还是能有点儿担当的。

张思斌挑眉看向他："你俩为什么在这儿？到底怎么回事？给我说清楚！"

陈劭看了一眼魏南音，不自在地咳嗽了一声说："确实是魏南音约我给她补习物理的，不过刚才我走得急，也没看清楚，从书包里随便拿了一本我以为是物理习题册的书。"

张思斌听完似乎松了口气，但还是恨铁不成钢地说："这是你一个学生该看的书吗？"

这一次，陈劭没有回答，而是目光坦然地看着张思斌。

张思斌痛心疾首："我没记错的话，这不是第一次了吧？"

陈劭还是没有回应他，而是看了眼魏南音。想起上次漫画的事情，魏南音心虚地避开了他的视线。

张思斌深呼吸，似乎是强力压制着自己的情绪，耐下心说："我知道你们这个年纪的男生对很多事情很好奇，尤其是你们当中有些人，压力很大，想找其他途径释放，但是可以打打球、跑跑步，甚至睡个懒觉休息一下，这种书看多了对你身体也不好。"

听张思斌说到这儿，陈劭终于有了点反应，他不自在地低头咳嗽了两声。

魏南音更是听到张思斌说陈劭要找其他途径释放压力时就已经在低头忍笑了，听到这里几乎都要笑出声了。

张思斌这才注意到陈劭略微发红的耳根还有魏南音抖动着的肩膀，也知道自己似乎说得有点儿过了。

他没好气地说："书我没收了，再让我看到这样的书出现在教室里，不管是谁的，我绝对不轻饶。"

陈劭没什么情绪地应了一声。就当张思斌放完狠话打算带着杨老师离开时，几声"咕咕"声突然从他们身后传来。魏南音暗叫不妙，张思斌愣了愣，然后脸色不太好看地看了眼魏南音。

魏南音讨好地笑了笑，他权当没看见，直接朝着声音的来源走去。张思斌绕过一个弯看向土坡后，坡后一小块平地上不知道什么时候竟然架起了一个简易的鸡窝！

"魏南音！"这是来自老张的雷霆怒吼。

魏南音见事情败露，认命地耷拉着脑袋。

张思斌："你把这几只鸡拿回去的时候怎么说的？"

魏南音嘀咕了一句："我确实没有在宿舍养啊。"

张思斌深呼吸："跟我玩文字游戏是吧？你把学校当什么地方了？今天你养几只鸡，明天是不是还想养头猪啊？"

魏南音撇撇嘴，老张怎么会有如此毫无逻辑的联想？张思斌见魏南音一副死猪不怕开水烫的架势，也不打算再多说什么。

他瞥了一眼陈劭，摇了摇头，痛心疾首地说："回头我会找保安室的人来把鸡窝拆了，鸡也会带走，至于你俩……下周的班级卫生，你俩包了吧。"

魏南音和陈劭一前一后回到教学楼，魏南音老远就看到徐晶晶在他们班门口东张西望。

她走过去拍了下徐晶晶的肩膀："姐妹，找我？"

徐晶晶："你总算回来了。"

魏南音："什么事？"

徐晶晶嘻嘻一笑："我哥回来了！"

听到这个消息，魏南音也挺高兴的："天宇哥什么时候回来的？"

徐晶晶正要回话，瞥见魏南音身后的陈劭。她立刻朝他笑笑，他却只是没什么表情地点了点头，走进了教室。

一瞬间，周遭的空气仿佛都结冰了，徐晶晶不由得缩了缩脖子："学霸这是怎么了？"

以徐晶晶对陈劭的了解，他这人性格虽然有点儿冷淡，但为人其实还是挺和善的，像今天这种情况绝对不正常。

魏南音望着陈劭的背影啧啧摇头："还真看不出来。"

"看不出来什么？"

魏南音看了闺密一眼，心知陈劭看那种杂志的事要是被徐晶晶知道了，那恐怕就离全校人都知道不远了，她也离死不远了。所以话到嘴边又被她咽了回去。

"没什么。"魏南音说，"对了，你找我就是告诉我天宇哥回来这事？"

"对啊，我哥这次回来的主要任务就是帮你找出抹黑你那人，他昨晚刚到，家里还有点儿事，下周一咱们一起吃个饭聊聊吧？"

魏南音点头："好的。"

"哦，对了。"徐晶晶说，"这几周周末我要在家陪我哥，你帮我跟学霸请个假吧。"

魏南音："那就暂时取消集中答疑吧，等你有时间了再恢复起来。"

送走了徐晶晶，魏南音回到自己位置坐下。她身边的陈劭听到声音头也没抬，面前一本书摊开放着，也不知道是不是真的在看。

魏南音突然有点儿理解他，她理解他们这个年纪的男生。他惨就惨在被老师抓到，还是当着她的面。想他平时高冷人设保持得那么好，结果就这么崩了，他这么要面子的人，一定觉得很尴尬吧。

想到这儿，魏南音怜悯地看向陈劭。或许是她的目光太过灼热，陈劭像是感知到了，回过头正巧撞上她的视线。也不知道是不是她的错觉，她总觉得他在看到她时心情似乎更差了，果然还是觉得丢了面子啊。

"陈同学。"

"闭嘴。"魏南音话还没说完就被他无情打断。

魏南音也不计较他的无礼，谁让他们是朋友呢？她耐着性子安慰他："其实想开点儿就觉得没什么了，谁还没点课余爱好呢？"

陈劭脸色越来越差，魏南音却浑然不觉，继续说："我理解你，真的。我也见过咱们班别的男同学看那种杂志，那个刘伟你知道吧，满脸痘痘那个。这都很正常，真的。"

陈劭："那本书不是我的！"

魏南音露出一个"我懂你"的微笑："没关系啦，跟我不用这么说。

我都懂！老张说你是学习压力大需要释放，我觉得他还是太不了解你了，像你这种各科都考到将近满分的怪……啊不，天才，应该没什么压力吧？倒是精力充沛得可能无处释放，看那种书缓解一下嘛，我懂！”

“魏南音！”陈劭几乎是磨着后槽牙叫出魏南音的名字。

魏南音不由得缩了缩脖子，她也不知道自己哪儿说错了，就看到陈劭深吸一口气，像是极力压制着什么情绪：“从现在开始，你不许跟我说话。”

“为……”“什么”两字还没问出口，被陈劭那种能杀人的眼神冷冷一盯，她立刻乖乖闭上了嘴。过了一会儿，她又想到明天就是周末了，要取消答疑的事得早点跟陈劭说。不能说话，她只好写了张字条递给陈劭。

陈劭看了一眼，又看向她：“为什么？”

魏南音回：“徐晶晶的哥哥回来了。”

陈劭：“这跟你有什么关系？”

魏南音正琢磨着怎么跟他解释，也不能直说集中答疑本来就是为了徐晶晶，陈劭却没给她这机会。

陈劭：“随便你吧。”说完也不再搭理她，继续低头看书。不知道为什么，她总觉得，现在他好像更生气了。

周一的时候，魏南音跟徐晶晶兄妹俩约好一起吃晚饭，但是下午第三节课课间的时候徐晶晶就来找魏南音，说是徐天宇正从他们家赶过来，应该是快到了。

徐晶晶嘱咐魏南音：“一会儿放了学早点走，我怕我哥等太久。”

魏南音回头看了眼教室里陈劭的方向有点儿为难：“可是我被老张罚了打扫一个礼拜卫生，可能早不了。”

徐晶晶微微一愣：“你又犯什么事儿了？”

这事儿有点儿一言难尽，魏南音觉得虽然她也有错，但是如果不是陈劭看杂志被老张发现，她，甚至包括她的鸡，应该还是安然无恙的。

魏南音：“也没干什么，就是一些鸡毛蒜皮的小事。”

徐晶晶对此早已习以为常，也就没追着问，她现在关心的是：“就罚你一个人了？其他人能不能先帮帮忙？”

魏南音有点儿为难：“还有陈劭。”

徐晶晶天真地说："那更好办啊，你让他今天先帮你打扫一下呗。"说着她还挤眉弄眼，撞了撞魏南音的胳膊，"现在还不是你说什么他听什么吗？"

魏南音叹气："你想多了。"

徐晶晶说："我哥大概还有半小时就到了，直接来学校接咱俩，他大老远来请你吃饭，你可不能让他等太久啊。"

魏南音："哪儿能让天宇哥请吃饭，我有求于他当然是我请客。"

徐晶晶："行了行了，他对你比对我这个亲妹妹都好，肯定不会让你掏钱的。今天这么热，你要是心疼他，一会儿下了课就跟陈劭请个假吧，实在不行使个美人计也行啊。哈哈。"

说着两个女孩又闹了起来，差点撞到路过的人。魏南音正要道歉，一抬头发现这人不是别人，正是陈劭。完了，她们刚才那几句玩笑要是被他听到了，那脸可丢大了。陈劭脸色不好，看也没多看她一眼，往教室外走去。

徐晶晶朝魏南音撇撇嘴，悄悄跟她对口型："他怎么了？"

魏南音狠狠地瞪了闺密一眼："还不是都怪你！"

徐晶晶无所谓地耸耸肩，留下一句"放学见"就离开了。

最后一堂是自习课，今天没有老师来讲习题，大家自行写作业。魏南音想到刚才徐晶晶的话，犹犹豫豫看了眼旁边的陈劭。

他今天好像真的心情不太好，好半天了，没分给她一点目光，而且眉头始终微微皱着。她故意咳嗽了一声，对方总算回过头来。

魏南音笑了笑："那个……陈同学，我想跟你商量个事……"

谁知魏南音话没说完，陈劭直接打断她："不行！"

"啊？"魏南音愣了愣，"我还什么都没说呢。"

陈劭："看你那样就知道没什么好事。"

陈劭态度坚决，魏南音有点儿犹豫，但是一想到让徐天宇等她那么久，她确实也不好意思，于是硬着头皮说："其实对你来说就是举手之劳。是这样的，我约了个朋友，晚上一起吃饭，他现在已经快到了，我也不好意思让他等太久，所以晚上打扫卫生的事就拜托你了。"

陈劭抬起头，好整以暇地看着她："我为什么会被罚打扫卫生？"

魏南音有点儿意外地看着他，还不是因为他偷看那种杂志被老张抓个现行吗？可是这么不光彩的事，天知地知他俩知道就好了，他偏偏问出来是什么意思？何必这么自取其辱呢？

陈劭很快也像是想到了这一点，难得有点儿不自在地说：“我说了那书不是我的，我不小心拿错了而已。”

魏南音讳莫如深地一笑：“我懂。”

陈劭有点儿无语：“不说这个，要不是你把我叫过去看什么鸡窝，我会在那儿遇到老张吗？”

魏南音这次反应不慢：“你的意思是你看那种书被抓怪我咯？”

陈劭：“我说了，那本书不是我的，我拿错了。”

见魏南音完全没有听进去的样子，他放弃了，直截了当地说：“对，就怪你。我因为你被罚，你还想自己偷懒把所有事情丢给我一个人？”

魏南音从来不知道陈劭还会有这么不讲理的时候，但谁让现在是她有求于人呢？她耐着性子说：“这样好了，今天你替我打扫，明天我替你，公平了吧？”

陈劭依旧不为所动。

魏南音只好说：“那你今天替我一次，剩下几天都交给我一个人，总行了吧？”

陈劭：“不行。”

魏南音：“为什么啊？”

陈劭：“老张罚了我们两个，万一他放学来检查只看到一个人，说不准他还会罚什么。”

魏南音是彻底没辙了，放学后她和徐晶晶简单汇报了谈判结果，徐晶晶十分无奈，回宿舍帮魏南音拿了手机之后就去校门口等着她哥了。

徐晶晶给她发消息：“看来人还是得多了解，平时看着他什么都好，谁知道还有这么小心眼儿的时候，就凭这个，你也得多考察考察他。”

魏南音正要回复，突然听到身边传来某人不太友善的声音：“我小心眼儿？”

魏南音吓得手一抖，手机险些扔出去，她不可置信地回头看着不知何时站在自己身边某人：“这你都看得见？”

陈劭：“你那老年机的字体设得那么大，我又不瞎。”

魏南音也不敢再给徐晶晶发什么，直接收起了手机。过了一会儿，她的手机又振了振，她警惕地看了眼旁边的人，见他正在认真扫地，这才打开微信。

徐晶晶：“我哥到了。”

魏南音连忙看向窗外，果然就见校门前站着个高高瘦瘦、文质彬彬的男生，他穿着一件藏青色 Polo 衫，搭配牛仔裤运动鞋，正百无聊赖地摆弄着手上的手机。

徐天宇不仅成绩好，长相也属于女孩子们很喜欢的类型。魏南音就总听徐晶晶说过徐天宇在九中多么多么受欢迎。以前她没真切地感受过，此时她已经有体会了。

陆陆续续有人离开学校，只要是从徐天宇身边路过的女生都会多看他两眼。有的甚至刻意在校门口徘徊，看上去像是在等人，但从魏南音的角度看得清清楚楚，她们的目光始终没有离开过徐天宇。

魏南音收回视线时，发现站在窗前的陈劭也正从校门口处收回视线。两个人对视了两秒，在魏南音张口说话前，陈劭说：“我扫地，你拖地。”

魏南音认命地点点头，陈劭看她一眼又说：“你不是着急吗？着急就动作快点，早点打扫完早点走。”

魏南音知道自己今晚是跑不掉了，给徐晶晶发了条信息后垂头丧气地拎着墩布去了水房。然而，等魏南音洗好墩布从水房回来时，她发现陈劭的地还没扫完。

照理说不应该，但很快，她就意识到问题出在哪儿了——也不知道陈劭对教室的地板有着什么样不同寻常的感情，那慢条斯理的细致劲儿，让魏南音怀疑他不是在扫地，而是在考古。

她有点儿着急，试着提议说：“陈同学，要不我帮你一起扫吧？”

陈劭头也不抬：“不用了，你扫的地我不放心。”

魏南音：“我会仔细扫干净的，这样还能快点打扫完，咱俩都能早点走。”

陈劭手上的动作顿了顿，片刻后才看她一眼说：“随便你。”

正当魏南音兴高采烈地去找笤帚时，就听陈劭又补充了一句：“就算是你扫完我也得检查一遍，快也快不了多少。”

魏南音顿时就像漏了气的气球一样，悻悻地撇了撇嘴：“那还是你自己扫吧。”

口袋里的手机又振了起来，魏南音拿出来看，这回是徐天宇：“听说你被罚打扫卫生了？”

魏南音看了眼窗外，徐天宇站在大门旁的一棵老树下，正低着头摆弄手机，他身边的徐晶晶不知道在说些什么，他听得有些心不在焉。

魏南音回了个哭泣的表情。

徐天宇的微信很快回了过来：“我和晶晶反正闲着，要不上去帮你？还可以早点见到你。”

魏南音握着手机的手一顿，这话看着有点儿怪怪的，但又说不上哪里怪。正在这时，她感到眼前光线一暗。她抬起头，陈劭不知道什么时候已经走到了她面前，正看向她的手机。

魏南音有点儿心虚地收起手机，也不知道徐天宇的信息被他看到没有。但无论如何她都决定了，一定要给自己换个手机。

魏南音问他：“扫完了？”

陈劭瞥了眼窗外，吩咐她：“你去把靠墙那排扫了，一会儿我检查。”

魏南音愣了愣，刚才不是不让她插手吗？怎么这么一会儿就变了？魏南音兴高采烈地接过陈劭递过来的笤帚去扫地。

魏南音已经非常仔细了，但架不住陈劭要求极高，她扫完又被他挑三拣四一番，总算可以开始拖地，好在他也不算太没良心，可能是看在她帮他扫地的分上，后面拖地也是两个人分工。

半小时后，总算确认教室的地板纤尘不染了，两个人离开了教室。此时距离放学已经过去半小时了，校园里也没什么人了，魏南音匆匆和陈劭道了别就冲向校门。

徐晶晶百无聊赖一脸倦色，徐天宇倒还是她刚才在楼上看到时的样子，见到她出现，立刻露出笑容。

徐晶晶见到她就是一阵哀号：“你总算完事了，打扫个教室用这么久吗？”

魏南音对徐天宇抱歉地笑了笑：“不好意思啊天宇哥，让你等了这么久。”

徐天宇说：“没事，是我没算好时间来早了。你们想吃什么？”

魏南音说：“我不挑食，问晶晶。”

两个人看向徐晶晶，却发现徐晶晶正看着魏南音身后某处。两个人循着她的视线看过去，正看到陈劭骑着车从他们身边经过。

徐晶晶问魏南音："学霸这是去哪儿？"

魏南音："可能约了朋友吃饭？"

徐晶晶狐疑地看她："你俩关系又破裂了？"

魏南音不知道她为什么这么说。

徐晶晶："他刚才明明看到我们了，但连个招呼都没和你打，而且他晚上去哪儿你都不知道。"

魏南音也觉得今天的陈劭好像有点儿怪怪的，但关系破裂还不至于吧，于是说："估计被罚打扫卫生不高兴了吧。"

徐晶晶："我看是你又不知道什么时候把人给得罪了。"

两个人正说着话，徐天宇从不远处收回视线，有点儿意外地问："刚才那个男生是陈劭吗？"

徐晶晶也很好奇："哥你认识他？"

徐天宇："真的是他？他不是九中的吗？"

徐天宇是九中毕业的，现在是大一，也就是说陈劭在九中的时候徐天宇还没毕业，所以两个人很有可能认识。

徐晶晶了然地拍了下手："你们原来都是九中的，难怪了。不过哥你高三的时候他才高一，你们怎么认识的？"

徐天宇说："在我们学校认识他不奇怪。他成绩很好，而且我没记错的话他已经拿到数学竞赛一等奖了。

"听说有重点高校的少年班给了他保送名额，但是他没有去。他那样的人，觉得学校不理想就拒绝了，我倒是理解。但突然转学到南石就有点儿匪夷所思了，知不知道是什么原因？"

徐晶晶说："听说是和你们学校一个女老师关系不太好才不得已转学的，也不知道真假。"

徐天宇微微一怔："女老师？哪个女老师？"

徐晶晶："说是一个数学老师。"

徐天宇想了想："你说蒋琴蒋老师？"

徐晶晶："不知道叫什么名字。"

魏南音一直很好奇陈劭和他数学老师的事情，最初听到他们的事迹时她也无比震惊。但是说实话，随着她和陈劭的接触越来越多，对他越来越熟悉，就越觉得这件事可能和传闻有出入。

她一直想找个知情人问问情况，此时听他们提到那位老师，她突然想到闻瑞给她发过照片。

她连忙翻出手机递给徐天宇："我这儿有照片，天宇哥你看看。"

徐天宇看了一眼将手机还给魏南音："没错，是蒋老师，蒋琴不教陈劭他们班，但我确实也看到他们私下里有联系，我当时以为是因为数学竞赛的事情，这还挺让我意外的。"

听到徐天宇这么说，魏南音没来由地有点儿失望。

徐晶晶立刻脑洞大开："可能真是因为数学竞赛的事情，两个人年纪差得不多，又朝夕相处的。"

魏南音突然觉得心口闷闷的，可能是天气太热了，她一边儿用手扇风一边儿催促徐晶晶："天宇哥都在这站半个多小时了，咱先别光顾着聊天了，找地方坐下来再聊。"

徐晶晶立刻附和："既然是我哥请客，肯定要去贵的地方，去吃牛排好不好？"

魏南音看了眼徐天宇，他只是笑着看她们两个女孩："随你们。"

魏南音说："我都可以。"

徐晶晶一锤定音："那就牛排了！"

三人打车到了市中心，徐晶晶熟门熟路地找到一家环境不错的西餐厅，几人进去找好位置，等上菜的工夫，徐天宇切入了正题："你们上次说的那个帖子是怎么回事？"

徐晶晶忙掏出手机："链接发你了你看看，这是有人刻意中伤我们南音，太龌龊了，我们就想把这人揪出来。"

事情已经过去这么久了，又因为陈劭找人力挺她，最后的舆论风向都是朝着好的方向转变的，所以现在想起那个帖子的内容，魏南音已经不生气了，而是有点儿不好意思。

帖子里那些明显中伤她的不实言论也就算了，但评论区里那些细数陈劭如何送她回宿舍、如何照顾她、和她如何暧昧的内容，她至今也不知道是真是假，每次想起都会有点儿别扭。

一想到要把这些给徐天宇看，即便对方是从小就认识的闺密的哥哥，魏南音也觉得有点儿尴尬，更何况对方还是认识陈劭的。

她暗自祈祷他别去翻下面的评论，但徐天宇皱着眉头看了好久，久到魏南音都坐不住了。

她叫了声“天宇哥”，然后说：“其实事情已经平息了，找不找这个人都无所谓。你难得回来休个假，不用把时间浪费在这种小事上。”

徐晶晶第一个反对：“什么叫小事？当时你都被这人给气病了你忘了吗？这叫网络暴力，无中生有，捏造事实。这人用心多么险恶可见一斑，保不齐过段时间又来一次，所以说什么也要把这家伙揪出来。”

徐天宇：“你说这些都是编造的？”

他关注的重点有点儿奇怪，但是魏南音没察觉出有什么不对，倒是徐晶晶先怒了：“哥你什么意思啊？是真是假不是一目了然吗？南音什么样你又不是不知道。”

徐天宇：“有的是一目了然，但……”他话说一半看向魏南音，“你在追陈劭？”

魏南音被这个问题问蒙了，她不知道怎么回答徐天宇，毕竟她对陈劭确实没有朋友之外的想法，但当时她也确实是打着追求陈劭的幌子。

徐天宇见她半天不回答，轻咳一声：“我是想或许可以通过这个帖子的内容，把楼主身份锁定在一个范围内。”

徐晶晶：“这我们早就分析过了，心里也有数了。哥你先别管那些，你就从技术层面入手，到时候结合我们掌握的信息，肯定能把那家伙揪出来。”

徐天宇又看了一眼魏南音点点头：“给我几天时间吧。”

商量好了正事，徐天宇又给两个女孩讲了点大学校园里的趣事。

徐晶晶对别的不感兴趣，只关心一件事：“你到底打算什么时候谈恋爱呀？肯定有不少女生喜欢你吧？”说完不等徐天宇回答，她又对魏南音说，“我跟你说过没，我哥从小就不是什么省油的灯。”

徐天宇闻言终于坐不住了，警告性地“哎”了几声，徐晶晶恍若未闻：“我以前只能从女孩子打到我家的电话数量，以及他偶尔没藏好的信那儿揣测，但他毕业典礼那天，我可是亲眼见识到了。

“当时咱们放假了，我就跟他一起去学校，他们年级那群女生看到我，可能以为我是他女朋友，看我的眼神那叫一个暗流涌动，我作为女生感受得清清楚楚，所以平时什么情况也可想而知了。”

徐天宇打断妹妹的话：“还有你这么王婆卖瓜吹自己哥哥的？南音你别听她瞎说。”

魏南音觉得此刻的徐家兄妹无比令人羡慕，她也有个弟弟，就是不知道再过几年，他们姐弟俩会不会也这样，表面儿上是在互相拌嘴，实际上却都是以彼此为荣。

魏南音只顾笑着，徐晶晶拉着她的手不依不饶地问：“南音我就问你，我哥帅不帅？”

魏南音抬头看了眼对面的徐天宇，他竟然没阻止也没打岔，就那么静静地看着她，还真像是在等她的答案。

她朝他嘿嘿一笑：“帅呀，天宇哥当然帅了。”

徐天宇也笑了：“听着怎么这么勉强。”

徐晶晶哈哈大笑，对魏南音说：“你得多夸两句，不然你看我哥的玻璃心都碎了。”

很快，他们点的菜被一一端了上来，三人边吃边聊，好像回到了小时候。中途徐晶晶去卫生间后，餐桌旁只剩下徐天宇和魏南音了。

徐天宇旧话重提：“一直觉得你和晶晶都是没长大的小丫头，刚才看到那帖子才恍然，你们不知不觉都成大姑娘了，你也有喜欢的人了。”

魏南音尴尬地挠了挠头，徐天宇注意到她神情不对，问她：“我说错什么了吗？”

魏南音犹豫了一下，虽然不太光彩，但为了避免不必要的误会，还是把自己追求陈劭的真实目的告诉了徐天宇。

徐天宇听完也笑了：“为了这个你敢去招惹陈劭那小子，也多亏你胆子够大。”

魏南音愣了愣：“怎么，他脾气很差吗？”其实问出这话时，她心里就已经有了答案，但是不知道为什么，就很想听别人从另一面来剖析一下他。

徐天宇说：“也不是脾气差，就是性格比较孤僻吧，很少有和他走得近的女生，其实就连男生，也就只有他们班上个别人和他关系还不错。”

魏南音赞同地点点头。

徐天宇又说："不过他对你好像不太一样。"

魏南音愣了愣："你怎么看出来的？"

徐天宇拿起手机晃了晃："你们学校女生评论里说的。"

他还是看到了，可那些评论明明很靠下的。魏南音有点儿不好意思："那些女生可能是故意那样说的，当时的情况，只有这样才能让大家的关注点变一变。"

徐天宇："所以那些女生是你找的？"

"不是。"魏南音很干脆地回答。

徐天宇只是了然地点了点头，没再继续这个话题。他替她续满果汁："马上高三了，想好要考什么学校了吗？"

魏南音："我的成绩，能上个普通一本吧。"

徐天宇："还有一年呢，你比晶晶可聪明多了，到时候还不一定怎么样呢。"

魏南音点点头，也没说什么。关于想考A大这件事，除了关系最好的朋友和陈劭，她谁都没有说过。

毕竟以她高中这两年的情况，现在就说要考国内最好的大学，别人听了也只会当成是她志向远大而已。

徐天宇说："考来A市吧？A市好大学很多，晶晶也是打算考A市的，到时候你们还在同一个城市，能互相照应。"

魏南音："我也这么想的。"

第十章

告别了徐天宇，晚上回到宿舍，魏南音想起来数学作业好像还没写。她刚拿出习题册打算利用睡前几个小时突击一下，又想到下午放学时陈劭骑着车离开的冷漠背影，难道真的生气了？

他是自己看那种杂志惹怒了老张，但是也就像他说的那样，她不叫他去看鸡窝什么事都没有，所以说是自己害他挨罚也不是说不通。今天她还想提前走把活儿丢给他一个人，生气也是情有可原的吧。

想到这里，魏南音犹豫了一下，给陈劭发了个微信："陈同学，你的数学作业写完了吗？能借我看看吗？"

等了许久，都没有回复。

徐晶晶一回头正看到魏南音对着手机发呆，问她："怎么了？"

魏南音抬起头来："想跟陈劭借下作业，没回我。"

徐晶晶："他今天不是出去了吗？可能回家了吧？而且下午看他的样子好像不太高兴，下午那会儿没来得及问你，你们俩又怎么了？"

魏南音叹了口气："一言难尽。"

陈劭摆在桌上的手机振了又振，在安静的宿舍里显得非常突兀。舍友抬起头来看了眼那手机又看向陈劭，他明明听见了，却像没听见一样不理不睬。

舍友犹豫了一下还是好心提醒他："劭哥，你手机响了。"

片刻后陈劭才“嗯”了一声，从书本里抬起头来。他拿过手机，打开微信，几条信息都是来自一个人。

“陈同学，你的数学作业写完了吗？能借我看看吗？”

“哦对了，今天看到你出去了，是回家了吗？”

“你生气了？我检讨，害你被罚我很抱歉，我今天也不是故意想把活儿都丢给你的，要不接下来几天打扫卫生的事我全包了？”

“陈同学？”

陈劭的手指在手机屏幕上停留了片刻，终究还是什么都没回。

总算写完了数学作业，但发出去的微信都好像石沉大海了一样，陈劭一条都没有回。

魏南音突然觉得胸口闷闷的，就好像今天下午听到徐晶晶他们讲起陈劭过往时的感觉一样。

她站起身打开窗，想透透气，身后立刻传来徐晶晶的尖叫声：“大半夜的开什么窗，蚊子都进来啦！”

魏南音大口呼吸：“你不觉得热吗？”

徐晶晶看了眼空调上显示的室内温度：“25℃了姐姐，还热？”

魏南音：“那你不觉得闷吗？”

徐晶晶：“你一开窗我是觉得外面挺闷的。”

魏南音被徐晶晶推上床：“作业写完了就早点睡，心静自然凉，一会儿你就不热不闷了。”

可是那种胸口发闷的感觉直到魏南音睡着也没有消失。接下来的两天，陈劭依旧不怎么搭理魏南音。魏南音只当他还是在为被罚打扫卫生的事情生气，只能在晚上打扫卫生时尽可能多干点活儿。

两天后，她收到徐天宇的微信：“在忙吗？”

魏南音正准备睡觉，她拿起手机回复：“没，准备睡觉了。”

徐天宇：“那还看手机？”

魏南音发了个龇牙的表情。

徐天宇：“上次你嘱托我的事情办好了。”

突然冒出这么一句，魏南音不由得愣了愣，但很快就明白过来她嘱托他办的那件事是什么事，一时间还有点儿措手不及，情不自禁就低低“啊”了一声。

魏南音呼出一口气，回复徐天宇："那个 IP 的地址是什么？"

徐天宇："见面聊吧，我明天正好去你们学校附近办事，课间你方便去一下校门口吗？"

魏南音说："好的。"

第二天下了第一节英语课，估计着徐天宇这个时候也该到了，魏南音就直接去了校门口。她在校门口等了没两分钟，徐天宇就来了，手上还拎着一个纸袋。魏南音跟门卫大叔打了个招呼，门卫打开门，两个人就站在门口聊了几句。

魏南音："天宇哥，你查出什么直接发个微信给我就行，不用专门跑一趟。"

徐天宇把手上的纸袋递给魏南音："顺便，也不光是那件事，还有这个。"

魏南音不明所以地接过纸袋看了一眼，里面有几本笔记本，还有不少零食。

徐天宇说："听晶晶说你最近学习很辛苦。这是我前两天回家找出来的，我高考前做的一些考点笔记，希望能帮上你。还有零食，学累了吃一点。"

魏南音感激地点头："谢谢你了天宇哥。你怎么知道我爱吃这些？"

徐天宇只是微笑，并没有回答。

魏南音很快想到什么，恍然道："晶晶也爱吃这些，我们俩会好好消化你的笔记还有这些零食的。哦，对了，晶晶还过来吗？你来跟她说了吗？"

徐天宇："我很快就得走，时间匆忙就没告诉她，你回头和那丫头说一声吧。"

魏南音点点头。

徐天宇掏出手机在编辑什么，他发完信息抬头对魏南音说："那个 IP 的地址我发给你了，是个网吧，不知道你们能不能查到是谁，但我建议不要让这事耽误太多时间吧。"

魏南音说："我明白。"

两个人正在楼下说着话，还不知道身后楼上的某个教室窗前已经站满了人。

高二四班的教室正对着南石大门，课间时间很短，学校又不许学生上课期间出校门，所以此时南石大门前的魏南音和徐天宇就尤为醒目。尤其是魏南音的身份和徐天宇的长相，让两个人都低调不起来。

有女生小声议论着：“这不就是前两天在学校门口见到的那个小哥哥吗？”

“对，我当时觉得眼熟，后来想起来了，他好像是去年咱们省的状元徐天宇吧。”

“想不到他学习好人也这么帅。”

“我早听九中的学姐说这个徐天宇就是他们的校草兼学霸。”

“九中真是人杰地灵，之前出了个徐天宇，后来又出了个陈劭。”

女生小心翼翼瞥了眼前排的陈劭，他也正一动不动地望着校门口，脸上的表情看不出什么，但眼神分明是冷漠的。

女生说：“魏南音和这两个人究竟是什么关系？她怎么又和徐天宇这么熟了……”

两个女生正说着话，突然被身后传来的声音打断：“你俩又嚼什么舌根？”

俩女生吓了一跳，回头看到是闻瑞，悄悄松了口气。闻瑞平时跟班里的女生都比较熟悉，跟这两个女生也是。

刚才被打断的女生不满地嘀咕了一句：“你说话怎么那么难听，我们就八卦一下，也没说什么不好的。”

闻瑞没好气：“那人是一班徐晶晶的亲哥，徐晶晶和南音的关系你们知道吧，她们从小就是闺密、邻居，南音和她哥熟悉也很正常。”

女生问：“那徐天宇来我们学校为什么不找徐晶晶，只找了南姐？”

闻瑞愣了一下，恶声恶气地说：“我哪儿知道？人家私事，你们这些人管得太宽了吧。”

他们说话间，上课铃声响了。陈劭从课本上抬起头，看了眼窗外，魏南音正小跑着往教室这边走，手上还多了个纸袋子。

那个徐天宇却没有立刻离开，站在原地朝着教学楼的方向看了好一会儿，像是在目送魏南音。

接下来是物理课，物理老师刚进教室，就听到一声气喘吁吁的“报告”，门口站着的是魏南音。

物理老师也没为难她，朝着教室里偏了偏头，示意她回座位。

魏南音一溜烟跑到自己位置坐下，因为跑上来得急气息还没有平复，但看得出她心情不错。

她把手上的纸袋放在两个人桌子中间的下面，陈劭瞥了一眼纸袋，又抬头看她。两个人目光相触，魏南音讨好地朝他笑笑，陈劭漠然地挪开视线，眼里似乎还多了丝嘲讽。

魏南音愣了愣，陈劭气性怎么这么大？这两天打扫卫生的时候，她已经尽力多干活了，他怎么还是不消气呢？看今天这样，好像比前两天更生气了，是她又做错了什么吗？

数学课时，冒着被老张罚写检讨的风险，魏南音轻轻戳了戳陈劭的手臂。陈劭抬眼看她，她朝他笑笑，趁着老张回头写板书的空当，压低声音对他说："陈同学，这两天我痛定思痛反省了一番，确实是我错了，看什么书那是你的私事，也是你的自由……"

陈劭原本还算平静的脸色，在听到这句话后又立刻变成一副山雨欲来的模样。眼见着他张了张嘴要说什么，魏南音连忙打断他。

她朝他高深莫测地微微一笑："懂懂懂！你当时是拿错了嘛。"

陈劭脸色稍有好转，可还没等他松口气，魏南音又说："其实你拿对拿错又怎么样呢？咱俩关系这么好，你放心啦，我绝对不会跟别人说的，到现在就连晶晶都不知道呢，而且对你的那种……喜好，对，喜好，我完全理解！"

魏南音觉得自己的这一番示好可以说是滴水不漏了，丝毫没注意到陈劭那不太好看的脸色。

见魏南音光顾着自说自话，陈劭放弃了解释，只冷冷看着她："你到底想说什么？"

魏南音笑笑："没想说什么，就是跟你承认错误啊。"

陈劭冷笑："是吗？那你觉得你哪儿错了？"

魏南音表情严肃："我错就错在那天不该把你叫去后山坡，这样你就不会在错误的时间遇到错误的老张，我更不该在学校搭什么鸡窝，彻底激怒了老张，以至于他最后迁怒于你。"

陈劭好整以暇地看着她："所以呢？你打算怎么补偿我？"

魏南音轻咳一声说："这样吧，剩下这几天的活儿我全包了，毕竟你是被我连累的，哪好意思真的让你挨罚。"

魏南音本以为自己已经做出很大的让步了，话说得也都顾及了某人的面子。她正一脸期待地等着陈劭和她一笑泯恩仇，却见他突然低下头看书。

还没等她反应过来是怎么一回事，余光里一个白色不明物体就朝她飞来，还好她反应不慢，连忙偏过头，那白色物体"啪"的一声，正好落在她面前的课桌上。

魏南音拍着胸脯低头看，不是别的东西，正是老张惯用的暗器——半截粉笔头。

魏南音尴尬地看向讲台，张思斌板着黑脸，敲了敲黑板："上来，解这道题。"

魏南音不情不愿地走上讲台，审完题略微松了口气。这种类型的题早上她刚请教过陈劭，不过他回答得敷衍，她也是一知半解，但这也比一点都不知道的好。

她凭借着陈劭写给她的解题步骤，再结合自己的思路，虽然费了点时间，最终还是解出来了。

老张脸色稍缓，但口气还是那么生硬："回座位吧，注意听讲。"

魏南音回到座位没多久放学铃声就响了，老张布置完作业离开了教室。魏南音对身边的陈劭说："多谢你啊陈同学。"

陈劭依旧没有理她，但他微微停滞的动作，表明她说的话他都听见了。见他背起书包要走，魏南音讨好地说："饿了吧，赶快去吃晚饭吧，教室的卫生就交给我了！"

闻瑞正好来找魏南音，见魏南音在陈劭面前毫无姿态可言，而陈劭一副不买账的样子，他既有点儿高兴，又替魏南音不值。

"把脏活儿累活儿都丢给女生算什么男人。"他瞥了眼陈劭，对魏南音说，"我帮你打扫。"

魏南音倒是不怕干活，就怕无聊，见闻瑞愿意作陪，再好不过："谢啦，晚上请你吃小炒。"

已经走出几米远的陈劭，脚下的步子微微顿了顿，却没有停下来，在刚跟上来的刘明明几人的簇拥下出了教室。

教室里只剩闻瑞和魏南音，闻瑞一边儿帮魏南音擦黑板一边儿劝她：“你能不能有点儿骨气？他不搭理你，你也别搭理他呗。”

魏南音不以为然：“朋友之间谈什么骨气？就像你生气了，我能不哄着吗？”

这话让闻瑞郁闷大半天的心情好转了一点：“我俩能一样吗？”

魏南音：“你们都是我的朋友，能有什么不一样的？哦，对了，我还有求于他。”

魏南音想了想说：“其实我也不知道我为什么要这样，如果真要找个原因，我猜可能是性格吧。”

“性格？”闻瑞不解。

魏南音说：“你和他还有晶晶都是我的朋友，但是你们的性格脾气可差太多了，跟你和晶晶相处像现在这样就没问题了，但和他相处，我就会不自觉地去逗他。可能是因为他的性格太冷了吧，但我又知道他是那种外冷心热的人。”

魏南音自顾自地说着，一直沉默听着的闻瑞突然放下黑板擦打断她：“你真的只把他当朋友吗？”

明明很好回答的问题，魏南音却犹豫了。她仔细想了想，内心的感觉很明显——她那么在意陈劭，不全因为他们是朋友，还有别的什么原因，魏南音一时半会儿也说不出来，可能就是因为他们一同“出生入死”过，经历了更多的事情吧。

魏南音抬起头，正要回答闻瑞，却发现闻瑞正望着她身后的方向。她循着他的视线回过头，陈劭不知道什么时候出现在了教室门口。她回头看时，他正双手插在裤子口袋里，懒懒地看着他们这边。

“陈同学？”魏南音有点儿意外，之前说好她会包揽这几天所有的打扫工作，这时候已经放学好一会儿了，他怎么还没走？

陈劭的视线只在她脸上短暂停留了片刻，径自走到黑板前，拿过闻瑞手上的黑板擦，把黑板顶部闻瑞没有擦干净的那几处笔记擦净。

闻瑞回过神来，语气不太好：“你干什么？”

陈劭仿佛没察觉到他情绪的转变，敷衍地回答：“擦黑板。”

“我在擦，不用你了。”

陈劭似乎笑了一声：“想不到还有人抢着挨罚。”

眼见着闻瑞的脸色越来越差，魏南音连忙上前插话：“闻瑞，我手上没什么劲儿，要不你帮我洗一下拖把吧？”

闻瑞又狠狠地瞪了眼陈劭，接过魏南音手上的拖把，不情不愿地出了教室。

陈劭今天穿了件最简单的黑色休闲裤，上身也是款式最普通的白色圆领T恤，但是穿在他的身上好像特别好看。

魏南音问陈劭：“不是说这些活儿我都包了吗？你怎么又回来了？”

陈劭似笑非笑地看她：“既然罚的是咱俩，就一起干吧，省得有人说我欺负女生。”

魏南音朝着陈劭竖了竖大拇指：“陈同学，你这觉悟是真的高。”

陈劭扫了她一眼：“比起你的主动担当主动作为，我还是差远了。”

他这话还是揶揄她的成分居多，但是他说话时表情明显带着笑，这种笑容魏南音分辨得很清楚，是发自内心的笑。

见他心情转好了，虽然这转变有点儿莫名其妙让人摸不着头绪，但魏南音还是挺高兴的，她摸了摸鼻子说：“互相学习共同进步嘛！”

她一高兴就有点儿忘乎所以，回头看到徐天宇送给她的那套笔记，她立刻献宝似的说：“对了，虽然你可能用不上，但好东西就要和好朋友分享嘛。我有个朋友学习很好的，他整理的考点笔记别人想借都借不来，他把一套都送我了，要不我印一份给你？你也参考参考。”

陈劭敛起笑容：“你的什么朋友？”

“是朋友，也是哥哥，”魏南音斟酌着措辞，“其实也不是我的哥哥，他是徐晶晶的哥哥，我们从小是邻居，从小认识，关系很好的那种。”

魏南音话没说完，陈劭打断了她：“徐天宇？”

魏南音愣了愣，随即笑着点头：“对，就是天宇哥。也是你们九中的，去年的省状元，后来考去了A大，你知道的吧？”

陈劭的脸色突然变得很难看，他双手插在裤子口袋里，居高临下地看着魏南音，那眼神中一点以往的温度都没有：“所以你想考A大是为了他？”

魏南音百思不得其解，为什么她说要复印一份笔记给他，他就得出了这个结论，而且，看上去比之前更生气了？难道是因为学霸的尊严被亵渎了？

还没等魏南音想好怎么开口补救，陈劭神情落寞地点了点头，留下一句“我知道了”，转身往教室外走。

魏南音的沉默，在陈劭看来就是无言的肯定，是没想好措辞的惊惶，难怪那人分明是徐晶晶的哥哥，却不找徐晶晶偏偏来找她，还把自己的笔记给了她。

闺密的哥哥，从小认识的邻居，还真是青梅竹马啊……

陈劭回头，见闻瑞不知什么时候站在了门口，闻瑞看着他时眼中那抹类似于解气的笑，他不会看错，看来他们都知道。

晚上回到宿舍，徐晶晶问魏南音：“我哥今天来了？”

魏南音愣了一下：“你不知道？”

徐晶晶撇嘴：“我还是从同学口中得知他今天来过，也太不够意思了吧。”

魏南音说：“哦，他说他有急事，找我也就是课间的时候在校门口说了几分钟话。”

徐晶晶神色稍缓：“他找你什么事？论坛那事有眉目了？”

魏南音点点头，拿出手机把徐天宇发给她的那个地址给徐晶晶看。

徐晶晶有点儿失望：“真没想到是个网吧，这年头怎么还有网吧这种地方。接下来怎么办，去网吧调录像吗？”

魏南音说：“事情过去这么久了，先不说人家有没有保存，就算有也未必能给咱们看，我看算了吧。”

徐晶晶打开手机上的地图看着那家网吧附近，突然惊喜道：“这家网吧离李亚彤家很近啊，就在她放学回家的必经之路上，看来就是她！”

魏南音想了想说：“也不排除其他人知道那家网吧，或者住那附近。”

徐晶晶想想觉得也是：“真是不爽，难道就让那阴险的家伙继续暗搓搓使坏吗？”

魏南音反而去安慰好友：“马上高三了，她也忙了，估计顾不上抹黑我了吧。下次她再这么干，我们就再查她，她做坏事越多露出的蛛丝马迹就越多。”

徐晶晶点点头：“对了，我哥找你就这事？没别的事？”

魏南音正要说没别的事了，回头看到桌上的纸袋又说：“对了，天宇哥让我把他的笔记带给你，说是给咱俩参考一下。”

徐晶晶有点儿意外："我哥总结的考点笔记？我上次找他要，他说他懒得给我找，我还说他肯定不是我亲哥哥，现在看应该还是啊。是那袋子里的吗？"

魏南音把袋子递给徐晶晶："嗯，全在这儿了。"

徐晶晶兴冲冲拿出一本来翻看，边看边说："我真羡慕你们这些聪明人，学什么都比别人快。"

魏南音有点儿心不在焉："你说的是天宇哥吧？"

徐晶晶："你和他都是，从小就你俩聪明，显得我特别笨，感觉你俩才是亲兄妹。"

魏南音："你这谦虚得有点儿过分了啊。"

徐晶晶："我说真的呢，有我哥这些笔记，你的成绩很快又能有个飞跃了，明天你就拿去印一份，好好看看。"

魏南音笑："晶晶你太好了。"

徐晶晶："那还用说，我的就是你的！"

天色已经彻底暗了下来，宿舍楼下的小篮球场上的灯亮了起来，几个男孩正挥汗如雨地在场上带球投篮。那几个人魏南音都不认识，但是魏南音看得有些出神——她突然很想知道陈劭在干什么。

徐晶晶把几科的笔记都翻了一遍，抬头正见到好友对着窗外神情落寞地发着呆。她起身走到她身边，顺着她的视线看向窗外，看到几个男生在打篮球。

"好像是二班的那几个人。"

魏南音本来也不是在看那几个人，闻言只是淡淡"哦"了一声就收回了视线。

徐晶晶很敏锐地察觉到好友情绪不对，问她："你怎么了？"

魏南音懒懒地拿出作业来做："没什么。"

徐晶晶不依不饶："没找到中伤你的人，所以不高兴了？"

"不是。"魏南音想了想说，"你说有人对你的态度总是若即若离阴晴不定，是什么原因？"

徐晶晶想了想说："这能有什么原因，听着不像是什么好事吧？如果想跟你做朋友那肯定是不断示好，不喜欢你的话就干脆就离你远远的。难道是……他喜欢你？"

魏南音被徐晶晶的话吓了一跳，心不可抑制地狂跳起来。但紧接着，徐晶晶就否定了自己的说法：“应该也不是，就算是也不会多喜欢。”

魏南音：“为什么这么说？”

“你太不了解男生了，他们要是看上谁肯定百般讨好啊。”徐晶晶说话间也不知道想起了谁，咬牙切齿地说，“卑躬屈膝毫无尊严，也不看人家喜不喜欢他！”

魏南音表示怀疑：“你说的这是喜欢吗？”

徐晶晶：“大概是吧。”

魏南音：“那他肯定不是喜欢我。”

接下来的几天陈劭对魏南音的态度更冷淡了，倒是还在帮她补习，可也仅限于此。徐晶晶没注意到魏南音的情绪变化，把徐天宇的笔记拍了照片发到朋友圈。

很快徐晶晶收到了徐天宇发来的微信：“这东西怎么在你这儿？”

徐晶晶回复：“不是你给我的吗？”

徐晶晶回复完才意识到什么，问徐天宇：“不会是我想的那样吧？你到底是不是我亲哥？”

徐天宇：“……”

徐晶晶：“你竟然不否认？你真的是给南音的？南音都看不下去了，才骗我说是你托她带给我的？”

徐天宇：“她这么说的？”

徐晶晶快气炸了：“徐天宇！”

徐天宇：“在宿舍？”

徐晶晶没好气：“不然能在哪儿？”

徐天宇：“出来一下，我在你们宿舍楼下。”

徐晶晶：“你怎么进来的？”

徐天宇：“我好歹也算学生家长了。”

徐晶晶：“……”

徐晶晶：“要叫南音吗？”

徐天宇：“别告诉她了。”

徐晶晶：“难得啊，我都不是第一次怀疑了，你俩才是亲兄妹吧。”

徐天宇：“别咒我，我还是想和你做兄妹。”

徐晶晶看着这句话愣了愣：“你什么意思？”

徐天宇：“快下来！”

徐晶晶看了眼紧闭着的浴室门，魏南音进去已经有一刻钟了。她披了件外套，对着那扇门喊了声：“我出去一下啊，没带钥匙。”

片刻后，里面的人回话：“好的！”

距离熄灯时间还有一小时，宿舍附近已经没什么人了，徐晶晶一下楼就看到树下站了个人影，走近几步才看清楚，果然是徐天宇。徐天宇从宿舍楼上收回视线，朝着远处偏了偏头：“找个地方坐。”

两个人走到操场边的看台坐下，有人还在夜跑。徐天宇从手边的塑料袋里拿出一听啤酒打开，递给徐晶晶。

徐晶晶摆手：“我还是未成年呢！”

徐天宇笑了一声，自己喝了两口。

徐晶晶：“你今天是怎么了？还有你刚才那句话到底什么意思？”

徐天宇：“你不是恋爱脑吗？怎么学习那么吃力，这些方面也这么迟钝？”

徐晶晶简直不敢相信自己耳朵：“真是我想的那样吗？你？南音？”

徐天宇没有否认，而是问妹妹：“她刚才在干什么？”

“在洗澡……哎你别打岔，我还是不敢相信，你竟然喜欢南音！我们从小一起长大，你怎么能喜欢她呢？”

徐天宇：“你也说了，咱俩才是亲兄妹，我为什么不能喜欢她？”

徐晶晶：“可你们认识的时候她还是个小萝莉，哥你不会有什么特殊的癖好吧？”

徐天宇没好气：“想什么呢你！”

徐晶晶：“那你是从什么时候开始喜欢她的？”

徐天宇沉默了片刻后说：“不知道，可能很久了吧。”

“啧啧啧……”徐晶晶摇头，“你们这些心机深沉的人真可怕，”徐晶晶崩溃，“可我还是觉得像做梦一样——”

面对妹妹的鬼哭狼嚎，徐天宇的表现可以说淡定多了：“我真担心她要是知道了也像你现在这样。”

“你打算什么时候告诉她？”

徐天宇沉默了片刻说：“不知道，但肯定是你们高考之后了。”

徐晶晶：“可能到时候你也死心了。”

徐天宇微微挑眉：“她有喜欢的人了？”

徐晶晶皱眉：“半年前肯定是没有的，但现在我不确定。唉，你怎么不早告诉我啊，我还在一直撺掇她去追陈劭。”

提到陈劭兄妹俩就都不说话了。徐天宇喝完一罐啤酒，站起身：“走吧，送你回去。”

告别了徐天宇回到宿舍，徐晶晶长长呼出一口气——是她周围的磁场不对吗？怎么她身边男生的眼光这么高度一致？

以前就知道闻瑞对魏南音不一般，没想到现在连她亲哥也是如此。可在她看来，还是陈劭跟魏南音更般配。

所以以后怎么办？闻瑞肯定是配不上她家闺密的，是继续鼓励闺密追陈劭呢，还是靠着自己近水楼台的便利支持一下自家亲哥。看着魏南音，她突然就没了主意。

徐天宇在暑假结束前返回了A市。暑假过后，魏南音他们只休息了三天，就再度返回学校，开始了他们的高三生活。

后黑板上的倒计时牌一天天变换着数字，即使是过去再不在意成绩的人，也或多或少表现出了焦虑和紧张。

魏南音开始整夜整夜地失眠，失眠的直接后果就是第二天上课时会忍不住打瞌睡。所幸这段时间，各科老师也很体谅大家，所以当魏南音在物理课上睡着时，老师看到也没有出声叫醒她。

她恍恍惚惚间知道自己还在上课，很想睁眼看看黑板，但是一睁眼，看到的是一张棱角分明的少年侧颜。如果她刚才没看错的话，在她睁眼的一刹那，他的视线也恰巧从她脸上移开。

魏南音立刻坐正身子摸了摸嘴，还好没有口水。身边传来一声似有若无的笑声，当魏南音想去确认一下的时候，陈劭的表情又恢复了他疏离冷漠的样子。

回想起这段时间两个人不冷不热的关系，她突然有点儿怀念最初认识时剑拔弩张的感觉了，她总觉得，好歹那时候他眼中还是有她这个人的。

魏南音觉得很有必要和陈劭来个促膝长谈，他们这种共同经历过“生死”的朋友怎么能有隔夜仇呢？何况已经隔了这么久了，有什么气也都该消了。

下午放学到晚自习之间有一个小时的吃饭时间。魏南音本想主动邀请陈劭一起吃个晚饭的，被其他同学拦住问了个问题，再一抬头，发现旁边的座位已经空了。

徐晶晶站在她们班门口朝她招手，魏南音收拾好东西走出了教室，两个人一边儿挽着手往后街方向走，一边儿商量着一会儿吃什么，徐晶晶提议去吃寿司，两个人朝着一家日料店的方向走去。

陈劭最近没什么胃口，就这家店的鳗鱼饭还吃得下。他出来得早，来的时候店里还没什么人，他找了个角落的位置等着上菜。

过了一会儿他听到身后有开门和女孩子说话的声音，不用猜也知道这时候来的应该都是南石的学生。他继续低头看手机，突然听到一个带着惊喜的声音。

“陈劭同学？”

他微微皱眉抬起头，对面站着个女孩，有点儿面熟，名字想不起来了。

“你一个人吗？”她问。

陈劭没有回答她。

李亚彤自顾自地坐在他的对面：“店里没位置了，还好遇到你，不介意我坐这里吧？”

陈劭正要说话，服务员将他的鳗鱼饭送了上来。他也就没再说什么，开始低头吃饭。

魏南音没想到会在这里遇到陈劭和李亚彤，也没想到他们的关系已经好到可以一起吃晚饭了。难怪这段时间他对她这么冷淡，是李亚彤不喜欢吗？

服务生告知徐晶晶已经没有位置了，她正要问魏南音是等等，还是换一家，就发现魏南音的表情有点儿不对劲。

顺着她的视线看过去，见李亚彤和一个男生对桌而坐，李亚彤不知道在说什么，边说边笑，笑容中是难掩的小心翼翼和兴奋。再看她对面那男生，虽然是背对着她们，但那背影让徐晶晶一眼认出，是陈劭。

“要等位吗？”她问魏南音。

魏南音抬手看了下时间：“来不及了，吃别的吧。”

两个人在旁边的拉面馆里各点了一碗拉面，魏南音低头吃面，从刚才起就不怎么说话。

徐晶晶犹豫一下问：“你和陈劭现在怎么样了？”

魏南音愣了愣，挤出一个笑容：“挺好的呀。”

“怎么个好法？”

魏南音想了一下说：“可能高三了，大家都忙，倒是没以前那么多小矛盾了，他还帮我补习，比上学期和谐多了。”

徐晶晶：“那你现在对他是什么感觉？”

徐晶晶在问出这话时，本以为魏南音不会回答，没想到魏南音却咬着筷子想了想说：“我不知道，反正大家都是朋友嘛，以后还是别说这种话了。”

徐晶晶叹了口气：“什么事都讲个天时地利人和，我二姨家那个表姐你记得吧？”

魏南音点头：“有点儿印象，挺漂亮的，我记得成绩也不错。”

徐晶晶继续说：“对，她曾经谈了个男朋友，我见过一次，无论是长相还是家里情况和我表姐都挺登对的，听说成绩也还不错。

“他俩本来商量着考一个城市，大学以后在一起的，结果两边家长怕他们影响学习，说什么也要让两个人分开，那男生的妈妈说不通儿子，就去学校找我表姐，让我表姐下不来台，两个人最后还是分开了。

“其实他俩都很优秀，后来也都如愿考到了理想的大学，巧的是在同一所城市，但是因为当初分开时闹得太难看了，即便是在一个城市了，没人再干涉他们了，两个人也没办法继续在一起了。”

魏南音听完很唏嘘，问徐晶晶：“那你表姐现在怎么样？”

徐晶晶：“我听说找了个她学校里的师兄，两个人感情也不错。这是我想说的另一点，我们这个地方太小了，外面优秀的男孩子很多，没必要只盯着眼前，说不准上了大学，有更合适的人。”

魏南音点点头，心里想的却是陈劭也会遇到那个“更合适的人”。

徐晶晶问她：“对了，如果……我是说如果，考不上 A 大的话，你打算考什么学校？”

魏南音想了一下说：“A 市财经，或者理工大学也都挺不错的。”

徐晶晶惊喜道：“那就是说肯定要去 A 市咯？”

魏南音看着闺密说："你不是说你要考A大吗？我也没有特别想去的地方，A市的好学校又多，那我就去A市呗。"

徐晶晶高兴得去掐魏南音的脸，被魏南音嫌弃地躲开。

徐晶晶："果然是我的亲闺密，你放心，等上了大学，我亲自把关，替你挑个如意郎君！"

魏南音："你还是先把自己嫁出去吧。"

两个人一边儿吃饭，一边儿畅想着未来的生活，想到还能和从小一起长大的朋友在一个城市生活，的确是件值得开心的事，这让为了这个目标一起奋斗的日子也显得不那么枯燥乏味。

可是魏南音觉得，她心里的某个角落，空荡荡的让她难受。

第一轮复习后，魏南音终于挺进了年级前五名，成绩仅次于李亚彤。她理解了父母老师所说的"千军万马过独木桥"是什么样子——饶是她有点儿小聪明，每天熬到两点才睡，可是成绩的进步也变得越来越艰难。

接下来的寒假是高中阶段的最后一个长假，张思斌布置完寒假作业和后续学习计划，宣布下课。

众人三三两两结伴出了教室，可以看出有人欢喜有人愁，连班上以前最不学无术的几个人，也开始为考试成绩烦心了。

魏南音被同学叫住请教问题，不知道从什么时候起，越来越多的同学会找她请教问题，同学们口中她还是那个"南姐"，但明显多了层意思。

帮同学讲完题目，教室里只剩下她们两个人，两个人一起往教学楼外走，那女同学问魏南音："南姐，你想考哪个学校？"

魏南音犹豫了一下说："有几所想去的学校，但也得等考试成绩出来再看。"

"那你肯定要和陈劭考去一个城市吧？"

魏南音一开始没搞明白女同学为什么这么说，反应了一会儿才想起来，在不了解情况的众人看来，她应该还是喜欢陈劭的。

这原本是个很好的机会澄清自己现在的立场，但鬼使神差地，魏南音说："尽量吧。"

出了教学楼，女同学是走读，直接回家，魏南音则是回宿舍。此时已经放学一段时间了，天气太冷，校园里几乎看不到人。

魏南音走着走着，发现前面一个人的背影有点儿眼熟。

她叫了声："陈同学！"

前面那人果然停下脚步。

魏南音连忙小跑着追上去："果然是你啊，去食堂还是回宿舍？"

"回宿舍。"

"那正好，我也是，一起走吧。"

陈劭看她一眼，没再说话。魏南音心里有点儿惆怅，以前陈劭也不怎么爱搭理她，但是不知道是不是她的错觉，她觉得这学期他比以前更不爱搭理她了。

这学期两个人明明没什么矛盾，但她心里总觉得，他们的关系还不如有矛盾的时候好。

魏南音努力寻找着话题："这马上放假了，你打算什么时候回家？"

陈劭："明天。你呢？"

他难得主动问她，她有点儿高兴，就多说了几句："我一会儿就走了，我爸妈知道我们明天开始放假，让我今天晚上就回去，现在应该已经做好饭等着我了。"

陈劭脚下步子微微停顿："你父母……"

他没有说下去，但她立刻就明白了他的意思，解释道："还是那样，不过这半年的关系比之前好多了，偶尔我们一家人还能一起吃顿饭，气氛也挺好的。"

陈劭淡淡"嗯"了一声，脸上表情柔和了许多，似乎是也在替魏南音感到高兴。

魏南音见状悄悄松了口气，之前还担心自己不知不觉把陈劭给得罪了呢，现在看纯属自己想太多，可能就是距离高考越来越近了，强悍如陈劭也感受到了学习的压力，因此顾不上其他也是很有可能的。

这么想着，魏南音的心情更好了，她想到那个女同学的话，问陈劭："对了陈同学，你有没有想好要考哪所学校呀？你的水平考什么学校应该都没问题。

"A 大固然好，但我听说也得分专业，有些专业其他几所重点高校反而更好，有人说要先选大学再选专业，又有人说为就业着想应该先选专业，所以你想考哪里呀？"

魏南音絮絮叨叨说了一堆，身边的人却一句话也没说。她停下脚步回头看，发现他并没有跟上来，正站在她身后几步开外看着她。

她不明所以，问他："怎么了？"

陈劭："为什么问我想考哪所大学？"

她正想说哪有那么多为什么，不知怎的，脑中突然浮现出升上高三前暑假里的那一幕，他问她，她要考A大是不是为了徐天宇。

即将要出口的话哽在了喉咙，她直觉这个问题应该慎重回答，又不知道该怎么回答才能让他高兴。

夜色中，她望着对面的少年。他穿着件最简单不过的黑色长款羽绒服，双手插在羽绒服的口袋里，微垂着眉眼，注视着她。良久的沉默中，他一动不动，似乎只是在等她的答案。

魏南音的心跳开始加速，她也开始问自己，为什么想知道他的想法，真的只是随口问问，还是只是没话找话？

似乎都不是，相反她从很早就想找他确认了，之所以说是"确认"，她猜想，他这样的人，多半是会选择A大这种顶级学府吧。

就在这时，有星星点点的白色从天而降。脸上有冰冰凉凉的触感，魏南音不由自主地摸了一下，抬头去看——路灯照射下，漫天白色的雪花飘飘摇摇迎面而来，将他们笼罩其中，也模糊了他们眼前的彼此。

这是这个冬天的第一场雪，魏南音情不自禁地伸手去接。再看陈劭，他似乎还跟片刻前一样，对周遭发生的一切无知无觉，只是在几米开外的地方默默注视着她。

魏南音缓缓放下手，深吸一口气，她只是想跟他确认一下，到了大学还有没有机会继续做同学，却见他已经抬步朝她走来："走吧，你不是急着回家吗？"

"哦，对。"

两个人刚走到宿舍楼前，就看到闻瑞搓着手在楼门口踱来踱去。见到魏南音他立刻笑着迎过来，但当他看到魏南音身后的陈劭时，脸上的笑容明显一僵。陈劭权当没看见，径自绕过他推开楼门。

魏南音问闻瑞："你怎么在这儿？"

闻瑞却对着楼门口的方向叫了声"陈劭"。

陈劭回过头："有事？"

闻瑞："刚才遇上老张了，有件事他在班会上忘了说，让我转达给你，你等我一下。"

这学期开始，刘明明自认为无法兼顾学习和班长的工作，主动提出辞去班长职务，最后在大家投票选举后，这名头落到了看似学习最不吃力的陈劭头上。

因为是票选结果，张思斌又非常支持，所以陈劭也就没有办法推辞。所幸高三除了学习也没什么杂事要办，陈劭这班长当得倒是挺轻松。

闻瑞叫住陈劭后，才跟魏南音说："我爸开车来接我的，我看下雪了就让他等一下，一会儿顺路送你回去。你赶紧上去收拾一下，校门口那地方不让停车。"

魏南音立刻说："太好了，没想到突然下雪，我正担心打不到车呢，等我五分钟。"

说着她就朝楼上跑去，经过陈劭时，她稍稍放慢脚步，别别扭扭说了句："那年后再见了陈同学。"

"再见。"陈劭说。

魏南音走后，陈劭看了眼站在宿舍门外的闻瑞，又看了眼周遭往来的同学，走出了宿舍楼，又走向楼门旁边避光的阴影处。闻瑞见状有点儿意外，但还是跟了上去。

走到没人的地方，陈劭回头对闻瑞说："说吧，想跟我说什么？"

闻瑞有点儿意外："你怎么……"

"猜到的"三字还没出口，陈劭就打断了他的话："用猜吗？我有脑子。"

闻瑞愣了愣，很快怔愣的表情被一抹嘲讽的笑容所取代。他说："你既然已经猜到我叫住你和老张没关系，那是不是也猜到我要说什么了？"

陈劭也笑："嗯，那我是不是可以走了？"

闻瑞没想到他会这么回答他，完全不按套路出牌，他顿时有点儿生气，几乎咬着牙说："你猜没猜到都无所谓，有些话我觉得还是当面说清楚的好。

"你不了解南音，别看她平时大大咧咧什么事都不放在心上，其实她心思最敏感。你对她那种态度，你觉得没有问题，但她不是不介意，只是她没表现出来。

“还有，她人很开朗，但也很单纯，你这种心思复杂的人她可能一辈子都看不懂。但我不一样，我了解她，知道她的过去，懂她在意什么喜欢什么，相对而言她也更了解我。”

闻瑞一口气把话说完才有勇气抬头去看对面的人，这还是第一次，他这样直白地剖析自己，诡异的是，既不是对魏南音，也不是对好友，竟然是对陈劭。

陈劭勾着嘴角，笑了：“我了不了解她这事你说了不算，你有多了解她我也不关心。还有，你确定她真的了解你吗？”

闻瑞愣了愣：“你什么意思？”

陈劭：“如果她知道一直被她视为好友的人其实对她有别的想法，你觉得她会怎么想怎么做？”

闻瑞被问住了，这个问题他也无数次地问过自己，但是那个答案他不敢想，或许这也是他为什么不敢直接找魏南音的原因。他怕她觉得尴尬，甚至觉得不可思议，从此以后不知道怎么面对他，疏远他。

比起连朋友都做不了，他宁愿像现在这样，至少还能以朋友的名义关心她，站在她的身边。

“还有，”陈劭说，“你在意她这事跟我说是什么意思？是在征得我的同意吗？”

这话又把闻瑞问住了，征得他的同意吗？好像是又好像不是。闻瑞正要开口时，就见陈劭脸上的笑容突然消失了。

他说：“那我现在告诉你，我不同意。”

这个回答绝对是在闻瑞意料之外的，在他的猜想里，陈劭或许觉得魏南音有些不同，不然也不会真的为了个运动会的赌约花大把的时间和精力帮魏南音补习。

但是他对她应该还不至于到很特别的地步，不然他对她的态度为什么又那么冷淡？尤其是这学期，他一个外人都能看出陈劭在刻意疏远她，他就不信魏南音感受不到。

也正是因为这一点，他看出魏南音的失落后一定要来找陈劭说出这番话。他以为他们这个年纪的男生多数要面子、没长性，陈劭被他这么一激，可能会更加疏远魏南音。

但是此时此刻，陈劭为什么会说这样的话？只是为了气他还是陈劭已经霸道到那种“我不喜欢也不许别人觊觎”的程度了？

“咦，你俩怎么在这儿？”

两个人循着声音看过去，是魏南音。陈劭对闻瑞笑了笑，转身走向魏南音。魏南音以为他要跟自己说什么，但他只是解下自己脖子上的围巾，在她的目瞪口呆中围在了她的脖子上。

“早去早回。”他说完转身走进了宿舍楼，独留魏南音和闻瑞在冷风中沉默伫立了好一会儿。

魏南音回过神来，低头看着围在自己脖子上的围巾，很大很软，是简约的灰色羊毛围巾。最重要的是，那上面还有着独属于陈劭的淡淡的柠檬味以及他的体温。

他为什么要给她围巾？她抬头正要问闻瑞，就见闻瑞黑着脸直接从她面前走过。她快走几步跟上他：“你俩刚才说什么呢？怎么感觉气氛怪怪的？”

闻瑞没好气：“没说什么。”他不自觉地他又看向她脖子上的围巾，“他给你，你就真戴着？”

魏南音愣了愣：“不然呢？”

闻瑞：“你忘了之前怎么被人抹黑的？这围巾他戴过好几次了，我们学校那些女生肯定都注意到了，现在戴在你脖子上，你让那些人怎么想？高三这么紧张的时候，你难道还想被这些事分神？”

闻瑞说着就要去解魏南音脖子上的围巾，魏南音连忙避开：“这么晚谁看得清？大不了我明天洗好就还给他。再说了，”魏南音缩缩脖子，“今天真挺冷的。”

闻瑞：“这都放假了，你明天还见他？你不是每天学到半夜两点吗？还有时间浪费在这种事情上？这样吧，一会儿上了车你就把围巾给我，我洗好替你还给他。”

闻瑞说得好像有点儿道理，魏南音却一口拒绝了：“也不用专门还他吧，上课的时候我再带给他吧。”

闻瑞闻言沉默了。好一会儿，两个人已经走到了校门口，魏南音已经看到闻瑞爸爸的那辆帕萨特了，闻瑞却突然停下了脚步。

魏南音不明所以地回头看他：“怎么不走了？”

闻瑞直视着她，好一会儿，终于鼓足勇气问："你是不是喜欢陈劭？"

魏南音直接否认："都什么时候了，我哪有心思想这事？"说完，她的脑中却出现了陈劭给她系围巾时的情形。

漫天的大雪中，他站在她面前低头看她，他离她那么近，近到彼此呼吸可闻。

那一刻她觉得漫天飞舞的雪花都静止了，周遭的一切像被按下了暂停键，只有他替她系围巾的动作缓慢而认真地进行着。

闻瑞神色稍缓："走吧。"

忙碌的日子过得飞快，转眼新年就过去了，随着天气一天天地转暖，离高考的日子也越来越近。当后黑板上的倒计时牌子变成个位数时，魏南音他们也迎来了高中生活的最后一堂课。

最后一节是张思斌的数学课，他走上讲台的时候没有带任何教案。站在讲台上，他从怀中掏出一张纸来，展开铺平，清了清嗓子说："来，点一下名。"

讲台下众人面面相觑，这谁来谁没来老师不是一目了然吗？还点什么名呢？

"刘欣。"

"到！"

"闻瑞。"

"到！"

"王广华……魏南音……董宇飞……陈劭……"

就这样一一点完所有人的名字，张思斌说："我们班四十八个同学，过了今天之后，就很难聚得这么齐了。"

他这话一说完，众人纷纷唏嘘起来，原来这就是老师点名的用意。想到几天后的高考，除了解脱，他们还要面临着离别。原本亢奋着的众人，此时的情绪都难免低落下来。

张思斌继续说："这是你们高中生活最后一堂课，寒窗苦读十二年，大部分的人高考之后，学习生涯就画上了句号……"

魏南音回想着自己这三年在南石的经历，突然发现也挺戏剧性的。弯路没少走，傻事没少做。

所幸，在她迷失的这段时间，还有那么多人没有放弃她。多么庆幸，她遇到张思斌、徐晶晶、闻瑞他们，还有陈劭。

想到陈劭，她回过头，目光掠过前面开着的窗，那上面正好映出他的影子。虽然模糊，却依旧是她所熟悉的，年轻英俊的侧颜。

他正偏着头，不知在看什么，神情专注，眼神温柔。或许很少人知道，这个看似冷漠的少年也有一颗柔软温暖的心。

魏南音的目光长久停留在窗户上的那个影子上，她不知道自己看他时是什么眼神，但她清晰地感觉到，不知从何时起，看到他，自己的心是温暖的。

她不知道自己这样看了他多久，玻璃窗里的他的影子始终一动不动。她突然很想知道他究竟在看什么，可以那么专注，那么无所顾忌。她回过头，毫无防备地撞进了他的视线中。

与他目光相触的短短瞬间，她突然听不到其他声音了，耳朵里只有自己过快的心跳声。

她连忙错开视线，重新把目光投向讲台，脑子里却在不停地回放着刚才的那一幕。良久良久，她恍然——难道刚才让他那样神情专注眼神温柔的，是自己吗？

高中生活的最后一堂班会就这样结束了，难得地，张思斌离开教室很久后，教室里的人谁也没动。

有人还沉浸在分别的感伤中没有回过神来，后来也不知道是谁先说了一句："考完试再聚呗。"

众人这才纷纷应和："最好大家都考到一个城市。"

"最好还是不同的城市，假期出门旅游走到哪儿都有人接待了。"

气氛又活络了起来，魏南音也受到了感染，问身边的陈劭："不知道大学生活什么样？"

"每一个人的生活都不一样。"陈劭说，"不过有一点可以肯定。"

"什么？"魏南音问。

陈劭看着她："你再也没有同桌了。"

魏南音突然就难过了起来，不是为了再也没有同桌，只是担心身边再也没有他。

高考要来了，她和他都已经站在了人生的岔路口，在经历了短短的邂逅之后，极大可能再度分道扬镳，未来天南海北，可能真像张思斌说的那样，无缘再见了。既然是最后的相处时光，那还压抑什么呢？

“还不走？”他收拾好东西起身问她。

魏南音这才注意到，教室里只剩他们两个人了，她说：“陈同学，我有道题目不会，能再给我讲道题吗？”

陈劭重新坐回座位上：“什么题？”

魏南音翻开练习册，随便找了一道物理题。其实这套题目并不难，整本做下来也没有几道能难住她了，但是就在刚才他起身要走的那一刻，她也不知道自己怎么了，就想让他多留一会儿。

陈劭看了眼题目，微微挑眉看她：“这道题你不会？”

魏南音没有去看他的眼睛：“嗯，不太会。”

周遭安静了片刻，魏南音虽然低着头，但能感觉到陈劭似乎正在盯着她看。他拿起笔，在那道题目下方写了个公式。

“这是线圈产生的电动势，再由动能定理，算出粒子射出电容器时的速度。要使粒子不从外边界飞出，则粒子最大半径时的轨迹要与外圆相切……”

他的声音舒缓而低沉，就如过去的每一次一样，魏南音听着听着不由得有点儿走神。一抬眼，目光对上他光洁的颈项。

夕阳余晖让他的颈项轮廓有些模糊，却异常好看，白皙皮肤的边缘几乎透明。许久，她看到他的喉结微微滚动了一下，她偷看他的目光也像被烫了一下。

她舍不得不看，她的目光顺着他的颈项缓缓上移，略过少年人干净却棱角分明的下颌，最后停留在他因说话而微微翕动的唇上。

突然间那双唇微微抿起，好一会儿，魏南音才回过神来，不明所以地看向他的眼睛，他也正好低垂着视线注视着她。

魏南音突然紧张起来，就像偷吃东西被当场抓个现行的小孩，也不知道是不是她的错觉，她总觉得那目光过于犀利，自己在那目光的注视下几乎是透明的，他似乎总能透过她这身躯外壳看清她内心所想。

她干笑一声，努力缓解着略有些尴尬的气氛：“怎么了？”

陈劭：“我问你听懂了吗？”

魏南音连忙点头：“懂了懂了，陈同学还是你厉害。”

陈劭瞥了眼练习册："还有吗？"

魏南音很想说还有，但是经过刚才那"窒息对视"后，魏南音一刻也不想待在教室里了。

她连忙说："没了。"说着就开始收拾东西打算离开，此时陈劭却不急着走了，看着她略有些慌张的动作微微勾了勾嘴角。

就在魏南音打算落荒而逃时，他又突然开口："紧张吗？"

魏南音愣了愣："什么？"

陈劭："高考紧张吗？"

魏南音仔细感受了一下，认真点头："紧张。"

陈劭："你就当是联考吧，最后这几次摸底考试也是几校联考，你不是发挥得不错吗？"

"那不一样。"魏南音说，"联考时考场虽然不在咱们学校，但是考场里的同学还是挺多的。看到你们我就觉得那不是什么联考，就是个普通的摸底测验，自然就不紧张了。"

陈劭问："你在哪个考场？"

她拿出准考证看了一眼："三中，你呢？"

"我在九中。"

"哦。"魏南音有点儿遗憾，但很快又振作起来，"那你回九中考肯定不会紧张，都是你熟悉的环境。三中的话，我估计也能遇到不少同学吧。"

陈劭点点头，魏南音连忙让开位置。陈劭微微挑眉："不走吗？"

魏南音："哦，我突然想起来约了晶晶一起吃晚饭。"

"那我走了。"

"陈同学再见。"

然而陈劭没走几步又折了回来，在魏南音不明所以的注视下，他从校服裤子口袋里掏出一张卡片放在了她的面前。魏南音低头看了一眼，是他的学生卡。

"什么意思？"她问。

陈劭："如果不被监考搜出来，你就带着吧。"

魏南音还是不明白，陈劭难得有点儿不自在："就当咱们还在一个考场。"

她轻轻摩挲着桌上的那张学生卡，又抬头去看他。他也正一瞬不瞬地注视着她。两个人长久对视着，魏南音从那双灿若星辰、幽深如寒潭的眼中看出了太多的情绪，又渐渐平静下来。

她的视线移到桌上那张学生卡上，小心翼翼地收好，说了声“谢谢”。

陈劭没有急着离开，半晌后他说：“考完试，我有话对你说。”说完也不等魏南音回应，转身往教室外走。

他要说什么？心莫名其妙又悸动起来。她直觉这样的自己不太对劲，却不愿意去多想什么。在他走出教室前，她叫住他。

他回头，她朝他绽放出一个笑容来：“谢谢你了陈同学。”

想到过往这一年多里，她和他从最初那剑拔弩张的相识，到如今两个人这样站在这里，她高中生活里最宝贵的时光几乎都有他的参与。

她郑重其事地说：“谢谢你！”

陈劭看着她半晌，动了动嘴角，像是在笑，又过于不着痕迹。然而魏南音就是能从他这表情、这眼神中看到最纯粹的、最柔软的情绪，那是足以将她融化的情绪。

“原来你就是这么谢人的？”他突然开口。

魏南音愣了一下连忙说：“等高考结束，我请你吃饭，吃大餐！可以给你分享我点的菜的那种！”

“我对跟你吃饭不敢抱什么期待了。”他看着她说，“真想谢我的话，那就用一个好的成绩来回报我吧。”

他最想要的原来只是她能考得一个好的成绩，魏南音看着少年离开的背影，自己何德何能竟然会遇到这么好的他。

三年来第一次，她无比感谢三年前那个年少无知的自己，要不是一时冲动，她怎么会来到南石，那么也不会经历这么多，不会有如今的成长，最重要的是也不会遇到他。

第十一章

今年的夏天来得格外早，尤其是高考的这两天，气温空前的高，火辣辣的太阳炙烤着大地，让本就焦灼的考生和家长更加坐立难安。

魏南音和父母商量好了，考试期间不用他们接送，免得她心里紧张影响发挥。还好父母够理解她，每天只负责做好饭在家等着她回来。

寒窗苦读十二年，尤其是最后这一年，魏南音自认为已经尽力了，至于结果怎么样，她并没有想太多。心态好了，答题的状态自然也好，除了最后一门理综。

眼看着时间一分一秒地流逝，想到高中生活即将画上句号，也惦记着考完试陈劭要跟她说的话，她有点儿紧张起来。理综成绩多少受点影响，所幸影响并不大。

最后一门考完时，与前面的情况不同，不管考得如何，大家脸上无一不挂着劫后余生的灿烂笑容。还有人欢呼着冲出考场，冲向校外来接他们的父母。

魏南音知道没人在校门外等她，也不着急，等人都走得差不多了才磨磨蹭蹭收拾东西往外走。她走出教学楼大门时，大部分考生已经被家长接走，刚才还人声鼎沸的校园突然安静了下来。

过了一天中最热的时候，晚风一吹，还有点儿惬意。她突然很想知道他考得怎么样。

想到这里，才想起手机还没有开机。她立刻开了机，像是和她有心灵感应一样，手机开机的同时，立刻收到一条微信："磨蹭什么呢？"

这话问得没头没尾，是来自陈劭的，就在一分钟以前。魏南音突然意识到什么，立刻抬头张望，看到马路对面一个颀长的身影跨坐在一辆公路赛车上，好整以暇地望着她。

九中离三中不远，骑车就十几分钟，这么说他是一考完就来找她了？这个认知让她的心跳怦怦加速起来。这时，她看到马路对面的人举起了手机，差不多是同一时间，她的手机也响了起来。她看了眼来电显示，是他。

她立刻接通电话，他的声音伴随夏日傍晚温暖的晚风传到她的耳中："还不过来？"

她后知后觉地应了一声，挂了电话跑向他。气喘吁吁地停在他面前，她突然有点儿不知所措了。

还是陈劭先开口："怎么这反应？没考好？"

怕他担心，她连忙否认："我觉得还好。"

"还好是多好？能上A大了？"

提到这个，魏南音还真有点儿没把握，她没敢说，最后一门发挥得不是很理想。

陈劭见状，也没多问："先别想了，还有两周出成绩，到时候再说。"

魏南音想想也是，朝他嘻嘻一笑，点头应下。

"对了。"她故意问他，"你怎么来了？"

"顺路。"陈劭顿了顿，从她的笑脸上移开视线，"本来以为你没考好，等着安慰你的，现在看来用不着了。"

魏南音："那也不一定，安慰我的话先存着，等查成绩的时候再说吧，但愿用不上。"

陈劭勾了勾嘴角问："回家？"

魏南音点头："我爸妈都等着我回去报喜呢。"

陈劭说："那走吧，我送你。"

听到这话，魏南音不动声色地扫了眼他自行车的横梁。以前也不是没坐过，但那时候和现在心境不同，想的也不一样，所以他说走时她站着没有动。

陈劭看了眼自己身前的车梁，明知故问："怎么了？"

魏南音摇摇头，反正又不是第一次了，心一横，坐了上去。起步时她有一阵小小的眩晕，很快感受到平缓的加速，耳边吹来温热的风，还有若有似无的他的呼吸。

望着天边赤红的云霞和周遭加速后退的景物，魏南音想，无论以后怎么样，是从此天各一方，还是在另一个城市开启另一份缘分，这一天这一刻，恐怕她一生都无法忘怀了。

一路上两个人都很有默契地保持着沉默，直到到了魏南音家楼下，陈劭才再度开口："这几天打算干什么？"

魏南音想到考试前父母就商量好的事情，有点儿不情愿地说："要跟我弟去我姥姥家住半个月，估计要到查成绩那几天才能回来了。"

这话一出，她明显看到对面少年人的眼神暗了暗，但那暗淡也是一瞬即逝。

他说："也挺好的，反正假期还长着。"

魏南音看着他，很想问他，他之前说考试结束要对她说的话是什么，纠结了一下还是没有问出口。她潜意识里觉得，那话还是等成绩出来后再说更好吧。

回到家，和父母弟弟一起吃了个团圆饭，家人得知她发挥得还不错都很高兴。

这段时间，为了她备考，母亲请了一个礼拜的年假住到了家里，父母的关系她看在眼里，估摸着复婚也是早晚的事了。

家里的气氛难得和谐，魏南音不想破坏，索性让她干什么她就干什么，即使再不情愿，第二天也乖乖跟母亲带上弟弟去了邻市姥姥家。

在姥姥家熬过了这让人坐立难安的半个月，最后魏南音的成绩和自己预估的差不多，最后一门理综的成绩并不算多理想，但总分也有672分。

结合往年的A大录取分数线以及招生名额，加上她那个二级运动员的加分，上A大几乎是确定下来的事情。

这让魏家上下都沉浸在久违的喜悦中。更让魏南音高兴的是，查分的当天，文理科的状元就揭晓了——陈劭以708分夺得理科状元。

魏南音偷偷躲在被窝里翻看着所有关于陈劭的报道和新闻，好像比自己能考上 A 大更让她开心。她知道，这种与有荣焉的喜悦是其他人无法感受到的。

南石从来没有这么风光过，作为最不被看好的私立中学，第一届毕业生的成绩就差得让人跌破眼镜。

这一届高三年级三百七十一个人，原本所有人都以为，一本录取率不会超过 30% 的，然而实际情况是南石在这一次高考的一本录取率竟然达到了 50%。

这样的成绩虽然和九中那种一本录取率几乎达到 90% 的重点高中没法比，但已经不比当地普通高中差了。

最让南石名声大噪的，还是今年的理科状元竟然出在南石。也有人说他其实是九中的学生，不知是什么原因转到了南石，但是他在南石度过了最关键的一年半时间是无法辩驳的事实。

而且除了这位叫作陈劭的理科状元外，排名第二的魏南音也极有可能被国内顶级学府 A 大录取。

南石校门前两旁的树上挂满了红色横幅，很多人没见过这架势，路过时都或多或少停下来看看，几个痞里痞气的男生经过时也被这些横幅吸引。

一个寸头刀疤男问跨坐在他自行车后座的痘痘男："想不到这陈劭还挺厉害的，不过强哥，这个魏南音是咱们知道的那个魏南音吗？"

王强从刀疤男的自行车上下来，走到红榜面前，看着上面的名字和分数久久不语。半晌，他才说："哪儿那么多重名的？"

刀疤男说："看不出这丫头真有两下子啊，之前看她整天吊儿郎当不像个会念书的，没想到考试这么厉害。说实话，我有时候也挺羡慕这群念书厉害的人的。"

王强去年毕业后没再继续读书，直接找了个汽车修理厂的工作赚点儿生活费，之前跟着他的几个小弟今年陆续毕业，有两个经他介绍也到了同一家修理厂。

白天总有活儿干，倒是让他比上学时安分不少，但闲下来的时候他又忍不住怀念当初无人管束，走哪儿都有人叫一声"强哥"的日子。

刀疤男说："我记得去年的时候，魏南音和陈劭关系就挺密切吧？

现在又考上同一所大学，更是可以名正言顺的了。”

刀疤男边说边羡慕地咂咂嘴，王强的脸色越来越难看，最后在刀疤男毫无防备的情况下一脚踹倒了他的自行车。刀疤男吓了一跳，回头看王强的脸色才知道自己说错了话。

“强哥，你不会还对那丫头念念不忘吧？”刀疤男小心翼翼地问。

王强冷哼一声，没有说话。

在修理厂这段时间，工作忙起来时，他也一度以为自己早把魏南音这臭丫头给忘了，但是今天他才知道，再看到她——哪怕只是她的名字，他都忍不住想起一年以前她是怎么联合陈劭把他当猴耍着玩儿的。

他还从来没在小弟们面前丢过那种脸，现在想起都让他忍不住咬牙切齿。

刀疤男斟酌了一下劝道：“强哥，我知道没搞定那丫头你不甘心，但是真没必要啊，其实现在想想那丫头也没多漂亮，天涯何处无芳草不是？而且人家马上要去A市了，强哥，我看咱还是算了。”

王强没有立刻回应他，就当刀疤男以为王强已经被他说服了时，却见王强转过身，朝他阴阴一笑：“要去A市怎么了？”

刀疤男结结巴巴不知怎么回答。

王强说：“那就让她离开前变成你强哥的人。”说着他朝刀疤男招了招手，示意他把耳朵凑过来，“你帮我办点事……”

刀疤男听完，脸上表情阴晴不定：“强哥，这事会不会犯法啊？”

王强没好气地踹了他一脚：“这种事你情我愿犯什么法？再说出了事也是找我不找你。”

接下来的几天，王强白天还在修理厂干活，一旦下了班，就会绕到南石后街附近。

高考刚刚结束不久，正是高三毕业生狂欢的日子。这条街上大大小小的餐馆儿有不少，是同学聚会的最佳地点。

王强在这附近蹲守了几天，见过魏南音的闺密徐晶晶她们两次，这两次她们都是去一家叫作“零度”的音乐餐厅。

王强问刀疤男：“我记得你是不是有个朋友在这里做服务生？”

刀疤男说：“对啊，梁子嘛，也是咱们职高毕业的，你肯定见过。”

王强点点头，又瞥了刀疤男一眼：“我让你找的东西呢？”

刀疤男嘿嘿一笑，从包里拿出一个茶包一样大小的小塑料袋：“这东西我可是费了老半天劲儿找到的。”

王强嗤笑一声：“效果有你说的那么玄吗？”

刀疤男：“卖药的是跟我这么说的，就算药效没那么好，多少还是有点儿吧，再说这不是还有酒吗？”

王强点点头把那包药揣进口袋，转身要离开时发现刀疤男还盯着他的口袋看。

王强微微挑眉：“说吧，这药多少钱？”

刀疤男摆手：“这点东西哪儿能让强哥你掏钱啊，不过……”

王强有点儿不耐烦：“不过什么？”

刀疤男：“如果这药效真的一般，到时那丫头不愿意，这……”

王强脸色变冷，警告性地点了点刀疤男的肩膀：“这就不是你该考虑的事情了。你不说我不说，谁知道？所以，如果被别人知道了……”

他没有说下去，那眼神却让刀疤男一个哆嗦：“我怎么可能跟人说这种事啊，不值一提！”

王强这才满意地点了点头，转身离开。

魏巡又要出任务，魏南音和弟弟魏洋就在姥姥家多待了几天，直到魏巡把老家的姑姑接回了家。

有了照顾姐弟俩的人，季艳玲才把姐弟俩送回了B市，自己则是每周回来一趟。所以暑假里通常都是魏南音和弟弟，还有老姑奶奶三人在家。

这天下午有人打电话到魏南音家，说是魏南音的同学要找她。电话是魏洋接的，等魏南音从楼上下来去接电话时，电话早已挂了。

魏南音有点儿奇怪，可是也没多想。大约一个小时之后，家里的电话又响了，这一次是上了年纪的姑奶奶接的电话。

姑奶奶接起电话本来也要叫魏南音的，但是对面人不知道说了什么，姑奶奶听完说了声“好”又挂断了电话。此时魏南音正好从楼上下来找吃的，问姑奶奶是谁的电话。

姑奶奶说：“说是你同学，好像叫陈什么……对了，陈劭。”

魏洋在一旁起哄：“男同学吧？姐你脸红了。”

魏南音没搭理弟弟，她昨天回来前就和陈劭发过微信，所以陈劭是知道她今天在家的。

魏南音问："他有说什么事吗？"

姑奶奶："说他和几个同学晚上八点在个什么'零度'的地方聚会，让你有空也过去。"

难道是高考前他说要跟她说的话打算今天说了？想到这里，魏南音莫名其妙地有点儿紧张。

身后魏洋还在锲而不舍地问她："姐，陈劭是谁啊？"

魏南音没搭理他。

魏洋继续说："你不说我也知道，不就是咱们省这次的高考状元吗？和你一个班的。"

魏南音没好气："你知道还问我？"

魏洋嘿嘿笑着："他对外的身份我当然知道，对内的身份这还得问你啊，搞不好是你男朋友，我的未来姐夫呢！"

魏南音的脸立刻红了："小屁孩儿你懂什么？"

魏洋嚷嚷着："脸红了！脸红了！上次晶晶姐说起这个人你就这样。哈哈，我要告诉爸妈……"

魏南音扑上去捂弟弟的嘴，姐弟俩又在沙发上打闹了起来。老姑奶奶对这一切早就习以为常，摇摇头去厨房做晚饭去了。

魏南音也没多想，回到房间就开始准备着出门。

晚上八点多，魏南音按照约定的时间到了"零度"，此时的"零度"座无虚席，魏南音在昏暗的光线中寻找熟悉的影子，却一个都没有。

是怕她尴尬，所以才说还会有其他同学吗？她心里有点儿忐忑，在吧台前找了个位置坐下。

不一会儿有一个染着黄色头发的服务生上来招呼她："喝点什么？"

"有橙汁吗？"

黄头发服务生似乎笑了一下："哪儿有来这里喝橙汁的？我们店新推出的特调饮料要不要尝一尝，也是橙子味的。"

两个人说话间，魏南音总觉得有人在看他们这边，她循着感觉看过去，吧台内侧此时还站着几个人在替客人调饮品。

其中有一个，站在距离他们不远的地方，魏南音直觉，刚才看他们的人就是他，她总觉得她在哪里见过他。

魏南音正想着，那人又回过头来，看清那人的正脸，魏南音立刻想了起来，这人好像是陈劭的朋友。封校结束那次，他们来这里时见到过他，听陈劭提过，他好像叫杜飞。

想起对方的身份，魏南音立刻朝他笑笑。杜飞似乎也笑了一下，很快又转回身服务其他客人去了，但是自始至终，他一直没有离他们太远。

黄头发服务生见魏南音对着他身后笑，愣了一下。他转过头看了眼身后的人，问魏南音："你和我同事认识？"

算认识吗？最多就是她知道他而已，他可能对她一点印象都没有了。

魏南音老老实实回答："不认识。"

黄头发服务生松了一口气，继续推荐他们店里推出的新产品。

魏南音依旧拒绝："我不会喝酒。"

陈劭还没来，魏南音想到自己那闻一闻就醉的体质，还是算了。

黄头发服务生说："几乎不含酒精的，今天到店的人都可以免费尝一杯，你就当橙汁喝吧。"说着他来了个很漂亮的动作，一杯色泽亮丽的特调饮品就被推到了她的面前。

魏南音见状也没再推辞，她刚刚准备喝一口，就感到身旁的光线暗了暗。她有点儿忐忑地回过头，没想到是销声匿迹很久的王强。

王强笑了："有必要这么惊讶吗？只要都在B市，总有遇到的时候。"

魏南音紧张地咽了口唾沫，脑子里已经开始盘算着眼下的情形——他出现在这儿是偶然吗？他会不会还像一年多以前是来找她麻烦的？如果是，她怎么跑路？陈劭什么时候来？能不能赶上救她？

魏南音勉强挤出一个笑容："就是好久不见，有点儿意外。"

王强叹了口气："哎，我最近工作了，平时比较忙，再也不能像上学那会儿整天游手好闲了。"

魏南音更意外了，这是她认识的那个游手好闲的"四眼儿强"吗？

王强像是看穿了她的想法，微微挑眉："怎么，不信？"

魏南音还是笑："那强哥你现在在哪儿高就啊？"

王强似笑非笑地看着她："是不是我说在哪儿，你从此往后就绕道走了？"

"我不是那个意思……"

"你也不用怕，坦白说，我以前是挺喜欢你的，但时间长了早忘了当时那感觉了。而且后来我也知道你是陈劭的人，就没再动这心思。更何况我现在也有女朋友了。”

“恭喜你啊，强哥。”

王强又说：“怎么就你一个人，陈劭没来？”

魏南音连忙说：“他马上就来！”

王强若有所思地笑了笑：“对了，我那天路过南石看到红榜了，够风光的啊，果然是南石魏南音，听说A大十拿九稳了吧？从此咱们就是一个天上一个地下的差距了。”

也不知道是不是魏南音的错觉，她总觉得王强说这话时的语气不太对，总之不像是真替她高兴的样子。

魏南音干笑：“哪里哪里……”

王强：“我们好歹认识一场，又赶上你考上理想的大学，和陈劭双栖双宿，怎么也要给我个机会请你喝一杯，就当庆祝一下。”

魏南音心中警铃大作，紧紧握着面前的杯子笑着说：“我这杯还没喝呢。”

王强看了一眼她手中的杯子，也不强求，笑了笑对着吧台里的服务生说：“那就给我来一杯一样的。”

服务生点点头开始调饮品，魏南音暗自松了口气。王强一边儿等着饮品，一边儿状似百无聊赖地看向舞台。魏南音正愁跟他没有话说，也假装去看台上的表演。

就在她专注看着台上人唱歌的时候，一包药粉悄无声息地被倒进她的杯中，药粉沾液体即溶，很快看不出一点痕迹。

吧台桌面被人叩了两下，魏南音从女歌手的身上收回视线。回头看，服务生已经调好了饮品，送到了王强面前。

“梁子，果汁没了，你去后面拿一点。”说话的人是杜飞，他一边儿擦着吧台桌面，一边儿走到魏南音他们面前，对那黄头发服务生说。

叫作梁子的黄头发服务生闻言犹豫着走开，也不知道是不是魏南音看错了，她总觉得他那一瞬的犹豫更像是有点儿不放心王强。还没等魏南音想清楚，就听身边的王强跳起来骂了句脏话。

原来杜飞不知道怎么搞的，擦桌子时竟然碰倒了王强的杯子。整杯饮品全部泼洒出来，大部分洒在了王强身上。

杜飞立刻道歉，但王强依旧不依不饶。

魏南音：“算了强哥，他也不是故意的。”

王强见碰倒的只是自己那杯，而魏南音那杯还好好的，气也就消了一半，没好气儿地说：“下次长点眼！”

杜飞点头哈腰：“实在不好意思，我再给您做一杯。”

王强冷哼一声：“老子今天心情好，不跟你计较。动作麻利点！”

“是是。”

魏南音轻轻吐出一口气，有点儿于心不忍，没想到陈劭会有这样的朋友，感觉和陈劭那种硬骨头完全不是一类人。想到陈劭，她又忍不住去看表。这都过去半小时了，他依旧没来。

魏南音心烦意乱地看着台上，王强则是盯着她手边那杯子，想看她到底什么时候喝。就在这两个人各怀心事的时候，杜飞借着吧台的遮挡悄悄调制了两杯饮品。

很快杜飞调好了饮品恭恭敬敬送到王强面前，与此同时他还将一个卷好的白色湿毛巾递给了王强：“您擦擦裤子吧，这饮品里有果汁，我怕时间长了洗不掉。”

王强虽然不高兴，但还是依言低头擦着裤子。魏南音又去看台上的表演，谁也没有注意到，她面前的饮品已经被替换成了另一杯。

片刻后，王强烦躁地丢开湿毛巾，举起杯子轻轻和魏南音面前那杯子碰了一下：“不管那些了，先祝贺我们南音妹妹金榜题名。”

魏南音勉强挤出一个笑容，端起杯子喝了一口。口感微凉，略微苦涩，更多的是橙子清爽的甜味。

魏南音第一次喝特调的饮品，比超市里卖的那些果汁饮料好喝太多了。她忍不住又喝了两口，王强看在眼里，不由得笑了。

片刻后，去库房拿果汁的那个叫梁子的服务生回来了。

他把果汁递给杜飞：“这里我来招呼吧。”

杜飞点点头，转身去招呼其他客人，但是他离开前犹犹豫豫地看了眼魏南音。魏南音不明白他为什么那样看自己，难道是觉得她眼熟？

王强也觉得杜飞有点儿怪怪的，用眼神询问梁子。梁子只是微微摇了摇头，没说什么。王强也不再担心，继续劝魏南音喝饮品。

服务生在工作时间内是不允许打电话的，当然也怕王强他们起疑，所以在避开了几人的视线后，杜飞只是给陈劭发了个微信："王强和你同学在我们店里，你同学好像被下了那种药……"

微信内容编辑到一半，又有人点饮品，杜飞只好先把这条发出去，怕陈劭不能第一时间看到，拨了他的电话后才把手机揣进口袋里，继续干活。

陈劭刚从浴室出来，桌上的手机响了一声。他没有急着去看手机，而是一边儿擦着头发上的水珠，一边儿打开了电视。然而紧接着，电话就响了起来。

来电显示着杜飞的名字，照理说这时候他在工作，应该没有机会给他打电话，难道是出了什么事？

陈劭微微皱眉接通电话。电话另一头声音很嘈杂，可以想象，应该是在"零度"。有人唱歌的声音，也有人聊天的声音，就是没有杜飞的声音。陈劭"喂"了两声，对面还是没人回应。

难道是误拨？他犹犹豫豫地挂断了电话，这才看到一分钟前进来的那条微信，正是来自杜飞的。

那上面的内容，他只看了一眼就顿觉浑身每一个细胞都紧绷了起来。他没有丝毫的犹豫，丢掉手上的毛巾，随便拿起一件刚脱下的衣服套上，就出了门。

魏南音喝完多半杯特调饮品，就觉得头有点儿昏沉了，手脚也开始不听使唤。也是到了这一刻，她才注意到王强对她远没有刚见面时那么客气了。

他开始肆无忌惮地凑上来把杯里剩下的饮品都灌进她嘴里，魏南音想反抗，但浑身绵软无力，反抗也没什么效果。

她听到王强似乎说了句什么"终于见效了"，她很快意识到，王强或许从一开始就没想着放过她。

周遭没有一个人愿意出手相助，包括那个叫杜飞的服务生。或许他确实不认得她，也或许在其他人看来这种事情太过稀松平常。再说，谁知道她和王强是不是一路的，毕竟两个人是从清醒时就坐在一起的。

魏南音欲哭无泪，在心里问候了这些人的整个家谱。她找机会拨了个电话给陈劭，让人绝望的是，直到被王强发现电话也没有接通。

她开始在心里埋怨起陈劭，他到底去哪儿了？她等了他这么久，他却放了她鸽子吗？

趁着还有最后一点意识，魏南音推开王强，滑下高脚椅想跑，但是又怎么跑得掉？很快就被人像拎小鸡一样拎了回去。

有人凑到她耳边说："不喝了？那咱就去干点儿别的。"

魏南音的意识已经开始模糊，王强连拖带拽地把魏南音架出"零度"。他累得出了满身的汗，手臂酸麻无力，腰也快折了，然而最近的酒店离"零度"还有将近两公里的距离。

这两公里可够尴尬的，打车过去吧，司机不愿意去，何况他还带着个晕乎乎的魏南音。

走过去呢——先不说能不能走过去，即便真的拖着魏南音走到了酒店，他也不确定自己还有没有体力干正经事。

王强原本的好兴致被这窘境败得干干净净，他咬着牙看了眼睡得心安理得的某人，看着瘦瘦小小的，没想到死沉死沉的。

陈劭以最快的速度骑车赶往"零度"，口袋里的手机响个不停，但他没有工夫去接。到了"零度"门口，他直接把车子丢在一旁冲进去，险些将一个人撞倒。

那人脚步也很匆忙，像是追着什么人出来的。陈劭顾不上管其他，只想进去看看魏南音是不是还在里面。

"陈劭！"被他撞到的人叫住他，是杜飞的声音。

陈劭立刻问："人呢？"

杜飞指着门外："刚走不远。"

听到这话，陈劭也不再理会杜飞，火急火燎地冲出了"零度"。

入了夜，空气退去了滚烫的温度，微风吹过，地上的树影轻轻摇曳。陈劭在"零度"门口，看着零星过往的路人不疾不徐地走着，心里不由得烦躁起来。

还好很快，他的视线停留在了夜色掩映中的某一处，他微微眯着眼，依稀看得出那地方有人，只是不知道为什么走得特别慢。

他连忙追过去，果然就见王强正满头大汗地拖着魏南音艰难前行。

王强一边儿抱怨着魏南音是真的沉，一边儿盘算着这里距离酒店还得走多久，完全没注意到身后有人追来。当他听到一阵急促的脚步声在身后响起，已经来不及了。

他刚一回头，还没等看清来人是谁，就感到下腹被人猛踹了一脚，突然的钝痛让他不由得弓起腰来。

这还没完，紧接着脸上又是重重一击。鼻梁骨和膝盖骨亲密接触的样子，他以前经常见，但亲身体验这还是头一次。

只这么两下，就让他痛得脑中一片空白，一点反抗的心思都没有，他蜷缩着倒在了地上，同时也松开了握着魏南音的那只手。

眼见着魏南音就要直挺挺地朝后倒去，陈劭手疾眼快，放倒王强的同时一把将魏南音拉进了怀里。到了这一刻，他悬了一晚上的心才算真的落回了肚子里。

他看了眼怀里依旧昏沉的人，又看了眼在地上抱头打滚的家伙，毫不犹豫地一只脚踩在了那抱着头的手臂上。

王强觉得手骨可能要被人碾碎了，贴着地面的那一侧脸也是火辣辣地痛。

对于今天晚上这一切他无比后悔——花了那么多的钱，累得半死把人拖到这里，胜利的曙光还没看到，又挨了这么一顿揍。

更让他恐慌的是，他可以清晰地感觉到揍他的人的冲动和怒气，他真担心对方失去了理智，一不小心将他就地正法。

想到这些，王强也顾不上什么面子不面子的问题了，生死攸关，保命要紧。于是他一边儿抱着头一边儿语无伦次地求饶：“误会！误会！我错了……我再也不敢了……饶了我吧！”

偶尔有路过的人看到这里发生的事情，但打架的年轻人他们也不是第一次见，就算看到了，也没人想管。

陈劭：“我记得我不是第一次提醒你了，管好你的脏手！”

正在挣扎号叫的王强愣了愣，到了这一刻他才可以肯定来人竟然又是陈劭。

陈劭的声音他只听过那么几次，但是一次就足以让他记忆深刻，那种感觉就像三九天里上了冻的海水，表面风平浪静，下面依旧波涛暗涌，而且寒冷刺骨。

“我我我错了……是我瞎了狗眼，猪油蒙了心……我真的错了……”还没等他求饶完，又听到一阵脚步声由远处传来。王强的心顿时一凉——陈劭不是一个人，还有帮手？

一个陈劭揍他，等揍累了他或许还能留口气，何况陈劭还得照顾魏南音。但是一群人揍他，他还能不能活着看到明天的太阳就真不好说了。

他又开始后悔起来，每次找魏南音麻烦的结果都是便宜没占到还惹得一身骚，怎么他就是这么不信邪，三番五次着她的道呢？这次更是如此，放着好好的日子不过，怕是要英年早逝了。

所幸，刚赶来的似乎只有一个人，而且对揍他也没什么兴趣。他甚至劝阻陈劭：“别打了。”

陈劭面无表情地回头看着来人，是杜飞。

杜飞说：“警察来了。”

听到这个消息的王强心中一喜，但很快又郁闷起来，喜的是小命大概是保住了，郁闷的是他今天给人下药的事可能是瞒不住了。

说话这人的声音有点儿耳熟，好像是“零度”里给他调饮品的那个服务生。很多细节突然清晰起来，他当时表现得笨手笨脚，原来都是演给他看的。

陈劭依旧看着杜飞。

杜飞尴尬地解释说：“刚才我怕找不到人，就先报了警。你先带着她走吧，剩下的交给我处理。”

陈劭又低头看了眼地上的王强，此时他满脸是血，鼻青脸肿，已经看不清是什么表情了。

杜飞怕他不肯走，又补充道：“对了，还有那个配合他下药的，一个都不会跑，我们那儿有摄像头，能看得清清楚楚。”

陈劭这才点点头，收回脚，回头对杜飞说：“今天，谢了。”

杜飞帮着陈劭拦了辆车，把魏南音塞进车里。送走俩人，杜飞又回去蹲在烂泥一样的王强身边。

“今天是谁打的你？”

王强不知道他为什么会问这个问题，犹犹豫豫地回了句：“陈劭？”

杜飞轻轻拍了拍他的脸：“再想想。”

这种恐吓人的套路是王强最擅长的，哪怕被打成猪头，他也很快就想明白了对方的意图，连忙说："没人打我，我自己撞的。"

"你当警察傻吗？"

王强哭了："那我该怎么说？"

杜飞站起来，狠狠踹了他一脚，疼得王强嗷嗷直叫。

"现在知道怎么说了吗？"杜飞问。

王强有点儿不确定："你打的我？"

杜飞没有回答对或者不对，而是再次警告他说："记住了？小心别说错了话。"

从情理上讲，揍王强这种人一顿真不算什么，但是杜飞也知道，打人必定还是要承担一定责任的，即便对方意图不轨且付诸实际行动在先。

他不怕承担这种责任，大不了被关起来，再赔点钱，但是陈劭不可以。优秀的人要比普通人活得更加谨慎，稍微行差踏错，都可能成为他被人指摘的人生污点。

上了车，陈劭对司机师傅说："最近的医院，麻烦您快点。"

晚上接到这种活儿都是救命的活儿，司机师傅也不多问，十几公里的路不到十分钟就开到了。陈劭道了谢，背着魏南音直奔门诊楼，手忙脚乱地挂了号把人弄到门诊室。

年轻的女医生看了一眼魏南音，问陈劭："她怎么了？"

陈劭说："误食药，是不是需要洗胃？"

医生立刻有点儿紧张："知道是什么药吗？"

这让他怎么回答？就连杜飞跟他说时都只是很含蓄的用"那种药"来说明是什么类型的药，这时候让他对一个女医生形容那究竟是种什么药，淡定如陈劭，也有点儿尴尬了。

他看了眼双眼紧闭的魏南音，内心颇为无奈——似乎自从认识她以后，他的人生经历就越来越丰富了。

陈劭想了一下，还是决定委婉一点："她喝了杯饮料就这样了，可能是被人下了药，那类药总归是对身体不好吧，是不是要趁着那些药没有完全被吸收，早点儿洗胃。"

陈劭正提着他的诉求，就见女医生突然凑近魏南音，然后捏住了她的鼻子。陈劭有点儿无语，但也没有阻止。

魏南音的脸渐渐涨红起来，就当陈劭要阻止那医生时，魏南音突然张开嘴，毫无形象地大喘着气。

“不像是被下了药的样子啊。”女医生小声嘀咕。

像是为了印证她的话似的，床上的魏南音突然翻了个身，嘴里还嘟嘟囔囔地说着什么。

“尘沙里个阿巴丹？”女医生抬头询问陈劭，“什么意思？”

女医生没听清，但陈劭听清了，她说的是“陈劭你个王八蛋”。

陈劭看了眼女医生：“不清楚。”

女医生点点头，然后对陈劭说：“还能说梦话，看来问题不大。不像是误食了什么药，她嘴里有股酒精味儿，是不是喝的饮料里含有酒精？洗胃也不是闹着玩儿的，先留在医院观察一下。”

这时陈劭的手机响了，来电人是杜飞。他看了眼病床上熟睡着的人，转身走到角落里接通电话。

“到家了吗？”杜飞问。

“还没有，在医院。”陈劭说。

杜飞的声音立刻紧张起来：“怎么去医院了？你受伤了？”

“没有。”陈劭顿了顿问，“你知不知道王强给她下的什么药？”

“不知道……对了，你是担心她喝了那药？”

“嗯。”

“刚才太乱，忘了跟你说，那药被我换掉了，不过她喝的饮品里面含有微量酒精。”

事实跟医生猜测的一样，联想到魏南音那酒精过敏的体质，上次只是闻闻味儿都能上头……

陈劭稍稍松了口气，随后问：“我走之后怎么样了？”

杜飞说：“警察来了，带走了王强。”

陈劭突然想起什么，问他：“我当时有点儿冲动，下手没轻重，警察没说什么？”

杜飞笑了：“这种事警察处理惯了，放心。”

陈劭又问：“你在哪儿？”

杜飞：“我去跟着被问了两句话，现在回家了。”

陈劭没说话，杜飞又笑了：“不信？那你听。”

电话里传来一个略显稚嫩的男生童音：“哥，生日快乐。”

这声音是陈劭的，准确地说，是八年前他的声音。他记得那是杜飞十二岁生日时他送杜飞的生日礼物，一个半人高的樱木花道人偶，耳朵上有个微型录音设备，他当时反复录了好几遍才满意。

这个樱木花道的人偶一直被杜飞放在卧室里，听到这声音，的确证明杜飞已经回家了，也就是说王强没有追究自己挨打的事情，杜飞也没有被他连累。

虽然不知道杜飞是怎么处理这事的，但是陈劭知道，这个过程绝对没有他表现出来的那么轻松。

良久，他说：“谢了，哥。”

这一声久违的“哥”让杜飞有点儿眼眶发热，他笑着问陈劭：“你喜欢那个女孩？”

好一会儿，陈劭淡淡“嗯”了一声。

“她还不知道？”杜飞问。

陈劭说：“其实我也是刚知道。”

“想不到你也有这么迟钝的时候，那你打算什么时候让她知道？”

“没想好。”

“她是那个和你一起考上A大的女生吗？”

“对。”

“真好。”杜飞说。

回头看了眼在门诊室病床上呼呼大睡的某人，陈劭不由得弯了弯嘴角，对着电话说：“是啊，真好。”

魏南音迷迷糊糊醒来，房间里的光线很暗，从窗帘缝隙投射进来的阳光看，现在应该不早了。房间里静悄悄的，墙壁上的壁挂式空调发出极其轻微的“嗡嗡”声。

她揉着有点儿痛的头，昨晚零星的画面渐渐清晰起来——她依稀记得自己在“零度”遇到了王强，还被灌了饮料，后来想跑，似乎没跑成。再后来，就什么也不记得了。

一瞬间，所有的睡意都消失不见了，魏南音倏地睁大眼。厚重的窗帘遮挡住了大部分的光线，但依旧可以看得出，这地方不是她所熟悉的任何一个地方。她连忙坐起身来，身上的薄被滑落，所幸被子下她还穿着昨天的衣服。

房门突然被人从外推开，魏南音被吓了一跳，连忙抓紧被子往后躲了躲。那人也像是被她这举动吓着了一样，站在门口犹豫着要不要进来。

魏南音死死盯着他，可惜光线不好，她看不清他的脸，只看得清一个大概的轮廓，值得庆幸的是她可以肯定那绝对不是王强。

那人只在门口犹豫了一瞬，然后大步流星走进屋内，走到窗子旁，轻轻一扯，拉开了半扇窗帘。屋内光线大亮，魏南音眯了眯眼看向站在窗前的人。

“陈劭？”叫出他的名字时，连她自己都没意识到那声音里满含着惊喜。虽然刚才就觉得他很熟悉，但她还是不敢相信，难道昨天他赶到了？他从王强手上救下了她？

“还以为你要睡到下午。”

“现在几点了？”

“十一点。”

“这里是？”魏南音打量着有点儿眼熟的房间。

“我家。”陈劭说，“你不是来过吗？昨天你那样子也没法送你回家，我让徐晶晶给你家打了个电话，放心吧。”

魏南音松了口气：“对了，昨晚……”

陈劭打量了她一眼，想起自己昨晚见到她时的样子。她穿着件他从来没见她穿过的白色蕾丝连衣裙，头发披散下来，一侧还别着一个珍珠发卡。

还有他昨晚替她擦脸时，她唇上还残留着淡淡的粉色唇膏。他再不懂女生，也能一眼看出她昨晚是精心打扮过的。

想到这些，他直接打断她，用没什么温度的声音问：“你昨晚怎么一个人去‘零度’？”

魏南音有点儿意外：“不是你约我去的吗？你后来赶过去不是因为跟我约好了？”

陈劭微微一怔，他想过很多魏南音只身出现在“零度”的原因，却怎么也没想到是因为自己。

不用她细说，他也能大概猜到是怎么回事了，无非就是王强假借他的名义约了魏南音。他的心突然就柔软了下来，连带着脸上的表情也和缓了许多。

他轻咳了一声："不是我，是杜飞说你遇到麻烦了。"

魏南音有点儿失望地"哦"了一声："难怪你迟迟不来，我还以为是老姑奶奶听错了。"

"老姑奶奶？"

"我爸的姑姑，暑假在我家照顾我和我弟，估计王强打电话过去时就是她接的电话。"

陈劭了然地点点头，回头看到她微微泛红的小脸，他不自在地移开目光看了眼阳光灿烂的窗外，又抬手看了眼时间，微微皱眉说："你是打算一直待在床上跟我说话吗？"

魏南音后知后觉地"啊"了一声，然后尴尬地爬下床，理了理皱皱巴巴的裙子。

陈劭："卫生间有新的牙刷和毛巾。"

"哦，好的。"

魏南音光着脚往房间外走，突然又想到什么，回头看着陈劭。他正站在窗前，因为迎着光，魏南音看不清他的表情，这让她对接下来想问的问题更加忐忑。

但她还是张了口："那个……陈同学，昨晚……发生什么事没有？"

"你被下药了。"他用平静无波的声音吐出这几个字。

魏南音瞬间奓毛了："谁干的？四眼儿强吗？"

不知道是不是没完全清醒的缘故，还是王强这人的名字已经强大到能直接引发她的生理不适了，总之，问出这话后她立刻感到胃里一阵翻江倒海，她勉力将那感觉压了下去，才不至于当着陈劭的面吐出来。

"是哪种药？是迷药还是……"

不用她把话问完，陈劭直接打断她："不是迷药。"

那种恶心的感觉又来了。还好啊，还好昨晚陈劭及时赶到，不然后果不堪设想啊。不过等等，如果是陈劭在王强带走她前将她救了下来，那后来呢？

魏南音狐疑地打量着对面的人，他正看向窗外，好看的眉眼总算暴露在阳光中，这样的光影交错下，他的侧颜轮廓更显得立体，棱角分明。

他双手插在口袋里，就那么随意地站着，俊逸的眉头微微蹙起，浓密睫毛下的黑瞳此时也藏满了心事。

魏南音几乎可以断定，昨晚真的发生了什么。她的心开始怦怦跳着，这种又害羞又懊悔又期待的感觉究竟是怎么回事？如果可以，她很想捂着脸跟他说话。

“陈同学，我昨晚……没做什么出格的事吧？”

“什么出格的事？”

“就是……”魏南音顿了顿说，“那个……那药……我不会很失态吧？”说完她就小心翼翼地观察着他的表情。

“哦……”陈劭似乎回忆了一下说，“你这么说我想起来了。”

这么重要的事情，要这么困难才能想起来吗？魏南音腹诽。

陈劭说：“我一直以为女孩子是不会打呼的。”

魏南音愣了愣：“你说什么？”

陈劭面无表情地走到她面前：“我说你打呼，而且声音很大，隔着房门我都被你吵得睡不着。”

此时此刻，魏南音感到周身的血液似乎都在往脸上涌，她无比坚定地说：“不可能！你听错了！”

“我就知道你会这么说。”说着他低头拿出手机。

魏南音警惕起来：“你要干什么？”

陈劭没有回答她，片刻后从他的手机里传出了一阵奇奇怪怪的声音，仔细听才听得出来，是一段呼噜声，声音不大，但很有规律。

魏南音回想这过往的十八年，还真没有哪一刻像这一刻这么窘，她无比后悔刚才自己没直接去洗漱，而是多此一问，让某人回忆起她的失态。

“不可能，这绝对不是我。”

陈劭似乎笑了一下：“是吗？还有一段你听听。”

魏南音非常不想听，但是为了自证清白，她又不好直接不听。这一段录音持续了一分多钟，前面依旧跟上一段一样，是很均匀轻浅的呼噜声。

后来呼噜声突然停了，然后是一阵窸窸窣窣的声音，似乎是她翻了个身，紧接着，她听到一个慵懒又熟悉的声音吐出了几个字：“尘沙里个阿巴丹！”

陈劭你个王八蛋！

魏南音如遭雷劈，即便录音效果不太好，但两个人都听得出来，那就是魏南音的声音。

魏南音抬起头看着陈劭：“这声音是有点儿耳熟……”

陈劭收起手机，似笑非笑地看她：“还不承认？”

魏南音垂头丧气：“好吧，我听说人意识模糊后很容易沾上什么脏东西，所以昨晚那个很可能不是我，你看我这么瘦，也不像是会打呼的人啊。”

陈劭好整以暇地看着她：“这是重点吗？”

“啊？什么重点？”

陈劭：“重点是我昨天又救了你一次，你非但不感恩，还打了一整晚的呼噜害我没睡好，更过分的是，梦里都在骂我。”

魏南音靠提高声音遮掩着自己的心虚：“骂你？什么时候？怎么可能？我平时都想着你的好，怎么可能骂你呢？如果……我是说如果真的有，那也是因为梦都是反的。”

陈劭几不可察地勾了勾嘴角：“原来是这样啊。”

“对啊，你别多想了。咱俩什么关系啊？我怎么可能骂你？”

“咱俩什么关系？”

魏南音被他这突然一问搞得有点儿蒙，想了一下，才谨慎地回答说：“最浅显地说，你是我的同学，往深了说，咱是共同熬过流感病毒的好战友，而且你还帮我补习，助我考A大，又是我的大恩人。所以我怎么可能骂你啊？”

魏南音一番套近乎拍马屁，陈劭却不为所动。好半天，他只是淡淡地回了她几个字：“去洗漱吧。”

“哦。”魏南音直觉陈劭似乎不太高兴了，只是她自己的心里也突然空落落的，就没去分析他为什么不高兴了。她转身要走，却想起来自己刚才要问的问题还没有问清楚：“那个……陈同学，昨晚我除了打呼噜说梦话之外，还做了什么吗？”

“没了。”他在她之前走出房间，“你睡得像死猪一样，也没力气干别的事了。”

怎么可能？魏南音想都没想脱口而出：“我不是被下药了吗？就没什么异常举动？”

“你指什么异常举动？”他回头看她。

魏南音语塞。

陈劭说：“大概那药只对女人有用吧？”

这话什么意思？人身攻击她以为她听不出来吗？

魏南音怒道：“我不就是女人吗？”

陈劭头也不回地走进了厨房：“我没见过打呼噜那么响亮的女人。”

魏南音内心叫苦，可以想象未来很长一段时间里，这将成为她的一个人生污点、被他拿捏住的软肋、时常被他拿出来嘲讽两句的笑话。

可是刚才那两段录音里她打呼的声音明明很小啊，和她说梦话时的声音差不多，而她说梦话的声音就跟悄悄话差不多，离得远了都未必听得到。

等等！魏南音冲进厨房：“昨天晚上你在哪儿？”

陈劭正一手端着奶锅，把里面的牛奶倒进一个玻璃杯中：“又发什么神经？”

“我问你录音的时候你在哪儿？你别说你隔着门板在客厅，我说梦话声音那么小，你不在跟前肯定听不到也录不到！”

陈劭端着奶锅的手不由得抖了一下，瞬间就有白色的液体流到了灶台上。他把奶锅放在一旁，然后对魏南音说：“擦干净。”

说着就丢下魏南音一个人，出了厨房。魏南音看着陈劭就这么无视她的问题走出厨房回了卧室，难道是她猜错了？他昨晚没有因为她误吃了药而守在她床前照顾她？

她叹了口气，找了块抹布擦干净灶台上的牛奶，片刻后，却见陈劭又从卧室出来走到她的面前：“昨天那段录音是送你进房间时录的，别想太多。”

魏南音怔了片刻，半晌才“哦”了一声。她也不知道为什么，听到这个答案竟然这么失落。

本来以为头天晚上是他约了她，或许终于是有话要对她说了，可现在知道了不是他约她的，那他之前要对她说什么？他是不是已经忘记了？还是突然改变主意不想说了？

想到这里，魏南音心中涌上一种希望落空的失落感来。

两个人对坐在餐桌前吃着早餐，一时间谁也没有说话。陈劭看着对面无精打采的人，心里也想把自己对她的感情告诉她，好不容易熬到高考结束了，她却离开了B市。

他准备了许久，觉得这番话还是要当面说，终于等到她回来了，又出现了工强这事。

她不知道昨夜他几乎整晚没有睡，之前准备好的话，临到要派上用场的时候又觉得还不够好，不一定能打动她。他就这么辗转反侧了一晚，什么样的结果都想过了。

她会接受他吗？如果就这么接受了，可她还不了解他的全部，了解之后又会怎么看待他？如果她拒绝了他，那她会因为尴尬而远离他吗？更何况他刚才试探了一下，故意问她，他们是什么关系，看她大大咧咧的样子，他的心就已经沉到了谷底。

他竟然第一次理解了闻瑞，发现那小子也不是完全没有脑子的。他望着对面的她，内心里闷得难受。

他虽然年纪不大，但是经历的事情不少，也就渐渐养成了心思重、不爱与人打交道的性格。比同龄人多出的这份成熟稳重让他在大部分事情面前显得沉稳淡定的多，可是在面对她时，他总也避免不了患得患失。

看着她脑袋上那个倔强又有点儿傻的发旋，他没忍住又招惹她："你傻不傻？"

满怀心事喝着牛奶的魏南音被这么一句话问得有点儿不知所措，她咽下口中的牛奶不明所以地看向他。

他却垂眼避开她的视线："咱俩是陌生人吗？昨天那种情况不知道先打个电话跟我确认吗？"

魏南音一时语塞。这要她怎么解释？在听说他主动约她时内心那种小小的悸动和紧张让她连脑子都忘到九霄云外去了。事后想想真是害怕，还好有他出现。这么想着，她心里又温暖起来。

"我后来给你打了一个电话，但你没接……"

陈劭想起来了，那时候他大概是刚得到消息，正火急火燎地赶去救她。

说起昨晚的事情，魏南音又想起杜飞来："对了，昨天多亏了你那个朋友杜飞，要不是他我死定了，他人可真好啊。你们怎么认识的？"

提到杜飞，陈劭有点儿心不在焉的，昨晚的事情，他嘴上说没事，但陈劭内心里还是不信，他说："他不是我的朋友。"魏南音微微一怔，就听陈劭继续说，"他是我表哥。"

魏南音这才意识到，她从来没有听他提过他的家人，他似乎一直是一个人。一个人生活，看似很自由，但又何尝不孤单。而且对于他们这个年龄的人来说，他这种状态的确很少见。

魏南音很想问问他家里的事情，但是又觉得这样有点儿不礼貌。陈劭像是看穿了她的想法似的，无所谓地笑了笑说："我和我家里人，包括我父母关系都不怎么好，就和这位表哥还可以。"

他说话时脸上挂着疏淡的笑容，看在魏南音眼中却那么刺眼。心兀自痛起来，她试图用自己少得可怜的生活经验去宽慰他："其实事情没那么复杂，父母和儿女那是打断骨头连着筋的关系，就算有矛盾也不会一直这样下去。你看我以前也和家里关系不好，现在还不是在转好吗？"

陈劭只是笑笑没有说话。就是他这样不认同也不辩驳的态度，让她突然意识到，她或许真的不了解他。

片刻后，陈劭见魏南音的早点吃得差不多了，看了眼时间说："送你回去吧，昨天一晚上没回家，你家里人估计着急了。"

"不用你送了，大白天的我自己回去就行。"虽然很不想提起昨晚的事，但是看到他充满血丝的双眼，她还是说，"昨晚你不是没睡好吗？一会儿我走了你好好休息一下吧。"

陈劭犹豫了一下，也没再坚持。

从陈劭家到魏南音家正好经过"零度"，此时是上午，没到营业时间。魏南音从"零度"门前走过时看到有人从里面出来，衣着打扮像是"零度"的工作人员。

魏南音心下一动，走上前去："麻烦问下，您这儿几点开始营业？"

小伙子年纪不大，看着她就笑："我们早上五点才刚歇业，营业怎么也得上午十点以后吧。您要吃什么吗？"

魏南音摇头："不是，我找人。"

"找谁？"

"杜飞您认识吗？"

小伙子上下扫了她一眼："找他有事？"

这反应让魏南音感觉有点儿奇怪，但为了从对方这里打听到杜飞的消息，魏南音耐心解释说：“对，我是他表弟的同学，找他有点儿事。”

对方这才了然地点点头：“那你不用来这儿了。”

“为什么？他不是在这儿上班吗？”

“昨天还是，今天就不是了。”

魏南音直觉这事和自己有关，于是露出一个甜甜的笑容问：“他辞职了？”

小伙子看她一眼，有点儿为难的样子。

魏南音不依不饶地追问道：“不会是犯了什么事吧？”

小伙子四下看了一眼，见周围没人，才压低声音对她说：“得罪老板被开了，这年头好人难当啊。”

“得罪老板？”

“你也知道，在我们这种音乐餐吧难免会遇到点儿龌龊事，有时候我们虽然看不惯，但为了做生意也都睁一只眼闭一只眼，就怕得罪了什么不好惹的人。昨天晚上杜飞就赶上了这种事，也不知道他哪根筋搭错了，还把警察给招来了。

“他是见义勇为了，但后半场的生意几乎没怎么做，而且老板还担心回头有人报复找过来，都没过夜，就把他给开了。说起来有点儿可惜啊，他人挺好的，在这儿都干了好几年了。”

魏南音只觉得耳朵里嗡嗡作响，像是脑子还没完全清醒。在她的认知里，被刘伟陷害都是天大的委屈了，没想到走出校园，社会比她想的还复杂。可是现在怎么办？有人为了她丢了工作，还很有可能被王强那帮人盯上。

魏南音谢过对面的人，和他要了杜飞的联系方式才离开。回家的路上，她的心情低落极了。她不知道陈劭是不是已经知道这件事了，可是知道又怎么样，他们这些刚出高中校园的人，又能为杜飞做点什么呢？

把自己关在房间里小半天，魏南音决定，不管陈劭知不知道这件事，但事情因她而起，她都应该去见见杜飞，当面向他道谢，再看看能帮他做点什么。

她没有犹豫，拨出了那个电话号码，没过多久，电话被人接通了。杜飞开口那一声“喂”竟然让魏南音觉得很熟悉，果然他和陈劭是表兄弟，说话的声音都有点儿像。

魏南音自报家门，本来还忐忑地怕对方没办法把她对上号，没想到对方倒像是很熟悉她的样子，跟她寒暄起来，而且说话间的语气轻快，完全听不出来是个刚失业的人。

魏南音说："我能请你吃顿便饭吗？"

问出这话时，魏南音担心对方觉得尴尬直接拒绝，没想到杜飞什么也不问，很爽快地答应了下来。看得出他也没打算真让她破费，两个人约在了附近一家小面馆见面。

坐在杜飞对面，魏南音仔细打量他的眉眼，这才注意到，他和陈劭真的有五分相似。

杜飞笑着帮她倒茶："昨晚没事吧？"

他不避讳昨晚的事，倒像是完全不在意他因为她丢了工作。

"昨晚多亏你啊，不然我可惨了。"

杜飞无所谓地笑笑："我就是传了个信，要谢你还得谢陈劭。"

魏南音没接他的话，想了想还是说："我今天去过'零度'了。"

杜飞脸上的笑容到了这一刻才稍稍收敛了一些。

魏南音觑着他的表情满心内疚地说："你同事都告诉我了，是我连累你了。"

杜飞放下筷子看她："你找我来就是为这事？"

魏南音："本来也是要谢谢你的，但是知道这事后还得给你道个歉。"

杜飞无奈地说："我还以为你是要跟我打听陈劭所以约我吃饭呢。我的事不用放在心上，又不是什么大公司的抢手工作，本来我也不打算干了，有没有昨晚的事情我也干不了多久了。"

魏南音将信将疑地看他，对方只是回以一笑："放心吧，没有安慰你的意思。我也老大不小了，总不能一直给人打杂，正好陈劭考去A市，我也想去学点东西，回头自己开个店。没这事儿，九月我也该走了。"

听他说着自己的规划，魏南音好受了一点。她又想起昨晚的事情，后来她意识不清醒后又发生了什么，她就不清楚了，陈劭那儿也问不出什么。

于是她问杜飞："对了，昨天警察什么时候来的，王强没为难你和陈劭吧？"

“他那样儿的也就能为难为难你这种小姑娘。”杜飞没有隐瞒昨晚那事的意思，坦白道，“昨晚警察来得有点儿晚，为了把他扣住，给了他点教训……”

“你们打架了？”魏南音没等他说完就打断他。

“不算吧。”杜飞说，“他昨天喝多了，所以是我单纯揍了他一顿。”

“那警察没为难你吧？”

杜飞想起昨晚的事，还真得多亏王强前科累累底子不好，不然他要是揪着不放去鉴定伤势，真不好说后面会怎么样。

杜飞也是做好了最坏的打算，所幸王强怕陈劭，不敢追究，他象征性地出了点儿医药费就算了事了。

从警局出来就接到老板的电话倒是在意料之外，但他也不可惜，更不后悔，毕竟对面的女孩可是他弟弟看重的人。

想到陈劭，他叹口气说：“我这点事比起陈劭经历的算不了什么。”

魏南音直觉陈劭家里的情况或许没有她想的那么简单，奈何她再关心也不好直接问他。此时听到杜飞主动提起，她忍不住问道：“他为什么一直一个人生活？他父母呢？”

杜飞有点儿意外：“他没跟你说起过？”

魏南音摇了摇头。

杜飞想了一下也就明白了，这些事对陈劭来说就像是隐在暗处的一道伤疤，不是他的错，但他依旧觉得那伤疤丑陋不堪，生怕人揭。

这两年他一直一个人生活，对他父母的事情倒是没有以前那么疾恶如仇了。他面儿上表现得毫不在乎，可毕竟也只是个十八岁的少年人，在面对自己在意的人时，这些烙在他身上的东西还是难免让他自卑。

他不知道陈劭有没有想过把这些事情告诉魏南音，既然这么在乎，应该也是想过的吧，至于为什么没说，或许是还欠缺勇气，也或许只是没有找到合适的时机。既然如此，就让他这个表哥来帮帮他吧。

杜飞问魏南音：“你知道他为什么会转学到南石吗？”

魏南音没想到杜飞会突然提起这件事，顿时觉得心口闷闷的。

她犹豫了一下说：“听说过一点，但是……”

杜飞直接打断她：“如果是你从别处听说的，那应该不是真相。既然他没告诉过你，那就我来说吧。主要还是因为他姐。”

“他姐？”魏南音有点儿意外，她还从来不知道陈劭还有个姐姐。

杜飞点头：“我也听过一些关于他在九中的传闻，都说他和九中一个年轻漂亮的数学老师关系有点儿不正常吧？”

魏南音抿起唇没有说话。

杜飞笑了笑：“他俩关系是挺不寻常的，蒋琴，哦，就是那个女老师，其实是陈劭同父异母的姐姐。”

魏南音这才想起来不知是出于什么心理被她存在手机里的那张照片。难怪她第一眼看到蒋琴就觉得她眼熟，徐晶晶说她像李亚彤，她当时就不太认同。现在想来，她像的不是别人，而是陈劭。

杜飞继续道：“他转学前和几个无赖打架的事你知道吧？”

魏南音点头：“听说对方有八个人，都伤得不轻。”

杜飞似乎笑了一下：“那小子是下狠手了，其实他转学的导火索就是这件事。”

魏南音回忆起陈劭说过的话，他说他当时打架是因为得罪了那几个无赖，她当时还有点儿不明白，他一个每天只管学习的好学生，有什么机会跟那些人打交道。这么说来，那次的事情或许和他姐姐有关？杜飞接下来的话立刻给了她答案。

“蒋琴我不知道你见没见过，挺漂亮的，不知怎么就被一个社会上的无赖给盯上了，时不时在她下班路上围堵骚扰她。有一次陈劭看见了，就没让那人好看。

“后面的事想必你也能猜到，那无赖因此记恨上了陈劭，带了人想教训教训他，结果一点好都没讨到。后来那几个人伤得不轻，有一个无赖的家长找到学校，把事情闹得很大。”

“原来是这样。”看来传闻真不可信，魏南音听了很唏嘘，“那他和他姐姐关系肯定不错吧？”

杜飞神情有点儿古怪地看了她一眼：“他俩的关系怎么可能好？蒋琴她们母女恨我小姑也就是陈劭他妈破坏了她们原来的家庭，更恨陈劭——正是因为有了陈劭的存在，陈劭他爸才和蒋琴她妈离婚娶了陈劭他妈。

“但好日子也没过几天，那对母女成天闹，加上陈劭他爸跟陈劭他妈结婚多半是为了儿子，所以没两年他们也离了。离婚时陈劭他妈从陈劭他爸那儿得了一笔钱。但钱总有花完的时候，陈劭他妈后来又去纠缠陈劭他爸，这事儿就一直没完。”

魏南音怎么也没想到，陈劭竟然从小生活在这样的环境下，难怪她用自己那不痛不痒的人生经历来安慰他时他会是那种反应。

她几乎可以想象得到，他为什么会和他母亲关系不好，毕竟他母亲的所作所为在大多数人眼里都是不对的，更何况是他那样的人。但那是他妈妈，他在心里怪她的时候，自己也会很难受吧？

想到这些，魏南音的心像是裂了个口子，感到头顶上中央空调吹出来的冷气呼呼地直往里灌。

魏南音问：“那他和他父亲关系好吗？”

魏南音以为一个愿意为了儿子离婚再娶的男人对儿子应该不会太差吧，可是事实证明，她把事情想得太简单了。

杜飞像是想到了什么，无声哂笑：“他爸妈刚离婚那会儿，陈劭他妈赌气不让他们父子见面。过了两年，他妈这里好歹松动了，但他爸也不怎么想着见他了。”

魏南音几不可闻地叹了口气：“他爸爸现在怎么样了？在B市吗？”

杜飞摇摇头说：“蒋琴她妈也是个想不开的可怜人，感情上纠结了大半辈子还是放不下，最后也不知道是出于什么心理，举报了他爸。因为她之前在他爸的公司工作过一段时间，对公司里的事情比较清楚。没多久后，他爸因为涉嫌贪污被判了十五年，进去了。”

“这么说来，陈劭长这么大，其实和他爸爸接触并不多吗？”

杜飞点头：“他长大后也不是没机会，但是他自己不愿意去见他爸。尤其是他上了高中以后再次遇到蒋琴，蒋琴对他还是充满了敌意，也不顾什么老师学生的，抓着机会就刁难他。

但陈劭是什么人你也清楚，他知道蒋琴母女因为他的缘故受过几年的苦，对她们只有内疚没有其他，即便他面儿上很冷淡，但心里并没有真的怪过蒋琴。”

说到这里，杜飞轻轻叹了口气：“其实这些都是上一辈的事了，和他没什么关系，但是他这人心思太重，背负了太多，总觉得是自己对不起她们。这都好多年了，他连个生日都不给自己过。”

第十二章

告别了杜飞，魏南音回到家，从钱包中拿出一张绿色的卡片，是高考前在学校的最后一天他交给她的学生卡。

他说："如果不被监考搜出来，你就带着吧。就当咱们还在一个考场。"

魏南音突然觉得眼眶有些发热，她抬起手轻轻摩挲着那卡上的照片，用指尖轻轻描绘他冷漠的眉眼和寡情的唇线。明明是一副年轻英俊的好相貌，却有着和他这个年龄完全不符的厌世神情。

到了这一刻，他们最初相识时他身上那些让她讨厌的疏离和刻薄都变得可以理解了，更何况他不止一次在她需要他的时候向她伸出了援手。

她真庆幸自己当初没想着"放过"他，让他们有了那么多交集，也让她有机会了解他，看到了他冷硬外壳下那颗柔软善良的心。

她又想到杜飞的话，连忙拿出手机发了个微信给陈劭："陈同学，你准考证还留着吗？"

没一会儿，陈劭的微信很快回了过来："什么事？"

魏南音："能拍张照片给我看看吗？"

陈劭："嗯？"

魏南音纠结了一下，总不能说是想看他的身份证号码吧。但一时半会儿没有太合适的理由，于是也没多想，随口说道："想留个纪念。"

他的准考证，给她留什么纪念？这理由也太牵强了。就在魏南音因为想不出好的理由焦躁不安的时候，手机又响了。魏南音忐忑地打开微信界面，他什么也没说，真的端端正正拍了自己的准考证照片发了过来。

有那么一瞬间，魏南音仿佛听到了来自内心深处的欢呼声。她端详着那照片，小心翼翼地按下保存。想了想，又拿出自己的准考证，也学着他的样子端端正正拍了张照片发过去。

“你也留个纪念吧。”

行动总比脑子快，照片发出去时她甚至还没搞清楚自己为什么要这么做。脑子恢复清明，她立刻点了“撤回”。几乎是与此同时，他又发了消息过来。

陈劭：“保存了。”

心跳蓦然快了几分，那种熟悉的，既雀跃又紧张的感觉再度袭上心头。好半晌，她才回了他一个傻笑的表情。

心情渐渐平复，魏南音想起正事来，稍稍放大手机里陈劭准考证的照片，意外发现，他的生日竟然就在这个月底。

在听到杜飞说起他从来不肯给自己过生日的时候，来自心脏某处闷闷的痛让她一度喘不过气来。

当时她就想，等他下一个生日时她一定要好好帮他庆祝一下，并且告诉他——谁也没有选择出身的权利，但是既然出生在这个世界上，那么就要活得精彩。

他那么优秀的人，老天爷都该庆幸创造了他。像她这样曾经自甘堕落，本该被世界抛弃的人，却那么幸运被老天眷顾，因为遇到了他，人生轨迹有了新的变化。

她不管他是谁的儿子，她只知道，他永远都是她的陈同学。距离他生日已经没几天了，她要抓紧时间好好策划一下。

魏南音冥思苦想一晚上也没想到怎么给陈劭过一个足够让他难忘的生日，不得已，她请教了徐晶晶。

徐晶晶的声音中满是惊喜：“你怎么突然想到要给陈劭过生日？想趁机表白吗？”

魏南音有点儿别扭：“想什么呢？就只是过生日。”

徐晶晶：“也对，表白这事还是应该由男生来做。既然不是表白，那你这么大动干戈是怎么回事？”

陈劭的私事魏南音不方便告诉徐晶晶，只好说：“这一年多亏了他，我才考了这么个好成绩，怎么也该谢谢他。普通的请吃饭送礼物似乎都太没诚意了，正好我发现他快过生日了，就想要不给他过个有意义的生日吧。”

徐晶晶提醒她：“你这主意是不错，但你跟他沟通过吗？怎么知道那天没有其他人替他过生日？他以前的同学，他家里人什么的。”

魏南音：“这你不用管了，先帮我想想方案吧。”

徐晶晶嘿嘿一笑：“那你是希望就你们两个人过这个生日还是也有其他人？”

“这还用说吗？过生日当然是人多了更热闹。”

虽然陈劭总是形单影只，看上去不爱和别人打交道，可魏南音就觉得，他原本一定不是这样的。

就像《挪威的森林》中的一句话：“哪会有人喜欢孤单，不过是不喜欢失望罢了。”

可以想象得到，陈劭在经历了幼时的那些事后，或许对人与人之间的关系已经失望透顶了。哪怕对方是他至亲至爱的人，他恐怕都很难轻易生出信任和依赖的感情吧？

但是“不敢期待”不等于“不期待”。从流感封校时他为她借漫画开始，从他“被迫”答应帮她补习那刻起，从他不顾腿伤成全了他们班最后一次运动会冠军梦时，他在她的心中早已不是那个冷冰冰的他了。

徐晶晶听了这话就显得有点儿意兴阑珊：“那无非就是找个地方吃顿饭，然后你再准备个特别点的礼物呗。”

魏南音叹气：“可是找个饭馆吃一顿好吃的也太普通了，而且，要送什么给他好呢？我上次送给他的那件衬衫好像都没见他穿过。”

徐晶晶半开玩笑地说：“礼物不是现成的吗？就你自己呗。”

魏南音的脸不争气地红了，还好徐晶晶不在她面前看不到她，不然还不知道怎么笑话她。

魏南音佯怒道：“别浪费我电话费，再不给点儿有用的建议，咱们姐妹也没得当了！”

徐晶晶连声说“好”，想了一下又说：“你确定你上次送给他的那件衬衫他一次都没穿过？”

魏南音有点儿失落地“嗯”了一声，徐晶晶也有点儿搞不明白，明明从她这个旁旁观者的角度看，魏南音和陈劭至少是互有好感的。

既然如此，为了表示对对方的在意，让对方高兴，哪怕只是出于尊重，陈劭也至少该穿一两次那衬衫吧。

“难道是不合身，或者款式不是他喜欢的？”徐晶晶问出这句话后，电话两端的人都不约而同地沉默了。

片刻后，徐晶晶安慰魏南音：“别气馁，就当是买个经验教训了。现在看，送衣服这些肯定是不行了。不仅如此，我觉得钱包啊，皮带啊，这些也都不合适。一说送男生礼物大家想到的都是这些，那天去为他庆生的人肯定不少，搞不好也有很多人想到这些。”

魏南音认同地点点头：“所以我送什么呢？”

徐晶晶：“要我看，花钱能买到的都不够特别，不如你亲手做一份，那绝对是独一无二的，这也更有纪念意义嘛。”

这的确是个不错的提议。聊完给陈劭庆祝生日的事情，两个人又聊了几句年级里其他同学的八卦才挂了电话。

徐晶晶是蹲在客厅阳台上给魏南音打电话的，挂了电话一转身，差点被身后的徐天宇吓掉半条命。她拍着胸脯大喘气：“哥你怎么走路都没声的？”

徐天宇看了眼她的手机，状似无意地问：“和南音打电话呢？”

徐晶晶“嗯”了一声。

徐天宇又问：“谁要过生日？”

“陈劭”两个字正要脱口而出，她哥脸上那略显落寞的神情又让她把这两个字生生给咽了回去：“就一个同学。”

周遭突然静默下来，徐晶晶不由得屏住呼吸。好在很快，徐天宇丢下一句“早点睡吧”就转身回了房间。

望着那扇紧闭的房门，徐晶晶叹了口气。从她哥的表现上她就知道，她和魏南音的通话内容他其实已经听个七七八八了。

知道自己喜欢的女孩在为别人的生日费心，那种感觉肯定不好受吧？可是这件事里除了对这一切都一无所知的魏南音，谁又好受呢？

一边儿是还没捅破窗户纸的有情人，另一边儿是她痴情的老哥，她这个被自己亲闺密和亲哥夹在中间的人最为难了。

她原本是想不管的，任他们自由发展，反正不管最后魏南音和谁在一起在她看来都不错。

可是眼下这情况，想完全不关心也不太可能。于是魏南音洗完澡回到房间，又收到了徐晶晶的微信拷问。

徐晶晶："坦白说，你到底喜不喜欢陈劭？"

魏南音看着那行字犹豫了片刻，最后只回复了一个打哈欠的表情。

徐晶晶："不说算了。对了，你觉得我哥这人怎么样？就是从选男朋友的角度看。"

魏南音有点儿摸不着头绪，难道是天宇哥恋爱了？她斟酌了一下措辞回复说："没得说啊，又帅又有才华，对人又好，谁当你嫂子肯定都很幸福。"

徐晶晶几乎是秒回："那你呢？"

魏南音对着这三个字愣了愣，好半天才明白徐晶晶问的是什么。

魏南音回了个无语的表情："开什么玩笑？"

徐晶晶对着手机长长一叹，她就知道是这种结果："嘿嘿，肥水不流外人田嘛。"

魏南音无法想象："行了，别说了，我鸡皮疙瘩都起来了，这不是让我挑战伦常吗？"之后她又不放心地嘱咐徐晶晶，"这种玩笑你跟我说说也就算了，可千万别和天宇哥说，不然我以后没脸在他面前出现了。"

徐晶晶对着她那几个满含恐吓的表情悠悠叹了口气，她就知道会是这种结果。

看来是时候找个机会劝慰劝慰她哥了——魏南音好是好，奈何人家只把你当成哥哥，天涯何处无芳草不是吗？

第二天魏南音上网搜了一下，搜到城北有一家烘焙培训班，有专门的烘焙老师教大家制作各种西点，也包括做蛋糕和裱花的课程。

魏南音灵机一动，正好陈劭的生日蛋糕还没有订，不如她亲手做一个送给他。

吃过早饭，她就按照地址去了那家烘焙培训班。一进店门，魏南音就被店里专业的设备、展示在橱窗里的学员作品还有空气里甜腻的味道给吸引住了。

“这么漂亮精致的蛋糕都是学员做的吗？”

接待她的是店里的美女顾问，看她一脸震惊的样子就笑了：“在我们这儿学一个月，你也可以了。”

魏南音一听这话，立刻有点儿沮丧：“一个月？我没那么多时间。”

美女顾问歪头想了一下：“时间短的话也可以做一些简单的款式。”

简单的？她不愿意。这可是送给陈劭的生日蛋糕，她特别想看到他在得知蛋糕是她亲手制作的时那种震惊的、钦佩的、感动的神情。简单的款式怎么能收获这种效果？

不过当美女顾问问她想做一个什么样的蛋糕时，她又说不上来，橱窗里这些看着好看，但并不特别。

最后美女顾问建议她，不如你先根据自己的时间购买课时，先学起来，想做什么样的蛋糕在学习的过程中再慢慢想。

魏南音琢磨了一下，最后忍痛刷卡。于是接下来的这些天，她每天下午的时间就不得不交代在这里了。陈劭的生日蛋糕有着落了，但是庆生的地点和生日礼物还没有落实。

魏南音一边儿要上烘焙课，一边儿还要筹划庆生地点和礼物的事情，外加这些事不能被陈劭知道，所以接下来这段时间，她都没有机会见到陈劭，只能偶尔微信联系一下。

她刚上课那两天，陈劭有一天下午主动给她发过微信，分享一则和A大录取政策有关的消息，魏南音因为上课时不能用手机，看到的时候已经好几个小时以后了。

时隔这么久，又是这种信息，她有点儿摸不准他只是单纯分享一下还是想和她聊两句。所以她思来想去就回了个谢谢的表情，不出意料，陈劭没再回复。

过了两天，陈劭又主动给她发过一次微信，这一次陈劭的意思倒是很明显，问她在做什么。只不过，魏南音又因为上课没看到，等下了课看到时，又不知道怎么回复。

魏南音犹豫了一下：“下午在家里睡觉，所以没看到，不好意思啊。”

消息发出去后，魏南音往公交车驶来的方向望了望，又赶上晚高峰了，平时还算宽敞的马路此时就像个缓慢移动的停车场一样，各色车辆密密麻麻排着冗长的队伍，一眼望过去没看到她要坐的那趟公交车，看来又要等上很久了。

这时候手机振了振："那现在呢？"

魏南音反应了一下，才明白陈劭是问她现在在干什么。他们终于有学习之外的话题了，这让她莫名有点儿欣喜。

只是她又要骗他了："没干什么，在家有点儿无聊。"

魏南音看着聊天界面里"对方正在输入"的提示反复闪烁，不免有点儿心虚。

好一会儿，她收到他发的消息："我正好在你家附近，看你家楼下有几家小店好像还不错，你要是没吃晚饭的话，一起吧。"

这是在约她一起吃饭吗？魏南音条件反射地就想回个好。可消息正要发送，她又想到了一个很严重的问题——他在她家楼下。

她在距离家十五公里开外的地方，而且还赶上了堵车，不一定什么时候才能到家，偏偏她刚才骗他说她在家，这要是答应了他，不就等着谎话被揭穿吗？可是不答应又觉得好像错过了什么。

她纠结了好一会儿，最后不得不怀着失望又忐忑的复杂心情继续给自己圆之前那个谎。

"啊，你也不早说，我刚吃完，而且吃了很多，撑得都走不动路了。不过我家楼下那几家店我都吃过，说实话味道一般。这样吧，改天我带你去一家超好吃的烤肉店，怎么样？"

消息发出去后，魏南音就忐忑地盯着手机屏幕等着回复。隔了好一会儿，陈劭回了信息，只有短短三个字："再说吧。"

不知道是不是她的错觉，她总觉得他好像不高兴了。意识到这一点，她的心情也跟着低落了下来。

那次之后，陈劭都没再主动找她。偶尔她晚上在家闲下来的时候，想着弥补上一次没能赴约的事情，会故意找他说说话，但陈劭的表现都很冷淡。一下子，两个人好像又回到了最初认识时的样子。

不过魏南音也没时间想太多，学习制作生日蛋糕的这几天她突有了灵感——她知道自己想做一个什么样的蛋糕了，连带着为陈劭庆生的地点和送陈劭什么礼物也想好了。

听杜飞对陈劭过往的描述，再对比他现在的变化。魏南音猜测，他对南石、对他们班还是有感情的。

既然如此，不如就把庆生地点定在他们以前的教室里，至于礼物嘛……魏南音知道徐晶晶学过一点摄影，她想找徐晶晶一起去学校拍点照片，然后自制个南石纪念册送给他。

她把这个想法告诉了徐晶晶，徐晶晶很爽快地答应了下来。所以这几天里，魏南音就利用上午时间和徐晶晶去学校里拍照，下午继续上她的烘焙课，晚上则是设计纪念册。

很快，就到了陈劭生日的前一天。魏南音几乎把班上和陈劭说过话的同学都请了，大部分人表示能参加。

魏南音和老张借到了他们班教室的钥匙，徐晶晶看到钥匙，便提议去班里拍一点。

教室明显已经被保洁阿姨打扫过了。上午天气晴好，阳光从窗子里投射进来，让整个教室看上去宁静又美好。

徐晶晶对着后黑板上的倒计时牌子拍了几张照片，又对着教室里摆放整齐的空桌椅拍了几张，拍完后在相机里查看效果，总觉得少了点什么。一抬头正好看到魏南音坐在她原来的位置，正望向窗外。

此时有风拂过，窗外绿油油的杨树枝丫发出沙沙的响声。魏南音坐姿笔挺，微微扬起下巴，眼帘半垂，看向远方，想着什么心事。

这一幕竟然和某部最近上映的青春电影里的经典镜头有点儿神似，而且还多了份自然的美感。

徐晶晶赶紧拿起相机，对着她连拍几张。低头再看效果才明白，她之前的照片里缺少的就是这点说不清道不明的情绪。

结束了上午的拍摄，两个人在校门口的小店吃了个简单的午饭。接下来的计划是魏南音去上最后一节烘焙课，做好明天要用的蛋糕。

徐晶晶按照魏南音的设计打印纪念册和照片。两个人晚上再一起回到南石，布置明天的庆生场地。

魏南音去上课前，徐晶晶提醒她："陈劭那边你确定他有时间吧？咱别白忙活了。"

魏南音说：“之前旁敲侧击地问过他，应该没问题。”

“那你打算什么时候正式约他？”徐晶晶问。

魏南音想了一下摇了摇手上的手机：“现在。”

坐在去上烘焙课的公交车上，魏南音拿出手机犹犹豫豫地给陈劭打了个电话。

她很少主动给他打电话，以前有事也都微信联系，所以等着电话被接通的短短片刻，她莫名有点儿紧张，还好没有让她等太久。

陈劭接通电话，魏南音结结巴巴地问：“陈同学，你明天有空吗？”

陈劭的声音还跟她记忆中的一样，平平淡淡听不出一点情绪：“有，什么事？”

魏南音有点儿心虚地说：“我今天去了一趟学校，遇到老张了，他说他那儿收到一个你的快递，让我见到你的话告诉你一声，他明天晚上七点左右在学校，让你过去拿一下。”

陈劭：“他没找我。”

魏南音：“可能觉得我通知你了，就没再单独找你吧。”

陈劭：“你今天去学校也是拿快递？”

她不知道他怎么突然关心起这一点来，随口应付着：“对啊，你明天会去吧？”怕他不去，她又赶紧补充道，“我明天应该也会去学校，正好上次说好的，要请你吃饭，可以的话，晚上一起吧？”

陈劭：“你明天去学校干什么？”

魏南音迅速找了个理由：“哦，我最近经常在学校里跑跑步什么的。”这话她自己都不信，所幸陈劭没再追问，回了个简短的“嗯”。

“那就这么说定了，我先挂了。”

陈劭却没让她就这么挂电话，他说：“听声音，你在外面？”

正好此时公交车到站报了个地名，魏南音愣了一下说：“对，有点儿事出来一趟。”

陈劭：“你最近好像很忙。”

听他这么说，魏南音无声地偷笑了下，猜测他要是知道她在忙什么应该也会很高兴吧，不过眼下还不是露馅的时候。

她打着哈哈说：“放假了嘛，以前那些没时间见的同学朋友可以这时候约着见见面。”

一般学生放假了也就在忙这些事，所以她编起谎话来也不含糊。不知道为什么，陈劭好像更不高兴了，说了声“那你忙吧”就挂断了电话。

下午这节烘焙课至关重要，学了十来天，终于到了出成果的时候了。关于生日蛋糕的设计，魏南音想了很多种方案，蛋糕店里那些常见的款式没什么意思。

她思来想去，最后决定在蛋糕上裱出一个南石操场的样子——绿茵场、红色塑胶跑道，甚至还有跑道周遭的看台和荫翳的绿树，然后在跑道终点处写上“陈劭生日快乐”的字样。

她之所以决定用这个方案，完全是因为那次运动会。那次运动会对陈劭和她而言都有着非比寻常的意义，在那之后她终于骗到他同意帮她补习，而他也因为帮他们班拿到了总分第一的成绩被同学们渐渐接纳和了解。

终于，在老师的帮助下，魏南音耗时两个多小时，把蛋糕做好了。她对着成品拍了很多照片发给徐晶晶，两个人都觉得很满意，相信陈劭看到后也会很喜欢。

怕把蛋糕弄坏，她专门打车回的家，又小心翼翼地把蛋糕放进冰箱，这才去和徐晶晶会合。

徐晶晶打印出来的纪念册和魏南音预想中的差不多，她又从徐晶晶打印出来的照片中选了几张裱进纪念册里。

最后一页上她想放一张教室的照片，但看到的几张都不太满意，直到看到有自己出镜的那一张，心中顿时被一种复杂的情绪填满。照片里的自己神色平和，眼神温柔，像是忆起什么。

徐晶晶见她停下动作，探头过来看她手上的照片：“这张不错吧！对了，你当时想什么呢？这么出神。”

她当时在想什么呢？原本只是有点儿累了，想坐下来歇一下，一抬头看到半敞的窗户玻璃上反射出空落落的座位——那是她身旁的座位。

她陡然就回忆起最后那堂班会上，老张在点名，而她悄悄看着玻璃窗里他的剪影移不开视线。

当时他的眼神那么专注那么温柔，不知道在看什么，是平时少有的。

可是他究竟在看什么呢？

想到这里，魏南音的心怦怦狂跳了起来。她还记得，她无意间一回头，正好撞进了他的视线中。所以，他当时是在看她吗？那么缱绻温柔，神情专注。

“怎么了？”见她这反应，徐晶晶有点儿担心地问。

魏南音收回思绪，深吸一口气摇了摇头。她越来越搞不懂，自己是怎么了，对他的感情好像和对别人不一样。

不知道从什么时候起，她变得很在意他、关注他，看到他开心快乐她也觉得心情好，看到他心事重重她也会觉得心口憋闷。

十八岁了，她也知道这可能是喜欢上一个人的征兆。但是这不排除是他们过往的经历在作祟，他那么多次帮她救她，她心怀感激，也不排除是杜飞说的那些话让她震惊又心疼。

她理不清自己的情绪，但是更让她郁闷的是，她在这里纠结得要死，陈劭到底怎么想的，她似乎一点头绪都没有。

她沮丧地叹了口气，挑了张有后黑板倒计时牌的照片插在最后一页："就这样吧，抓紧时间去教室吧。"

徐晶晶起身跟上魏南音，到了教室，两个人把提前买好的拉花气球都拿出来，开始布置。不知不觉，外面的天黑了。

布置到一半，魏南音听到徐晶晶接了个电话，不知对方是谁，徐晶晶说了几句后，就躲到教室外去讲电话了。

魏南音也没当回事，继续干着手上的活。不一会儿她自己的手机也响了，她拿出来看，是闻瑞打来的。

闻瑞问她："在哪儿？家里热死了，要不要出来吃冰激凌？"

魏南音心不在焉地说："我在学校呢。"

闻瑞有点儿意外："你这时候在学校干什么？"

"布置一下教室。"

闻瑞也收到了陈劭生日聚会的邀请，一听就知道是怎么回事，语气不太好地说："你对他的事情还真上心。"

魏南音有点儿好笑："他帮了我那么多，我给他过个生日算什么？"

"真的就只是这样？"

魏南音手上的动作不由得一顿，不知道该怎么回答。见她好半天没回应，闻瑞几不可闻地叹了口气：“就你一个人吗？”

魏南音回头看了眼门口，徐晶晶的电话已经打完了，正往回走：“还有晶晶。”

“那你们等我一会儿，我也过去。”

魏南音知道他也不是来帮忙的，无非就是在家里闲不住来凑热闹的，说了声“那你来吧”就挂断了电话。

徐晶晶听到最后一句话，问魏南音：“谁要来？”

“闻瑞。”

徐晶晶撇嘴：“他来凑什么热闹。”

魏南音：“估计在家闲不住吧。快快，咱们赶紧搞定剩下的活儿，一会儿我请你们吃冰激凌去！”

徐晶晶却犹豫了一下说：“那个……我哥正好也在这附近呢，说一会儿会过来。”

魏南音没觉得有什么不对：“那正好一起。”

徐天宇来得比闻瑞快。魏南音和徐晶晶布置完教室，刚走出教学楼就遇到了徐天宇。

徐天宇就着月光瞥了眼魏南音手上的几个袋子，似乎随口问道：“忙完了？”

对徐晶晶和闻瑞，甚至是他们班上任何一个人，魏南音为陈劭大费周章庆生这事都没什么不好说的。

但徐天宇毕竟不像徐晶晶和闻瑞他们一样和她那么熟，而且还是个男生，又认识陈劭，让他见到她为了个男生这么上心，她多少会有点儿不好意思。

她尴尬地笑了笑：“嗯。”

徐天宇倒像是替她解围似的说：“还不好意思啊？这有什么，同学帮你补习，你好好谢谢人家是应该的。”

魏南音听着这话有点儿不对味，但也笑着点点头：“是啊。对了，闻瑞一会儿也来，咱们先去吃冰激凌吧？”

徐天宇沉默了片刻说：“闻瑞不是还没来吗？等等他吧。”

魏南音有点儿意外地看了眼徐晶晶，她没记错的话，徐天宇和闻瑞好像不太熟啊。而徐晶晶只是看着她哥，脸上的神情并不轻松。

徐天宇已经走向她们身后：“也不能干站着等，咱们到操场上走走吧，我之前来过南石几次，都没好好看看南石的校园。”

魏南音和徐晶晶见状只好跟上，但走到操场旁边的看台时，徐晶晶突然说：“我有点儿累，我在这儿坐着等闻瑞，你们去溜达吧。”

魏南音觉得有点儿怪怪的，现在毕竟和小时候不一样，徐晶晶不在场，她觉得她和徐天宇还真没什么话题聊。

但见徐天宇没觉得有任何不妥，她又不好意思驳了他的面子，就把手上的东西递给徐晶晶，自己跟着徐天宇走向跑道。

月光皎皎，将两个人的影子拉得瘦长。起初两个人谁也不说话，徐天宇难得看上去一副心事重重的样子。

魏南音觉得有点儿尴尬，没话找话说：“天宇哥，你们那年A大分数线什么时候下来的？我真担心我考不上，考不上也不知道会被调剂到哪儿去。”

徐天宇看她一眼说：“一般A大在省里的招生名额不会有大的变化，我看你的全省排名，应该没问题，不过分数确实不算高，选专业上没什么优势，我听晶晶说了你报的那几个专业，问题应该不大。”

这些事魏南音也知道，但这不是要努力找话题吗？

她点点头又说：“大学生活忙吗？我知道别的学校可能还好，A大应该很忙吧？”

徐天宇：“是很忙，不过看忙什么，有人忙考试，有人忙课题，有人忙兴趣爱好，看你自己的选择了。”

魏南音做出很受教的样子跟他打听了一下A大的校园社团，也不知道是徐天宇对这些不感兴趣，还是心里惦记着别的事情，回答她的问话都有点儿敷衍。

眼见着他们已经绕着操场走了一圈了，前面十来米开外就是徐晶晶歇脚的地方。

他们现在所处的地方距离篮球场很近，篮球场边立着两盏白晃晃的金卤灯，把不大的篮球场照得亮如白昼的同时，也将他们这一片照得不那么昏暗了。

魏南音抬眼看向徐晶晶那边，那边光线相比他们这边暗一点。魏南音看到阴影处有两个人影，一个应该就是徐晶晶，另一个魏南音猜测是闻瑞。

魏南音不由得松了口气，闻瑞这厮总算来了，她终于可以结束这场莫名其妙的尬聊了。

正当她要朝着徐晶晶他们走过去时，却见原本走在她前面的徐天宇突然停下脚步转过身来。魏南音一时没反应过来，差点撞上去。

“怎么了，天宇哥？”

徐天宇看她一眼，又回头看了看台上的两个人。最后他在魏南音探究的注视下难得有点儿不自在地说：“南音，有些话我早就想说了，但之前怕耽误你学习所以一直憋着没说。”

徐天宇难得这么郑重其事，魏南音心里隐隐升起不太好的预感。

坐在看台上的徐晶晶早知道她哥今天的打算，虽然她也不想长他人志气灭自家威风，但是她对魏南音给徐天宇的回应真不抱什么好的幻想。

魏南音那傻子自小就智商过人情商堪忧，感情上开窍跟她的第一次例假一样都比同龄女孩晚。但是旁观者清，她不知道自己的想法，旁人却一眼看得出，她分明很喜欢陈劭，陈劭对她多半也是一样。

徐晶晶能看清这一点，她哥又不比她傻，怎么会不知道？无非就是想赌一把，趁着那傻子没回过味来别直接给她哥“判个死刑”。此时看到跑道上的两个人突然停下脚步说话，徐晶晶就知道是他哥有话要说了。

坐在她身边的闻瑞见此情形，愣了愣：“你哥这是要干什么？我怎么觉得气氛有点儿不对？”

徐晶晶悠悠叹了口气，没有回话。闻瑞像是意识到什么回头看着徐晶晶，徐晶晶只是懒懒抬了下眼皮子以回应。就是这么一个眼神，闻瑞得到了答案。

他倏地站起身来，难怪徐天宇来学校不找徐晶晶找魏南音，难怪他愿意大费周章帮魏南音查网上抹黑她的人，还有那些复习笔记，他都看过。原来不止陈劭，徐天宇对魏南音也有别样的感情。

闻瑞像只斗鸡一样抻着脖子看了一会儿，大有随时准备冲上去的想法。可片刻后，他冷静了，突然觉得有点儿可笑，他冲上去干什么呢？轮到谁也轮不到他啊。

魏南音只把他当朋友，他心里再清楚不过了。不过眼下多了个跟他一样境遇的人，那人还比他优秀很多，他心里蓦然就松了口气。

看来感情这东西真的不能强求，无关乎对方优秀不优秀，只在于是不是那个对的人。

这么想着，郁结了好几天的闷气就这么散了。他人生中第一次喜欢一个人，终究只是一场无疾而终的暗恋。

徐晶晶似乎感觉到了他情绪的变化，有点儿意外地抬头看着他："我以为你会像个傻子一样冲过去呢。"

闻瑞无声一哂，好半天才说："算了。"

徐晶晶撇撇嘴："也是，我也觉得我哥没戏。"

闻瑞却说："不是因为这个。"

徐晶晶又看向闻瑞，从她这个角度只看得到男孩刀削般的下颌弧度，完全看不清脸上的表情，还有，他什么时候长得这么高了？

"那是因为什么？"她问。

因为什么？俩人心照不宣，因为他也不是魏南音心目中那个对的人。

徐晶晶没等到回答也不着急，而是又问："可是不说出来会不会觉得遗憾？不如像我哥这样。"

好一会儿闻瑞才说："我说出来容易，大不了就是被拒绝呗，反正从来没奢望过她真的会接受。"

徐晶晶心里有点儿不好受："既然这样，就让她知道你的想法啊。你也喜欢她好多年了吧？"

闻瑞摇摇头："可是她拒绝之后呢？她会尴尬、为难，以后连朋友都没得做。"

徐晶晶看着地上两个人的影子出神："你就那么怕做不了朋友？"

"不是。"

"那是什么？"

闻瑞似乎想了一下才说："有时候我在想，我喜欢她这事就像一场重感冒，就像从一开始我就知道感冒会好一样，我也知道不会有结果，既然知道还说出来干什么，反而把事情搞严重复杂了。

"不如默默等着感冒彻底好了，再见面我们还是好朋友，她不会为难，我也不会觉得对不住我以后的女朋友。"

徐晶晶怔怔地听完他的话，第一次露出点赞赏的神色来："闻瑞，你总算像个男人了。”

闻瑞难得没有还嘴，只是递给她一个不太友善的眼神。徐晶晶拍拍屁股站起身来，看着地上俩人并排而立的影子，他竟然比她高出那么多。

她说：“我觉得你报那个A市工商大学挺好的，我看了下，离A大和我报的A市财经都不远，到时候周末没事大家还可以继续约约饭。”

闻瑞闻言却皱眉扫了她一眼：“你怎么就知道吃啊？你看看你那腰围……”

“闻瑞！”

两个人正要吵起来，突然看到有个人影从他们面前晃过，他们不由得停下来，看向那人影离开的方向。

魏南音听徐天宇说有话要说，她勉强笑笑问：“什么话啊？”

徐天宇却犹豫了，其实按照他的想法，现在也还不是说的时候。他们小时候虽然很熟悉，但是最近几年因为她在B市，而他在A市，两家又不住在一起了，所以一年到头见面的机会少得可怜。

他虽然平时没少跟徐晶晶旁敲侧击地打听她的消息，也尽量找机会和她联系，但是没有了生活交集，也就没了话题，最多不过是发个信息问问她的学习情况，或者逢年过节发个祝福短信，她每次都像应付家长、老师一样应付着他。

他有时候在想，她以前或许把他当成个能亲近的邻家哥哥，现在或许还是哥哥，但还是不是像以前那么亲近，他没什么把握。

他对她的感情，早就不像对待妹妹一样了。如果现在把这些心思告诉她，他猜未必会得到他想要的回应。

所以他原本想着，等她进了A大，有的是机会多接触，再培养培养感情，他不比别人差，到时候再表白胜算更大。

可是，当他听徐晶晶说她最近为了陈劭的生日忙得脚不沾地的时候心里就有点儿慌了。虽然觉得不该这么突兀地把心思说出来，但是他真怕哪天又从徐晶晶那儿听到她已经是陈劭女朋友的消息。

到时候虽然他们都在A大，他却只能看着她和别人出双入对了，想想他就无法再像之前那么沉得住气了。

徐天宇想了一下，笑着说：“也没什么，就是想问问你上大学以后有什么打算。”

魏南音挠挠头：“就……好好学习呗，反正不能像前几年那么混了。”

徐天宇：“除了学习呢？”

“还没想好，到时候看吧。”

“有没有想过找个男朋友？”

魏南音微微一怔，有点儿尴尬地笑了笑，她没想到徐天宇会跟她聊这个，总觉得别扭。其实，她和徐晶晶也早就畅想过这些，没多想就说出心里话：“有遇到喜欢的就顺其自然呗。”

徐天宇深深看她一眼，又看向别处，状似随意地问：“那你喜欢什么样的？”

听到这个问题，魏南音的脑子里立刻出现了那个修长挺拔的身影。她喜欢他吗？

她说不清喜欢应该是什么样，徐晶晶说时时刻刻想见到那个人就是喜欢，可是她有时候是很想见到他，有时候又很害怕见到他。

这种情绪太奇怪了，而且她也是最近才注意到自己对他的感觉好像格外不同。可是如果说不喜欢……她是产生幻觉了吗？竟然在这种时候，脑子里甚至眼前都是他。

魏南音怔怔地看着徐天宇身后走来的陈劭，有点儿不确定是她的幻觉还是他真的来了，可是这种时候他怎么会在这儿？

徐天宇见魏南音的神情也意识到什么，一回头就见陈劭一脸肃杀大步流星地走向他们。

他气息微喘，看样子是刚跑过。眼见着陈劭走到面前，徐天宇正要开口说点什么，陈劭却连一个眼神儿都没有分给他，直接拉起魏南音的胳膊说了声“走”，就拖着人往操场外走。

徐天宇目瞪口呆，魏南音也摸不清楚状况，一会儿对拉着她的人说：“等等！等等！”一会儿又对呆立着的徐天宇抱歉笑笑，“不好意思啊天宇哥，有什么话改天再说吧，我现在有点儿事……哎，你慢点儿。”

陈劭之前听魏南音说会来学校里跑步，白天那么热，他就猜应该是晚上来。他抱着碰碰运气的态度也来了，没想到还真遇上了她，可是不巧遇到的是她和别人悠闲惬意地轧跑道。

他也不知道自己这是在干什么，但是他知道，不这么做，他怕再也没有机会了。

魏南音被陈劭一直拖到操场后面，他没有往树林深处走，只是停在他们以前一起复习的那个小石桌旁边。

四下里寂静无声，远处的灯光照不到这里来，只有皎皎月光投在两个人身上，勾勒出不太明晰的轮廓。

刚才陈劭怒气冲冲地出现，手上的力道不小，拽得魏南音手腕生疼。现在他终于放开她了，她只顾着龇牙咧嘴地揉着手腕，还没顾得上问他怎么在这儿。

陈劭低头瞥到她那没心没肺的神情，所有的火气一下子都泄得干干净净了。再开口时，语气缓和不少，但还是冷冰冰的："你这几天就是在忙这个？"

魏南音闻言心里一惊，难道他知道了？但面儿上还是不动声色地试探道："忙什么？"

想到刚才的情形，陈劭咬了咬牙。他没有看她，而是看向操场的方向，有点儿艰难地挤出几个字："忙着跟他见面？"

魏南音恍然大悟："你说天宇哥啊？高考完我这是第一次见他，也不是提前约好的，大概是晶晶在，他又在附近就顺道过来了吧。"

陈劭愣了愣，没想到是这么个情况。这段时间他总觉得她在躲着他，他主动给她发消息，约她吃饭，她都是敷衍他。

以前他虽然不确定她对他有超越同学、朋友的感情，但是她不经意间流露出的在意和关心他都看在眼里。

他想，她应该也是有点儿喜欢他的吧？哪怕不像他那样喜欢她。可是她最近的表现让他渐渐心寒，他不懂人的感情怎么可以变得那么快。

他对她的感情在日渐加深，可是她对他的感情在冒了个小小的苗头后就瞬间偃旗息鼓了。难道是他错了吗？自始至终她只是有求于他吗？

心烦意乱的时候他还是想见到她，不惜傻傻地跑来和她"偶遇"。可是他怎么也没想到，看到的是她和别人在一起。

他的心像是被钝刀子割了两下，闷疼闷疼的，直到这一刻她说全是个误会。他知道这家伙有时候一肚子坏水，小伎俩不断，但这种时候他确定她不会撒谎。

他略微思索了一下刚才的情形，好像是徐天宇有话对她说，她那一脸懵懂悉心求教的样子，分明就是徐天宇还没把要说的话说出口。

都怪他刚才太生气，理智都跑到九霄云外去了，差点儿跟她发脾气，差点儿丢大人了。

不过事已至此，有些事情也不能再等了。他垂头看着眼前的人，某人正一边儿揉着手腕，一边儿偷偷抬眼觑他的脸色，他心中满是无奈。

片刻后，他问她："魏南音，你觉得我们是什么关系？"

刚才他问起徐天宇，她再不懂事也听出了那话里的酸意。所以他是吃醋了吗？会吃醋，是因为喜欢她吗？

这个认知让魏南音既兴奋又紧张，甚至还有点儿怕这只是一场空欢喜。此时听到他这么问她，好像印证了她的猜测。

魏南音的心跳如擂鼓，小心翼翼地回答他："好朋友？好哥们儿？"

陈劭似乎对她这两个答案都不满意："你真的只把我当好朋友、好哥们儿吗？"

魏南音笑得有点儿僵硬，她想说不是的，但又怕是自作多情。

"不然是什么？"魏南音难得有这么机灵的时候，又把问题丢给了他。

但这话在陈劭听来成了肯定的回答，他明显已经有点儿生气了："那我问你，你为什么不喜欢李亚彤？"

魏南音不知道这个问题和他们之间的关系有什么关系，但还是回答说："我为什么要喜欢她？再说她也不喜欢我。当然最主要的是，我魏南音虽然很喜欢交朋友，但是交朋友也是很有原则的，我对她的很多做法不认可，她大概也是这么看我的吧，所以我俩铁定是成不了朋友的。"

陈劭无语："好吧，你不喜欢李亚彤，是她本身不好。那就说个你觉得好的，你和徐晶晶关系很好，肯定是因为你觉得她很好吧？那么如果我和她在一起，你有什么感觉？"

魏南音几乎想都没想就脱口而出："当然不行了。"

"为什么？"陈劭目光灼灼地看着她。

魏南音心里开始打鼓，刚才燃起的那点小雀跃早就没了踪影，取而代之的是满满的担忧——难道真是她自作多情？他喜欢晶晶吗？什么时候的事？一起补习时喜欢上的吗？

她勉强压住情绪，组织了一下措辞："我是觉得晶晶好像不喜欢你。你别以为所有人都喜欢你这种类型的，我觉得她应该更喜欢闻瑞那种类型的。而且你和闻瑞也是朋友，这样……不好吧？"

话一出口，魏南音不知怎的就想起陈劭刚转学到南石的时候，徐晶晶的确花痴了他好一阵，所以她确实是很有可能喜欢陈劭的，但是她怎么这么难受呢？

陈劭抬头望了眼月亮，彻底无语了。表白就表白好了，他也不懂自己为什么会举这样两个例子。

此时魏南音顿了顿又问："你怎么会喜欢晶晶？我总觉得她应该不是你喜欢的类型吧？"

陈劭低头看她："魏南音，这不是我们要讨论的重点，我只是想说，如果我和其他人在一起，你会祝福我吗？"

听到陈劭的问话，魏南音分明觉得心里某一处酸酸涩涩的，她勉强挤出个笑容说道："我当然是希望你能幸福的，但从旁观者的角度看，我真觉得你和晶晶不太合适。"

魏南音还想解释一下她为什么觉得他们两个人不合适，就被陈劭打断："那你觉得我和谁在一起合适？"

魏南音仔细想了想，别人跟他不合适，那她自己呢？他喜欢清静，可她最怕冷清；他喜欢聪明人，她虽然自认很聪明，可似乎在他看来她还傻得很。

魏南音摇摇头，陈劭问："是不是觉得我和谁都不合适？"

魏南音一听这话，又怕他想起自己的身世难过，连忙安慰他说："也不能这么说，虽然现在熟悉的人里确实没有太适合你的，但是你也不用气馁。

"你看我们周围年纪大点儿的，基本上都有自己的归宿，也没见谁孤独终老啊。再说命中注定的那个人要是那么容易就遇到，也不算什么命中注定了。"

陈劭简直要崩溃了："那你呢？你有没有考虑过你自己？"

魏南音的心又不由自主地狂跳起来，她有点儿不确信地问："考虑我自己什么？"

"我们两个合适吗？还有，你是不是也喜欢我？"

等等！他怎么说了“也”？但她晕乎乎地不敢确认，是她想的那样吗？她指了指彼此：“你说的‘喜欢’是哪种‘喜欢’？”说完又觉得自己太过直白，“我是说朋友之间的互相欣赏也是一种‘喜欢’。”

陈劭的耐心快要用光了：“你还是认为我们之间只是朋友？”

魏南音快哭了：“我们也没做过什么超越朋友的事吧？”

“那这样呢？”

魏南音还没明白他指的“这样”是哪样，就见陈劭突然俯下身来。好看的五官立刻在她眼前放大，月色下有些朦胧，却更让人心跳加速。

他轻轻偏过头，在她目瞪口呆的注视下吻上她的唇，然后心安理得地缓缓闭上眼，那两簇浓密的小扇子近在咫尺，魏南音甚至可以清晰地看到它们在微微颤抖着。

就在魏南音总算明白过来究竟发生了什么时，不等她有所动作，他已经见好就收地抬起头来。他垂眸看着她，表情很温和，温和到足以让她意外，这样一张好看冷漠的脸上竟然也会出现这样温柔的神情。

很快她回过神来——他们已经做了朋友不该做的事，此时她的心跳好快，快到有心悸的感觉。她没接过吻，但也知道跟喜欢的人接吻是让人沉醉的事情，可是她这要犯心脏病的感觉是怎么回事？

她惊慌失措地捂着胸口仰头看着陈劭：“我这是怎么了？”

扑哧一声，陈劭笑出声来，那种暧昧迷离的氛围被打破，他将她的脑袋按入怀中：“你恋爱了，傻子。”

俩人这么抱了好一会儿，直到保安大叔的手电光扫过来，陈劭才松开魏南音，转而拉着她的手。保安大叔看清两个人，笑了笑：“这都多晚了，赶紧回家吧，要约会明天再来。”

魏南音脸上滚烫，恨不得把脑袋塞进T恤里。陈劭倒是神色自若，一点儿也不害臊的样子，和保安大叔打了个招呼就拉着她往校园外走。

经过操场时，她朝里面看了一眼，徐晶晶他们早不见了。陈劭是骑车来的，却把自行车停在了学校车棚。

魏南音问：“为什么不骑回去？”

陈劭说：“晚上吃多了走走。”

魏南音信以为真：“这都几点了，怎么可能还没消食？而且你自行车放这里会不会丢啊？明天来取多麻烦。”

她叽里呱啦说了一堆，劝陈劭骑车回家。陈劭只是冷冷瞥她一眼说："骑车回去十分钟，走路回去半小时。"

魏南音愣了愣这才明白，他是想多跟她待一会儿，她心里顿时漫出甜蜜来。两个人手拉手轧马路，陈劭问她："你还没回答我，你最近在忙什么？"

魏南音想了想，觉得有些事应该和他坦白："那天我去找杜飞了。"

陈劭有点儿意外，"零度"那件事过后，他也去关心过杜飞的情况，知道他离开了"零度"，打算去外面学点东西，但是杜飞并没有提起见过魏南音的事情。

魏南音说："他跟我说了你家的事，你父母，还有你姐姐。"说完，她小心翼翼看了眼他的神情，怕他生气杜飞多嘴，连忙说，"你别生气，是我要问的，我想知道你的事，就求他告诉我的。"

谁知道陈劭竟然笑了："为什么想知道我的事？"

魏南音一看他这表情，就知道他又是在故意逗她，没好气地"嘁"了一声说："明知故问。"

可没一会儿，陈劭脸上的笑容又不见了："你知道了，然后呢？"

"什么然后？知道就知道了呗。"魏南音撇了撇嘴，"我家的事差不多是咱俩刚认识的时候你就知道了，我都这么不拿你当外人了，你的事还得我费尽心思和别人打听。"

所以她只是怪他不够坦白吗？没有因为他的身世瞧不起他吗？他垂眸看她，那一脸"南姐很不爽"的小模样又把他逗笑了。

想起那天她众目睽睽之下抱着他大腿哭的情形，他说："你是不拿我当外人吗？你是不拿所有人当外人吧？"

魏南音被他揶揄惯了也不生气，只是悻悻地闭了嘴。过了一会儿，她低声说了句："那是他们的错，和你无关。"

她不知道陈劭有没有听见，直到半晌之后，他轻轻"嗯"了一声。魏南音心情很好，其实有时候她也不明白，那样的父母怎么会生出这么好的他，但是她现在真的很高兴，因为这么好的他已经成了她的人了！想到这里，她不由得摆了摆两个人十指交扣的手。

陈劭注意到她的情绪变化，笑了下说："别转移话题，我问你最近忙什么呢？"

魏南音神秘兮兮地说："明天你来学校，就知道了。"

陈劭顿悟："你说老张找我，其实是你找我？"

魏南音嘿嘿一笑："明人不说暗话，是我想约你。"

陈劭微笑着点点头："明天晚上七点，我来找你。"

第二天，陈劭准时来接魏南音。两个人到学校时，校园里依旧静悄悄的，教学楼里更是如此。

上楼时，陈劭有点儿不明所以："这是去哪儿？"

走廊里黑漆漆的，整栋楼里似乎只有他们两个人。

魏南音露出个神秘莫测的笑容："一会儿你就知道了。"

走到他们班教室门口，她回头嘱咐他："闭上眼睛，不许睁开。"

陈劭从善如流地听凭魏南音安排。

教室门打开，里面徐晶晶、闻瑞等加起来有二三十人，但是大家都约好了，谁也没有出声，偌大的教室静得仿佛空无一人。

魏南音这么故弄玄虚，不由得让陈劭想起两个人刚认识那会儿她变着法儿地整治他的情形，不由得调侃她："昨天咱俩才刚在一起，今天你就把我带到个没人的地方，原来女生都是这么谈恋爱的吗？"

魏南音眼见着对面徐晶晶等几个女生脸色不善，其余男生表情暧昧，还真怕陈劭又说出什么，连忙说："可以睁眼了。"

陈劭睁开眼，不由得被这阵仗镇住了。他原本以为魏南音是要和他一起回忆一下在南石这一年多的生活，没想到这间鸦雀无声的教室里竟然挤了这么多人，想到自己刚才调侃魏南音的话，不他由得摸了摸鼻子。

班长刘明明忍不住笑了起来："劭哥，刚才你那话可把咱们这儿的女同学都得罪光了，不过今天你是寿星，大家应该会网开一面的。"

听到刘明明这么说，他恍然想起，自己的生日似乎真是这个月的。他有点儿诧异地回过头，见魏南音推着一个小推车走到他面前。

推车上是一个尺寸超标的生日蛋糕，再一看这蛋糕的款式，他立刻想起了南石的操场还有那次运动会。

有个小脑袋立刻凑过来邀功："我亲手做的，学了十来天呢！"

陈劭只是笑，因为他不知道该说什么。如果不是眼前的女孩，他恐怕这辈子都不会再过生日了。

此刻她来了，他原本的世界里密布的阴云好像顿时裂开一条缝隙，耀眼的阳光顺着这缝隙投射进来，让他感到了久违的暖意。

灯光暗了，音乐声响起，声音并不大，没有盖过周遭同学们的祝福：“祝你生日快乐……祝你生日快乐……”

最简单的旋律，最直白的祝福，最干净的嗓音，让这一刻与众不同起来。

一曲唱罢，魏南音笑嘻嘻地捧上一个小册子：“生日快乐！陈同学！这份生日礼物可是我和晶晶一起做的！”

同学们的欢聚一堂、教室里的拉花气球、面前精致的生日蛋糕，还有手上意义非凡的生日礼物。

原来这就是她这段时间忙碌的原因，亏他先前还那么生气，以为她在敷衍他、应付他。

他一页页地翻开手上的纪念册，照片里的南石校园美得让人惊叹。那些因为不甘而忽略的美好，所幸都被镜头记录了下来。

被老张扫荡过的“情人坡”、缺口被堵上的院墙，还有学生宿舍楼、食堂、操场、教室……都记录着他和南石、他和魏南音的点点滴滴。

翻到最后一页，他手指微顿，照片上的女孩举目远望，神色温柔，让他不由得想起最后那堂班会上，她也这么望着窗外，而他就那么静静注视着她。

人生第一次这么真真切切地感受到被人喜欢、被人重视的感觉，经历过往诸多不如意时都没红一下眼的人，此刻却觉得眼眶发酸。

他不由分说地揽过面前的女孩，把头深深埋入她的颈窝间，试图掩饰自己的情绪。

周遭众人起哄：“亲一个！亲一个！”

焦点中的两个人却只是那么紧紧拥抱，静静伫立着。

魏南音回抱陈劭，悄悄在他耳旁说着：“谢谢你陈同学，幸好遇到你，我才成了我。从此以后，你是属于我的陈同学。”

如今想想，没有遇到他，她真不知道自己会是什么样。她要感谢相遇，更要感激他的善良坚韧。他就是这么一个人，生活给他冷雨寒霜，他却回以温暖怀抱。

良久，魏南音退出陈劭的怀抱，仰头笑看着他：“许个愿吧。鉴于你过去十八年都没有许愿，这一次允许你许十九个愿望，是不是很公平？”

陈劭笑了，回头看着那巨型蛋糕上的荧荧烛火：“如果我把十九个愿望合而为一，这个愿望是不是肯定可以实现？”

魏南音笑了：“不一定吧，但实现概率至少要提高十八倍。”

众人也在一旁起哄：“许愿！吹蜡烛！”

陈劭从善如流地双手合十闭上了眼睛，无比虔诚。好半天才睁开眼，一口气吹灭了所有蜡烛。教室内的灯光再度亮了起来，徐晶晶他们张罗着切蛋糕。

魏南音小声问陈劭：“你刚才那么认真，许了什么愿望啊？”

陈劭目光温柔地看着她：“我许了一个愿望送给你。”

“送给我？”

陈劭点头，缓缓开口：“愿你一生不谙世事，赤诚无忧。”

魏南音忘了反应，只知道此时心里甜甜的。她明白，他是希望她一生无忧无虑，但她还是想听他亲口把这个愿望解释给她听：“这句话什么意思啊？”

陈劭有点儿意外：“这么不好理解？难怪你语文扣了那么多分。”

魏南音别别扭扭，眉目含春：“我是想听你说。”

陈劭了然点头：“这句话简而言之就是希望你这一辈子都这么傻乎乎的，毕竟保护稀有品种，人人有责。”

魏南音怔了一下，旋即怒道：“陈劭！”

正在分蛋糕的众人不明所以地看过来，陈劭只是揉了一把她的头发，笑着说：“我在。”

（完）